Jacques Ravenne

Jacques Ravenne, de son vrai nom Jacques Ravaud, est spécialiste de critique génétique, écrivain et maître franc-maçon. Depuis 2005, il est l'auteur, avec Eric Giacometti, de thrillers consacrés aux enquêtes du commissaire franc-maçon Antoine Marcas. Ce duo, unique, du profane et de l'initié, a vendu plus de 2 millions d'exemplaires en France et la série a été traduite dans 17 langues, du Japon aux États-Unis.

Passionné depuis l'âge de 20 ans par l'œuvre du marquis de Sade, collectionneur de ses manuscrits et éditeur de sa correspondance avec l'anthologie *Lettres d'une vie* (éditions 10/18, 2014), Jacques Ravenne publie, à l'occasion du bicentenaire de sa mort en 2014, *Les Sept Vies du marquis de Sade* chez Fleuve Éditions.

LES SEPT VIES
DU MARQUIS DE SADE

DU MÊME AUTEUR
CHEZ POCKET

LES SEPT VIES DU MARQUIS DE SADE

De Eric Giacometti & Jacques Ravenne

LES ENQUÊTES DU COMMISSAIRE MARCAS

IN NOMINE

LE RITUEL DE L'OMBRE
CONJURATION CASANOVA
LE FRÈRE DE SANG
LA CROIX DES ASSASSINS
APOCALYPSE
LUX TENEBRAE
LE SEPTIÈME TEMPLIER
LE TEMPLE NOIR
LE RÈGNE DES ILLUMINATI

LE SYMBOLE RETROUVÉ

LE SEPTIÈME TEMPLIER suivi du TEMPLE NOIR

JACQUES RAVENNE

LES SEPT VIES DU MARQUIS DE SADE

fleuve
ÉDITIONS

Cette ouvrage a précédemment paru sous le titre :
Les Sept Vies du marquis

ISBN : 978-2-266-25725-1

Pour Carole qui,
un jour, à Domme,
m'a éclairé.

Prologue

18 juin 1815
Paris
Palais-Royal

— Alors, beau garçon, tu viens t'amuser ?

Dans un frémissement de soie, une prostituée s'approche d'Armand. Il a le dos voûté, un monocle embrume ses yeux gris. Le *beau garçon* ressemble plutôt à un séminariste attardé. Il secoue la tête et tente de passer. La catin insiste. À ses cheveux roux est piquée une aigle impériale en papier doré.

— Allez, je te ferai un bon prix. C'est pas tous les jours la victoire !

Armand s'arrête. Sous les arcades les libraires attirent le chaland avec des gravures érotiques.

— Quelle victoire ?

— Mais tu sors d'où ? Ce matin l'Empereur a attaqué les Anglais et les Prussiens en Belgique. Sûr qu'il va leur mettre une raclée, le Petit Caporal.

— Et s'il perd ?

En un instant, Armand regrette sa phrase. Le Palais-Royal regorge de *mouches* de la police. Il porte la main à sa redingote et tâte sa poche intérieure.

— Aucun problème. (La fille de joie remonte sa robe et montre une cocarde blanche à sa jarretière.) Demain je suis royaliste.

Dans un éclat de rire, elle disparaît dans les jardins à la recherche d'un client plus intéressé. Le souffle tremblant sous sa maigre poitrine, Armand fait mine de fouiller l'étal d'un libraire. Surtout ne pas se faire remarquer. Il ouvre un volume au hasard, puis un autre. Une reliure en maroquin rouge attire son attention. Un amateur a fait graver le titre sur le dos à nerf. *La Nouvelle Justine.* Armand rejette le livre avec rudesse. Il n'a jamais eu de chance.

Son rendez-vous est au numéro 66. Un groupe d'hommes en noir fument devant la porte. L'un d'eux l'interpelle à voix basse :

— *Vae…*

— … *victis*, bredouille Armand.

— *Il* t'attend en haut. Second étage. Porte de droite.

Quand il entre dans la pièce, un feu brûle dans la cheminée, malgré la saison. Fouché est assis. Il ne se lève pas, ne sourit pas. Une seule parole tombe de ses lèvres étroites :

— Bien le bonjour, monsieur de Sade.

Armand se tait. Fouché, comme un félin paresseux, l'observe. De la main droite, il caresse délicatement le col d'une bouteille de vieux cognac. Le fils du marquis ne sait que dire, que faire. Il en a tant entendu sur le ministre de la Police. On dit qu'il a les mains couvertes de sang et l'esprit plus bouillant que l'enfer.

— J'ai toujours aimé le Palais-Royal. C'est là, en 1794, que j'ai monté le complot qui a fait tomber la tête de Robespierre.

Armand frissonne. Dans la famille, l'Incorruptible a laissé de mauvais souvenirs.

— Là aussi que j'ai fait chuter la République avec Bonaparte en 1799. À chaque moment crucial de ma vie, c'est toujours là que je viens pour prendre une décision. La bonne.

On frappe à la porte. Un domestique entre et pose une enveloppe pliée sur la table.

— Les dernières nouvelles de Belgique, Excellence.

Le domestique sorti, Fouché reprend la conversation.

— Vous savez que j'ai connu votre père sous la Terreur. Je l'ai rencontré juste avant qu'il ne soit condamné à l'échafaud.

Fasciné, le fils du marquis fixe la lettre. Malgré sa réserve naturelle, une question lui échappe :

— Vous ne l'ouvrez pas ?

Un sourire en faucille coupe en deux le visage du ministre.

— Pour savoir quoi ? Si Napoléon a gagné ? Si demain, la France est un empire ou un royaume ? Dans les deux cas, je serai toujours ministre.

— Je suis désolé, Excellence, je ne sais pas ce qui m'a pris… La chaleur, sans doute…

— Vous avez ce que je vous ai demandé, monsieur de Sade ? le coupe Fouché.

Armand déboutonne sa redingote. Son visage est de plus en plus blanc.

— J'ai fouillé tous les papiers de mon père, après sa mort. Enfin, tous ceux qui ont échappé à vos perquisitions. Et je crains que vous ne soyez déçu.

Il pose sur le rebord de la table une feuille de papier effrangée. Quelques lignes griffonnées à la hâte.

— C'est tout ?

Armand passe un doigt sous le col empesé de sa chemise. Il respire mal.

— Ses dernières années, mon père parlait trop. Il racontait à qui voulait l'entendre qu'il avait eu sept vies, qu'il avait connu beaucoup de monde, été mêlé à beaucoup d'affaires, qu'il avait influencé l'Histoire. Qu'il avait eu un destin.

— Et vous ne le croyez pas ?

— À la fin de sa vie, c'était un vieillard gâteux. La preuve… (Armand tend un doigt accusateur vers le papier que le ministre a reposé.) De ses *Mémoires*, il n'a écrit que le plan.

Une clameur retentit sous les fenêtres. Fouché se lève. Dans la cour du palais, un orateur vient de prendre la parole. Une cocarde tricolore au chapeau, il agite les bras comme un moulin à vent.

— Un républicain, commente Fouché. Savez-vous que votre père avait été un révolutionnaire engagé ?

— J'ai ouï dire que…

— Il adorait la politique, enfin, jusqu'à ce que Robespierre le jette en prison, après il a préféré la littérature. Sept vies, m'avez-vous dit ?

Fouché tire un dossier de la bibliothèque. Le dos est couvert de sceaux en cire. Fleur de lys, faisceaux de la République, aigle impériale.

— Libertin sous Louis XV, prisonnier sous Louis XVI, politique sous la Révolution, écrivain sous le Directoire, réputé fou sous l'Empire, en voilà déjà cinq.

Il pousse le dossier vers Armand.

— Vous n'êtes pas pressé, monsieur de Sade ? Vous allez me tenir compagnie : j'attends le verdict d'une bataille.

Le fils du marquis se penche sur la première page. Il reconnaît un portrait de Jean-Baptiste, son grand-père, accolé à un rapport de police. La voix de Fouché se fait plus lente.

— Parfois le destin d'un homme commence bien avant lui.

I

ENFANCES

Impérieux, colère, emporté, extrême en tout.

Marquis de Sade

UNE NAISSANCE

J'ai aimé mon père à la folie.
Marquis de Sade

1

2 juin 1740
Saint-Cloud

Jean-Baptiste étend sa main gauche et tâte le lit. Le drap est encore chaud. Lentement, il caresse un par un les plis profonds que l'amour a imprimés dans la soie : les vallées jumelles où les fesses se sont incurvées dans leur route nocturne. Le comte soupire de plaisir en découvrant une crique oubliée encore humide de bonheur, il se retourne et roule sa tête au centre du lit, enfouissant son visage dans ce nid chaud. Il a trente-huit ans, l'âge où une vie se joue encore à pile ou face. On frappe à la porte. Une face de lune apparaît entre deux boiseries.

— Entre, La Ramée, entre, s'écrie le comte. Tu as le courrier de Paris ? Quelle heure est-il ?

— Bientôt dix heures, monsieur le comte, mais…

D'un geste discret, le serviteur indique une porte à demi ouverte au fond de la chambre. Les couplets d'une comptine montent, légers comme le vent du matin. Jean-Baptiste secoue la tête en riant.

— Point d'inquiétude. Elle peut chanter ! Ce n'est

pas à l'Opéra qu'est son vrai talent, mais dans un bordel.

La Ramée prend un visage outragé.

— Voyons, monsieur le comte, comment pouvez-vous parler ainsi de mademoiselle de…

— Cesse là tes remontrances, vieux dévot, et parle-moi plutôt de ma femme.

Le domestique s'incline.

— Je n'ai pas eu l'honneur de voir madame la comtesse, mais j'ai interrogé sa femme de chambre. Selon le médecin, vous serez père avant la fin de la journée.

Jean-Baptiste jette un œil vers la porte du fond. On entend maintenant un bruit d'eau. Le clapotis doucement rythmé d'un bain paresseux. Un par un, la Ramée tire les rideaux et un jour vibrant de lumière entre dans la chambre comme un enfant impatient.

— Mes lettres, vite !

Le domestique dépose un portefeuille aux armes. Le comte caresse le blason de la famille, gravé dans le maroquin. Une étoile à huit branches qui fait de lui le seigneur héréditaire des fiefs de Mazan, Saumane et La Coste. Trois châteaux dont les noms, sonores et fiers, résistent mieux que leurs murs branlants et leurs toitures envolées. De toute façon, Jean-Baptiste n'y revient quasiment plus. Les rares fois où il s'y est risqué, il a été suffoqué par l'étroitesse de la vie provinciale. Ses tantes, confites en dévotion, ses oncles, gâteux de titres et de rangs. Sans compter ses créanciers, aussi nombreux et tapageurs qu'une nuée de cigales en été. Un véritable enfer.

— Monsieur ?

Jean-Baptiste lève la tête avant de l'incliner dans un bref geste d'assentiment.

— Puis-je rappeler à Monsieur que les gages du personnel n'ont toujours pas été payés ? ose Face de lune.

Le comte hausse les épaules. Tous les débuts de mois, c'est la même rengaine. Depuis son arrivée à Paris, Jean-Baptiste vit à crédit, battant monnaie de sa jeunesse et de son nom. Un jeu de funambule qu'il doit à ses talents de courtisan. Subtilement complaisant et habilement corrompu, il sait plaire aux puissants, et d'abord aux femmes. C'est sa botte secrète. Un talent érotique que son ami Voltaire, friand des exploits d'autrui, a résumé en deux vers :

Vous qui baisez mieux que Pétrarque
Et rimez aussi bien que lui !

Le poème a couru tout Paris et nombreuses ont été les beautés de la cour qui ont souhaité découvrir d'elles-mêmes la troublante vérité d'un si éclatant éloge. Jean-Baptiste ferme les yeux et entame la litanie mondaine de ses amours. Les images se mêlent, les souvenirs échangent un sourire, une croupe, une gorge… De qui est ce téton si bien dressé durant le plaisir ? Est-ce la duchesse de La Trémoïlle ou celle de Clermont ? Et qui possède ce sourire mutin qui promet tant avant de révéler plus encore, madame de Sassenage ou bien madame de Bouillon ? Quant à ce grain de beauté niché si impudemment là où le dos perd son nom… Le comte sourit. Là, il n'y a pas de doute. Seuls deux hommes en France honorent de leurs faveurs ce brûlant détail anatomique. Jean-Baptiste et… Louis quinzième du nom. Enroulé dans sa couverture, le comte frissonne de plaisir à cette image : la Pompadour, nue, qui trompe son royal protecteur, et cambre son encolure pour mieux séduire son fougueux amant provençal.

— Monsieur, voulez-vous que je fasse chauffer l'eau ?

Jean-Baptiste abandonne à regret ses souvenirs et tend l'oreille. Dans le cabinet de toilette, le silence a succédé au doux ressac du bain.

— Non. Attendons que Mademoiselle ait terminé de se poudrer le bout du nez.

— Bien, monsieur.

Le comte ouvre son portefeuille. Une dizaine de lettres glissent sur le drap. La plupart sont entourées d'un ruban de couleur. Il les range à part. Jean-Baptiste contemple celles qui restent : trois missives et, dans l'une d'elles, il l'espère, la clef de son destin. À l'approche de la quarantaine, il lui faut maintenant battre un autre fer que celui de sa seule réputation. En effet, on a beau être noble depuis la nuit des temps, recevoir en province l'hommage de ses vassaux à genoux ou parader dans les jardins de Versailles au bras de la favorite du roi, on n'en a pas moins un point faible : l'argent. Toujours l'argent.

Jean-Baptiste soupire. Depuis des mois, il n'ose se plonger dans ses comptes. Il préfère harceler son homme d'affaires, dans le Luberon, pour qu'il vende tantôt un bois, tantôt une vigne, bientôt un domaine. À ce rythme, il ne restera bientôt rien des possessions familiales. À la vérité, il est couvert de dettes et, faute d'un emploi suffisamment lucratif, l'avenir s'annonce sombre.

Pourtant depuis quelque temps, le bruit court d'une faveur, d'un poste. En bon courtisan, Jean-Baptiste n'interroge, ni ne quémande. L'échine souple et la parole prudente, il attend le bon vouloir du roi.

Le comte élimine la première lettre. C'est le sceau du duc de Gadagne. Un de ses cousins. Il lui doit combien déjà ? Trop ! Il jette la lettre par-dessus le lit.

La deuxième est bien lourde. Trop. Une facture.

Reste la troisième.

Jean-Baptiste la retourne et son cœur chavire. Gravé dans la cire rouge, il reconnaît le sceau du Premier ministre.

2

2 juin 1740
Hôtel de Condé

La piétaille se bouscule dans les escaliers. Elle monte, elle descend. Elle court aux ordres, elle court aux nouvelles, elle court partout. Elle s'agite, elle s'excite. De la chambre rouge, un hurlement jaillit.

Sur une marche, un grand échalas aux lèvres fendues en un sourire perpétuel percute un valet de pied monté sur des souliers aux boucles étincelantes. La perruque chancelante, la veste à la dérive, ce dernier manque de tomber à la renverse :

— Maudit drôle, tu n'as rien de mieux à faire qu'à bayer aux quatre vents, le jour où madame la comtesse accouche ?

— Sombre faquin, ton ventre te précède. Tu envahis tout l'escalier avec ta graisse d'eunuque.

Sur le palier, une porte claque. Le hurlement vient de cesser.

— Misérable ver de terre, tout juste bon à récurer le pot de chambre où ton maître se soulage.

— Pauvre impuissant, et si tu me disais comment tu as perdu ta virilité ?

Tout d'un coup, l'escalier se tait. Une ombre monte les marches. Un pas lourd, à peine amorti par les bottes de chasse sur lesquelles claque une badine rapide. Sur le mur, un profil busqué se dessine.

Un serviteur fait le signe de croix. Monsieur de Charolais vient de faire son entrée.

La badine fouette maintenant la rampe d'escalier. Le fer forgé vibre comme frappé par la foudre. Charles de Charolais est une mèche allumée. Il ne sait que faire de la violence électrique de son sang. Par son père, il est un Condé, par sa mère un Bourbon. Un mélange détonant qui fait les délices des gazettes et la terreur de son entourage.

Un charpentier fait trop de bruit en clouant quelque ardoise ? Charles l'abat d'un coup de fusil.

Une de ses maîtresses arrive en retard ? Il la roue de coups avant de la violer en public.

Son fils de sept mois tombe malade ? Il le purge à l'eau-de-vie. Définitivement.

Ses actes de violence sont si nombreux que le roi, fatigué des excentricités de son cousin, décrète qu'il accordera sa grâce à tout honnête homme qui débarrassera le monde civilisé de ce danger public. Mais jusqu'ici, aucun téméraire ne s'est présenté pour rendre ce menu service à Sa Majesté.

En attendant, chaque semaine, Charles de Charolais se rend en l'hôtel de Condé. C'est lui qui dirige les affaires de famille. Et il a fort à faire. Surtout avec sa sœur, Louise-Anne de Charolais, car *Mademoiselle*, comme on la surnomme, a le diable au corps. Le démon de la luxure l'habite. Sa consommation d'amants est infernale. Maintes fois, Charles a pensé provoquer en duel un de ces godelureaux qui se partagent le lit de sa sœur, mais le débit est tel qu'il ne sait par qui commencer. Pamphlétaires, libellistes, rimailleurs, tous les plumitifs de Paris s'en donnent à cœur joie avec les turpitudes de la princesse de Condé. On n'énumère plus ses amants, on en fait des chansons. On ne comptabilise plus ses orgies, on en imprime des livres.

Monsieur de Charolais est sur le palier. La valetaille n'ose plus respirer. Femmes de chambre qui redoutent pour leur vertu, domestiques qui craignent pour leur vie, tous prient le Ciel que cette ombre maléfique passe au plus vite son chemin.

Dans la chambre rouge, les cris ont repris. Monsieur de Charolais lève son nez d'aigle : tout son visage, de ses pommettes osseuses à son menton retroussé, semble converger vers ses narines qui frémissent comme à l'appel du gibier. Les deux valets, collés contre la rampe, ont rengainé leurs insultes. Le grand échalas marmonne une prière pour éviter que ses dents ne jouent du clavecin ; le petit ventru, lui, fixe avec passion le marbre des marches.

— Où est madame la comtesse de Sade ?

D'un index tremblant, une servante montre la porte vernissée de la chambre rouge.

Monsieur de Charolais allonge le pas. Il n'a pas grande sympathie pour cette famille de Sade. Il en a encore moins depuis que ce nobliau de province se vautre dans le lit de sa sœur. Un intrigant doublé d'un libertin ; quant à sa femme, elle est insignifiante. Le comte de Sade l'a choisie uniquement pour couvrir ses débauches et favoriser son ascension vers les bénéfices et les honneurs. Ni belle ni spirituelle, madame de Sade n'a jamais eu qu'une seule mission en guise d'avenir : mettre au monde un fils.

Monsieur de Charolais frappe à la porte. De sa badine, il tambourine contre ses éperons. À cette heure, il devrait déjà être au cercle du Palais-Royal, pour jouer. C'est un parieur-né. La semaine dernière, il a tiré à vue sur un bourgeois de la bonne ville d'Anet. Juste pour prouver à ses amis qu'il était capable de mettre une balle entre les deux yeux du premier venu. Un pari emporté haut la main, mais qui lui a valu une nouvelle semonce royale, avec promesse absolue de ne plus parier sur la vie d'autrui. Depuis, monsieur de Charolais s'ennuie ferme. Le rythme de la badine s'accélère. Une chambrière, la respiration haletante, apparaît dans l'embrasure de la porte.

— Madame est en plein travail, souffle-t-elle.

Le comte hoche la tête et tend l'oreille.

— On ne sait si l'enfant parviendra à sortir.

Dans la chambre, un nouveau cri vient de surgir. Monsieur de Charolais retrousse ses babines et remercie le Ciel. Il sait enfin sur quoi il va parier.

3

2 juin 1740
Saint-Cloud

— Déjà réveillé ?

La voix féminine derrière lui fait sursauter le comte de Sade. Il se rattrape aussitôt par une galanterie.

— Dès que tu as abandonné ce lit, le sommeil m'a quitté, ma princesse.

— Flatteur, où sont mes jupons ?

— Je crains que dans nos ébats enflammés…

Mademoiselle de Charolais éclate de rire. Ses cheveux ondulés tressaillent entre ses seins. Jean-Baptiste se rapproche et embrasse la saillie du genou.

— C'est que j'ai vraiment besoin de mes jupons ! Sinon, je ne pourrai pas sortir et M. Natoire ne finira pas mon portrait.

— Natoire, le peintre ? Tu poses pour lui ?

Un nouvel éclat de rire traverse la chambre. La joue brune de Jean-Baptiste remonte lentement vers la naissance de la cuisse.

— On peut dire ça comme ça !

Le comte de Sade prend un air faussement jaloux.

— Ne me dis pas que mon ami Charles-Joseph te fait poser nue ? Lui, un homme de l'Académie !

— Nue, non ! Mais costumée en moine, oui !

Elle vient de retrouver ses jupons et cherche sa robe désormais. Elle cambre la taille pour mieux voir.

— Dis-moi… (La voix du comte se fait plus pressante.)… tu as déjà vu le tableau que Charles-Joseph fait de toi ?

— Oh oui ! Il est presque terminé. Je suis représentée à genoux en train de tenir une corde à nœuds entre les mains. Il paraît que c'est une allégorie.

— Tu as bien dit *à nœuds* ? interroge Jean-Baptiste avant que son visage ne coule dans l'entrejambe de sa maîtresse.

— Oui. Et d'ailleurs ton ami Natoire insiste beaucoup pour que je les fixe avec attention. C'est très important, il paraît. Comment a-t-il dit déjà ? Ah oui : *« que je les regarde amoureusement ».* Les peintres ont de ces idées !

Comme un nageur qui jaillit de l'eau, le comte reprend son souffle :

— Et c'est tout ?

Mademoiselle réfléchit.

— Non, à mes pieds, il y a aussi un chat couché et puis… oui, une plume d'oie sur une table. Des symboles littéraires, m'a dit Natoire.

— *Des symboles littéraires*, murmure le comte en se renversant à nouveau, alors laisse-moi te donner un cours de langue.

4

2 juin 1740
Hôtel de Condé

Une nausée la prend, si violente qu'elle a à peine le temps d'agripper le drap de ses mains moites.

— Ça recommence ! prévient la sage-femme qui compte sur ses doigts les intervalles entre deux contractions.

Madame de Sade roule sa tête d'un mouvement mécanique. L'oreiller est bientôt couvert de salive. Elle murmure une prière entre ses lèvres bleuies.

— Que dites-vous ?

— Je vais mourir !

La sage-femme la rassure. Elle a mis au monde des rues entières, tout un quartier. Que Madame ne s'inquiète pas. Bien sûr, l'enfant a du mal à sortir, mais c'est parce qu'il est gros. Preuve qu'il a bien profité pendant neuf mois. Et puis Madame n'en est pas à sa première couche. Combien déjà ? Ah, une seule ?

— Caroline-Laure, laisse échapper madame de Sade, elle n'a pas vécu.

Le visage rougi, la sage-femme hausse les épaules.

S'il fallait s'occuper de tous les enfants morts en bas âge ! Les cimetières en sont pleins. Des tombes minuscules qui disparaissent en moins d'une saison. Rien d'important.

— Mon mari… souffle la comtesse, les dents serrées comme si elle avait peur d'expirer pour la dernière fois, prévenez mon mari.

La chambrière se penche. Elle a les mains gercées à force de tremper des linges dans l'eau bouillante. D'ailleurs toute la pièce est une étuve.

— Sur le palier, il y a monsieur de…

La sage-femme n'écoute pas la suite. On l'a fait prévenir, tôt ce matin, et elle ne connaît personne dans l'hôtel de Condé. La chaleur a fait rosir sa poitrine qui bâille sur son corsage. Elle néglige de se rajuster. Ça l'étonnerait que le mari ait envie de se rincer l'œil.

— Monsieur ?

Assis sur un banc couvert de velours vert, sa badine posée au pied, monsieur de Charolais sursaute et fixe le tablier taché de sang de la matrone. Ce qu'il y voit l'incite à revoir les prévisions initiales de son pari.

— Monsieur, l'enfant se présente par le siège.

Charles fronce les sourcils. Un mouvement que détecte aussitôt la sage-femme.

— Par l'arrière si vous préférez. C'est donc plus difficile de le sortir. Et surtout ça demande plus de temps.

La badine reprend du service. Monsieur de Charolais prolonge l'inflexion de ses sourcils.

— Un temps pendant lequel l'enfant risque de ne pas pouvoir respirer.

Il y a peu, chez un banquier anglais de la Chaussée d'Antin, Charles a vu pour la première fois de sa vie une courbe. Dessinée avec précision, elle retranscrit les variations de la rente et, chaque soir, un employé vient inscrire la valeur du jour. Il ne sait pourquoi, mais cette figure lui plaît. Il fouette le dallage. La courbe de survie du futur Sade vient de chuter d'un coup.

— Sans compter que l'enfant peut s'étrangler avec le cordon. Je me souviens, lors de la délivrance de madame de…

Le sifflement brusque de la badine l'interrompt. Monsieur de Charolais vient juste de comprendre que cette bavarde le prend pour le géniteur de l'enfant. Le destin vient enfin de lui envoyer un signe. Il va tenir une vie entre ses mains. Il lui suffit de suggérer la bonne question.

— Sans doute avez-vous une demande à formuler, madame ?

La sage-femme se penche et baisse la voix :

— Si nous devions choisir, qui de la mère ou de l'enfant…

Une fois encore, Charles va confier une existence au dieu cruel et aveugle du Hasard. D'un coup, la badine s'immobilise. En équilibre entre le sol et le pouce. Brusquement, monsieur de Charolais lève la main. La badine tournoie un instant et chute. À gauche.

— Choisissez l'enfant.

5

2 juin 1740
Saint-Cloud

Un cri rauque du cocher, le heurt sourd des sabots sur le pavé : mademoiselle de Charolais vient de partir. Ébahi, le comte de Sade contemple encore le couloir par où la princesse a disparu. Les femmes lui ont toujours fait cette impression : du sable qui coule entre les doigts. Comme sa vie. Face au lit, une glace, bordée d'or, lui renvoie l'image d'un homme qu'il ignore. Il y a tant d'années désormais qu'il joue son propre rôle. Dans le fond, il n'en revient pas d'être père. Il se sent dans la peau d'un imposteur à la veille d'être confondu. Comme si cet enfant qui rampe du ventre de sa mère vers la lumière brusquement allait le démasquer. Machinalement, Jean-Baptiste tire le drap sur son bas-ventre. Il a froid. Sa main heurte la lettre du ministre. Il la décachette d'un geste fébrile. Aussitôt, il court aux dernières lignes :

« *... la cour du prince-évêque de Cologne est une bien petite ambassade pour un homme tel que vous. Et je m'en voudrais presque de vous la proposer si je ne savais déjà combien vous mettrez de zèle et de* *passion dans ce poste auquel Sa Majesté a pensé pour vous comme la première des marches vers... »*

Ambassadeur du roi ! Enfin, on rend justice à ses qualités de courtisan et d'homme du monde. Adieu les dîners sans bourgogne et les nuits sans catins ! Toute sa vie ne serait plus qu'une longue suite de plaisirs désormais.

Jean-Baptiste saute du lit. Tous ses doutes ont disparu.

— La Ramée ! Du papier et des plumes ! Et trouve-moi l'adresse de Natoire !

Le serviteur se précipite. Jean-Baptiste se frotte les mains avant de saisir la plume.

Cher ami,

Je vous croyais encore à décorer les appartements des Soubise de votre délicat pinceau quand j'apprends que vous êtes tombé en dévotion et que tout votre art se consacre aujourd'hui à peindre la sainteté sous sa robe de bure.

Je viens juste de quitter l'agréable déesse qui vous sert de modèle. Que diriez-vous de passer la soirée de demain en sa compagnie et la mienne ? Je ne doute pas que, comme dans votre tableau, vous ne trouviez son chat *docile, qu'elle ne taille les* plumes *à la perfection et qu'elle ne s'occupe à merveille des* nœuds *de notre corde à sauter !*

Voyez, cher ami, combien la peinture me passionne !

Venez donc demain, je vous en conjure... J'ai une heureuse nouvelle à fêter et ce sera un plaisir que de le faire avec un ami aussi averti que vous.

— Monsieur désire sans doute que je prépare son bain ?

Le comte ne répond pas. Il regarde le couloir par où mademoiselle de Charolais s'est envolée sans fermer la porte. Dans l'embrasure grande ouverte, la lumière vibre comme au premier jour. Un irrépressible besoin d'amour le saisit.

— Mon costume et ma perruque, vite. Et que l'on attelle mon cheval.

— Comment ça ? Monsieur le comte s'en va ? Mais où ? s'affole La Ramée.

— Voir mon fils.

INSOLENCE

La tolérance est la vertu du faible.

Marquis de Sade

15 juin 1744
Hôtel de Condé

Madame de Sade grince des dents. Une fois encore, elle a perdu son fils. Furibonde, elle jette un œil dans les travées de la chapelle. Les bancs sont vides. Les murs silencieux. Seul le soleil de juin, à travers les vitraux, réchauffe un peu l'atmosphère désolée des lieux. Il est vrai que les Condé fréquentent rarement la maison de Dieu. La messe les ennuie, la confession les fait bâiller et les sermons les font fuir. À peine consentent-ils à tremper un doigt manucuré dans un bénitier pour le jour de Pâques. Première famille de France, juste avant le roi, Dieu est comme un cousin lointain à qui l'on rend une visite de courtoisie, une fois l'an. Ce n'est pas pour autant que l'on est obligé de fréquenter ses serviteurs et les Condé n'ont que mépris pour les prêtres. Des parasites sur un chien de race, telle est l'opinion de monsieur de Charolais, sur son chapelain et son confesseur.

Voilà pourquoi madame de Sade est une des rares à prier dans la chapelle familiale. Même les domestiques hésitent à venir. Ils ont peur des réactions imprévisibles du chef de Condé.

— Donatien (la voix irritée résonne sous la voûte peinte), où t'es-tu encore fourré ?

Aucune réponse.

Madame de Sade se dirige vers le chœur. La dernière fois, il s'était caché sous l'autel. Elle se penche. Personne.

— Donatien, c'est la dernière fois sinon…

Sinon quoi ? songe-t-elle, lucide malgré sa colère. Elle est seule à élever son fils. Plutôt à se débattre pour élever son fils. Au milieu des dettes sans fin, des calomnies de toutes parts, des adultères incessants : les seuls cadeaux que lui ait jamais faits son mari. Elle sort un mouchoir et se tapote les paupières. Une habitude, car il y a longtemps qu'elle ne pleure plus. Elle doit conserver ses forces. Pour se défendre contre la rumeur, pour affronter les créanciers, pour lutter contre ses rivales. Se battre sans cesse, pour donner à son fils une vie normale.

— Donatien !!!

Cette fois, elle hurle de tout son corps d'épouse humiliée, de mère éperdue.

Un grincement se fait entendre. Sur la gauche. Elle se précipite. Une porte s'ouvre. Donatien surgit, le visage clos.

— Mais tu n'as pas honte ? Te cacher dans le confessionnal. Là où le curé entend tous les péchés. Tu veux être damné ?

L'enfant tend la main droite. Il serre un crucifix en ivoire.

— Mais où as-tu pris ça ? s'exclame sa mère. Je

t'interdis de jouer avec l'image de Notre-Seigneur. C'est un blasphème !

Le crucifix fend l'air, rebondit sur la base d'un pilier et vole en éclats. Démembré, le corps du Christ s'éparpille sur le dallage.

Donatien tend la main vers le visage, couronné d'épines :

— Je le hais.

Donatien a quatre ans.

Son père est un souvenir. Souvent, la nuit, Donatien tente de retrouver son visage. Il n'entend qu'un rire qui passe et un parfum qui s'évapore. On lui dit qu'il est à l'étranger, qu'il sert le roi, que c'est une grande personne très occupée. Trop pour s'occuper d'un marmouset solitaire et indiscipliné.

Sa mère, elle, est absente : quand elle ne sert pas de dame de compagnie aux femelles de la famille Condé, elle passe son temps à prier Dieu. Donatien supporte mal cet amant. Dans la chapelle, il fixe cet homme nu, aux paumes sanglantes. C'est donc pour ce crucifié que l'amour maternel lui est interdit ? Comment peut-elle le préférer à son père qui est au service du roi ? Et surtout comment peut-elle l'aimer plus que lui ?

Beaucoup de questions pour un enfant qui n'aime pas le jour. Dans sa chambre, entre le lit et le bureau en marqueterie, il a tendu une couverture de laine qu'il cale avec des livres pris dans la bibliothèque. Les œuvres de Montesquieu et Voltaire forment deux colonnes à l'entrée de son antre. La plupart du temps, il se tapit au fond, dans l'obscurité. Et là, il attend. Il attend que filtre la lumière. Au moindre rai, il bouche, il obture, il calfeutre jusqu'à ce que la nuit soit totale.

Souvent on le cherche, en particulier le jeudi quand monsieur de Charolais vient rendre visite à sa famille. À chaque fois, il exige la présence de Donatien. Il le regarde comme un arbre dont on mesure la croissance. Cette inspection minutieuse est une source de perplexité pour le jeune Sade. Le plus souvent, il se sent bouillir d'une colère rentrée ; parfois au contraire, il est comme flatté d'une telle attention. Et quand monsieur de Charolais s'en va, il se précipite dans sa tanière et rit de joie.

Nul ne connaît sa cachette, il la monte et la démonte sans cesse. Il l'appelle le *Gîte du Lion.*

— Donatien ?

La voix grêle du domestique de service.

— Il est cinq heures.

Le jeune Sade hasarde une tête bouclée hors de son repaire. Il n'a pas entendu sonner le carillon de Saint-Sulpice. En bas dans le grand salon, s'impatiente Louis-Joseph de Bourbon. De quatre ans son aîné, l'héritier des Condé vient de terminer sa leçon de latin et attend qu'on lui amène Donatien pour sa récréation.

Dans le parc, monsieur de Charolais examine les cages. Il les a fait recouvrir d'un dôme de verdure pour les protéger du soleil. Vigne, glycine, chèvrefeuille s'enlacent au-dessus des barreaux. Derrière, la collection privée de monsieur de Charolais. Celle dont il est le plus fier.

Hôtel de Condé

Lentement, monsieur de Charolais tend sa main gantée vers les barreaux. Le fond de la cage est plongé dans le silence. Il plie ses doigts, sauf le majeur. Un piétinement monte de l'obscurité. La main du comte pivote et un diamant apparaît sur le doigt tendu. Aussitôt, une forme hirsute bondit en hurlant. Monsieur de Charolais retire brusquement sa main. Un singe, écumant de rage, vient s'agripper aux barreaux. Le comte le frappe de sa badine.

— C'est la quatrième fois que cet olibrius est incapable de me saisir ne serait-ce que le doigt.

À ses côtés, le jardinier opine de la tête.

— La prochaine fois, faites-moi penser à le tuer.

Donatien vient d'arriver dans le salon. Assis dans un fauteuil doré, Louis-Joseph le contemple d'un air supérieur. C'est un enfant blond. Très blond. Ni sa mère ni son père ne le sont. Cette couleur imprévue de cheveux est devenue son calvaire.

Le jeune Sade fait sa révérence comme on le lui a appris. Il fixe les rainures du parquet en se demandant si le domestique qui est venu le chercher a aperçu sa cachette.

— Vous appelez ça une révérence ?

La voix aiguë du dernier des Condé le ramène brusquement à la réalité.

— Ne savez-vous donc pas que face à un prince du sang, il faut vous prosterner ?

Donatien se redresse comme un ressort. Il a quatre ans.

— Devant un prince, oui, devant un bâtard, non !

Monsieur de Charolais ne se souvient pas d'avoir couru plus vite. Sur le tapis du salon, les deux enfants tentent de s'étrangler. Louis-Joseph hurle comme un damné. Son oreille est sectionnée juste au-dessus du lobe inférieur. Autour du champ de bataille, les domestiques se sont transformés en statues. Donatien, lui, serre. Il serre de ses mains avides.

La badine siffle et frappe. Louis-Joseph est le premier à lâcher prise. Monsieur de Charolais frappe à nouveau. Donatien se cabre et se retourne. Son visage est inondé de sang.

— Qu'on soigne mon neveu !

Dix domestiques se précipitent.

— Qu'on appelle madame de Sade !

Une servante, en pleurs, se rue dans l'escalier.

D'un coup, le salon se vide de la piétaille. Donatien n'entend rien, ne voit rien. On l'a abandonné sur le tapis. Il écarte les lèvres pour appeler, le sang aussitôt l'étouffe. Son cœur s'emballe, ses poumons se noient. Il va mourir.

Monsieur de Charolais le frappe d'un coup de botte dans l'aine.

Il vomit.

Il vomit son innocence perdue.

II

AMOUR-PROPRE

Je me levais tous les matins pour chercher le plaisir.

Marquis de Sade

VINGT ANS APRÈS

Quant au mariage, je suis toujours très déterminé à n'en faire point.

Marquis de Sade

1

26 février 1763
Paris

La voiture s'arrête à l'angle de la rue de l'Épine, bloquée par la foule qui se rend en place de Grève. Sade tend le prix de la course au cocher et saute sur le pavé humide. Il a plu toute la nuit, mais les nuages sont loin désormais. Il fera beau pour l'exécution. Sous une arcade, une bohémienne, les cheveux dénoués et la sueur aux tempes, fait claquer ses pieds souples sur le dallage. Tout autour, le public tape des mains. Frissonnant de froid, un petit singe tend une sébile en étain. Donatien lui jette une pièce d'argent et se fraye un passage entre les corps qui sentent l'alcool et l'excitation. Bourgeois en habits du dimanche, petits-maîtres poudrés à la dernière mode ou soldats à l'haleine épaisse, tous attendent l'aube comme une fête.

Au bas de la rue, un bruit sourd et régulier résonne, accompagné chaque fois d'une clameur de joie. Les assistants du bourreau sont en train de fixer l'échafaud à l'aide de coins. À chaque coup de masse, l'un d'eux vérifie la stabilité du billot où le condamné posera sa tête. Assis sur une chaise de paille, le bourreau, torse nu, humidifie une pierre à aiguiser.

Sade accélère le pas. Il est en retard. Lové contre un mur, un groupe d'hommes, les mains terreuses, les vêtements souillés de boue, fixe, fasciné, le tranchant de la hache recourbée qui brille sous la première lumière du jour.

Place de Grève

Six coups sonnent à Saint-Gervais. Donatien se dégage de la foule et gagne un renfoncement dans une façade aux volets clos. La porte, sans moulure ni décor, est munie d'un simple heurtoir de cuivre qu'il actionne trois fois. Le battant s'ouvre sur un escalier éclairé de flambeaux. Sur les premières marches, vêtus de longues capes noires et le visage dissimulé sous des loups de satin, des inconnus discutent avec animation. Donatien sort son masque, monte les premiers degrés et salue. Une seule ombre lui répond. Les autres parlent littérature, les noms des auteurs à la mode fusent. Rousseau est en exil, Diderot rédige *l'Encyclopédie*. Quant à Voltaire, on dit sa venue à Paris imminente. Dans l'escalier, une odeur chaude de cire se mélange à un parfum improbable. Donatien ferme les yeux. Benjoin, cannelle et un soupçon de cuir de Russie. Il a toujours été sensible aux parfums. Enfant, il manquait de s'évanouir quand une odeur trop forte l'étreignait. Longtemps, son père s'est amusé d'une telle particularité. Ne disait-on pas que la famille descendait de Balthazar, l'un des rois mages, celui-là même qui avait déposé l'encens aux pieds du Christ ? Voilà qui était de bonne race.

Un bruit de pas le fait jaillir de sa rêverie.

En haut de l'escalier, un serviteur vient de surgir. Le visage impassible sous sa perruque, il fait tinter une sonnette d'argent avant de s'incliner :

— Si Vos Seigneuries veulent bien se donner la peine de monter.

Il tend sa main gantée vers la droite.

— La *Maison dorée* va ouvrir ses portes.

Donatien s'avance le premier. Trois pièces d'or brillent dans sa main. Des écus qu'il a emportés de haute lutte. Il a fallu pleurer misère, promettre monts et merveilles avant que monsieur de Sade père ne consente à desserrer les cordons de sa bourse. Mais que n'aurait-il juré pour entrer enfin dans la *Maison dorée* ? Durant toutes ses années de guerre en Allemagne, il a souvent entendu parler de ce lieu mythique. À la veille des combats, les hommes se montrent plus enclins aux confidences. Les initiés, à mots couverts, en suggéraient les plaisirs, les envieux faisaient semblant de connaître, les téméraires, eux, rêvaient d'y entrer. À force d'un subtil entregent, Donatien est parvenu à percer les secrets des lieux. Ainsi, il a appris qu'en cette maison, fréquentée aussi bien par les seigneurs de la cour que les financiers de la Ville, on ne payait pas pour un simple plaisir, mais pour assister à une mise en scène, certains disaient une *cérémonie*, toujours inédite, toujours fascinante. Quant à la *Maison dorée*, comme un harem nomade, elle changeait de théâtre des opérations selon le spectacle proposé.

Et ce soir, il s'apprête à pénétrer dans le saint des saints. Certes il lui faudra vivre d'expédients pendant plusieurs jours, mais, que diable, trois pièces d'or ne sont rien quand il s'agit d'être admis dans le meilleur bordel de Paris.

Comme le jeune homme entre dans le salon, un domestique en livrée s'avance un bougeoir à la main. Il se dirige dans un angle, tend le bras et allume un flambeau qui fait briller l'or des boiseries et l'éclat des gypses. La torche s'élève à angle droit d'un poing sculpté en pierre rose. Donatien reconnaît un Apollon au front ceint de lauriers. À l'angle opposé, le valet vient d'embraser un nouveau flambeau, révélant une statue imposante en marbre clair. Cette fois, c'est un saint Sébastien le corps percé de flèches.

Une main se pose sur son épaule. Sade se retourne. Gabriel de Lauris. Le visage passé au blanc d'Espagne, les pommettes rougies, les lèvres carmin, le jeune aristocrate ne ressemble que de loin au fringant officier que Donatien a connu à l'armée.

— Ainsi, je te surprends en plein péché de contemplation…

— Je m'imaginais à la place de l'archer. À la guerre, j'ai tiré sur des hommes, mais ce n'étaient que des silhouettes anonymes. Je ne suis même pas sûr de les avoir touchés. Tandis que là…

— Par le sang du Christ, Donatien, toujours des idées que les autres n'ont pas !

Le domestique vient d'enflammer la dernière torche, dévoilant le torse lisse et imberbe d'un adolescent au visage songeur.

— Nous sommes dans le temple de la luxure et de la volupté, annonce Gabriel. Mais d'où sors-tu, tes bottes sont souillées de terre ?

Donatien frappe le parquet pour faire tomber la boue presque séchée et sourit.

— Je remonte des enfers.

Lauris le prend par le bras et l'attire dans l'embrasure d'une fenêtre.

— Tu y es redescendu ?

— J'y ai passé la nuit.

— Tu es fou ! Tu sais bien que c'est infesté de rôdeurs, de marauds…

— … de malandrins, de coupe-jarrets, éclate de rire Sade, toute la lie de la société qui se cache sous terre.

— Passer son temps dans les anciennes carrières sous Paris. Il n'y a que toi…

— Une habitude, du temps où je vivais chez mon oncle dans le château familial près d'Avignon.

Gabriel fait la moue. Il n'aime ni les souvenirs d'enfance ni la province. Sade continue :

— Un de mes aïeuls l'avait fortifié jusqu'à effrayer ses voisins qui ont fini par obtenir par voie de justice qu'on rase tours et créneaux.

Lauris hausse les épaules. Il déteste ces vieilles masures décrépites où croupissent des nobles désargentés.

Comment peut-on vivre loin du roi et des fastes de Versailles ?

— De rage, reprend Donatien, mon ancêtre a construit son château sous terre. Des étages de souterrains, de couloirs sans fin, de réserves enfouies, de pièces secrètes… De rats, d'araignées, de vermine. Un dédale, j'adorais m'y perdre. Quand la flamme de la bougie vacillait, que l'odeur de terre humide me prenait à la gorge, j'avais comme un vertige, la peur m'étreignait comme une catin enfiévrée.

Gabriel éclate de rire.

— Ah, les catins, l'autre folle passion de mon ami Sade !

Brusquement, il se retourne vers le salon où se pressent les masques.

— Gentes dames et gentilshommes, voici devant vous le noble, puissant et redouté marquis de S., seigneur de Provence et grand amateur de putains. Petites mains de bordel ou courtisanes de luxe, catins de ruelle ou filles de l'Opéra, tout lui est bon. Tout lui est frénésie et volupté.

Une salve d'applaudissements suit ces paroles tandis que Lauris, à la manière d'un acteur, salue en s'inclinant.

— Et dire que tu m'as demandé d'être discret, s'amuse Sade.

— Discret sur ce que tu vas voir et *qui* tu risques de voir. Pas de nom, souviens-toi.

— Je suis comme les trois singes de la fable : je ne vois, ni n'entends, ni ne parle.

— Toujours aussi philosophe ! À ce propos, que penses-tu du dernier emportement de Voltaire ? Défendre ces protestants condamnés au bûcher ! Mais de quoi se mêle-t-il ? Si l'on brûle les parpaillots, c'est pour leur donner un avant-goût de l'enfer.

— L'affaire Callas ? Tu as lu ce qu'il a écrit ?

Gabriel s'esclaffe.

— Lire la prose d'un fils de notaire, tu n'y songes pas ! Mais je ne sais pourquoi je te parle de ça. J'ai beaucoup mieux à t'annoncer.

Trois jeunes femmes, voilées de soie légère, entrent. L'une d'elles, une coupe pétillante à la main, s'installe nonchalamment sur une bergère. Brusquement, Sade sent le parfum dont il avait capté les effluves dans l'escalier.

— Laisse-moi te confier un secret. Nous attendons un grand seigneur ce soir.

— Un noble de Versailles ?

— Plus haut !

— Un ministre du roi ?

— Bien au-delà !

Donatien réfléchit. Lauris a la réputation d'être bien en fortune et en cour. On dit que son père a les deux oreilles du souverain. Une image pour indiquer que, à la différence des autres familiers, sa parole ne tombe pas dans le puits sans fond de l'indifférence royale. Tout est donc possible et Gabriel meurt d'envie de se confier. Donatien le tente.

— Cher ami, ma famille, à la différence de la tienne, n'évolue plus dans les hautes sphères de la cour.

— Un favori du roi, lâche Lauris, rouge de plaisir, mais je réclame de toi le plus profond secret. Figure-toi que ce duc, dont je tairai le grand nom, a connu ces derniers temps quelques défaillances dans sa vigueur amoureuse.

Sade sourit dans l'ombre. Depuis toujours, il voue une détestation à la haute aristocratie. Ces familles de privilégiés notoires dont l'arrogance innée n'égale que la voracité sociale. À eux, les bénéfices les plus opulents, les fiefs les plus riches, et surtout les femmes les plus belles. Depuis qu'il est rentré de l'armée, Donatien court après les salons et les bals où l'on daigne l'inviter. Et partout, il sent se poser sur lui ce même regard condescendant, réservé à la petite noblesse issue de province. Alors, si l'un de ces hauts seigneurs ne peut plus honorer le beau sexe, il en éprouve un vrai plaisir. Ironiquement, il laisse tomber :

— Cela arrive, même aux meilleurs d'entre nous.

Gabriel secoue la tête.

— Ce qu'un philosophe comme toi peut comprendre, un aristocrate de renom ne peut pas le tolérer. Il lui est impossible d'accepter que l'âge ou la débauche l'aient amoindri. Et comme je suis l'un de ses amis, je me suis engagé à résoudre son petit problème.

Peu à peu le salon se remplit. On entend des rires rouler en cascade tandis que le tintement du cristal résonne à l'unisson. Dans une pièce voisine, un orchestre se met à jouer. Donatien reconnaît un air de Rameau. Par moments, des couples s'éloignent et passent la porte en direction de la musique.

— Alcôves et boudoirs, souffle Gabriel, et puis les musiciens sont aveugles…

— Un détail piquant qui rend l'expérience plus excitante encore.

— Ici tout est pensé exclusivement pour le plaisir. Mon duc y trouvera de quoi fouetter le sien. D'ailleurs, je dois te laisser pour préparer sa venue.

Donatien porte la main à son cœur et s'incline. De Lauris se contente d'un bref salut de la tête.

— Que fais-tu, après-demain soir ? J'organise une soirée pour fêter *l'exécution.* Sur l'île Saint-Louis. Mon valet de pied te portera l'adresse demain.

— Je viendrai avec plaisir, affirme Donatien.

— Chacun des invités apportera son *tribut.* Je te dirai lequel…

Un domestique se penche à l'oreille de Gabriel.

— Mon duc vient d'arriver. Je te souhaite un bon *choix.*

Donatien n'a pas le temps de réfléchir à l'étrangeté de la dernière phrase qu'un homme masqué apparaît et frappe trois coups sur le parquet à l'aide d'une canne d'apparat. Aussitôt, la musique se tait. L'inconnu, sanglé dans une redingote rouge, s'avance au centre du salon.

— Faites cercle. Les femmes au levant. Les hommes au couchant.

Aussitôt, la compagnie se divise en deux parties égales se faisant front. Le maître de cérémonie se penche et pose au centre un cône de cristal, puis il dispose sa canne à l'horizontale en équilibre sur la pointe. Du bout de son gant, il la fait tourner. Satisfait, il place le pommeau d'argent face à ses bottes au cuir lustré.

— La boussole du destin est prête.

Un frémissement parcourt l'assemblée. Sous les masques, les yeux brillent. Derrière le cercle, des domestiques se postent sous les fenêtres closes qui donnent sur la place de Grève. L'inconnu montre une horloge posée sur une des cheminées.

— Il est l'heure. Ouvrez la première fenêtre.

Les battants écartés, le serviteur pousse les volets. D'un coup la rumeur de la place envahit le salon. Cris, chansons, injures rebondissent en écho sur les murs.

— La roue du destin est lancée.

La canne tournoie, ralentit, vacille un instant puis s'arrête. Le gentilhomme devant lequel le pommeau s'immobilise sort du cercle, s'avance vers la femme indiquée par la pointe de la canne et s'incline. Elle lui tend la main et le couple ainsi formé se dirige vers la fenêtre. La femme se penche pour ne rien perdre du spectacle tandis que son partenaire désigné par le sort fourrage sous sa robe. Au premier gémissement de plaisir, le maître de cérémonie esquisse un sourire et fait tourner la canne.

Donatien se sent rougir sous le masque. Il éprouve la même sensation que quand il s'adonne au jeu : tremblant d'excitation à chaque nouvelle carte. Quelle sera l'élue que lui donnera le destin ? Serait-ce la robe noire bordée de guipures en dentelle ou bien l'épaule blanche comme un lys qui brille sous le lustre ? La canne s'arrête pile devant son voisin. Une nouvelle fenêtre s'ouvre.

Sade ferme les yeux. Une clameur monte de la place de Grève tandis qu'un grondement de tambour indique que le condamné est en train d'arriver. Malgré le bruit de la foule, on entend le roulement de l'essieu sur le pavé.

La canne a repris sa course.

Donatien remarque que la robe noire a disparu. Elle a rejoint son compagnon de hasard devant la fenêtre. Sade ressent comme un pincement de jalousie.

Le pommeau s'arrête devant lui.

Il lève les yeux.

C'est alors qu'il *la* voit.

Dehors, le silence tombe. Le crieur public vient de prendre place devant le billot. Derrière, le bourreau, cagoulé de rouge, le torse nu, soupèse le manche de sa hache. Le crieur s'adresse à la foule qui rugit dès les premiers mots :

— *Convaincu de viol et de sacrilège...*

Mais Donatien n'entend pas. Un regard d'émeraude brûle sous le masque. Il avance d'un pas, hypnotisé.

— … *En conséquence son sexe sera arraché...*

Il s'incline, le cœur battant.

— ... *ses membres rompus...*

Quand il se relève, l'eau verte de ses yeux coule en lui comme un sang nouveau.

— ... *et sa tête tranchée.*

Dans un bruit de tonnerre, le peuple hurle de joie. Le spectacle va commencer. Sade tend la main gauche et se tourne vers la fenêtre. Le parfum qu'il avait senti dans l'escalier le trouble à nouveau. Cette fois, une note plus fraîche se mêle à sa première sensation : un soupçon de verveine qui flotte pareil à un fantôme d'enfance. Comme il avance sur le parquet, un souvenir lui revient, celui de ces chaudes après-midi d'été où il se roulait dans les prés. Le soir, il revenait au château de son oncle, en Provence, les joues et le front rougis, les mollets striés de la caresse mordante des orties et tout le corps embaumé de la senteur des plantes aromatiques.

— Madame, prenez place.

La voix du maître de cérémonie le ramène à la réalité. Dans un froissement de soie, sa compagne s'accoude à la grille en fer forgé qui barre la fenêtre. Donatien se retrouve collé à une silhouette souple, dessinée par le corset. Sur la place, le silence retombe. Le condamné, comme un somnambule, monte sur l'échafaud. Un profond désir saisit Sade. Jamais il n'a senti pareille excitation, à tel point qu'il en reste immobile. Brusquement, la jeune inconnue secoue la tête, libérant une cascade de cheveux noirs dans une pluie d'épingles qui cingle le parquet. Donatien n'hésite plus, il tend les mains.

— Celle-là !

La voix a surgi, impérieuse et rauque. Sans se retourner, Donatien jette un œil sur le miroir vénitien qui se dresse entre les deux fenêtres. Un homme, perruqué de blanc, la redingote scintillante de diamants, vient d'apparaître dans l'embrasure de l'antichambre. À ses côtés se tient Gabriel. Donatien porte la main à la garde de son épée. L'inconnue se retourne. Le haut de sa robe coupe net ses seins dont la partie blanche et charnue palpite sous la lumière des chandelles. Sade se fige, la gorge serrée, le visage défait. Une main s'appuie sur son épaule. Lauris.

— Ne te retourne pas ! Pas de scandale.

Donatien lève son regard sur le miroir. Le favori, qui ne se sait pas observé, a un visage ridé de vieux singe et des oreilles rouge sang. Ses lèvres se retroussent sur des dents élimées. Sur la place, une prière monte. Le *Pater Noster*. Quand la dernière parole tombera, le supplice commencera. Brusquement, elle le fixe. Sous le masque, l'éclat de ses yeux verts le brûle comme un coup de fouet.

— Ne t'inquiète pas, il la touchera à peine, murmure Gabriel. Tu la reverras. Je te le promets.

Lauris fouille sous son gilet de satin. Sade fixe l'échafaud où l'on dénude le condamné.

— Tiens, prends ça.

La rage au cœur, Donatien serre la bourse replète dans sa main. Derrière lui, un rire de femme retentit.

— Et paye-toi une putain.

2

27 février 1763
Château de Versailles

Le roi a passé quarante ans. Depuis longtemps son profil s'est épaissi, ses joues coulent lentement vers le menton, son regard se plisse sous le poids des paupières. Son visage devient plus impénétrable, ses désirs plus énigmatiques. Déchiffrer le bon vouloir de son royal maître fait partie des responsabilités prioritaires du duc de Gadagne. Un art subtil que connaît parfaitement le courtisan. Chaque matin, on lui remet en mains propres et sous scellés les rapports de la nuit. Des tripots du Palais-Royal aux bosquets des Tuileries, des lieux de débauche aux maisons galantes, partout la police entretient des *mouches* dont les pattes d'encre font l'étude studieuse de monsieur de Gadagne. Il lit, il trie, il choisit. Et chaque soir, un portefeuille de cuir sous le bras, le favori se rend à son entretien privé avec le roi. Les affaires de l'État ennuient rapidement Sa Majesté. Une révolte de croquants en Auvergne le fait bâiller, une famine en Bretagne l'endort ; en revanche, une affaire de sorcellerie dans le quartier

Saint-Médard éveille son regard, un adultère en pleine cour ranime toute son attention. Le but ultime, la récompense suprême du duc de Gadagne.

Ce soir, le roi est maussade. Il doit faire une apparition publique, distribuer quelques pâles sourires à des courtisans, laisser tomber une phrase équivoque pour les ambassadeurs, et son humeur s'en ressent. Heureusement, monsieur de Gadagne a prévu ce chagrin. Il a sous le boisseau de quoi ressusciter la curiosité du souverain.

— Sire, je suis allé hier assister à une exécution.

Louis tourne vers lui un regard surpris, bientôt gourmand.

— Grands dieux, Gadagne, vous êtes allé en place de Grève ? Au milieu de la populace ?

Les lèvres du duc se retroussent de plaisir.

— Votre Majesté, j'ai vu le spectacle du haut d'une fenêtre. Un excellent point de vue. Aucun détail n'a pu m'échapper.

— Vous êtes partout là où on ne vous attend pas, monsieur le duc.

Le favori s'incline avant d'ajouter :

— Et comme de plus j'étais en agréable compagnie, le plaisir de vous servir a été double.

Imperceptiblement le roi sourit, mais ne relève pas l'allusion.

— Parlez-moi du condamné.

Gadagne joint les mains dans une invisible prière.

— Un sans-Dieu, sire. Un homme du peuple qui s'est introduit dans le couvent du faubourg Saint-Jacques.

— Un couvent, Gadagne ?

— Oui, sire, pour violer une nonne.

— Jeune ?

— Une pucelle, sire. Il a abusé d'elle sur les marches de l'autel. Voilà la conséquence des doctrines impies de tous ces philosophes, ces encyclopédistes…

— Une pucelle… répète le roi.

— À peine pubère. Ce qui arrive, quand on laisse se répandre les idées de ce monsieur Voltaire. Un fils de notaire qui passe son temps à ridiculiser la religion.

— Et que lui a-t-on fait à ce violeur de nonne ?

— Sire, on lui a d'abord coupé la main droite. Car en plus de son crime, il avait aussi volé des objets du culte. C'est d'ailleurs ainsi qu'on a pu le retrouver. Il tentait de monnayer un ciboire chez un juif.

— Ensuite ?

— Le bourreau a fait son œuvre. Il a châtré ce mécréant, lui a brisé les membres. Puis, avec une fine lame, il a commencé à le dépecer.

— Était-il déjà mort ? s'étonne le roi.

— Non, Votre Majesté, on a arrêté l'hémorragie au fer rouge. Ainsi, le spectacle peut durer plus longtemps. Pour la plus grande joie du peuple.

Louis ne répond pas. De nouveau, son visage a repris son apathie naturelle. L'histoire de l'exécution ne l'intéresse déjà plus. Aussitôt, Gadagne relance la conversation en montrant le portefeuille de cuir qu'il vient de poser sur le guéridon.

— Sire, il se passe de bien curieuses choses dans l'île Saint-Louis.

Le roi tend les mains vers la cheminée. Un feu de sarments pétille dans l'âtre.

— L'île Saint-Louis… beaucoup de ces messieurs du Parlement habitaient là au début de mon règne. On me dit qu'ils préfèrent aujourd'hui s'installer hors les murs de Paris.

Le duc hoche respectueusement de la perruque. Petit et sec, il a une tête d'oiseau empaillé sur laquelle sa femme plante de vigoureuses cornes.

— Votre Majesté a comme toujours raison. L'île Saint-Louis n'est plus un quartier à la mode…

Le roi ferme les yeux. Le doux crépitement du feu le berce d'une chanson sans paroles.

— … les rues sont désertes et nombre d'hôtels particuliers sont ouverts aux quatre vents.

— *Sic transit gloria mundi*, laisse échapper le roi en s'enfonçant dans son fauteuil.

Monsieur de Gadagne se rapproche. Les citations latines préludent toujours à l'endormissement de Sa Majesté.

— Il semble pourtant que certains s'accommodent fort bien de l'abandon et de la discrétion des lieux.

— Pour y faire quoi ?

— S'y adonner à des plaisirs interdits.

L'œil du souverain se rallume.

— Contez-moi ça, Gadagne.

Tout en s'inclinant, le duc prend la voix des confidences.

— Il y a deux semaines, la police a procédé à l'arrestation d'un *crocheteur* qui s'était introduit dans le cimetière des Innocents.

— Un violeur de sépultures ?

— C'est ce que nous avons cru, sire. Mais les pilleurs de cadavres s'attaquent aux tombes récentes.

Le roi esquisse un sourire.

— Ces savants de la faculté de Médecine sont insatiables. Il leur faut toujours de nouveaux corps à disséquer.

Gadagne sourit à son tour. Son visage est toujours si étrangement plissé qu'il ressemble au rire d'un babouin.

— Sauf que là, cet écumeur s'était attaqué à la fosse commune.

Un frisson parcourt les épaules royales.

— Mais pour quoi faire, grand Dieu ?

— Pour récupérer des ossements, sire.

Le profil en majesté se tourne vers le duc.

— Je suppose que l'on a fait parler ce mauvais plaisant.

— J'ai personnellement assisté à son interrogatoire, sire.

Un léger tintement se fait entendre contre la porte. Un valet, plié en deux, apparaît dans l'entrebâillement. Sa Majesté est attendue.

— Et qu'a-t-il avoué ?

Le roi se lève avec lenteur. Sa corvée l'ennuie et Gadagne le distrait.

— Une abomination, sire. Des courtisans qui organisent des parties de débauche impie. On s'y vautre dans la luxure, on s'y complaît dans le vice, on descend aux plus basses perversions.

— Mais les ossements ?

Gadagne esquisse un signe de croix.

— On raconte que, durant ces bacchanales, certains libertins endurcis vont jusqu'à en user pour…

D'une main rapide, le duc pose sur le guéridon en bois des îles un papier cacheté.

— Voici les premiers noms, sire. Des épouses volages en quête d'amants, de jeunes étourdis en mal de sensations fortes. Des inconscients dont le libertinage, s'il se savait, ferait grand bruit.

Dans le miroir, au-dessus de la cheminée, le visage du souverain vient de se figer.

Si les histoires lestes que lui rapporte Gadagne le distraient, la rumeur du scandale, elle, le met de mauvaise humeur. Depuis quelques années, le respect se perd dans le royaume de France. Chaque jour, on imprime des libelles où l'on s'attaque à sa vie privée, des pamphlets où on raille ses maîtresses, ses diatribes où l'on dénonce ses plaisirs. Et voilà que des *galantins*, aux jeux morbides, risquent de défrayer encore plus la chronique.

— Je compte sur vous, Gadagne, pour mettre un terme à ces dérèglements qui nuisent à la bonne tenue du royaume.

Le duc s'incline.

— J'ai déjà pris sur moi de demander à monsieur de Sartine, le lieutenant général de police, de faire surveiller ce petit monde. Une *mouche* s'en occupe.

Le roi ralentit le pas.

— Une *mouche*, Gadagne ?

— Un informateur, sire. Un ancien militaire. Il n'y a pas meilleurs chasseurs que ces gens-là.

La grande porte s'ouvre. Une nuée de courtisans se met à vrombir. Un rucher en pâmoison. Avant d'avancer en majesté, Louis se retourne.

— Alors qu'il rapporte du gibier. Vite.

3

27 février 1763
Café de la Régence
Rue Saint-Honoré

Dans l'angle des joueurs de dames, tout le monde connaît Natoire. Le Peintre, comme on l'appelle, passe là ses soirées, assis à une table de marbre, en train de dessiner. Chacun le voit arriver, quand huit heures sonnent à l'église Saint-Roch. Les habitués qui s'affrontent autour d'un damier se poussent pour lui laisser passage. Il marche lentement, appuyé sur une canne d'acajou et s'assoit le long de la vitre qui donne sur la rue. Sans attendre, un serveur pose devant lui une tasse de chocolat et le peintre sort papier, crayon et craie. Natoire aime le café de *la Régence*, car il est silencieux. Pas de braillard qui déclame contre l'État, de journaleux qui bavent de l'encre contre le roi, rien que des passionnés qui, chacun dans leur coin, jouent aux dames ou aux échecs. Une fois installé, Natoire sort une boîte émaillée de son gilet, dévisse le couvercle et contemple d'un œil friand le tabac à priser. De ses doigts, souvent tachés de peinture, il saisit quelques brins finement coupés et, le sourire gourmand aux lèvres, les porte à sa narine. Une fois ce rituel accompli, il goûte son chocolat, caresse le duvet du papier à dessin et fait courir son crayon.

— Dame, prononce un habitué en levant la tête et en faisant jouer ses doigts sur le rebord de la table.

— Bien vu, commente son adversaire qui fait signe au serveur de lui apporter un nouveau carafon de vin, tiens voilà le Peintre qui commence à dessiner.

— Une Vierge ?

— Comme d'habitude.

Les deux joueurs échangent un sourire complice. Entre deux parties, on parle souvent de Natoire qui a connu son heure de gloire vingt ans plus tôt. Ses peintures allégoriques ornent encore bien des salons parisiens, mais son style fleuri et voluptueux est passé de mode. On vit désormais à l'époque de la philosophie triomphante et l'heure est à la vertu. Oubliées, les beautés à la gorge plantureuse et au regard vaporeux, aujourd'hui le public éclairé ne réclame plus que des paysages sévères, encombrés de ruines antiques, propices à d'âpres méditations. À soixante-trois ans, l'ancien libertin n'a plus trouvé d'autres ressources que de peindre des tableaux religieux pour les rares dévots qui en veulent encore.

Tout en avançant un pion, le joueur ricane :

— Si les clients du peintre savaient où il trouve ses modèles !

Son adversaire étouffe un rire et lève les yeux. De l'autre côté de la rue, une porte cochère s'ouvre. Une femme, à la perruque flamboyante, sort, escortée d'un valet de pied. Les yeux brillants, la gorge à peine dissimulée par une gaze vaporeuse, elle relève sa jupe en montant dans un carrosse. Une jambe apparaît, finement galbée dans un bas de soie rose. Dans le café silencieux, on entend le crayon de Natoire crisser sur la feuille à dessin.

Derrière les rideaux, Donatien observe la courtisane qui donne des ordres au cocher. Le fouet claque et la voiture disparaît. Le jeune homme a un pincement au cœur. Il déteste qu'on le quitte. Même une catin. Même payée avec l'or de Lauris.

Une bouffée d'humiliation le saisit à la gorge. L'aventure de la *Maison dorée* lui brûle encore le regard. Pour apaiser sa colère, il s'est rendu dans le meilleur bordel de la ville et il a exigé la plus belle, la plus chère. Tout pour oublier ces yeux verts qui ont zébré son âme. Et il n'y est pas arrivé.

Dans sa tête chaude tournent des rêves de duel. Comment a-t-il pu se faire humilier de la sorte par le duc de Gadagne ! Il l'avait reconnu dans le miroir. Dans ses bouffées de colère, il voyait le corps du favori, étendu sur de l'herbe fraîche, un trou rouge au côté droit.

Il a toujours eu une imagination débordante. Surtout quand on l'offense. Mais désormais, quand sa tête s'enfièvre, surgit l'image brûlante de ces yeux verts. Et d'un coup, il se sent un cœur. Une sensation si intense qu'elle l'empêche presque de respirer. Il doit la revoir. À n'importe quel prix.

La soirée sur l'île Saint-Louis est confirmée. Un hôtel déserté en bord de Seine. Reste le *tribut à apporter*. Une demande excentrique et lubrique de Lauris, mais Donatien sait où se fournir.

Il saisit sa chemise, la jette sur ses épaules et revient à la fenêtre. La rue est de nouveau silencieuse. Une fine pluie commence de tomber. Malgré le feu dans la cheminée, Donatien a froid. Paris le fatigue. Depuis qu'il a quitté l'armée, ou plutôt que l'armée l'a jeté sur le pavé avec une solde de misère, il mène une vie de médiocrité et de dissipation. Courant les invitations, mendiant les dîners en ville. Bientôt, il lui faudra frapper à la porte de sa famille et à nouveau tendre la main. Et puis son cœur a soif de vie. Chaque matin, quand il voit le brouillard monter de la Seine, un désir d'enfance le prend. Une envie de se jeter dans la première malle-poste et de s'enfuir en Provence. Là, sous un ciel toujours jeune, une autre existence l'attend. Et il se perd dans une rêverie de soleil ardent et de plaisirs sans fin. Donatien secoue la tête. Il a le sang trop chaud.

La chambre n'est louée qu'à l'heure et il lui en reste deux à perdre avant son rendez-vous sur l'île Saint-Louis. Il saisit sa cape et jette un œil par la fenêtre grise. La pluie ruisselle sur le pavé. De l'autre côté de la rue, le café de *la Régence* vient d'allumer ses lustres. Donatien hoche la tête. Au moins il aura chaud.

Natoire vient de poser son crayon. Sur le papier bleuté, une femme nue lève un regard implorant vers le ciel. Natoire prend une craie blanche et en deux traits estompe encore le regard. Un théologien se serait sans doute étonné de retrouver dans les yeux de la Vierge cette lueur humide qu'une femme n'a que pour son amant, juste après le plaisir. Natoire, lui, puise dans ses souvenirs et sait que ses clients aiment, dans le secret de leur oratoire, s'agenouiller devant des

Vierges, subtilement impudiques. Voilà pourquoi, il humecte l'index et le fait glisser sur le papier. Brusquement le galbe de la cuisse prend un relief suggestif. Natoire sourit. Surtout ne pas oublier ce détail dans le futur tableau. Le mieux est de le noter. Il cherche son crayon, mais ne le trouve plus. Son humeur s'assombrit. Il n'aime pas perdre ses objets familiers, c'est preuve que son attention baisse. En se tournant pour voir si sa mine n'a pas glissé sur le dallage, le peintre aperçoit un militaire qui referme un canif. Sur sa table, le serveur a posé un encrier. Une plume fraîchement taillée attend sur le rebord en porcelaine.

— Monsieur ! (La voix de Natoire a toujours été faible.) Monsieur…

Le militaire lève les yeux. Le regard est gris, les joues roses, le cheveu blond. Une épaulette brille sur son uniforme. Natoire reprend :

— Monsieur, auriez-vous la grâce de me prêter un instant votre plume. Mon crayon s'est égaré et…

L'officier tend la main en signe d'assentiment. Natoire s'approche de la table.

— Vous savez comment sont les idées. De vraies abeilles. Elles butinent un instant, puis disparaissent. Si je ne les note pas…

Le peintre ne finit pas sa phrase. Posée sur la table, une chevalière brille sous la lumière flamboyante des lustres. Un blason usé orne la bague. Natoire, pourtant, n'a aucun mal à le reconnaître.

— Une étoile à huit rais, s'exclame-t-il, mais je connais, vous êtes…

Le jeune militaire se lève et s'incline.

— Donatien Aldonze François de Sade.

Un flacon de vin blanc, entouré d'un buisson de fruits de mer, orne la table. Natoire regarde avec plaisir le fils de son ami d'antan gober avec ardeur la chair nacrée des huîtres. Un jeune homme fringant qui a le goût des confidences. Comme son père.

— Il y a bien longtemps que je n'ai vu le comte de Sade. À l'époque, je faisais le portrait de mademoiselle de Charolais à l'hôtel de Condé. Nous étions très liés.

Une lueur passe dans ses yeux fatigués. Comme le reflet d'un soleil ancien qui avait cessé de briller. Il ne se fait guère d'illusions. S'il n'a plus entendu parler du comte, c'est que ce dernier a dû sombrer de disgrâce en anonymat.

— Mon père vit retiré. Sa santé et le souci de ses affaires ne lui laissent que peu de loisir pour les mondanités.

Natoire hoche la tête et murmure de sa voix lasse :

— Votre père avait de vrais talents d'homme du monde. Je me souviens de l'avoir vu juste avant son départ de Paris. Une soirée mémorable. Il partait pour un poste de diplomate et…

Donatien le coupe en lui montrant le dessin inachevé sur la table.

— Une œuvre en cours ?

Le peintre acquiesce.

— Une ébauche pour un tableau. Une *Annonciation faite à Marie.*

— Et vous comptez l'habiller ?

Natoire saisit le flacon de vin, hume son parfum de pierre à fusil et retrouve le sourire.

— Les Vierges demeurent rarement dénudées. Et vous, cette plume ?

Le peintre montre du doigt la pointe tout juste aiguisée, sur le rebord de l'encrier.

— Votre père aussi aimait écrire. Il avait le sonnet leste et le vers insolent.

— J'écris une lettre d'amour.

Le mot *amour* plisse le front du peintre d'une ride en circonflexe. Décidément, les jeunes générations l'étonneront toujours. Il saisit le carafon et s'octroie un nouveau verre.

— Et à qui ? demande-t-il sur le ton de la confidence.

— À une femme que je ne connais pas.

Le visage de Natoire se fige. L'horloge qui sommeille près d'un dressoir se réveille et sonne la demie de huit heures.

Donatien se lève brusquement.

— J'ai un rendez-vous.

Étonné, Natoire ne peut s'empêcher de demander :

— Mais où ?

— Au cimetière des Innocents.

4

27 février 1763
Versailles

— Le roi !

Le mot se répercute tout le long de la galerie, rebondit sur les visages qu'il fend d'un sourire, parcourt les rangs serrés des courtisans d'un frémissement continu d'épaules et vient se perdre dans les volutes dorées du plafond. Une à une les têtes se courbent tandis que, sous un masque d'indifférence, le monarque avance à pas lents sur le parquet poli comme un miroir.

— Sire, merci pour la paix.

La phrase vole de lèvres en lèvres. Les femmes la prononcent, la voix languissante comme à l'Opéra, les hommes d'un ton grave. Louis XV, sous son chapeau de plumes blanches, demeure impassible. À peine a-t-il un regard coulissant sur une gorge inclinée. Ce soir est jour de parade pour la monarchie. Après sept ans de guerre, la paix va bientôt être signée. Dans la cour d'honneur, on entend manœuvrer, à la lueur des flambeaux, une compagnie de chevau-légers. Une à une les têtes s'inclinent. Monsieur de Sade s'est placé au dernier rang. Ses jambes le font souffrir. Il s'appuie contre le mur. Devant lui, deux militaires perruqués de frais. L'un d'eux porte la croix de Saint-Louis sur la poitrine.

— La paix ? rage le premier, la paix de la honte, oui !

— Notre flotte est détruite, gémit le second.

— Nos armées sont en loques.

— Nous avons perdu nos colonies d'Amérique.

— Nos comptoirs des Indes.

Le roi arrive. Les deux perruques s'inclinent, frôlent presque le parquet.

— Merci pour la paix, sire.

Le comte de Sade laisse échapper un rictus et se penche à son tour. L'œil rivé sur la boucle de sa chaussure. Du laiton.

Quand il se relève, le roi a disparu.

Monsieur de Sade cherche sa canne. La galerie est presque déserte. Le tourbillon des courtisans se répand désormais dans les salons.

— Monsieur le comte ?

Sade lève un sourcil inquiet. Depuis longtemps, il n'aime plus les surprises. Devant lui, se tient monsieur de Gadagne. Le comte sourit jaune.

— Mon bon cousin, c'est un plaisir.

— Mon cher cousin, c'est un plaisir aussi.

La parenté entre les Sade et les Gadagne n'est qu'un lointain souvenir, mais on se salue comme si on était né dans le même berceau. Le comte esquisse une brève révérence. Il a toujours détesté les Gadagne. Et en particulier ce petit duc avec son visage chiffonné comme du papier à chier. Dire que cet avorton est un intime du roi… Enfin, il paraît que, dans les tripots de Versailles, les paris sur la taille de ses cornes sont au plus haut. Voilà qui console.

À son tour le duc s'incline, puis se rapproche.

— Mon bon cousin, puisque je vous ai sous la main, laissez-moi vous parler d'une affaire, une misère, un rien…

Aussitôt le comte de Sade se récrie.

— Mon aimé cousin, ne me dites pas qu'il s'agit encore de cette dette… Comment, mon notaire ne vous l'a pas encore réglée ?

Monsieur de Gadagne secoue sa tête de corbeau déplumé.

— Hélas non…

Dans la galerie des Glaces, le silence s'installe, à peine troublé par le pas furtif d'un domestique. Le temps pour le duc de Gadagne d'examiner la vêture de son cousin. De la perruque aux chaussures. Son opinion est faite : ce n'est pas dans les poches de monsieur de Sade qu'il récupérera son avoir. Il prend son cousin par le bras et l'emmène dans l'embrasure d'une fenêtre.

— Comment se porte madame votre épouse ?

Le visage du comte se ferme. Voilà bien vingt ans qu'il n'a pas revu sa femme. Elle vit terrée dans un couvent de carmélites et passe ses jours à prier.

— Ma digne épouse a entendu la voix du Ciel. Elle est tout entière tournée vers le Seigneur. C'est un grand réconfort pour moi de la savoir si pieuse.

Brusquement, monsieur de Gadagne fait virevolter son chapeau et s'incline. Le lieutenant général de police vient d'entrer.

— Vous voilà bien poli, mon cousin… ironise le comte de Sade, avec ce *bien coiffé*.

— Le *Perruquier*[1], mon cousin, est au mieux avec le roi.

— Un vil courtisan ! Un homme de rien.

— Un homme fin et subtil qui sait plaire à son souverain.

Le comte frappe le parquet de sa canne. Il est d'une humeur de chien. Mais pourquoi, diable, Gadagne se souvient-il subitement de cette dette ?

— Et dire que l'on néglige les vrais serviteurs du royaume au profit de ces parvenus !

— Sa Majesté lui a octroyé dernièrement une somme fort grassouillette. Il en a profité pour acheter un château de famille.

— Quelle honte !

Bouillant de colère, Sade tourne son regard vers les jardins éclairés par des rangées de torches que courbe le vent. Une ligne de domestiques se déplace de front, ratissant le sable de la terrasse. Le roi va sortir.

— À ce propos, mon cousin, interroge mielleusement monsieur de Gadagne, que deviennent vos propriétés en Provence ?

Le comte baisse le regard. Sur son soulier gauche, la boucle en laiton est tachée de boue. Il a dû traverser les jardins de Versailles à pied. Lui, un ancien ambassadeur du roi. Finir de la sorte ! Oublié, méprisé. Et ce Gadagne, cet impuissant notoire, qui le chicane pour une misérable dette.

— Vous aviez bien trois châteaux ?

1. Surnom de monsieur de Sartine, dont la passion pour les perruques était devenue légendaire.

Le duc joue à l'ignorant. Il se penche vers Sade.

— Voyons, celui de Mazan ?

Le comte hausse les épaules.

— Depuis dix ans, ma tante Villeneuve et mon oncle, le prieur de Malte, se le disputent. Dès que l'un a le dos tourné, l'autre déménage les meubles et pille l'argenterie.

— Mais vous n'en tirez pas revenu ?

— Si vous croyez que ces deux vautours m'en laissent seulement un liard.

— Et Saumane ?

— Ce vieux château, tout en caves et souterrains ? Loué à mon frère l'abbé, pour qu'il ne tombe pas en ruine. Tout le revenu du fief passe en réparations… Ce n'est plus un château, mais un gouffre.

— Et le château de La Coste ?

Le comte fixe sa canne. Un mois auparavant, il en a vendu le pommeau d'argent, gravé à ses armes.

— La Coste… un donjon décrépit et un désert de pierres autour, c'est tout ce qu'il me reste.

Un instant distrait, monsieur de Gadagne tourne la tête. Le roi, éclairé par des portefaix, descend les marches qui mènent au jardin. Une nuée de courtisans le suit comme un essaim bourdonnant.

— Et dire que, moi aussi, j'accompagnais le roi dans ses promenades, soupire le comte de Sade.

Gadagne se tait. Dans la famille, on n'aime guère évoquer la chute de la famille de Sade à la cour. On se contente de parler de malchance. Mais il faut bien avouer que si le comte avait plus pensé avec sa tête qu'avec un autre de ses organes…

— Bref, mon cousin, je suis ruiné.

Dans la galerie, le froid se fait subitement sentir. Les valets entrent qui descendent les lustres et mouchent les chandelles. Le duc de Gadagne bat la mesure de ses doigts sur le carreau biseauté de la fenêtre.

— N'avez-vous pas un fils ?

— Que si, soupire le comte, Donatien.

— N'est-il pas dans les armées du roi ?

— Il vient juste d'être démobilisé.

— Alors vous voilà sauvé !

— Comment ça ?

Comme la nuit tombe dans la galerie, le visage du sieur de Gadagne se pare d'un sourire diabolique.

— Mariez-le.

5

27 février 1763
Cimetière des Innocents

Benjamin jette la pelle sur le tas de terre grasse et s'éponge le front. Suspendue au bras d'une croix, une lanterne discrète éclaire la fosse.

— Il fait soif.

Son nouvel associé, la Jeunesse, lui tend une gourde de cuir.

— Bois, mon compère. C'est du bon.

Assis sur le rebord d'une tombe, il reprend ses dés et les fait rouler sur le sol humide.

— Double cinq ! La chance est avec nous !

Tout sourire, le fossoyeur avale le vin clairet qui pétille dans sa gorge. Décidément, la soirée finit mieux qu'elle n'a commencé. Il est arrivé à la taverne, le ventre creux et la bourse plate. Encore une nuit sans travail alors que les commandes affluent. Et puis il avait rencontré ce soldat qui venait juste de quitter le service et… Il reprend sa pelle.

— Et dire que j'ai cru un moment que tu étais un

bavard, un de ces vendus qui roulent pour le lieutenant de police.

La Jeunesse, qui à son tour boit, manque de s'étrangler.

— Moi, travailler pour le *Perruquier*... (De colère il balbutie.) Plutôt finir à la potence.

Benjamin éclate de rire. Le vin le rend toujours heureux. Et puis, il aime ce travail clandestin. Piller une tombe lui procure toujours le frisson. Dans le cimetière, le carré des riches, comme on l'appelle, est le plus convoité, car les cadavres, protégés par un cercueil et une pierre tombale, y sont de meilleure qualité. Pas comme les pauvres qui s'entassent dans la fosse commune.

Cimetière des Innocents

— Paix sur toi, associé ! Je dis ça parce que mon compère habituel s'est fait serrer par les argousins. Et son cas a été vite réglé. Pas plus tard qu'hier, il est passé sous la *raccourcisseuse* en place de Grève.

Intrigué, la Jeunesse ramasse les dés qui roulaient sur la dalle renversée.

— Et pourquoi ?

— Il avait reçu une commande. Des objets du culte. Crucifix, hosties et tout le tintoin. Sauf qu'au lieu de faire la main agile dans une église, il est allé tout droit se servir dans un couvent de bonnes sœurs. Et à l'une, il a montré comment fabriquer un petit Jésus.

— Grand Dieu !

— Résultat : il y a laissé sa tête ! Approche la lanterne, je crois bien que j'ai touché.

D'une main leste, Benjamin balaye la terre. Du bois mouluré apparaît, taché de moisissure.

— Je me doutais bien qu'il était là. On tient notre bonhomme.

La Jeunesse recule.

— Eh, compère, ce n'est pas le moment de tourner de l'œil. Un militaire comme toi, ça a dû en voir des cadavres pourtant ?

— Il est là depuis quand ?

— Quinze ans, trois mois et cinq jours.

— Tu t'en souviens, c'est pas Dieu possible ?

— Comment l'oublier ? Ce bourgeois, je l'ai enterré le lendemain de mon mariage. Tiens, passe-moi le levier, on va faire sauter les crochets.

La Jeunesse lui tend la barre de fer.

— Mais le corps… il doit être complètement…

Le fossoyeur fait glisser la patte sous la corniche.

— Figure-toi qu'on travaille pas pour ces messieurs de la Faculté. Eux, ce qu'ils aiment, c'est du frais…

Un craquement sinistre se fait entendre.

— Mais notre client de ce soir…

Le couvercle vient de céder.

— … ce qu'il veut…

Une odeur grise envahit tout.

— … c'est des ossements.

La rue qui descend au cimetière est bordée d'échoppes qui ne ferment jamais. À toute heure, on grave des dalles funéraires, on rabote des planches, on loue des anonymes pour suivre les convois sans famille, ni amis. Malgré l'obscurité, des fossoyeurs de dernière minute, des prêtres qui sentent l'alcool, se pressent pour offrir leurs services.

De la tête, Donatien repousse leurs avances. Le haut du visage masqué sous sa capuche, il observe la vie qui se nourrit de la mort.

Au cimetière des Innocents, l'activité ne connaît ni trêve ni repos : on croise des portefaix aux larges épaules courbés sous le poids des sacs de chaux tandis que des couturières, à la lueur des bougies, découpent des linceuls à même le pavé. Une file continue de charrettes transporte les corps. La plupart sont jetés pêle-mêle. D'autres sont empilés comme des bottes d'asperges. Tous finissent dans la fosse publique. Couverts de chaux, leurs ossements sont déterrés au bout de quelques années, pour faire de la place, et placés dans les charniers qui bordent le cimetière. Protégés par des grilles, les squelettes en vrac sont offerts à la méditation des hommes.

Sade, la mine grave, prend place derrière un convoi aux flambeaux. Une veuve suit un prêtre qui récite la prière des morts. Le regard aux aguets, Donatien détaille la femme en noir. L'agonie de son mari a dû être longue, car elle a eu le temps de faire une robe de deuil sur mesure. Une cape en dentelle, ajustée à la taille, fait ressortir sa cambrure naturelle. Sa main droite, un chapelet au poignet, tient relevés les plis de sa robe pour éviter les flaques d'eau. À chaque pavé disjoint, on aperçoit la teinte gris perle de ses bas autour de la cheville. Cette image l'étreint avec force. En un instant, il s'imagine aborder cette veuve, la conquérir et, pourquoi pas, raffinement macabre, la posséder sur la tombe même de son mari. Sous sa cape, Sade sourit de plaisir. Un frisson court le long de son échine. Il a toujours aimé jouer avec sa propre imagination. Même si, parfois, elle le dépasse. Brusquement, il quitte le convoi et tourne à droite. Il est juste devant le lieu de son rendez-vous.

Dans l'auberge du *Vif*, le silence tombe dès que la porte s'ouvre. La vie semble suspendue comme sous l'effet d'un sort. D'un coup, les conversations cessent et tous les regards se tournent, lourds et inquisiteurs, vers le nouvel arrivant. Si le visage est connu, le vin tinte à nouveau dans les verres et les cartes s'abattent sur les tables tandis que les servantes, les seins luisant de sueur, rient aux éclats. Sinon, le silence se tend comme une corde à un pendu.

La dague à la ceinture, les bottes craquant à chaque pas, Donatien fait une entrée remarquée. Un *gâte-sauce*, qui se chauffe près de l'âtre, donne un coup de pied dans les chenets et une gerbe d'étincelles illumine la cheminée. La colère au visage, le tenancier s'essuie les paumes et s'avance vers l'étranger.

— Sa Seigneurie veut boire ?

Donatien examine avec soin l'homme qui lui parle. Le front haut et ridé, les cheveux tombant en liasse sur les épaules, ses mains deviennent blanches à force de serrer le rebord graisseux de son tablier.

— Sa Seigneurie cherche les *frères de la tombe.*

Installé à une table discrète, sous l'escalier qui monte aux chambres, la Jeunesse glisse un regard en coin à son associé. Benjamin pose la main sur le sac en toile à ses pieds et interroge :

— Tu le vois ? À quoi il ressemble ?

Sans faire de bruit, la Jeunesse déplace sa chaise pour mieux voir.

— Jeune. Un officier. Un uniforme de cavalerie.

Le tenancier semble désemparé. Il dodeline de la tête, fait mine de partir, puis brusquement saisit un torchon et nettoie la table.

— Sa Seigneurie acceptera bien un verre ? C'est la maison qui rince.

Donatien hoche la tête, fouille sa veste et fait rouler un écu sur le bois.

— Profitez-en pour rincer le gosier des *frères* présents à la santé du gibet.

Sans répondre, le tenancier empoche l'argent et disparaît. Benjamin se lève et charge son sac. La Jeunesse le retient par la manche.

— Tu y vas ? Comme ça ? En confiance ?

— Il connaît le rituel.

— Le rituel ? s'étonne son associé.

D'un pas tranquille, Benjamin traverse la salle où les conversations reprennent. Quand il passe près de Donatien, il chuchote :

— *Villon.*

— *Montfaucon*, reprend Sade.

Le fossoyeur tend la main. Deux pièces roulent dans sa paume terreuse.

Quand Sade sort, le sac l'attend devant la porte. Il caresse les os sous la toile, sourit et se met en marche.

La rue de la Ferronnerie est une des plus sordides de Paris. Sans doute la raison pour laquelle elle est fort fréquentée à la nuit tombée. Dans les encoignures des portes, les départs de ruelles, des ombres attendent le chaland. Sitôt qu'une paire de bottes tinte sur le pavé, une cuisse charnue fait son apparition, une poitrine se dévoile tandis qu'un prix se murmure en sourdine. Donatien laisse son regard virevolter, notant un clin d'œil, gravant un sourire, absorbant tout cet amour qui se marchande dans les recoins. Une fille surgit, les cheveux défaits d'une rousseur de feu sous la lanterne publique. Donatien ralentit. Elle porte une robe bleu vif dont le velours chatoyant semble ruisseler. Autour du cou, un nœud de taffetas fait ressortir la blancheur laiteuse de sa poitrine. Machinalement, Sade tâte la poche de sa veste. Il ne lui reste que quatre louis en poche. Dans la rue, la lune se lève, illuminant le pavé luisant jusqu'à la bordure du cimetière. Une odeur lourde de chaux se répand lentement. Une odeur terreuse, la même qui le saisissait aux narines, quand il descendait, enfant, dans les souterrains du château de Saumane. Dans le cimetière, une forêt de croix s'enfonce dans le brouillard qui monte. Donatien jette un œil à l'horloge de l'église. Encore une heure. Il s'arrête devant la catin.

— Combien ?

La fille s'arrête sur les épaulettes et fait jouer son châle sur son cou.

— Un louis pour toi parce que tu es beau garçon.

Donatien vient de remarquer ses talons rouge sang de bœuf. Brusquement son désir est décuplé. Il se souvient de la veuve aux bas gris.

— Deux louis si tu me suis dans le cimetière.

La catin sourit et le prend par la main.

6

28 février 1763
Paris

Assis dans sa bibliothèque, le comte de Sade secoue la tête.

— Jamais mon fils ne voudra se marier.

Le duc de Gadagne ne réagit pas tout de suite. À la différence de son cousin, c'est un homme qui pèse ses paroles et ses actes. Un souverain capricieux à satisfaire, une épouse volage lui ont appris à contrôler ses émotions. D'abord réfléchir, ensuite aviser.

Il contemple le comte. Il ne reste plus grand-chose du regard impétueux qui faisait tourner la tête à la princesse de Charolais. Sous les paupières bouffies, les pupilles ne brillent plus que par intermittence. Seule la colère et la rancœur rallument encore les yeux du comte. Son visage, lui, s'est coloré avec l'âge. Sombre sur le front et violacé sur les joues. Quant aux lèvres charnues, elles se sont rétrécies, affinées en une ligne sèche et boudeuse.

— Il n'acceptera jamais, reprend le comte, jamais. Une vraie tête de bois. Le portrait craché de sa mère.

Le duc scrute désormais les volumes posés en rangs serrés sur les étagères. Des mémoires de diplomates, des livres de piété : des lectures d'homme mûr et austère, bien loin du Sade, séducteur et poète, des années de jeunesse. Décidément son cousin vieillit mal. Pauvre et dévot.

Il tend ses mains vers la cheminée où craquellent quelques braises. Puis d'une voix calme interroge :

— Sait-on pourquoi monsieur votre fils ne souhaite pas convoler en justes noces ?

— Parce que c'est un ingrat, éclate le comte, un fils dénaturé, un sans-cœur… Je me suis ruiné pour qu'il fasse carrière à l'armée. Et il me rentre de campagne rongé de dettes et pourri de vices.

Intéressé, monsieur de Gadagne l'interrompt :

— Quels vices ?

— Le jeu.

— Uniquement ?

— Les catins aussi. Il ne peut s'en passer.

Le duc sourit.

— Il les paiera avec la dot de sa femme. Quoi d'autre ?

Le comte de Sade se passe une main sur le front. Son fils a toujours été une énigme. Enfant déjà, ses accès de solitude et son imagination enfiévrée étaient un problème. Sans compter son caractère emporté. À tel point d'ailleurs que le comte et sa femme avaient rapidement expédié le jeune Donatien chez son oncle en Provence. Un exil dont il était revenu bronzé comme un Maure et encore plus exalté qu'avant.

— Il est immature, vaniteux, parle à tort et à travers.

— *À tort et à travers ?* reprend Gadagne, le regard en éveil, vous ne le croyez pas discret ?

Sade hausse les épaules. La discrétion de son fils lui importe peu.

— Il est surtout incapable de se contenir.

— C'est-à-dire ?

— Mon fils est un passionné qui ne supporte ni convention, ni ne tolère aucun obstacle. Alors, vous imaginez quand il s'est pris de passion pour l'amour…

— Justement, non, insinue le duc qui se dit qu'il va peut-être apprendre quelque histoire croustillante.

— Je préfère ne pas entrer dans les détails…

— Mais si… Mais si, mon cousin, nous sommes en famille. Et si vous voulez de mon aide pour lui trouver une épouse, je dois tout savoir.

— Donatien aime les femmes inaccessibles. Et il est capable de tout pour les avoir.

Le visage de monsieur de Gadagne se plisse étrangement.

— Tout ?

Le comte masse ses cuisses. Ses jambes lui font mal. Pour se soulager, il sonne le domestique et commande du lait chaud.

— Pensez qu'en garnison en Allemagne, pour se ménager un quart d'heure d'intimité avec une femme mariée, il n'a rien trouvé de mieux que de déclencher un incendie dans la maison voisine. Heureusement, le feu n'a pas pris.

— Évidemment… commente monsieur de Gadagne.

— Dès qu'il y a un obstacle, son cœur flambe comme une torche et plus rien ne l'arrête. Il est capable de tout pour prouver sa passion et le pire…

— Le pire… reprend le duc.

— … c'est que je crois qu'il est sincère.

Le domestique arrive avec du lait chaud qu'il verse

d'une main tremblante dans de la vieille porcelaine de Delft. Le duc l'observe avec soin. Sa livrée est toute rapiécée et sa perruque rongée aux mites. Visiblement, la valetaille de la famille de Sade est à la hauteur de sa fortune : en lambeaux.

— Et ses dettes… combien doit-il ?

— Deux à trois mille livres.

Le duc fixe son cousin.

— Et vous ?

— Il faudrait faire les comptes…

— Le double des dettes de votre fils ?

Un soupir lui répond.

— Le triple ?

Lentement Sade déplie les doigts de sa main droite : quatre, puis cinq.

— Je vois, conclut le duc, il est urgent que votre fils se marie. Pour lui, comme pour vous.

Quand il quitte Sade, monsieur de Gadagne commande à son cocher de se rendre à Saint-Sulpice. L'idée lui est venue en entendant le comte parler de son fils.

L'église est en perpétuels travaux. Un échafaudage de bois délavé masque la façade. Agenouillé dans l'entrée, un aveugle, la main pendante, réclame la charité. Le favori hausse les épaules. Ils sont des centaines dans Paris à mendier. S'il fallait donner à tous les pauvres, on n'en finirait pas. Le silence le saisit comme il passe la porte. Exactement ce dont il a besoin.

L'autel est tout au bout de la nef. Le duc s'approche à pas lents. Ainsi c'est là que ce Donatien a été baptisé. Combien déjà ? Vingt-trois ans, c'est ça. À l'époque où les Sade résidaient juste à côté dans le palais des

Condé. Gadagne ricane. Les Condé. Une famille de dégénérés. Des putains et des fous.

Dans la chapelle de la Vierge, une femme prie, les cheveux serrés dans une mantille qui laisse échapper des mèches brunes. À chaque *Ave Maria*, elle se prosterne sur le dallage. Le duc sourit. Quand il était jeune, on racontait que le curé de Saint-Sulpice courait les invitations à dîner pour voler les plats et les couverts en or. À la fin de sa vie, il avait tout fondu en une statue, rebaptisée par la rumeur ironique : Notre-Dame de la Vieille Vaisselle.

Après avoir esquissé un signe de croix, Gadagne s'assoit dans l'ombre d'un pilier et commence à réfléchir. Depuis des années, il tient, dans le secret de sa mémoire, des carnets. Plutôt que de prendre des notes sur du papier qu'un regard indiscret risque de découvrir, lui préfère remplir des pages et des pages dans ses registres intérieurs. D'ailleurs, il note tout : ragots, commérages, suspicions, révélations… Tout est relevé, classé, revu, corrigé, mais jamais effacé. Ainsi, depuis son arrivée à la cour, tient-il un catalogue des jeunes gens à marier. Une de vos filles vient de sortir d'un couvent de Saintonge ? Une note, suivie d'un point d'interrogation. Le bras de votre fils a tremblé lors d'un duel ? Une note, suivie de trois points de suspension. Une tante en province vous a laissé un coquet héritage ? Un chiffre, suivi d'un point d'exclamation. Votre cadette vient de se faire engrosser ? Une note terminée par un point final.

Dans la pénombre, à peine troublée par la lueur chancelante des cierges, le duc consulte posément les pages de son catalogue intérieur. À chaque visage féminin sont associés un nom, une réputation et un chiffre.

Les termes d'une équation mystérieuse dont seul monsieur de Gadagne connaît les variables exactes. Les pages sont nombreuses, renouvelées à chaque saison quand les couvents libèrent leur contingent de jeunes filles à marier. Le duc sait désormais quel type de famille est nécessaire à monsieur de Sade. De toute façon, dans un mariage, les intérêts souterrains l'emportent toujours sur la vérité des sentiments. Et lui a les *siens* à préserver.

Arrivé à la lettre M, il s'arrête. Un nom vient de jaillir.

Quand il sort, une cloche sonne. Des dévotes en dentelles noires montent les marches de l'église, pour la dernière messe. Monsieur de Gadagne hèle son cocher :

— Rue Neuve-du-Luxembourg, à l'hôtel du président de Montreuil !

7

28 février 1763
Paris
Île Saint-Louis

Le carrosse doré s'arrête à la porte de l'hôtel. Un pied sort, vite recouvert d'un flot rose de jupons. Des talons d'argent sonnent sur le pavé. Une porte cochère s'ouvre et se referme aussitôt. Seul un parfum flotte un instant, puis s'évanouit. De l'autre côté de la rue, un vent froid monte du fleuve et fait vaciller la flamme du brasero. Autour de ce feu de camp improvisé, deux soldats dans leurs uniformes fripés vident une chopine. L'un d'eux fume une longue pipe au cou d'albâtre.

— La Jeunesse, interroge le plus vieux, tu as vu la voiture ?

Attelés aux harnais, deux chevaux d'un noir de jais frissonnent, le naseau fumant. Le cocher vient d'ouvrir un coffre au-dessus des roues arrière. D'un geste blasé, il débouche deux bouteilles de vin qu'il verse dans un seau armorié.

— Regarde ça, siffle Mouston en lissant ses moustaches poivrées, le faquin ne se refuse rien et dire que, nous autres, nous buvons de la bière de vidange.

La Jeunesse ne répond rien. Il est préoccupé. La veille, au cimetière des Innocents, il a perdu la trace des ossements. Et il s'est fait sérieusement laver la tête. Monsieur de Sartine, le lieutenant général de police, en a eu la perruque presque chavirée de colère. Depuis, la Jeunesse est en surveillance dans l'île Saint-Louis. Et gare à lui, s'il ne rapporte pas du gibier à mettre sous la dent du *Perruquier*.

Brusquement une lumière troue la façade de l'hôtel. Une fenêtre à vantaux vient de s'éclairer qui donne sur le grand escalier. Un laquais, une torche à la main, monte les marches. Les soldats clignent des yeux. Derrière le domestique, la femme du carrosse vient de surgir. La taille serrée par un corset, elle monte, les hanches rebelles ondulant sous la soie pâle de sa robe. Fasciné, Mouston pose sa pipe. Une à une les fenêtres au centre de la façade s'illuminent, dévoilant la chair de marbre de l'escalier, parfaite coquille rose pour cette Vénus qui jaillit de la nuit.

Un fracas de verre brisé rompt l'enchantement.

Le cocher vient de jeter les bouteilles sur le pavé. Il plonge sa main dans la caisse ouverte et sort une poignée de grains.

— De l'orge, murmura Mouston, il jette de l'orge dans le vin.

La Jeunesse hausse les épaules.

— Lors de la dernière campagne, j'ai vu le jeune Condé faire chauffer du vin de Bourgogne, y ajouter de la cassonade, avant d'y plonger de l'orge. C'est souverain pour les chevaux de race.

Son compère ne répond pas. Il fixe, fasciné, la

mâchoire avide des étalons qui piaffent d'impatience.

— Belle bête, lance-t-il au cocher en avançant la main vers une croupe luisante.

— On touche pas !

Mouston hoche la tête et louche vers le seau d'argent que se disputent les chevaux. Les armoiries brillent sous la lune.

— Une couronne… mazette…

Le cocher bombe le torse. La Jeunesse s'approche à son tour. Il titube comme un homme ivre.

— Et ta maîtresse… j'ai cru qu'une déesse venait de descendre sur terre…

La Jeunesse rit de ses dents trop écartées.

— J'en ferais bien ma femme pour réchauffer ma paillasse.

Remonté sur le marchepied, le cocher toise ces va-nu-pieds. D'un coup sec il fait siffler le fouet sur le pavé.

— Pauvres manants, la marquise de Lauris n'est pas pour vous.

Hôtel de l'île Saint-Louis

L'air est glacé, épais, figé comme du sang. L'île Saint-Louis appartient aux ténèbres. Donatien note chaque détail. Son pas qui résonne entre des murs aveugles, la lanterne qui bat contre le porche. Il aime suivre ses sensations, les pister, les chasser comme il le fait des catins.

Adossé contre un mur de la rue Poultier, un soldat bat un briquet pour allumer une bouffarde. Un cheval piaffe en s'ébrouant. De minuscules gouttelettes de vapeur s'échappent de son encolure en même temps qu'une odeur de cuir mouillé. Sade passe le guichet. Dans la cour, la mousse gangrène le pavé. D'un léger coup de botte, il entrouvre la porte du vestibule. L'escalier est sévère et nu. À chaque marche, un lumignon éclaire l'ascension. Les fenêtres s'offrent au vent, les murs aux inscriptions graveleuses. Second étage. Devant la porte, surmontée d'un écusson voilé, deux hommes attendent. Torse nu. Pas de visage. Des cagoules.

— Le mot de passe ?

Donatien se pince les lèvres. C'est bien de son hôte d'organiser des soirées avec un mot de passe. On se croirait dans une de ces réunions de *freemasons*, le dernier club à la mode. Il jette un coup d'œil dans le couloir. Une hache est posée contre la rampe.

— Et si je ne réponds pas ?

De la sciure est répandue au sol.

— Les ordres sont stricts.

Un des hommes désigne une corbeille en osier. L'autre mime un signe bref sous le cou.

Un sourire impudent aux lèvres, Donatien soulève le pan de sa veste et, dans la lumière vacillante des bougies, fait briller le cuir fauve d'une bourse.

— Combien ?

— Les ordres…

Une pièce roule dans la sciure.

— Notre maître a dit…

Une seconde pièce rebondit sur le parquet.

— Monsieur, vous nous…

La suivante tombe sur la tranche et vient se poser sur le fer de la hache. Reflet d'or sur lune d'argent. La porte s'ouvre.

Un tourbillon de chaleur, une vague de rires. Un clavecin qui égratigne une pièce de Scarlatti.

— Alors, Donatien, comment trouves-tu mes gardiens du seuil ?

Lauris vient de surgir. Tête ronde, perruque endiablée, il entraîne son invité dans l'antichambre. Un valet saisit au vol cape, canne et sac.

— As-tu le nécessaire, mon cher ?

— Dans le sac.

Le marquis sourit.

— Mes invités sont insatiables. Jouer avec des ossements les ravit. Les hommes s'en font des parures, quant aux femmes…

Sade sent la traînée d'un parfum à sa gauche. Trop rapide pour le saisir.

— Au fait, reprend Lauris, à propos de la *Maison dorée*, tu te souviens de ton précepte : *« je ne vois, ni n'entends, ni ne parle »* ?

Donatien hoche la tête.

— Tant mieux, parce que mon *invité* s'est inquiété. Il a eu peur d'être reconnu. À un moment, j'ai même cru qu'il se défiait de moi.

— Voilà ce que c'est que d'aider des puissants : ils ne vous pardonnent jamais les services qu'ils vous doivent.

D'un ton haut perché, Gabriel s'insurge :

— J'ai toute confiance dans l'amitié du duc. Jamais il ne me trahira, il me doit trop.

— Justement, tu en sais trop.

Agacé, Lauris frappe le parquet d'un coup de talon.

— Tu divagues ! En revanche, j'ai dû lui donner ton nom. Juste pour le tranquilliser.

Le marquis montre la dague de chasse à la ceinture.

— Je ne crains rien. De toute façon, j'étais de dos. Je ne l'ai pas vu. J'ignore donc qui il est.

Rassuré, Gabriel balaye du regard l'uniforme de Donatien. Le justaucorps serré à la taille. Les bottes luisantes comme la rosée. Les épaulettes d'or. Il a toujours eu un faible pour les militaires. Et ce petit Donatien en a fait des vertes et des pas mûres quand il était pensionnaire à Louis-le-Grand. Depuis, on dit qu'il ne se consacre plus qu'aux femmes. Qu'il s'y consacre même *trop*. Dommage.

— Passe donc dans le grand salon, une surprise t'y attend.

Un feu d'enfer brûle dans la cheminée recouverte de velours noir. Donatien s'approche. Sur les tissus moirés, des larmes d'argent encadrent des faux et des sabliers brodés d'or.

— Je les ai récupérés sur le corbillard familial, s'exclame Lauris, ça date de feu mon grand-père ! Un libertin du temps de la Régence. Que le diable ait son âme !

Au centre de la pièce, posé sur des tréteaux, trône un cercueil d'ébène. À chaque angle, un buisson de cierges dégouline de cire jusqu'au parquet. En souriant, Gabriel passe la main sur le bois poli, glisse jusqu'à la poignée qu'il saisit délicatement. Le couvercle grince.

— La seule vraie question est : vide ou plein ?

Soudain une porte s'ouvre. Dans un torrent de cris

et de chants, une farandole surgit qui se met à tourner autour du cercueil. Un nain, coiffé d'une couronne d'épines, mène la danse. Des hommes masqués s'agitent dans son sillage. Gabriel leur jette le sac. L'un d'eux s'empare d'une paire de tibias, détache un ruban des cheveux de sa compagne et les noue en pendentif autour de son cou. Les os, d'une teinte lunaire, frappent en cadence sa poitrine. En un instant, tout le squelette est dispersé.

Sade ne regarde plus. Au-dessus d'un prie-Dieu décoré de gravures érotiques, un tableau vient de surprendre son regard. Il se rapproche. C'est un homme, en veste grise, orné d'un jabot à dentelle. Le canon d'un fusil dépasse de son épaule. Son nez busqué semble sentir une piste. Du menton aux joues, tout est angles.

Le comte de Charolais. L'homme qui a décidé de sa naissance.

— On dit qu'il avait la détente rapide et la colère facile. Voilà un homme qui me plaît.

Un effluve de parfum fait tressaillir Sade. Cuir de Russie, benjoin, cannelle… Il se retourne.

C'est *Elle*.

— Donatien, je te présente ma sœur, annonce Gabriel.

Sade est pétrifié. L'image du duc de Gadagne envahit son esprit. Offrir sa propre sœur en pâture à un vieux débauché. La haine le prend. Un mot de plus et il tue.

— Suivez-moi.

Une main douce et chaude le saisit.

Nue jusqu'à la taille, une jeune fille titube. Les restes parcheminés d'une main coulent entre ses seins nimbés de sueur. Assise sur un sofa, une femme enserre entre ses cuisses dorées un fémur blanc comme l'ivoire. Partout, les bougies vacillent. Des ombres décharnées tournoient sur les murs. Donatien se laisse conduire. Le clavecin se rapproche. Une variation de Bach. Dans le couloir, un adolescent, le visage passé au blanc d'Espagne pour simuler la pâleur de la mort, est attaché à une croix de saint André. Des preuves d'amour perlent sur son nombril.

Une porte s'ouvre.

— Vous venez ?

La voix se glisse dans les interstices du clavecin. Sous la lumière bleutée du lustre, sa peau est presque mauve. Le regard, lui, est sombre comme une balle de plomb. Autour du cou, fraîchement dessiné, un collier d'épines.

— Sans doute ne vous souvenez-vous pas de moi. Nous nous sommes rencontrés au château de Lauris, chez mes cousins. J'avais seize ans alors.

Ils pénètrent dans une chambre tendue de soie mauve. Au fond, une alcôve.

— Je m'appelle Laure-Victoire.

— Et moi… balbutie Sade.

Un doigt impérieux se pose sur ses lèvres.

— Tais-toi.

Laure entraîne Donatien vers le lit.

— Cette nuit, tu n'as pas de nom.

8

28 février 1763
Paris
Rue Neuve-du-Luxembourg

La servante s'incline devant monsieur de Gadagne qui choisit une friandise sur le plateau d'argent. En même temps, le duc peut apprécier l'opulente rondeur de sa poitrine, à peine dissimulée sous une dentelle ajourée. Il ouvre une page de son carnet mental et note ce détail. Puis, le sourire aux lèvres, il se tourne vers la famille de Montreuil.

— Cela demande réflexion, c'est la seconde fois que le père prononce la même phrase.

Le duc de Gadagne opine discrètement. Par principe, il sait qu'il ne faut jamais argumenter. Seulement appâter.

Il est arrivé une demi-heure plus tôt. En un instant, son nom a bouleversé toute la maison. Certes, le président de Montreuil a déjà été en relations d'affaires avec le duc, mais c'est la première fois que le favori du roi vient chez lui. Un météore embrasant le salon n'aurait pas fait plus d'effet. D'autant qu'après les politesses d'usage, Gadagne est entré aussitôt dans le vif du sujet. En deux temps, trois mouvements, les Montreuil, ébahis se sont vu proposer, pour leur fille aînée, le mariage du siècle.

— Vous dites que la famille est de vieille noblesse ? demande la mère d'une voix volontairement neutre.

Le favori se tourne vers la maîtresse de maison. Chapeau bleu vif, robe rouge cramoisi, la Présidente, comme on l'appelle, a encore de beaux restes. Elle rentre d'une soirée et l'offre du duc vient de la caraméliser sur son siège.

— Oui, madame, vieille noblesse de Provence. Des gens d'armes et d'Église depuis le siècle de Saint Louis. Un sang aussi bleu que l'azur des rois de France.

Le visage surpris, le Président consulte sa femme du regard. En homme toujours inquiet, il se demande comment pareille bonne fortune leur tombe du ciel.

— Des biens ?

— Trois châteaux. Sans compter les terres et les droits des fiefs.

Le duc n'insiste pas. Il sait très bien que, dès demain, les Montreuil vont se renseigner sur la fortune réelle des Sade : ils sauront les terres gagées, les droits hypothéqués et les châteaux en ruine. Mais ils auront passé une nuit entière à imaginer leur fille porter le titre de marquise et ils auront du mal à revenir de ce rêve.

— Sans compter que monsieur de Sade a ses entrées à Versailles.

Le nom tombe dans l'esprit de la Présidente comme une graine dans une terre fertile. Aussitôt germe une question.

— Monsieur le comte fréquente la cour ?

— Monsieur de Sade est un ancien ambassadeur du roi.

Bien entendu, Gadagne néglige de préciser les raisons qui ont amené Sa Majesté à se passer des inestimables services de monsieur de Sade. Il est des secrets de famille que de simples Montreuil n'ont pas besoin de connaître.

— Et le jeune marquis, comment est-il ? s'enquiert le Président tandis que son épouse s'est assise, l'œil absent et la bouche ronde, en train de goûter le sucre lent de ces deux mots : *Versailles… Roi.*

Le duc sourit en ouvrant les bras.

— Un ange !

— Vous le connaissez ?

Surpris par la question, le favori met un temps pour répondre.

— Nul besoin, son nom parle pour lui.

La réplique renvoie monsieur de Montreuil au néant de ses origines. Il bafouille :

— Mais enfin, pourquoi nous ?

— Il est vrai, reconnaît le duc, que la famille de Sade ne manque pas de propositions flatteuses.

— Justement, je ne…

— Voyez-vous, le comte de Sade est, comme moi, un homme de son temps. Et mon cousin veut pour son fils unique un mariage d'avenir. D'ailleurs, j'ai répondu de vous, de vos qualités indéniables et de vos mœurs irréprochables.

— Monseigneur, je ne sais comment vous remercier… souffle le Président.

Le duc se penche et prend le ton des confidences.

— Et laissez-moi vous dire que le roi, Dieu l'ait en sa sainte garde, voit d'un œil favorable de telles alliances entre sa vieille noblesse et la nouvelle. D'ailleurs…

Gadagne abat sa dernière carte :

— … je peux vous confier, sous le sceau du secret, que Sa Majesté aura à cœur d'assister en personne au mariage du fils de son ancien ambassadeur.

Madame de Montreuil pâlit sous le fard. En un instant, elle vient de prendre sa décision, jamais elle ne trouvera plus haute alliance. En homme d'expérience, monsieur de Gadagne sait qu'il vient de frapper juste, il ne reste plus qu'à porter l'estocade finale.

— Je serais ravi d'être présenté à mademoiselle votre fille.

Dans le salon, le silence vient de tomber comme un couperet. Le Président contemple un point invisible au-dessus de la cheminée. Madame de Montreuil fronce les sourcils en direction d'une porte moulurée.

— C'est-à-dire que notre fille n'a pas eu le temps de se préparer…

— Le comte de Sade attend ma visite. Il serait malvenu que je ne puisse faire l'éloge de…

Le favori détache ses mots.

— … de sa future belle-fille.

La Présidente saisit une cloche. Un domestique pousse la porte.

— Faites venir Renée-Pélagie.

Monsieur de Gadagne sourit.

— J'ai grande hâte de la voir. De combien déjà m'avez-vous dit que sera sa dot ?

Pris de court, le Président roule des yeux ébahis. Il n'a donné aucun chiffre. Il faut attendre, voir, peser, comparer… Après tout, ces Sade sont des inconnus… mais madame de Montreuil, elle, est pressée.

— Deux cent mille livres.

La porte s'ouvre. Renée-Pélagie de Montreuil paraît. Le duc se lève. La jeune femme a l'air effarée. Les cheveux couleur paille séchée, la poitrine en planche à pain, les hanches en fuite… Gadagne sourit. Son estimation est faite. Il se tourne vers madame de Montreuil et sourit :

— Trois cent mille, plutôt.

9

28 février 1763
Paris

— Étonnez-moi !

La voix, impérieuse et pressée, le tire brusquement de sa rêverie. Elle est assise sur le sofa, dans un peignoir de soie entrouvert. En souriant, elle prend un chandelier et le place sous l'échancrure de ses seins. Une couleur chaude et dorée court sur sa poitrine.

Sous ses paupières à demi closes, Donatien l'observe. La cascade brune de ses cheveux roule entre ses épaules et caresse, d'une mèche rebelle, la pointe de ses seins. Sade sent le désir monter. Mais ce n'est pas seulement le besoin de la posséder. Il y a autre chose. Une sensation nouvelle, fugace et profonde, légère et intense, comme si les contraires qui, depuis si longtemps, s'agitaient en lui, trouvaient enfin leur point d'équilibre. Déjà il sait qu'elle va compter pour lui. *Laure-Victoire de Lauris*, il répète ce nom en détachant les syllabes comme pour mieux en goûter le miel.

Laure se penche sur le lit. Ses yeux verts brillent d'une lueur d'insolence.

— Étonnez-moi. Sinon je pars.

Donatien jaillit des draps comme un plongeur crève la surface de l'eau.

Le plaisir, brusque et rapide, qu'ils ont partagé, n'a pas épuisé sa soif. Un désir qui s'accroît d'autant qu'elle lui échappe. Il tente de la saisir par les épaules. D'un geste vif, elle s'empare à nouveau du chandelier et le brandit comme pour repousser l'assaut d'un animal féroce. Il est nu, le corps bouillant et l'esprit en feu. Ses lèvres fines, meurtries par le plaisir, s'ouvrent et une parole qui l'étonne lui-même, tombe :

— Épousez-moi.

L'héritière des Lauris éclate de rire.

— Vous épouser, par Dieu, mais vous êtes vraiment fou !

— Je n'ai jamais été aussi sérieux de ma vie.

Un pied sur l'accoudoir du fauteuil, elle lisse ses jambes jusqu'à la naissance de la cuisse.

— Mon frère a raison, vous avez du vent dans la tête.

Donatien est près de la commode. Sur le marbre veiné de rose repose sa dague. Un cadeau de son oncle. D'un geste lent, il en caresse le pommeau d'argent. Cette arme ne l'a jamais quitté depuis son adolescence. Des forêts du château de Saumane aux combats en Allemagne, il la garde comme un talisman. Il ne s'en est jamais servi.

— Vous m'avez surprise, mais pas étonnée, monsieur.

Sade se jette à genoux. Au contact du parquet, froid et rugueux, une bouffée de honte lui vient. Il se rappelle le jour de son pugilat avec l'héritier des Condé.

Dire qu'il s'est battu jusqu'au sang pour ne pas se prosterner. D'une voix rapide, il veut la convaincre.

— Je vous enlève dès ce soir. Nous partons aussitôt pour Avignon. Nous irons chez mon oncle, l'abbé, il nous mariera. Ensuite nous choisirons un château…

Laure le coupe aussitôt :

— Et voilà le chevalier au pied de sa dame, qui implore sa main et lui offre sa fortune. Relevez-vous, voyons ! Le ridicule ne tue plus, mais il laisse des cicatrices.

Sade ne bouge pas. Elle fait claquer sa main sur sa chair pâle, puis abaisse un œil moqueur sur son amant. Cette nuque courbée parsemée de cheveux blonds l'amuse. Mais elle n'épargne jamais les hommes. De grands enfants égoïstes qui croient que tout leur est dû. C'est pour cela que Laure se donne à eux tout de suite. Pour flatter leur vanité de puissance. Ensuite, elle se refuse. Et là, elle jouit de leur malheur.

— Vous voulez jouer ?

Donatien ne répond pas. Elle sourit.

— Vous en mourez d'envie. Alors laissez-moi vous défier, vous provoquer en duel.

Laure pose un pied sur son épaule et ajoute :

— Vous voulez ma fidélité ?

La pointe du pied descend sur la poitrine.

— Mais être fidèle à un homme, c'est être infidèle aux autres. Il va falloir me vaincre, me gagner.

Cette fois, Sade relève la tête. Ses yeux gris brillent étrangement.

— Alors, suivez-moi.

La rue d'Enfer est une des plus longues de Paris. Elle part de la place Saint-Michel pour atteindre l'Observatoire. Une fois sortie du quartier Saint-Jacques, elle longe de hauts murs derrière lesquels se cachent couvents et vastes jardins.

Rue de la Bourbe

Sade frappe au carreau du carrosse.

— Vous nous déposerez là.

Laure regarde par la vitre. La nuit est presque totale. À peine voit-on une torche qui brille dans un renfoncement. La porte s'ouvre. Donatien déplie lui-même les marches amovibles. Les escarpins nacrés de mademoiselle de Lauris foulent le pavé humide.

— Grand Dieu, mais où sommes-nous ?

Sade bat un briquet. Une flamme jaillit qui éclaire son visage pâle et ses yeux gris. Il s'approche du mur, une plaque gravée apparaît sous la lumière tremblante.

Rue d'Enfer.

— Quel nom ! Vous comptez m'effrayer ?

— Peut-être ?

À gauche, débute la rue de la Bourbe, protégée par une grille. La nuit, elle est fermée. Les religieuses de Port-Royal aiment le silence et la discrétion. Sade sort sa dague et frappe du pommeau la serrure. Une torche se met en mouvement. Un visage mal rasé, couronné d'un bicorne graisseux, apparaît.

— Comment ça va, Beauséjour ?

— Capitaine, s'exclame en sourdine le gardien, déjà de retour ?

Laure tire Donatien par la manche.

— Qui est-ce ?

— Un de mes anciens soldats, je l'ai connu au siège de Port Mahon. Les religieuses l'ont engagé comme vigile.

L'ancien soldat s'arrête devant une porte dans le mur de l'abbaye. Il la pousse et s'enfonce dans l'obscurité. Un verger de poiriers apparaît fugitivement dans la lumière du flambeau. Sade cueille un bourgeon qu'il jette sous sa botte. Arrivé au bout du jardin, Beauséjour lui tend une clef.

— Je l'ai graissée. Pas un bruit. Ni vu ni connu.

— Merci, soldat, réplique le marquis en lui glissant une pièce dans la main.

— Capitaine, vous connaissez le chemin. Je vous laisse la torche.

Donatien saisit la main de Laure et la guide vers l'entrée d'une chapelle. Dans la nef, une odeur d'encens flotte encore. Ils marchent à pas lents, puis s'arrêtent face à l'autel.

À gauche, il y a une volée de marches, protégée par une grille.

Donatien fait jouer la serrure.

Il abaisse la torche.

Un escalier tournant se perd dans la nuit. Sade chuchote :

— Bienvenue aux enfers !

— 52… 53… attention le plafond est plus bas. Nous sommes arrivés.

Laure a arrêté de suivre le décompte des marches. La tête lui tourne un peu. Elle baisse le front. La roche blanche lui frôle les cheveux.

— Il n'y a pas de chauves-souris ?

Le rire de Donatien retentit sur les parois.

— Ni chauves-souris, ni rats, ni aucun animal. Tout simplement parce qu'il n'y a pas de nourriture.

La lumière de la torche projette leurs ombres sur un pilier.

— Le monde souterrain est comme l'Éden. Pas de prédateur. Pas de Mal.

Laure croyait avoir froid, elle croyait avoir peur. Tout au contraire, elle se sent bien. Comme dans un ventre, chaud et protecteur.

— C'est pour ça que tu viens ici ?

Le tutoiement est venu d'un coup.

Sade approche la torche de la roche. Un anneau est scellé dans la paroi surmontée d'un candélabre. Une à une, Sade allume les bougies.

— J'ai toujours aimé l'ombre et la profondeur.

Sous la lumière, les contours d'une salle se dessinent. Donatien s'empare du chandelier et le pose sur une table de pierre.

— C'est Beauséjour qui m'a fait découvrir ce lieu. Parfois, j'y descends seul, parfois avec des camarades qui ont fait la guerre avec moi. Eux aussi aiment se réfugier là.

— Tu n'as pas répondu à ma question.

— Tu ne m'as pas dit si je t'avais étonnée.

Laure ôte son châle. Ses épaules blanches et nues brillent sous la lumière. Elle tourne lentement sur elle-même comme si elle entendait une musique invisible. La musique du silence.

— Je passerais des heures ici. Ça me rappelle le château de Lauris. Le lit de mon enfance. Les volets clos pour se protéger du soleil. Les heures sans fin de la sieste. Le château est passé à une branche cadette de ma famille, désormais. Mais j'y ai toujours une chambre. C'est là que je t'ai vu pour la première fois…

Sade sourit.

— … Mais toi, tu ne m'as pas vue.

Donatien a posé sa dague sur une aspérité de la dalle et la fait tourner comme la canne dans la *Maison dorée*. La lame s'immobilise face à Laure. Elle pose un pied sur la dalle et dégrafe son soulier. Sade sent son parfum, le même qui l'a envoûté place de Grève. Cuir de Russie, benjoin, verveine… l'air pur, cristallin du souterrain exalte la moindre note de senteur. Un choc sur le sol ramène le marquis à la réalité. Laure a laissé tomber ses talons. Elle se tourne et présente le dos de son corset.

— Délace-moi.

Sade obéit. Ses doigts tremblent un peu, mais la tâche est vite achevée. Dans un froissement de soie, le corsage chute sur la robe.

Laure prend sa tête entre ses mains.

— Aime-moi.

10

28 février 1763
Paris
Rue de Nevers

— Quelle drôle d'idée d'habiter ce quartier, peste le comte de Sade en descendant du carrosse de louage.

La mine grise, il jette un œil sur les façades au ventre gonflé qui penchent dangereusement. On ne voit quasiment pas le ciel. D'un pas méfiant, il tâte le pavé luisant de peur de glisser. Dans ce résidu des siècles passés, les gens doivent encore jeter leurs ordures par la fenêtre. Il ne manquerait plus qu'il se brise une jambe. Quelle idée a donc eue Natoire d'emménager ici. Ses peintures ne doivent guère se vendre, s'il en est réduit à vivre dans pareil cloaque.

Enfin, il trouve la porte cochère, éclairée par un bec d'huile qui sent la résine. Il en profite pour relire la lettre du peintre.

Mon cher comte,

J'ai rencontré votre fils qui m'a donné de vos nouvelles et votre adresse. Vingt ans et plus que nous ne nous sommes vus ! Dire que, quand je vous ai quitté, vous partiez pour une ambassade au-delà du Rhin, et moi pour peindre aux bords du Tibre ! La rencontre de votre fils a ravivé ces souvenirs. À nos âges, le bonheur n'est plus que dans le passé. Je serais ravi de vous revoir et d'évoquer avec vous notre jeunesse turbulente. Je suis à mon atelier à tenir le pinceau tous les soirs. Passez quand vous voulez, vous ne me dérangerez pas.

Bien au contraire, vous mettrez de la joie au cœur de votre vieil ami,

Charles-Joseph Natoire

Derrière, le peintre a fait un plan. Il faut tourner tout de suite à gauche avant la cour pavée, puis grimper jusqu'au dernier étage. Le comte en est épuisé d'avance. Il mourra avant d'arriver, c'est sûr. Son cœur ne tiendra pas. D'ailleurs, il le sent palpiter et il n'est qu'au premier niveau. Mais pourquoi a-t-il accepté cette invitation ? Quelle folie ! Tout ça pour revoir un ancien compagnon de débauche tombé, comme lui, dans la gêne et la médiocrité ! Tiens, il aurait dû rester chez lui plutôt que de souffler, comme un chien après une chasse à courre, dans ces maudits escaliers. Et puis, toutes ces portes se ressemblent. Noires, sales, elles suintent la misère à plein nez. Le plâtre du mur se délite, les marches tremblent à chaque pas. Il n'ose même pas penser aux gens qui habitent là. Enfin, il arrive au dernier palier. Un pinceau pend à la porte du fond qui s'ouvre en crissant. Natoire l'a entendu arriver. Mais le comte de Sade se fige. Ce qu'il voit en face de lui n'est pas son comparse d'antan, mais une carcasse voûtée, un cou tremblant et deux yeux rougis sous une perruque démodée. Une ruine. Sans doute Natoire a-t-il la même sensation, car il ne prononce qu'une phrase :

— Mon pauvre ami, que sommes-nous devenus ?

L'atelier est modeste, mais ouvre par de larges œils-de-bœuf sur le ciel. Le dessus des immeubles est constellé d'étoiles. Février est froid, cette année. Sous la charpente, un poêle ronronne doucement, dispensant une maigre chaleur. Sade a jeté sa cape sur un sofa élimé et s'est assis sur une chaise de paille. Il contemple le tableau que Natoire est en train de peindre. Une *Annonciation.* Sur la toile, un ange, à genoux, prend forme. Seules ses ailes sont peintes. Grises et déplumées.

— J'ignore qui est votre client, Natoire, mais je doute qu'il apprécie la paire d'ailes dont vous avez gratifié l'envoyé du Seigneur. On dirait un corbeau délavé.

Le peintre sourit. Revêtu d'une blouse tachée, il mélange des couleurs sur sa palette.

— Vous avez raison, Sade, mais mon client a des exigences particulières : l'ange se doit d'être aussi répugnant que la Vierge sera voluptueuse. Nous vivons une époque où la religion ne sert qu'à être moquée. Votre ami Voltaire est passé par là.

— Mon ami Voltaire, ricane le comte, il l'était quand j'étais bien en cour. Depuis…

Il ne termine pas sa phrase et se dirige vers le mur où gît un amas de toiles.

— D'anciens tableaux ?

Il soulève les châssis.

— Tout ce que les clients ne veulent plus, soupire Natoire.

Soudain, le comte se fige. D'un coup de main, il enlève la poussière accumulée et un visage de femme apparaît. Le regard vif et les joues roses. Elle joue avec une corde à nœuds.

— Mademoiselle de Charolais, murmure Sade.

— Quand elle est morte, la famille de Condé m'a renvoyé le tableau. Bien sûr sans me payer.

Le comte s'appuie contre le mur. Des souvenirs lui reviennent comme des débris d'un navire remontent à la surface de l'eau. Il se rappelle sa voix, quand elle chantait, dans le bain. Ce matin où il avait reçu sa nomination de diplomate.

— Remettez-vous, mon ami, vous êtes pâle comme la mort. C'est ce tableau qui vous met dans pareil état ? Il est vrai que mademoiselle de Charolais était fort belle et que vous l'avez bien connue.

Sade secoue la tête. Il ne veut pas que le peintre le croie atteint d'un accès de sensiblerie.

— Non, ce sont mes jambes. Depuis des mois, elles ne me supportent plus. Et je n'ai pas les moyens de me payer un médecin.

D'un geste, Natoire montre l'atelier. Une bassine en cuivre recueille l'eau d'une fuite tandis qu'une toile d'araignée bat au vent d'une vitre brisée.

— Comme vous le voyez, je n'ai guère de moyens, non plus.

— Et moi qui vous croyais riche et établi ! s'exclame Sade.

Une grimace crevasse les joues mal rasées du peintre.

— Je l'ai été, je ne le suis plus. Et vous, que vous est-il arrivé ? Je ne comprends pas…

Le comte baisse les yeux.

— … le roi vous honorait de sa confiance. Vous étiez dans les petits papiers de la favorite en titre. La Pompadour. On disait même que… Enfin… Vous étiez bien ambassadeur ?

Sade parle à voix basse.

— J'ai tout perdu, mon pauvre ami. Ambassade, fortune, jusqu'à ma femme qui m'a quitté pour le couvent.

Le peintre saisit une mine de plomb qu'il ponce sur le rebord de sa palette.

— La vie est comme le dessin, il faut trouver le trait juste.

D'un air convaincu, le comte hoche la tête.

— Alors, je n'ai fait qu'esquisser la mienne. Trop brouillon sans doute. Et puis vous connaissez mon goût des plaisirs. À force de jouer avec le feu, j'ai fini par m'y brûler. Et me voilà, aujourd'hui, désabusé, ruiné et seul.

— Mais il vous reste un fils ?

Un instant, le comte fixe le tableau. Natoire est en train de dessiner la Vierge. Des coups de crayon, brefs et rapides, et peu à peu une forme féminine se dégage. Fine et voluptueuse. Subitement, Sade est fasciné. Si seulement le destin quand il se lève, pouvait apparaître ainsi, clair et rempli de promesses. Il songe à son fils qui a déjà hachuré son avenir de tant de coups de canif. Mais il n'est pas question d'en parler à Natoire.

— Mon fils ? Quelle impression vous a-t-il faite ?

— Excellente ! Cultivé, raffiné, subtil…

— Un garçon d'avenir, n'en doutez pas, le coupe le comte, d'ailleurs j'ai décidé de le marier.

À ce mot, le peintre fronce un sourcil.

— Figurez-vous que j'ai vu le duc de Gadagne, reprend Sade, vous connaissez sa haute position à la cour, il m'a proposé de…

— Gadagne, s'écrie Natoire en posant son crayon, ce vieux coureur ? C'est à lui que vous confiez le mariage de votre fils ?

— Mon cousin m'est très dévoué.

— Un cornard de la pire espèce ! Remarquez, il faut bien que la duchesse aille chercher ailleurs ce que son époux ne peut plus lui donner.

— Natoire, vous parlez d'un proche du roi !

— Je parle d'un cocu doublé d'un pervers.

— Mais, par le diable, d'où tenez-vous pareille réputation ?

— Vous ne sortez guère, s'exclame le peintre, et ça se voit ! Moi, tous les soirs je vais dessiner au café de *la Régence* et, croyez-moi, on en entend des belles et des raides.

— Vous m'en direz tant… susurre Sade, soudain intrigué.

Natoire ouvre sa boîte à tabac et en dépose une prise sur le haut de sa main.

— Eh bien, sachez donc que votre cousin, pour retrouver force et vigueur, a besoin d'émotions fortes.

— Certes, il n'est plus tout jeune…

— Le spectacle de la mort, dit-on, est un de ses

régals. Il y retrouve une fermeté oubliée depuis longtemps.

— Grand Dieu !

— Sans compter qu'il a besoin d'une main experte pour l'achever. On dit d'ailleurs que certaines belles de la cour se prêtent parfois à ce jeu. De jeunes pouliches au sang vif qui n'ont peur de rien.

Sous sa perruque grise, le visage de Sade blêmit.

— Croyez bien que j'ignorais tout de ces… de ces perversions. Mais, par le sang de Dieu, qui vous a parlé de ces abominations ?

Natoire sourit.

— Mais, votre fils.

11

11 mars 1763
Paris
Rue d'Argenteuil

— Annoncez le marquis de Sade, je vous prie.

Le valet, dans l'antichambre, examine le visiteur. Sans en avoir l'air comme on le lui a appris. D'abord les bottes, pour voir si elles sont râpées, puis la bordure de la veste, en quête d'usure et enfin le col de la chemise. Depuis l'annonce de la paix, Paris pullule de ces officiers sans un sou réduits à la maraude dans les demeures de la bonne société. Un instant d'inattention et ces malandrins vous pillent une cave, vous dévorent un buffet quand ils ne s'enfuient pas avec l'argenterie. À croire que sept ans de guerre ont transformé ces fils de famille en pillards sans foi ni loi.

Le valet frissonne. On raconte des choses terribles. Qu'ils se réunissent en bande, qu'ils s'attaquent aux femmes seules, qu'ils se retrouvent dans les souterrains de Paris. Un coup de talon impatient sur le pavement en marbre l'arrache à ses angoisses. Un dernier coup d'œil favorable. Il écarte les battants de la grande porte et, d'une voix grave, annonce :

— Monsieur le marquis de Sade.

Aucune tête ne se tourne. Le salon est comble. Les rires tombent en cascade et, le long des fenêtres, des danseurs en bas de soie et gilet brodé entament une contredanse au son d'un clavecin. L'hôtel de Lauris accueille, chaque jeudi, l'aristocratique société du faubourg Saint-Honoré. Sitôt la promenade aux jardins des Tuileries achevée, les élégantes du quartier, les jeunes oisifs, poudrés et perruqués de frais, se retrouvent dans le grand salon des Lauris. On y danse, on y parle, on y boit. Et surtout, on s'y montre. Quêtant un visage de connaissance, Donatien reste immobile. À une table, des joueurs de whist abattent leurs cartes dans un concert d'exclamations tandis que, autour de la cheminée, un concile de robes noires parle à voix basse autour de la soutane lustrée d'un abbé.

Sade fait la moue. Il n'a jamais pu supporter les prêtres : ces rentiers de la crucifixion qui vendent une éternité de dupes à des âmes naïves. L'abbé se penche vers une de ses ouailles. Une femme d'âge mûr dont le trouble se devine sur son visage. Un instant, Sade entrevoit un roman ou plutôt des romans. Cette pénitente a sans doute beaucoup de péchés à se faire pardonner. D'ailleurs, sous la dentelle sombre, sa poitrine pointe comme un défi. Une veuve sans doute, mais dont feu son mari a dû sentir des bois lui pousser. Donatien se rapproche discrètement pour mieux l'observer. Elle a le rouge aux joues depuis que cet abbé au sourire de miel lui parle. En voilà un qui ne doit pas s'embêter dans le secret du confessionnal. Sade frétille. Quelles pénitences impose-t-il à cette pécheresse, quand elle lui dévoile les plaisirs interdits de sa chair ? Une kyrielle de *Pater*, une litanie d'*Ave Maria* ou bien des punitions plus sévères. Car qui aime bien châtie bien.

— Ma tante vous intéresse ?

La voix vient de surgir derrière lui.

— Ne vous retournez pas ! Vous savez que vous avez un regard provocateur quand vous regardez une femme ? On dirait un de ces félins insolents qui s'amusent avec leur proie avant de la dévorer.

— Laure, vous savez que…

— Ne bougez pas ! Tournez vos yeux vers la table de jeu. La perruque au reflet d'argent. Ne le fixez pas ! C'est mon père. Il a l'air absorbé par ses cartes, mais il vous a déjà remarqué. Ce cher père, il déteste que j'aie des amants.

Donatien tressaille.

— Calme, mon beau félin. La jalousie est faite pour les sots et les prudes.

— Quand je pense au duc de Gadagne, murmure Sade entre ses dents, j'ai envie de…

— Quoi, vous pensez encore à cet épouvantail ? Voyons, je n'ai fait que lui prêter ma main ! À un homme dans le besoin, en plus ! Allez, ne me faites pas regretter ce geste de charité chrétienne.

— Si vous continuez…

— Mon père se lève. Je me sauve.

— Laure…

— Dès que vous pouvez, suivez un des domestiques qui remporte les plats. Cette fois, nous n'irons pas dans ma chambre.

— Où, alors ?

— Suivez-le jusqu'à la cuisine. Juste avant, il y a un escalier de service qui dessert les étages jusqu'au grenier. Je vous y attendrai.

Laure se penche. Son haleine chaude s'enroule autour du cou de Sade.

— Ne tardez pas.

Sade s'est rapproché d'un angle où des hommes, vêtus de sombre, discutent avec gravité. À leur mine renfrognée, leurs gestes compassés, le jeune marquis reconnaît des membres du Parlement. L'air absorbé par un bronze antique sur une commode, Donatien tente de passer inaperçu. Il n'est qu'à quelques pas de sortir discrètement du salon. Un coup d'œil vers la table de whist l'a rassuré : le père de Laure n'a guère bougé, retenu par un importun. Néanmoins, il jette des regards répétés en direction de Sade. Ce dernier se rapproche de la porte. À sa gauche, un des parlementaires s'exclame :

— Savez-vous qu'on parle d'arrêter Voltaire s'il montre sa tête en ville ? L'archevêque de Paris, cet âne mitré, jure de faire un autodafé avec ses livres sur le parvis de Notre-Dame. Parbleu, on se croirait revenu sous l'Inquisition !

— Tout ça pour avoir pris la défense d'un protestant, renchérit un autre, ce malheureux Callas qu'on a brûlé vif à Toulouse.

— Quelle abomination, une horreur sans nom ! approuve une voix scandalisée.

L'œil toujours rivé sur la sculpture, Donatien glisse vers la sortie.

Par la fenêtre, il aperçoit un ciel noir de nuages. Dans quelques instants, les domestiques vont allumer les chandelles. Il lui faut s'éclipser avant. Un des magistrats, au visage troué par la petite vérole, tape du pied sur le parquet.

— Eh bien moi, messieurs, pour marquer mon opposition à l'obscurantisme, je suis publiquement allé chez monsieur Diderot et je lui ai pris commande d'une *Encyclopédie.*

Tous approuvent dans un brouhaha. Donatien en profite pour disparaître. Dans le couloir, désert, son odorat lui sert de guide. Un parfum de chocolat le mène jusqu'aux cuisines d'où un valet jaillit, un plateau de tasses fumantes à la main. À droite, une porte dissimulée dans les boiseries donne sur un escalier étroit qui s'élance en spirale. Malgré son impatience, Sade monte lentement. Les marches gémissent sous ses bottes. Un battement de plus en plus vif au cœur, il tente de maîtriser son désir qui l'enflamme. Les images jaillissent à chaque pas. Comme un cheval qui rue. Sa main tremble quand il pousse la porte qui donne sur le grenier.

— J'ai failli attendre.

Elle est nue, couchée sur un matelas de coton, sous l'immense charpente qui frémit sous l'orage. Surpris, Sade la fixe. La nudité offerte et insolente le laisse sans voix. Des gouttes de pluie frappent la toiture.

— Vous avez déjà fait l'amour dans un grenier ?

Laure est aussi impudique dans ses mots qu'avec son corps. Avant de répondre, Donatien jette un œil par la lucarne. L'averse, mêlée de grêle, fouette le clocheton de l'église Saint-Roch.

— Je n'ai pas eu ce plaisir.

— Alors, dépêchez-vous de le goûter. Les invités dans le salon vont bientôt remarquer mon absence.

Mais Sade ne bouge pas. Il est ébloui par ce corps qui se donne sans condition. Le regard fasciné, il en contemple les courbes douces et les recoins humides, la toison fraîche et la peau satinée. Il est comme un affamé que l'opulence du festin d'un coup rend sobre. Il veut surtout conserver dans sa mémoire le souvenir de ce moment, ne rien perdre de chaque détail, épuiser chaque sensation pour pouvoir tout ressusciter à volonté.

Un coup de tonnerre retentit qui fait vibrer la toiture. D'un bond, Laure se lève et saisit Donatien.

— Nous avons peu de temps.

Sade roule sur le matelas. Les yeux rivés sur la forêt de bois de la charpente, il sent une main qui le dépouille de ses vêtements. Rapide, précise, elle fait sauter un par un les boutons.

Dehors, l'orage s'étend, monte en puissance, cogne sur le toit comme le cœur de Donatien dans la poitrine. Pour se contenir, il visse son regard sur la charpente.

Accrochée à une poutre, une chauve-souris pend comme un fil à plomb. Le printemps ne l'a pas encore réveillée. Brusquement, Sade tressaille et fourrage dans la chevelure de Laure.

Un coup de vent balaye le grenier. Sade fixe la chauve-souris dont une aile vient de bouger. Il a toujours aimé ces hôtes imprévisibles qui hantent tunnels et souterrains. Sous la caresse de sa main, le visage de Laure monte et descend.

De nouveau, le tonnerre gronde. La chauve-souris vient de déployer ses ailes. Elle surplombe juste Donatien. *Une épée de Damoclès*, songe-t-il. La chevelure de Laure ne cesse d'onduler.

De plus en plus vite.

Dans un cri aigu, la chauve-souris s'envole. Une porte claque à l'entrée du grenier.

Sade lève la tête. Un pas rapide résonne sur le plancher.

— Débauché !!! hurle une voix en furie.

Laure roule sur le côté. Son père vient de surgir. Une épée au poing.

12

17 mars 1763
Café Procope

Sur les marches de la Comédie, le comte de Sade relève sa cape. Une bruine, fine et glacée, tombe sur les pavés. Le printemps tarde à venir. D'un pas prudent, il traverse la rue et ouvre la porte du café *Procope.* Une douce sensation de chaleur le réconforte comme il cherche de l'œil son rendez-vous. Autour de lui, les tables sont surchargées. Écrivains, philosophes, musiciens, tout ce que la capitale compte d'artistes se retrouve dans ce lieu qui fait rêver les journalistes et se méfier la police. On prétend d'ailleurs que monsieur de Sartine a des oreilles à chaque table.

Il faut dire que le café *Procope* est une bénédiction pour le lieutenant général de police. Pas un chansonnier qui brocarde le roi, un poète qui aiguise une satire ou un philosophe qui attaque les fondements de la société, dont on n'entende la voix au *Procope.* Il n'y a qu'à écouter pour être informé à l'instant de tout ce qui se dit, se prépare et s'écrit. D'ailleurs, on ne voit jamais, en ces murs, le redouté inspecteur Marais, l'âme damnée du *Perruquier*, qui traque sans relâche tous les débauchés de la capitale. Preuve absolue, pour beaucoup, que ce café à la mode est celui de tous les dangers.

Rue du Café Procope

— Monsieur le comte !

La voix de Gadagne jaillit d'un coin de la salle. Assis sur une banquette, il s'est installé dans le coin des pousseurs de bois. À côté de lui, deux jeunes gens avancent des pions sur un échiquier jauni. Vêtu sobrement, le duc ressemble à un vieux rentier. Le comte de Sade le salue et s'assoit.

— C'est l'endroit le plus discret du café, celui des joueurs d'échecs.

Le duc montre du doigt une tablée plongée en plein jeu.

— Ces gens-là n'entendent, ni ne voient rien, possédés qu'ils sont par leur passion. Ainsi, on peut causer tranquille. Une tasse de café ?

Le comte hoche la tête. Il sort du théâtre et il n'a pas dîné.

— Avez-vous eu des nouvelles de votre fils ?

Un instant, Sade fixe son interlocuteur. Il pense à ce que lui a appris Natoire. Franchement, il a du mal à y croire. Que ce masque de cire ait besoin de tels stimulants pour arriver à… D'ailleurs, une chose l'intrigue. Comment son fils sait-il cela ? Qu'importe, mieux vaut ne pas savoir. Le comte répond :

— Pas depuis qu'il est parti en Avignon, chez son oncle.

— Un départ prévu ?

Gêné, Sade lève les yeux vers les boiseries où un singe peint en redingote bleue se masque les yeux. Si seulement le comte pouvait faire pareil.

— Mon fils a… disons… commis quelques imprudences. Il a dû hâter son départ. Depuis, je n'ai pas de nouvelles. Et je ne m'en plains pas.

— Eh bien, moi j'en ai pour lui.

Monsieur de Sade se penche vers son interlocuteur.

— Auriez-vous trouvé…

C'est un des moments que Gadagne savoure le plus, quand tout est suspendu à ses lèvres.

— Que diriez-vous d'une famille de noblesse de robe ?

Le père de Donatien fait la moue. Quoique désargenté, il a une grande opinion de son nom. Et puis la maison des Sade prétend descendre de Balthazar, un des trois rois mages. Sans compter que la famille se flatte d'une autre ancêtre de prestige : Laure de

Sade, dont le poète italien Pétrarque fut l'amoureux passionné.

— Une noblesse récente ? interroge le comte.

— Les de Montreuil ont château et portent blason depuis deux générations…

La moue se creuse.

— … Mais le père est président à la Cour des Aides de Paris et la mère peut espérer plusieurs héritages très importants.

Un début de sourire se perche sur le visage du comte.

— Sans compter que la famille de Montreuil est d'une moralité exemplaire.

— Et… vous leur avez parlé de mon fils ?

— J'ai vanté ses qualités de cœur, sa curiosité intellectuelle, sa bravoure à la guerre…

Monsieur de Sade opine.

— … et bien sûr, j'ai passé sous silence son amour du jeu et sa longue pratique des catins. Ce sont là péchés de jeunesse qu'un bon mariage saura faire oublier.

À l'entrée du café, un brouhaha retentit. C'est Diderot qui vient d'entrer. Chevelure dénouée, visage rougi, il commande une bouteille de bourgogne et s'installe pour écrire.

— Ces philosophes, ironise Gadagne, du vent et du vin.

— Noble depuis deux générations… reprend Sade, songeur… j'espère au moins que leur fille est jolie.

— Mieux que cela.

— Elle est belle ?

— Elle a trois cent mille livres de rente.

Dans la salle, les curieux s'agglutinent autour du

père de *l'Encyclopédie* qui, d'une plume alerte, écrit un article en vidant son verre. Le regard clos, le comte laisse résonner ce chiffre. Trois cent mille livres. Le prix du sang.

À la table voisine, une exclamation retentit. Un joueur vient de perdre. Le comte ouvre les yeux. Il va écrire à Avignon, à son frère l'abbé. Dès ce soir.

Le duc ouvre sa main.

— Engagez-vous votre fils, monsieur le comte ?

Sade fixe le favori du roi. Trois cent mille livres.

Il frappe dans la paume ouverte.

— Affaire conclue.

UNE SOIRÉE À L'OPÉRA

Moi qui duperais le Bon Dieu.
Marquis de Sade

1

5 avril 1763
Forêt de Rambouillet

Pris dans un fourré, le cerf lance un coup de tête pour se dégager. Derrière lui, la meute de chiens se rapproche. D'un bond, il saute parmi les broussailles et fonce droit devant.

— Il arrive, sire, indique le veneur, il sera bientôt à portée de fusil.

Louis XV ne réagit pas. Il fixe la course du cerf à travers les arbres. Par instants, on aperçoit une tache fauve, parfois une couronne de bois. Plus bas, un hurlement de plaisir monte de la meute.

— Vous n'armez pas, sire ? interroge le veneur.

Le roi tend son fusil au valet et descend de cheval.

— Le cerf peut fuir ?

— Non, sire, derrière nous, c'est le marais.

Louis se retourne. À quelques pas commence un mélange indécis de vase et de joncs. Des eaux mortes où même un cerf traqué ne s'engagera pas.

— Indiquez aux gardes de rabattre la bête dans notre direction.

Le veneur décroche son cor de la selle. L'appel, deux fois répété, résonne dans la forêt. Des quatre points cardinaux, des réponses sonnent à leur tour. L'heure de la curée approche.

— Certains trouvent que le son du cor est mélancolique, qu'en pensez-vous, Gadagne ?

Le duc plisse son visage avant de répondre. Depuis des semaines, il attend le moment favorable. D'autant que le roi boude ses rapports du soir. Il a beau s'escrimer auprès du lieutenant de police pour qu'il lui fournisse des histoires alléchantes. Aucun crime pervers, aucun délit audacieux ne semble intéresser Sa Majesté.

— Je préfère le sifflet des exempts quand ils arrêtent un criminel.

Fouettant le sol mouillé de sa badine, le roi répond :

— Il est vrai que vous n'aimez guère la chasse.

— Et pourtant, je la pratique tous les jours à votre service.

Louis sourit. Gadagne ne manque jamais d'à-propos. Ni de mémoire.

— D'ailleurs, puisque vous m'y faites penser, que sont devenus vos libertins de l'île Saint-Louis ?

Le duc dissimule sa satisfaction en baissant la tête.

— Nous avons découvert le meneur, sire.

Une cavalcade débouche de la carrière. Des chiens, la langue pendante et les flancs zébrés de sang, surgissent dans une clameur rauque d'aboiements.

— Les ronces abondent dans les fourrés, constate le roi, certains chiens se déchirent jusqu'aux entrailles. Un meneur, vous dites ?

Gadagne approuve du chef.

— Le jeune marquis de Lauris. Il est rentré de

l'armée il y a deux mois. Depuis il multiplie les actes d'impiété et de débauche. Monsieur de Sartine l'a d'ailleurs placé sous surveillance.

— Lauris…

Le roi tente de se souvenir d'un visage, mais en vain.

— … Son père est à ma cour, depuis des années, mais je ne me souviens pas du fils.

— C'est un *cul percé*, sire.

D'un coup sec, la badine fait voler une motte de terre. Louis n'a jamais aimé les invertis. Mais les adeptes de Sodome sont nombreux à la cour et le souverain les tolère comme un mal nécessaire. Au moins pendant qu'ils s'adonnent à leurs plaisirs obscurs, ils ne s'occupent pas de la politique du royaume.

— Et les autres ?

— Des libertins endurcis qui inviteraient le diable à leurs orgies, s'ils le pouvaient. On y trouve même des jeunes femmes qui se livrent à une débauche effrénée.

— Vous plaisantez, Gadagne ?

Louis est sincèrement choqué. Pour ce séducteur sur le retour, une femme est avant tout objet de désir et seul l'homme a le droit de raffiner son plaisir.

— Pas le moins du monde, sire. Elles sont de plus en plus nombreuses à choisir leurs amants et à exiger d'eux des pratiques que la morale réprouve.

— Par le sang du Christ ! s'exclame le roi alors que le veneur rassemble la meute, comptant chaque chien avant de l'attacher par une longue laisse de cuir tressé.

Le duc se penche et prend le ton de la confidence.

— Prenez, par exemple, mademoiselle de Lauris, la sœur de notre libertin. Une jeune fille d'excellente famille, élevée au couvent, prête à être mariée. Eh bien, son plaisir de catin est de s'offrir à ses amants dans des endroits infâmes.

— Mais où, grand Dieu ?

Gadagne sait qu'il a piqué la curiosité royale. Depuis quelque temps, Sa Majesté se sent vieux. Ses articulations craquent au petit matin et la goutte lui fait payer chacune de ses indigestions. Il a peur de mourir en état de péché et la turpitude des autres le rassure sur son propre compte.

— Une des *mouches* de monsieur de Sartine les a suivis.

— Une *mouche* ? interroge le monarque.

Le visage de Gadagne demeure impassible. Il y a deux mois, il a déjà expliqué à Sa Majesté la définition de ce mot. Mais un roi peut se permettre de tout oublier, car il a des courtisans en guise de mémoire. D'un geste, Gadagne désigne un des chiens, la patte levée, qui tire sur sa laisse.

— Un pisteur, sire, qui suit sa proie à la trace. Un soldat démobilisé, un certain la Jeunesse, il flaire les libertins à une lieue.

Le roi a un plissement de sourcils. Signe qu'il s'ennuie. Gadagne revient au sujet principal. Mademoiselle de Lauris et son amant.

— Devinez, sire, où ils sont allés pour s'accoupler comme des animaux ? Des bêtes revenues à l'état sauvage. Quand je pense à ce monsieur Rousseau qui veut nous faire régresser à l'état de nature. Encore un de ces damnés philosophes…

— Gadagne…

— Pardonnez-moi, Majesté, je m'égare. Eh bien, mademoiselle de Lauris et son amant ont copulé dans les anciennes carrières de Paris. À même le sol. Au milieu des rats et des chauves-souris.

Le hurlement des chiens a repris. Tenus en laisse, ils hurlent le long de la lisière. Le cerf ne va pas tarder à bondir hors de la futaie.

— Votre Majesté, je vous suggère la plus grande fermeté. Dans les campagnes, le peuple gronde contre les fastes de Versailles, à Paris, ces messieurs du Parlement s'indignent des privilèges de la noblesse et protègent publiquement les philosophes, vous devez montrer votre autorité.

Le roi hoche la tête. Le temps est bien passé où un Condé, cousin du roi, pouvait tuer ou violer impunément. Aujourd'hui, l'opinion réclame des comptes.

— Sire, le cerf !

La bête vient de surgir. D'un coup, elle s'arrête, les flancs striés de sueur. Le veneur compte les bois.

— Douze, Majesté.

D'un pas hésitant, le cerf avance, les naseaux humides, cherchant le vent.

— Il sent le marais, indique le veneur, il est fini.

— Retenez les chiens, ordonne le roi.

Le cerf s'arrête. Tout autour, les gardes se rassemblent. Une haie se forme qui encercle la bête traquée.

— Vous avez raison, Gadagne, il nous faut un exemple.

— Sire, donnez-moi l'ordre et…

Le roi fixe la tête du cerf. Les yeux exorbités. La langue souillée de bave. Il lève la main. Chaque rabatteur saisit le collier d'un chien.

— … laissez donc ce monsieur de Lauris. Ce n'est que petit gibier.

La main descend lentement.

— Trouvez-moi une vraie proie à jeter aux chiens…

Gadagne sourit. Il sait qui offrir en pâture.

La paume royale claque sur la cuisse. La meute se précipite.

En un instant, le cerf n’est plus que sang.

2

5 avril 1763
Château de Saumane
Près d'Avignon

Donatien se réveille en sursaut. On vient de frapper à la porte. Le soleil filtre au bas des persiennes. Un coup d'œil à la pendule. Six heures. Il a dormi toute l'après-midi. Sur le bureau, des papiers froissés, raturés, s'amoncellent. Des brouillons de lettre à mademoiselle de Lauris dont il n'a aucune nouvelle. On frappe à nouveau. Ce ne peut être que l'abbé.

— Entrez, mon oncle.

L'abbé approche de la soixantaine. Sous sa perruque grise, son visage émaillé de rides ressemble à celui de son ami Voltaire dont il a partagé bien des plaisirs sous la Régence.

— Avez-vous bien dormi, mon neveu ? Vous êtes pâle comme plâtre.

Donatien fronce ses sourcils. Son oncle ne l'a pas vouvoyé depuis des années. Il est vrai que son visage se ressent de ses nuits blanches. L'abbé continue :

— Vous plairait-il de me rejoindre dans la bibliothèque ? Nous avons à parler.

Sitôt son oncle sorti, Sade s'habille, puis passe sur le palier. Deux femmes apparaissent, comme une cloche sonne l'heure de la messe. Sans se retourner, elles vont s'asseoir face à l'autel. La chapelle est une des curiosités du château. Elle se love entre deux retours d'escaliers, comme un coquillage ouvert dans le mur. Discrètement, Donatien se place dans un angle. Tous les jours, c'est la même cérémonie impeccablement réglée. Les deux femmes, le visage enfoui sous une mantille, font gémir de leurs genoux alanguis un prie-Dieu séculaire. Un rendez-vous que Donatien, même s'il a le cœur en vrac, ne rate jamais.

Sur le velours cramoisi, apparaissent deux minces chevilles qui sont du plus bel effet. Une fine dentelle en ourle le contour tandis que deux escarpins noirs en dessinent la chute. Donatien se délecte de ce tableau. Non sans sourire parfois, car, au château, tout le monde sait qui sont ces pieuses visiteuses.

Sade fixe une veine qui palpite sous la peau de marbre de la plus jeune. Il adore voir la vie battre ainsi, vive, rapide. Un pied de nez au Christ mort sur sa croix poussiéreuse.

On les appelle les dames de Vignerme, du nom d'une propriété qui fait partie du domaine des Sade. Une mère et sa fille que l'abbé a installées là pour sa convenance particulière. Une convenance qui l'amène à découcher quatre nuits par semaine. Deux avec la mère, deux en compagnie de la fille. Le reste de son sommeil, l'abbé le passe à écrire une biographie érudite de Pétrarque.

— Que la paix soit sur vous, les salue Sade.

— Amen, répondent les deux femmes qui se lèvent aussitôt.

Donatien a juste le temps de voir un tendon jouer à la surface de la peau avant que ne retombe une robe implacablement noire. Un instant, son désespoir amoureux en devient plus léger.

L'abbé a pour habitude de s'installer devant la fenêtre. Il casse un œuf qu'il gobe en contemplant la pinède qui ondule le long de la muraille. Le soleil qui disparaît, derrière le massif du Luberon, jette une poussière d'or sur l'herbe. Il a toujours aimé la lumière et le vent. À la différence de son neveu qui, enfant, courait se réfugier dans les caves quand la caresse du mistral faisait gémir arbres et toitures.

L'escalier descendu, Donatien va jusqu'à la porte et jette un œil dehors. Il n'est pas sorti de la journée. Traversant le parc, des lavandières rentrent chez elle. On entend leurs rires frais qui montent dans l'air glacé. Sade ferme les yeux. Imaginer des corps lui a toujours été une consolation. Il aime les corps, les muscles qui frémissent sous la peau, les articulations qui coulissent, jusqu'aux réseaux ténébreux des nerfs et des vaisseaux qui battent en cadence. Tout un orchestre secret qui vibre à l'unisson sous la douce chaleur de l'épiderme. Cette idée l'échauffe, mais une douleur le saisit aussitôt dans l'aine.

Dans la bibliothèque, son oncle est installé devant un goûter improvisé. Confitures de figues, crème battue et tarte à la rhubarbe.

— Prenez place, mon neveu. Votre sieste prolongée a dû vous creuser l'appétit.

— Je vous remercie, mon oncle. Je dors peu la nuit et…

— Vous écrivez beaucoup, l'interrompt l'abbé, le préposé au courrier de Saumane me dit que, si vous continuez ainsi, il va devoir doubler la contenance de son sac. Vous lui donnez du travail à ce brave homme.

— J'ai beaucoup d'amis à Paris…

— … qui habitent tous à l'hôtel de Lauris puisque c'est la seule adresse sur vos lettres. Mais prenez de la confiture, mon neveu, elle est divine.

— Gabriel de Lauris est un excellent ami.

— Mais bien sûr, j'oubliais… le jeune marquis… Un garçon charmant. Mais dites-moi, n'est-ce pas un *cul confit* ? Remarquez, je n'ai rien contre les fantaisies de la nature, mais envoyer autant de courrier à un inverti… Voilà qui pourrait prêter à médire.

— Mon oncle, vous n'allez pas croire que…

L'abbé saisit une tranche de pain qu'il beurre délicatement.

— Mais quelle idée ! Bien sûr que non ! D'ailleurs, changeons de sujet.

Il tend la tartine à Donatien.

— Comment se porte votre chaude-pisse, mon neveu ?

Stupéfait, Sade contemple son oncle qui tourne une cuillère d'argent dans sa tasse de lait.

— Je vous demande pardon, mais…

— Pas avec moi, Donatien ! Vous avez consulté, il y a peu, le médecin de l'Isle-sur-Sorgue et, comme vous l'avez fait un jour de marché, vous vous doutez bien que j'en ai été rapidement informé. J'ai donc envoyé mon domestique aux nouvelles.

— Ce n'est pas ce que vous croyez, mon oncle. J'ai fait une mauvaise chute à Paris. Et au mauvais endroit.

L'abbé verse du lait dans sa tasse.

— Sauf que les douleurs qui tracassent votre virilité ne viennent pas du choc que vous avez subi, mais d'une vérole qui date de Paris.

Le regard de Donatien se trouble. Il plante ses ongles dans la paume de sa main.

— Et vous savez aussi bien que moi qui vous a fait ce cadeau. Mademoiselle Lauris, dit-on, est très généreuse : tout ce qu'elle reçoit de ses amants, elle n'a de cesse de l'offrir à d'autres.

— Mon oncle !

— Et non content de vous compromettre avec la fille, vous avez failli vous faire embrocher par le père. Tout Paris fait des gorges chaudes de votre aventure !

— Croyez bien que…

— Il suffit, Donatien ! J'ai le regret de vous informer que votre maîtresse, à laquelle vous envoyez des missives enflammées tous les jours, vous a déjà remplacé.

Sade se lève. La chaise roule sur le dallage.

— Elle a un nouvel amant, continue l'abbé, implacable, et son lit n'a pas le temps de refroidir.

Adossé à la bibliothèque, Donatien tente de retrouver son souffle. Une démangeaison brûlante vient d'envahir son bas-ventre Mais la colère qu'il sent monter en lui est bien plus forte.

L'abbé fixe son neveu. La souffrance, la honte déchirent son visage. Et ce n'est pas fini.

— De plus, j'ai là une lettre de votre père qui m'annonce qu'il vous a trouvé une épouse. Tout est déjà réglé.

— Mais je… balbutie Sade.

— Une famille de gens de justice. Riches, honorables et surtout qui ne sont pas encore au courant de vos frasques. Une chance pour vous, mon neveu.

— Je ne puis…

— Votre future se nomme Renée-Pélagie. Je ne vous parlerai pas de son apparence, votre père ne s'étend pas sur le sujet. En revanche, la dot est de trois cent mille livres. Ai-je besoin de vous rappeler l'état de vos finances ?

L'abbé contemple les arbres du parc. La vie est sans pitié. Il lui tarde de se retrouver seul, de se replonger dans ses livres, dans la vie de Pétrarque qu'il écrit. De se perdre dans une époque où les histoires d'amour étaient la vie même.

— Mon oncle, prononce, la voix cassée, Donatien, je vous demande la permission de me retirer. Je compte me rendre à Avignon. Je coucherai chez ma tante Villeneuve.

— Profitez-en pour lui annoncer la bonne nouvelle de votre prochain hymen.

Donatien s'incline pour prendre congé.

— Et surtout pas de catin…

L'abbé lui tend la lettre de Paris pliée en deux.

— … car vous vous mariez le 15 mai.

3

5 avril 1763
Paris
Palais-Royal

Ce soir, on reprend *Zoroastre* de Rameau à l'Opéra. Dans la rue, malgré la pluie, la foule s'amasse déjà. Ouvriers du faubourg Saint-Antoine, maraîchers de la plaine Saint-Denis, tout le petit peuple de Paris est là pour tenter d'apercevoir les célébrités de la cour. Malgré son âge avancé, le compositeur est toujours aussi adulé. Partout on joue ses mélodies, on danse sur ses gavottes. Sa musique est universelle. Elle entraîne, elle conquiert, elle possède. Grâce à lui, le clavecin est devenu lubrique et les cordes vibrent de plaisir. Un festin des sens.

Un carrosse s'arrête devant le grand escalier. Trois domestiques se précipitent. L'un ouvre la porte, le suivant abaisse un flambeau, le dernier tend un parapluie de soie. Une tête poudrée apparaît tandis que l'éclat d'un collier de diamants brille furtivement.

— C't'i la femme du roi ? lance une voix éraillée.

— Mais non, ma commère, juste sa putain, rétorque un anonyme.

Un éclat de rire général secoue la foule. Discret, sous un porche, la Jeunesse observe les rieurs. Déformation professionnelle. Il enregistre les visages. On ne sait jamais.

— Moi, j'ai reconnu son gros cul, à c'te catin, hurle une poissarde, les cheveux encore verts des légumes qu'elle trimbale tout le jour sur sa tête.

— Et moi, ces bijoux, payés avec la sueur du peuple, à c'te salope !

La Jeunesse se retourne brusquement. On vient de lui taper sur l'épaule. Sa main a déjà plongé sous sa veste quand il reconnaît l'inspecteur Marais.

— Il faut toujours laisser crier le peuple, ça le calme, ça l'épuise. Mieux vaut qu'il vive l'insulte à la bouche que la colère au bout des poings.

— Oui, monsieur, répond humblement la Jeunesse.

Depuis peu, l'inspecteur Marais est monté en confiance et en grade. Désormais, il est le supérieur direct de l'ancien soldat.

— Ouvrez votre veste.

La Jeunesse s'exécute. Dix ans dans l'armée lui ont appris l'obéissance. Un manche noirci pend sous son aisselle. Marais le saisit délicatement. Une lame recourbée apparaît.

— Joli instrument que vous avez là.

— C'est une serpette, monsieur. Dans mon pays, elle sert à couper les pousses d'olivier. Un coup, le long du tronc et…

Tout en caressant le tranchant, l'inspecteur reprend :

— Un coup le long d'un visage et…

— Adieu nez, adieu oreilles, monsieur.

— Et si vous descendez plus bas ?

L'ancien soldat hésite. L'inspecteur Marais est parfois étrange. On ne sait jamais sur quel pied danser avec lui. Les tenancières de bordel en savent quelque chose : elles l'appellent *le démon*.

— C'est-à-dire, monsieur, que c'est selon…

— Bien sûr, acquiesce Marais en souriant, cela dépend… mais je dois y aller.

Soulagé, la Jeunesse ôte son bonnet.

— À votre service, monsieur.

L'inspecteur lui rend sa serpette.

— Pour couper les pousses d'olivier…

— Oui, monsieur.

Marais le fixe de son regard bleu délavé.

— Ou autre chose.

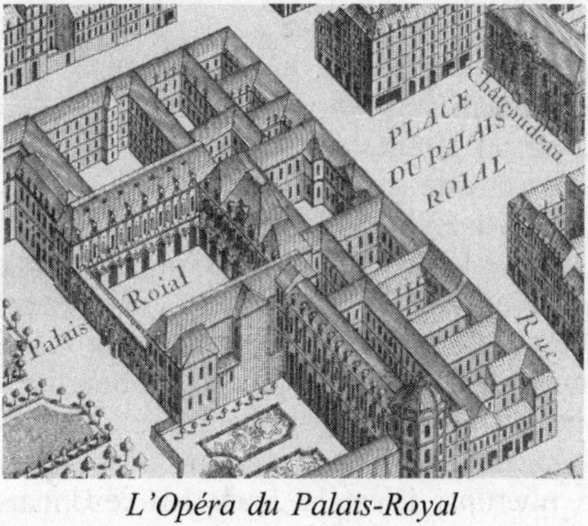

L'Opéra du Palais-Royal

Sur la scène de l'Opéra, la représentation vient de débuter. À l'instant où les premières notes endiablées éclatent, une porte s'ouvre sur la loge de monsieur de Sartine. Ce dernier ne tourne pas la tête de peur de déranger sa perruque. Un chef-d'œuvre d'architecture aérienne qui lui impose de conserver un visage de marbre et un port de statue. Sans un mot, l'inspecteur Marais s'installe au fond de la loge.

Tout Paris s'interroge sur la passion du lieutenant général de police pour les perruques. Les mieux informés de ses amis se désolent qu'un tel homme se ruine en une collection si extravagante, les plus malveillants prétendent qu'il se passionne tout autant pour les robes à dentelles. Ce *cancanage* fait sourire monsieur de Sartine. Pendant que l'on se perd en conjectures sur ses perruques, on oublie sa fonction, on l'oublie, lui. Et c'est ce qu'il veut. Pendant qu'on s'exclame sur sa fourrure, le lion, lui, se prépare à dévorer ses proies.

— Marais ?

— Oui, Votre Excellence.

— Vous connaissez le duc de Gadagne ?

— Seulement de nom, Monseigneur.

— C'est un familier de Sa Majesté et un homme très précieux. Une sorte de devin.

— De devin ?

— Oui, il a le don de saisir au vol les désirs du roi. Vous savez que les monarques sont comme les dieux, ils ont besoin d'oracles pour exprimer leur volonté. Eh bien, monsieur de Gadagne est son meilleur interprète.

Sartine fait signe à l'inspecteur de se rapprocher.

— À la demande du duc, j'ai mis sous surveillance certains libertins. C'est la Jeunesse, désormais sous vos ordres, qui s'en est chargé.

— Il a obtenu des résultats ?

Le lieutenant général plisse une paupière. C'est sa manière de hausser les épaules sans déranger sa perruque.

— Rien de bien neuf. Des jeunes gens turbulents qui jouent à se faire peur dans l'île Saint-Louis. Pour moi, du menu fretin.

— Je vois, s'avance prudemment Marais.

— Néanmoins, reprend Sartine, monsieur de Gadagne m'a fourni un nom. Tenez, prenez donc ma lunette et visez cette loge.

L'inspecteur s'exécute.

— Oui, celle-là à gauche. Que voyez-vous ?

De l'index, Marais règle la longueur du tube. De floue, l'image devient nette.

— Un trio que je ne connais point. Une mère et sa fille sans doute, le tout accompagné d'un vieux *barbon*, comme disent les filles publiques.

— Fréquenter des prostituées ne vous oblige pas pour autant à employer leur langage, inspecteur. Passez-moi la lunette.

Marais obtempère et se penche en avant pour mieux observer.

— Vous les connaissez ?

La réponse n'est pas celle qu'il attend.

— Avez-vous déjà entendu parler de mademoiselle de Charolais ?

Le policier fouille sa mémoire.

— Jamais, affirma-t-il d'un ton péremptoire.

Monsieur de Sartine sourit tristement.

— Ça ne m'étonne pas. Elle est morte, il y a cinq ans. Autant dire un siècle pour vous. C'était pourtant la femme la plus belle de Paris en son temps. Et la plus désirée.

— Mais quel rapport avec ces trois personnes ?

— Parce que le *vieux barbon*, comme vous dites, fut la plus grande passion de sa vie.

— Ce vieillard !

— Il a été jeune. Lui aussi. Tenez, regardez, il nous salue.

À leur tour, les deux hommes inclinent la tête.

— Il vous connaît ?

— Il a déjà été arrêté.

La stupéfaction fige un instant le visage poupin de l'inspecteur Marais.

— Mais comment s'appelle-t-il ?

Sartine pose sa lunette sur l'accoudoir de la banquette.

— Le comte de Sade.

4

5 avril 1763
Bord de la Durance

La nuit s'annonce froide. Derrière le murmure des pins, la lune se hisse dans un ciel givré d'étoiles. Donatien pose pied à terre. Le chemin donne droit sur les rives sablonneuses de la Durance. Le gué est là sous le ressaut d'écume.

Le marquis attache la bride de son cheval à un tronc d'arbre et gagne la berge. En face, brillent les lumières éparses du village de Lauris.

Donatien pénètre dans l'eau. En un instant, ses jambes sont garrottées par le gel. À voix haute il maudit Dieu. Emporté par les crues d'hiver, le parement du gué a cédé, ne laissant qu'un soubassement de galets rêches et anguleux. Il avance avec peine. L'eau a déjà traversé ses bottes, remontant comme une main gelée le long de ses cuisses. D'un coup le gué disparaît. Sade trébuche et tombe. Le courant mugit comme un animal. Le froid le saisit à la nuque. La boue ruisselle entre les pans de sa chemise.

Soudain, il bute contre l'écorce rugueuse d'un tronc

à demi immergé. D'un coup de reins, il se raccroche à une branche. Un regard rapide. La rive n'est plus loin.

Il plonge.

Quand il émerge, une odeur de vase le saisit. Il vient d'échouer dans un bras d'eau morte. D'une main, Donatien agrippe une poignée d'ajoncs et se hisse sur la rive. Il reprend son souffle.

Le château est juste au-dessus : ses jardins en terrasse protégés du vent par une ligne brune de cyprès.

Durant le printemps, le château est inhabité. Il ne reprend vie que pendant l'été quand les cousins des Lauris éblouissent la Provence par le nombre de leurs fêtes et le luxe de leurs réceptions. Presque chaque jour, les violons jouent dans les jardins tandis que, du haut de la terrasse, mères de famille et jeunes aristocrates fixent d'un œil estimatif des jeunes filles, à peine sorties du couvent, qui jouent en riant entre les bosquets.

À ce souvenir, le cœur de Donatien se serre, car c'est là, pour la première fois, qu'il a vu, sans le savoir, Laure-Victoire de Lauris.

Palais-Royal
Opéra

Pendant que l'inspecteur Marais contemple le comte de Sade, le lieutenant de police lui détaille sa vie aventureuse.

— Il a été ambassadeur ? s'étonne Marais.

— Dans une cour en Allemagne. En moins de trois mois, il ruinait le souverain aux cartes et lui dérobait sa maîtresse en titre.

— Curieuse manière d'honorer son poste de diplomate.

— Ce fut son dernier.

De nouveau, monsieur de Sartine braque sa lunette sur le comte de Sade.

— Il a bien vieilli. Il ressemble à un dévot maintenant.

— C'était un libertin notoire ? interroge Marais.

— C'est pour cela que nous l'avons arrêté.

— Je vous en prie, contez-moi ça.

Secrètement flatté, monsieur de Sartine condescend à opiner de la perruque.

— C'était en 1722. À l'époque, monsieur de Sade n'était rien. Un gentilhomme provençal qui battait la semelle à l'entrée de l'hôtel des Condé. Mais déjà nous le surveillions.

Marais ne réagit pas à l'emploi du « nous », c'est un des travers de monsieur de Sartine de parler de ses prédécesseurs comme de lui-même.

— Il fréquentait les putains, rimaillait sans espoir et jouait au Marivaux de province. À la vérité, nous ne nous serions jamais souciés de lui, s'il n'avait mis dans son lit une femme de la cour.

— Une personnalité importante ?

— Non, mais la dame en question s'était entichée de son comte de Sade jusqu'à la passion. Et nous voulions éviter le scandale d'une femme d'âge mûr, folle de son greluchon.

— Et le comte faisait cela…

— Pour payer ses dettes de bordel.

L'inspecteur pâlit de colère.

— Alors, vous l'avez arrêté ?

— Pas pour cette raison, non.

— Mais sinon pourquoi ?

D'un geste brusque, monsieur de Sartine caresse les boucles dorées de sa perruque.

— Pour s'être retrouvé le sexe au fond d'une culotte qui n'était pas la sienne.

Bord de la Durance

Donatien frissonne. Il a abandonné bottes et chemise sur la berge. Le froid lui pique la poitrine. Arrivé devant le mur d'enceinte, il pose son pied sur une pierre et commence l'escalade. Durant les années de jeunesse qu'il a passé au château de Saumane, gravir les anciens remparts était un de ses passe-temps clandestins. Son oncle, le digne abbé, perdu dans ses rêveries philosophiques, n'en a jamais rien su.

La rumeur de la Durance s'estompe. Sade n'est plus loin. Il tâte le mur. Du mortier s'effrite. Il voit la ligne sombre des cyprès. Un dernier effort et c'est bon. Brusquement une pierre vacille. Donatien s'accroche de justesse à un buisson de lierre. La pierre roule et rebondit contre le mur. Il l'évite en basculant sur le côté. Sans prise, ses jambes se balancent dans le vide. D'un coup de main, il prend appui contre une gouttière en saillie. Le rebord lui cisaille la paume. Hurlant de douleur, il s'élance vers le sommet du mur.

La façade du château surgit d'un coup. Le marquis se dissimule derrière un chêne vert. Le jardin est désert. Il reprend son souffle, puis s'avance. L'allée couverte d'aiguilles de pins crisse sous ses pieds nus. Arrivé à l'orangerie, Donatien s'arrête. Derrière les larges fenêtres, on devine la masse feuillue des oliviers et les branches fragiles des orangers. Une échelle de meunier est posée le long du mur. Il va pouvoir régler ses comptes.

Cela avait été un choc pour Donatien d'aimer une femme de son milieu, aussi avide de plaisir. Parfois même, il perdait toute virilité tant la virtuosité de Laure le submergeait. Le soir venu, il rentrait chez lui, le corps rompu et la jalousie au cœur. Il enviait même les inconnus qui l'avaient précédé. Ces hommes qui avaient fait de son amante une machine consentante à plaisir.

Sade pose l'échelle contre la façade. Une fois encore, son imagination vient de le déposséder de lui-même. Depuis qu'il est séparé d'*Elle*, il ne peut s'empêcher de *voir*, de la *voir* dans les positions les plus scabreuses. Et ces images lui causent autant de plaisir que de douleur.

La chambre que Laure occupe chez ses cousins se situe au deuxième étage, la quatrième fenêtre en partant de la gauche. Laure lui a parlé de cette chambre d'été en Provence. Elle lui a décrit le boudoir tendu de jaune, les livres interdits cachés sous le lit, ses premiers émois d'adolescente sous les draps froissés…

Donatien respire longuement. Les images à nouveau l'assaillent, mais il va s'en défaire. Tout de suite.

Les volets ne posent aucun problème. Pas plus que la fenêtre. Durant ses campagnes militaires, Donatien a appris l'art discret d'entrer sans frapper. Une science indigne d'un aristocrate, mais un recours utile pour un amant éconduit.

L'odeur, dans la chambre, le saisit. Son cœur se met à battre. Il s'avance à tâtons.

De nouveau les images. Il *voit* mademoiselle Lauris,

assise sur une bergère, le regard mutin, le corsage palpitant, suspendue aux lèvres d'un inconnu au sourire avide.

La senteur devient plus intense. Donatien pousse la porte du réduit. Il sursaute. Devant lui, une ombre vient de surgir. Il porte la main à sa ceinture, prêt à faire jaillir sa dague. Mais la silhouette demeure immobile. D'un coup Donatien comprend : devant lui se tient un mannequin en osier revêtu d'une robe oubliée. Il tend la main et froisse un tissu soyeux. Lentement, il descend du corsage d'organdi jusqu'au velours des jupons. Un à un, il les effeuille. Le parfum de Laure monte jusqu'à son visage. Cuir de Russie, benjoin, verveine… De nouveau, il la *voit* : elle est nue sur des draps d'encre, un éventail posé sur sa poitrine. Un homme entre et lentement l'éventail se replie…

La jalousie et le désir mêlés le submergent.

D'un geste vif, il fait jaillir la dague.

Et dans un cri de rage, éventre le tissu.

Palais-Royal
Opéra

Le premier acte vient de se terminer. Dans la loge de madame de Montreuil, Renée-Pélagie, les yeux brillants, joue de l'éventail. Elle fixe les musiciens dans la fosse qui réaccordent leurs instruments. Lentement, comme on récite une fable usée, elle énumère les instruments qu'elle connaît. *Clavecin, viole de gambe…* dans quelques jours, son futur mari qu'elle n'a jamais vu va arriver à Paris. Sur la peau nue de son avant-bras, son duvet frémit. Elle reprend sa récitation. *Flûte, cornet*... c'est son confesseur qui lui a conseillé de s'adonner à cet exercice puéril quand elle songe trop à son futur époux. Pourtant, elle s'arrête et lève son regard vers celui qui va devenir son beau-père. Le visage est sévère, creusé de deux rides qui remontent jusqu'au nez, implacablement droit. Elle essaye d'imaginer le visage de l'homme auquel elle va appartenir. *Tambourin, trompette*...

À l'autre bout de la salle, monsieur de Sartine vient de se lever et contemple dans le miroir le délicat équilibre de sa coiffe. Marais, lui, est resté assis. Il fixe le trio qui quitte sa loge.

— Ils sont venus se montrer, commente le lieutenant général de police ; dans quelques jours, le roi va signer la promesse de mariage entre la jeune fille…

Marais aligne sa lorgnette sur l'éventail.

— … et le fils du comte de Sade.

L'inspecteur semble surpris. Sartine sourit.

— Imaginez donc la réaction de ce jeune homme quand il va découvrir le physique de sa promise.

— Je crains qu'on ne le retrouve bientôt parmi nos abonnés aux maisons de plaisirs.

Le lieutenant général hausse les épaules.

— Quoi qu'en dise monsieur de Gadagne, les enfants marchent rarement sur les traces de leur père…

Il saisit sa canne et se dirige vers la porte.

— … et je doute qu'on entende jamais parler de ce marquis de Sade.

III

LE LIBERTIN À L'ŒUVRE

Hors du sexe, point de salut.
Marquis de Sade

1

2 avril 1768
Paris
Rue Saint-Honoré

La Jeunesse n'est pas à l'aise. Depuis un quart d'heure, il bat le pavé devant le Palais-Royal. Une fois encore, il sort le billet que lui a fait tenir Marais. C'est bien l'écriture de l'inspecteur. Pas de doute. Il lève les yeux devant l'élégante boutique du rendez-vous et déchiffre lentement l'enseigne :

À la Civette
Tabac de qualité

Devant lui, un couple s'avance vers la devanture. Aussitôt, un valet sort qui leur tient la porte tandis qu'une odeur chaude et enivrante se répand dans la rue. Mais quelle mouche a donc piqué l'inspecteur de le convoquer dans pareil endroit ? Qui plus est, fréquenté par toute la bonne société qui se promène dans les jardins des Tuileries. Depuis qu'il observe l'entrée, il ne voit que bas de soie et redingotes filées d'or. Avec son uniforme délavé et ses bottes usées, aucune chance qu'il passe la porte. Il va se faire jeter comme un manant. Encore heureux qu'on n'ait pas appelé le guet depuis qu'il traîne devant l'entrée. Le carillon du Louvre sonne la demie. Il va être en retard. Au moment même où il s'élance pour traverser, un grondement sourd et rapide envahit la rue. Surpris, la Jeunesse n'a que le temps de bondir.

— Le passage pour le duc de Gadagne !

Le fouet du cocher siffle au-dessus de sa tête. Le vacarme du carrosse fait vibrer ses tympans tandis qu'une bordée d'injures rebondit sur le mur.

— Maraud… Pousse-toi donc !

La Jeunesse serre les poings. Lancés à toute allure, les carrosses des aristocrates ne s'arrêtent jamais. Ils préfèrent cisailler les cuisses d'un homme plutôt que d'abîmer la bouche de leurs chevaux en tirant sur les rênes. Que vaut la vie d'un pauvre face à un cheval de race ? Encore tremblant de colère, la Jeunesse se poste devant l'entrée du magasin.

Impassible, le valet ouvre la porte tandis qu'un commis s'avance. Perruqué de blanc et les ongles taillés en pointe, il s'incline d'un air narquois.

— Monsieur vient sans doute pour son maître ?

L'ancien soldat ne répond pas. D'un geste, le commis désigne les étagères. Des vases à la panse rebondie s'ornent d'étiquettes émaillées et de motifs végétaux.

— Nous avons ici tous les tabacs du monde des Antilles aux Amériques.

Sur un billot, un aide découpe, avec une lame courbe, une liane brune et odorante. D'une main experte, il taille de fins carrés, noirs comme de la réglisse.

— Du tabac haché menu pour la pipe…

Mais la Jeunesse n'a plus d'yeux que pour la demoiselle du comptoir. Le regard clair et les cheveux blonds comme une Madone, elle pèse délicatement un monticule gris qu'elle égalise avec un dé d'argent.

— … ou bien réduit en poudre à priser.

Devant le silence de l'ancien soldat, le commis insiste :

— À moins que vous ne cherchiez une origine précise… Barbade… Virginie ?

— Maryland… s'exclame la Jeunesse, se souvenant du mot de passe inscrit sur le mot de l'inspecteur.

— Je vois que monsieur est un connaisseur, réagit le commis, il s'agit d'un tabac rare et recherché que nous n'avons jamais qu'en petite quantité. D'ailleurs, nous l'exposons rarement. Nous préférons le garder en cave pour une meilleure conservation.

Un sourire ambigu aux lèvres, il se tourne vers le fond de la boutique.

— Descendez l'escalier. Vous trouverez sans doute ce que vous êtes venu chercher.

Arrivé à la dernière marche, la Jeunesse bute sur un ballot enveloppé de coton. Un juron de douleur lui échappe. D'un coup, Marais apparaît. Il se penche et tâte le bord en tissu. Un angle se dessine.

— Du tabac de contrebande. Il vient de la mer.

— Comment ça ? s'étonne la Jeunesse en se massant le pied.

— Les passeurs lestent leurs ballots avec des pierres. S'ils sont arraisonnés avant de débarquer leur chargement, ils le jettent par-dessus bord. Mieux vaut perdre sa marchandise que de finir aux galères.

Tout en boitant, l'ancien soldat s'avance. La salle est voûtée, le sol couvert de larges dalles tachées d'humidité.

— Je ne vous savais pas connaisseur en matière de tabac, monsieur.

— Je suis connaisseur en vices. Et le tabac en fait partie. Sans compter que la contrebande fait perdre beaucoup de taxes au royaume.

Une ride d'incompréhension barre le front de la Jeunesse.

— Mais vous venez justement de me dire que ce ballot…

— … est hors la loi ? Mais bien sûr.

— Je ne comprends pas.

— Les vices sont comme les péchés, il est en de mineurs et d'autres de majeurs. Le tout est de savoir échanger l'un contre l'autre sans y perdre.

La Jeunesse fait la grimace. Cette manie de son supérieur de parler par énigmes lui fiche le tournis. Devant la mine déconfite de l'ancien soldat, Marais s'explique :

— Je laisse cette honorable boutique se fournir en tabac clandestin sur lequel elle fait un gras bénéfice. En échange de quoi elle me fournit certaines informations et un lieu discret pour mes activités. Venez.

L'inspecteur saisit une lanterne et pousse une porte voûtée. Aussitôt une odeur de cire saisit la *mouche*. D'un geste ample, Marais fait virevolter sa lampe avant de la poser sur une table encombrée de dossiers. Partout des étagères lourdes à craquer de reliures noires. Intrigué, la Jeunesse s'approche.

— Mes archives, annonce Marais, et celles de mes prédécesseurs. Chaque dossier est constitué en double. Une copie officielle à la Lieutenance Générale de Police. Une autre ici. Je vous laisse deviner quelle est la plus complète.

L'ancien soldat reste immobile, fasciné par cette bibliothèque du crime et de la débauche.

— Tous ceux qui ont eu maille à partir un jour avec la justice sont là. Pour l'éternité.

— Tous… répète comme en écho la *mouche*.

— Même les infimes. Tiens, vous vous souvenez de ce marquis de Sade qui courait la gueuse comme un damné ? Cherchez à la lettre S.

La Jeunesse s'exécute. L'inspecteur saisit le dossier et l'ouvre. Une suite de fiches, classées par prénoms, glisse sur la table.

— Dans la famille Sade, qui voulez-vous ?

— C'est-à-dire que…

— Le père ?

Marais brandit un épais dossier qui lui fait ployer la main.

— Un lourd passif que celui du comte. Mais peut-être préférez-vous l'abbé ?

— L'abbé… reprend l'ancien soldat, totalement dépassé par la tournure des évènements.

— Oui, l'oncle du marquis. Un original, qui vit en Provence, dans un vieux château, entouré des soins de deux catins. Voyons, sa première fiche remonte à quand ? Ah oui, 17… il s'était fait prendre avec une putain qu'il besognait en soutane. Quant au jeune marquis, vous voulez savoir ce qu'il a fait depuis son mariage ?

L'inspecteur ouvre un autre dossier.

— Ah, notre jeune marié ne s'est pas tenu sage bien

longtemps. Juste cinq mois de fidélité. Remarquez, c'est bien long. Surtout quand on considère le triste physique de son épouse.

— Qu'a-t-il fait ? interroge la Jeunesse.

— Comme son oncle, il s'est fait poisser avec une catin qu'il a malmenée. Une certaine Jeanne Testard. Il a joué du fouet. Un séjour forcé à la prison de Vincennes l'a fait réfléchir.

— Depuis, il se tient tranquille ?

— Désormais, il ne fréquente plus que des actrices. Et pas des moindres, d'ailleurs. La Colet, la Beauvoisin… toutes des rapaces de haut vol. Elles vont le mettre sur la paille en un rien de temps.

Marais caresse la couverture du dossier.

— Je le laisse se ruiner, mais je veille. Des débauchés qui aiment le fouet, on les retrouve toujours. Et souvent avec du sang sur les mains.

— Vous croyez qu'il va recommencer ?

— Plus il se tiendra tranquille longtemps, plus fort il rechutera. J'en suis certain.

— Le vice est une maladie incurable, approuve la Jeunesse.

L'inspecteur secoue la tête.

— Sauf quand on la traite de manière radicale et préventive. Croyez-moi, ce marquis ne s'amendera jamais. Il a beau être marié et père, le mal est en lui. Une peste qui n'attend qu'un hasard pour devenir foudroyante. Voilà pourquoi j'ai un œil sur lui.

— Vous faites bien, monsieur.

— En attendant, occupons-nous de ceux qui, par leur débauche actuelle, menacent l'ordre de la société et défient l'autorité du roi. Dites-moi, la Jeunesse, avez-vous déjà entendu parler du *Monomotopa* ?

La *mouche* secoue la tête.

— C'est un mélange de tabac à priser auquel on ajoute quelques substances particulières capables de redonner excitation et vigueur à des virilités défaillantes.

— Une poudre à plaisir ?

— Ou qui se prétend telle. En tout cas, elle est très recherchée, malgré son prix exorbitant. Et c'est ici, *À la Civette*, que les libertins viennent se fournir. Avez-vous remarqué cette jeune fille et sa balance quand vous êtes entré ?

— Oui, elle ressemble à une Vierge.

Marais ricane.

— Une Vierge à la Natoire. Blanche dessus, noire dedans. C'est elle, avec ses cheveux blonds, et son regard d'azur qui prépare le *Monomotopa*. C'est aussi elle qui note les références de ses clients. Elle a une très jolie écriture.

L'inspecteur saisit un livre de comptes et l'ouvre à l'avant-dernière page.

— Regardez, pas plus tard que la semaine passée, pas moins de huit clients ont passé commande de la mixture. Pour plus de sécurité, on la leur livre à domicile. Il suffit de suivre le porteur pour connaître leur adresse.

— Voilà de quoi passionner monsieur de Sartine.

Le policier acquiesce.

— Il serait temps. Le lieutenant général n'aime guère que sa police semble inactive. Le peuple a besoin de se sentir rassuré. Il lui faut des coupables qui lui fassent oublier sa misère et sa crasse.

Seulement, les arrestations se font maigres dans le milieu du haut libertinage. Une baisse de rendement d'ailleurs étonnante. Surtout quand on sait que les policiers ont pour saine habitude de toujours dépouiller les suspects de leur bourse et de leurs bijoux. Une prime sauvage qui stimule leur zèle. Et pourtant les interpellations diminuent. Même les *mouches* les plus rodées, prostituées spécialisées et maquerelles de luxe, ne fournissent plus de renseignements fiables. À croire qu'un vent de vertu souffle sur la capitale.

— Qu'allez-vous faire, monsieur ?

Bien sûr, Marais n'a jamais cru que la débauche puisse cesser. Simplement, elle se cache mieux. Dans ses yeux sans fond, passe une lueur d'orage. Aussitôt, la Jeunesse se courbe comme un chien aux ordres de son maître.

— Ordonnez, je ferai le reste.

D'une main leste, la Jeunesse fait glisser son gilet. Le manche de sa serpette fait une tache sombre sur sa chemise. L'inspecteur reprend la parole :

— J'ai fait suivre certains de ces consommateurs de *Monomotopa.* Des bourgeois enrichis, des prêtres débauchés…

— Pas d'aristocrates ? s'étonne son subordonné.

Le ton de Marais se fait sarcastique.

— Voyons, la Jeunesse, vous savez bien que l'aristocratie est une caste pure et sans tache. Seuls les pauvres et les parvenus sont dépravés et vicieux. Vous êtes bien d'accord, n'est-ce pas ?

— Oui, monsieur.

— Nous allons donc monter une opération à destination du peuple pour prouver que la police du roi est sans pitié pour les pervers qui débauchent leurs filles et corrompent leurs garçons.

L'ancien soldat lance un regard admiratif à son chef. Il n'y a que lui pour avoir pareille idée.

— Il faut rassurer les braves gens et leur donner en pâture quelques notables bien gras et une poignée de prêtres vérolés. On les suppliciera en place publique pour viol ou sodomie et le bon peuple sera content.

La Jeunesse hoche la tête. Il a toujours eu un faible pour les spectacles.

— Les libertins que j'ai fait pister ont de bien curieuses habitudes. On les retrouve régulièrement dans un même quartier.

— Où ça, monsieur ?

— Au bout de la rue Saint-Jacques.

Étonné, l'ancien soldat fronce les sourcils.

— Mais il n'y a que des couvents là-bas.

— En surface, oui.

Cette fois, la Jeunesse ne comprend plus.

— Nous irons demain matin. Dès l'aube. Trouvez-moi des vêtements comme les vôtres.

— Oui, monsieur.

Marais lui tape sur l'épaule en souriant.

— Et prenez de l'eau-de-vie.

2

3 avril 1768
Paris
Rue du Luxembourg

Le dos calé contre un coussin, les pieds face à la cheminée, Sade reprend ses calculs. Sur le parquet, une pile de factures s'entasse jusqu'à hauteur du divan.

Des chiffres, toujours des chiffres. Des fourmis voraces qui dévorent tout. Donatien revient à la page de garde :

Mémoire des dettes
De feu monsieur
Le comte de Sade.

Voilà tout ce qui reste de son père. Des notaires qui réclament, des avocats qui plaident, des créanciers qui protestent. Jusqu'à monsieur de Gadagne qui n'a pas oublié de joindre à sa lettre de condoléances le rappel des sommes qu'on lui doit. Le marquis jure. Une fois payées les dettes les plus criantes, il ne restera quasiment rien de l'héritage du comte. Pour les autres, il faudra négocier et prendre sur les revenus des propriétés de Provence. Que restera-t-il de Mazan, de Saumane, de La Coste ? Demain, il écrira à l'abbé pour lui demander son aide. Son oncle, il le sait, ne refusera pas. À la différence de sa mère… Donatien a un rictus amer. Elle n'est même pas venue à son mariage. Pour ne pas faire de cadeau. Obsédée par le salut de son âme, elle donne tout à l'Église. Maudits prêtres, siffle le marquis, suceurs de sang ! Il les écraserait bien, ces parasites, d'un coup de talon ! Énervé, il se lève d'un bond et va à la bibliothèque. Sa main impatiente tapote sur le dos des livres. Par le sang du Christ, il n'est pas fait pour les chiffres, cette paperasse des médiocres, que ses hommes d'affaires en débrouillent les fils, lui, Donatien Aldonze François, marquis de Sade, a d'autres désirs, d'autres ambitions. Et, puis il étouffe, ici. Il a besoin d'air. D'air !

Depuis son union avec Pélagie de Montreuil, il vit chez ses beaux-parents où le couple occupe un appartement au dernier étage. Donatien fait sonner ses bottes sur le parquet. *L'appartement de sa femme*. C'est elle qui l'a meublé. Toiles de Jouy dans la chambre, tableaux de pastorales aux murs : une avalanche de pâtres endimanchés, de bergères amoureuses, de moutons blancs comme neige. Du sucre, du sirop… jusqu'à la nausée. Heureusement, dans cet antre du mauvais goût, Donatien s'est taillé son repaire : sa bibliothèque. Un lieu choisi et aménagé à sa guise : des boiseries de noyer pour le silence, de lourdes tentures favorables à l'obscurité et des divans profonds comme le plaisir. Une tanière de bête voluptueuse au cœur de l'hôtel des Montreuil.

On frappe à la porte. Il reconnaît ce tintement léger. Par jeu, il ne répond pas.

— Donatien, je sais que tu es là !

La voix est jeune, aiguë, et déjà impérieuse.

— Ouvre, si ma mère me trouve dans l'antichambre, tu sais qu'elle va me gronder.

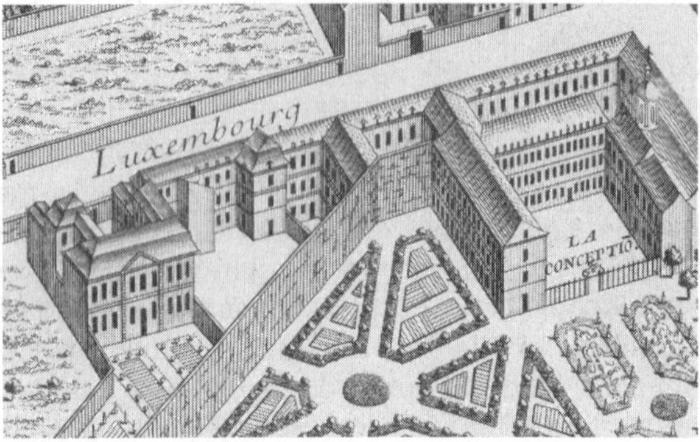

Hôtel des Montreuil

— Et toi, tu sais pourquoi, rétorque Sade en s'approchant.

Un éclat de rire lui répond.

— Oui, mais je m'en fiche, je m'ennuie et je veux te voir.

Quand il est dans sa bibliothèque, la famille de Montreuil a pour consigne stricte de ne pas le déranger. Un interdit respecté à la lettre, sauf par sa jeune belle-sœur : la remuante Anne de Launay.

Donatien ouvre la porte d'un coup. Une gamine en chemise de nuit se rue dans la pièce.

— Mais tu n'es pas habillée, à cette heure ? s'étonne Sade.

— Ni lavée ni peignée, je me suis enfuie de ma chambre.

Le marquis tend la main vers le cordon pour sonner un domestique et ramener la fugitive.

— Ne fais pas ça, l'arrête Anne en se pendant à son bras, maman veut que je l'accompagne à la messe. C'est long, c'est lugubre. Cache-moi ici plutôt.

— Anne, il faut que j'écrive.

Sa belle-sœur se précipite sur le divan où elle saute comme un jeune cabri.

— Allez, garde-moi là. Je ne dirai rien, je me ferai toute petite, je te regarderai travailler.

Sade laisse échapper un sourire. Sa belle-sœur sait le charmer.

— J'adore quand tu écris dans ton carnet. Tu as l'air si heureux… mais pourquoi tu ne veux pas que je lise…

Une voix ferme éclate dans leur dos.

— Mademoiselle de Launay, cessez d'importuner votre beau-frère. Je ne tolérerai aucun caprice.

Dans l'embrasure de la porte apparaît la silhouette de madame de Montreuil, la Présidente comme on l'appelle en famille. Vêtue d'une robe bleu clair, talonnée de gris, un chapeau de paille à rubans et une ombrelle au bras, elle ressemble à une héroïne de Jean-Jacques Rousseau. Elle a couru et sa gorge, blanchie au talc, palpite doucement. Donatien y jette un regard coulis comme il s'incline.

— Madame, c'est un plaisir que de vous voir.

La Présidente sourit et hoche la tête.

— Monsieur, je viens vous débarrasser de cette sauvageonne.

— Elle ne me dérange guère et…

— Tss… tss… mon gendre… ne trouvez pas d'excuse à cette insolente.

Madame de Montreuil foudroie du regard sa cadette.

— Fuyez dans votre chambre, petite furie, et que je vous y trouve prête dans cinq minutes. Sinon le bas du dos va vous rôtir.

En un clin d'œil, Anne disparaît.

— C'est un ouragan que cette enfant, soupire sa mère, Dieu sait ce que nous en ferons. Imaginez-vous un mari qui la supporte ?

— Elle est vive, intelligente…

Tout en ajustant son chapeau, la Présidente le coupe :

— Vous êtes trop bon, mon cher. Mais je n'aurai pas la chance de tomber à nouveau sur un gendre aussi aimable que vous. Certes, il y a eu quelques *écarts* au début…

— Madame… s'incline Donatien.

— … mais je vous ai pardonné. Seulement ne me le faites jamais regretter, Donatien.

Sa voix redevient plus légère.

— Vous savez que nous partons pour la Normandie cette après-midi.

— Belle-maman, je suis impatient de vous accompagner.

Madame de Montreuil lui tapote affectueusement les cheveux.

— Je dois y aller, mon ami. À tout à l'heure. Et, par pitié, ne vous laissez plus envahir par cette rebelle.

Sitôt sa belle-mère disparue, Donatien revient vers ses livres. Si le jour de Pâques, sa famille court à la messe célébrer la résurrection du Sauveur, lui a d'autres passions. Il fait jouer un panneau de bois peint – *Vulcain enchaîné par Vénus* – et apparaît une rangée de volumes, tous reliés de noir, tous frappés de ses armoiries. L'enfer de sa bibliothèque ! D'un coup, il imagine la tête de son austère beau-père devant sa collection d'érotiques. Il en ferait un coup de sang ! Un instant, Donatien voit la scène. Le président de Montreuil, sans vie, sur le parquet. *Enfin raide*, éclate de rire le marquis en songeant à la peu flatteuse réputation de son beau-père en matière de virilité.

Et sa belle-mère, comment réagirait-elle ? Après tout, la Présidente est peut-être moins *cul-bénit* qu'il n'y paraît. D'ailleurs, elle le regarde parfois. À se demander… Et puis, son mari, le vieux Montreuil, une vraie ruine ambulante. Des épaules éboulées, un visage fissuré… À se demander comment il a réussi à faire la cadette… Pour Pélagie, en revanche, pas de doute, il est bien le père.

Un coup sec lui fait tourner la tête. Une mouette, en maraude, vient de frapper le carreau de la fenêtre. Chaque matin, un tourbillon sauvage s'abat sur les immondices dont le jardinier couvre les semis du parc. Et chaque matin, c'est une guerre féroce pour s'emparer des détritus. La nature est tout sauf bonne, songe le marquis, elle est violente et injuste. La preuve : les deux sœurs Montreuil. L'une a hérité de sa mère une beauté qui promet, l'autre n'a reçu en partage que des tétons de chèvre anémique et un cul maigre comme un jour de Carême.

Sade caresse un livre. Il aime sentir le cuir sous ses doigts. Il attrape un portefeuille scellé. La couverture est sobre, sans gravure, ni titre. Avant de l'ouvrir, il tire les rideaux devant les fenêtres. L'obscurité est pareille à un cocon chaud et familier. Il prend un chandelier, allume une seule bougie et, revenu à la table de travail, fait jouer les fermoirs.

À gauche, un carnet. Rouge.

À droite, une feuille de papier bleu.

Dans la marge inférieure, un œil averti distingue un N minuscule enroulé dans un cercle. Donatien sourit. *Natoire*. Le vieil ami de son père.

Un dessin à l'encre.

Sade approche la feuille du chandelier.

C'est une femme étendue sur un lit, les draps défaits. Donatien sent son épiderme se tendre. La jeune femme est nue, le visage renversé, les bras croisés sous la nuque. Il se souvient quand Natoire a fait ce dessin. Au café de *la Régence*. Donatien sortait de la chambre de mademoiselle de Lauris, le feu aux joues et le corps en miettes. Essoufflé, les yeux brillants, il avait tout raconté.

La peau en sueur, les seins en érection…

Le peintre avait souri et, de sa plume, avait saisi l'instant pour l'éternité.

— *Laure*... murmure Donatien dans un souffle rauque.

Le désir l'envahit, il titube.

Il se rue à la fenêtre.

Le carrosse des Montreuil est devant la porte.

Un coup de sifflet. Le cocher saute sur le siège.

Donatien ouvre la porte, puis se ravise.

Il a oublié *quelque chose*.

Un tiroir qui s'ouvre.

Et il saisit sa dague de chasse.

3

3 avril 1768
Paris
Rue de la Bourbe

Une bordée de jurons réveille Beauséjour de son sommeil. Assis sur un fauteuil d'osier, il somnolait sous une treille naissante à l'entrée du couvent de Port-Royal. Il se lève et saisit un bâton de houx. Dehors, la dispute prend de l'ampleur.

— Pendard !

— Maraud !

L'ancien soldat ouvre la porte et jaillit dans la rue. Écroulés contre un mur, deux ivrognes ricanent bêtement. Beauséjour crache par terre de dégoût. Encore des pochards qui viennent cuver devant la grille de l'abbaye. Il fait sonner son bâton sur le pavé. Si ces faquins ne déguerpissent pas, il va leur chauffer la couenne.

— Alors, racaille, vous avez encore tâté de l'eau-de-vie ?

Un des soiffards ouvre un œil délavé et roule sur le côté.

— Sale engeance, éclate Beauséjour, va falloir que je les traîne à la fontaine pour les dessaouler. Par la mort de Dieu !

À ce cri, l'autre ivrogne relève la tête, sourit comme s'il avait vu le Christ ressuscité en personne et s'écrie :

— Par saint Antoine, v'là la relève ! Eh, grand-père, tu as fait la guerre pour le cocu de Versailles, le Grand Cornu ?

Le visage de l'ancien soldat devient vermeil sous l'insulte. S'il y a une chose qu'il ne supporte pas, c'est qu'on se moque du roi. Il lance son bâton en avant. Quelques côtes de brisées, et ces malfaisants perdront l'envie de plaisanter. Brusquement, un des ivrognes saisit le bâton au vol et le fait rouler au sol. Beauséjour n'a pas le temps de réagir qu'un coup de poing s'abat sur sa tempe. Il chute tandis qu'une botte le frappe en plein ventre. La respiration coupée, une question résonne à ses oreilles :

— Tu t'appelles bien Beauséjour ?

Dans un hoquet, l'ancien soldat hoche la tête.

— De ton vrai nom, Antoine Décure.

— Oui…

— Alors c'est bien toi qu'on cherche.

Un des agresseurs le relève et le pousse sans ménagement contre le mur.

— Excuse-nous, on s'est pas présentés.

Ahuri, Beauséjour écarquille ses yeux.

— Lui c'est la Jeunesse. Et moi…

L'homme aux yeux délavés se rapproche. Sa voix est tendue comme un fil à plomb.

— On m'appelle Marais.

La conciergerie est aménagée dans l'ancien corps de garde. D'une meurtrière ébréchée, un rai de lumière tombe sur les mains de Beauséjour ligoté à une chaise. Il roule des yeux hagards.

La Jeunesse fouille les lieux. Il a d'abord vidé les tiroirs, brisé la cruche d'huile. Maintenant il éventre le matelas à plume. Son chef, lui, inspecte l'escalier. Il appuie d'abord à gauche, puis à droite pour vérifier l'équilibre. Il a l'habitude. Dans les bordels, les filles dissimulent souvent leurs bijoux sous des marches branlantes. Il se tourne vers la Jeunesse et lui montre les carreaux vernissés du sol.

— Vérifie les joints.

Sur sa chaise, Beauséjour sue à grosses gouttes. Jamais, il n'a eu si peur. Ils vont le tuer, c'est sûr. Ils fouillent partout. Qu'est-ce qu'ils cherchent ? De l'argent ? Ce sont les commères du quartier, il en est sûr. Ces têtes folles ont dû raconter partout qu'il était cousu d'or. Et maintenant, il a deux déments, chez lui, en train de tout dévaster. Il a surtout peur du grand. Si maigre qu'on dirait un portemanteau. Mais il a des yeux…

— Ça vient… annonce la Jeunesse.

Un des carreaux commence à bouger. La *mouche* sort son couteau et enfonce délicatement la pointe dans la rainure. Le joint s'émiette aussitôt.

— Je crois qu'on tient le bon bout.

D'un geste sec, il fait basculer la lame. Le carreau se renverse. Un reflet d'or brille dans la poussière. Des louis.

— Vous avez ce que vous voulez, gémit Beauséjour, filez. Je ne dirai rien. Je le jure devant Dieu.

— Non.

Effaré, l'ancien soldat fixe Marais qui vient de parler.

— Mais je n'ai plus rien !

L'inspecteur fait un signe. Le couteau de la Jeunesse vient se poster sur le cou du concierge.

— Tu te trompes, reprend Marais, tu possèdes encore ta vie.

La *mouche* appuie sur le fil de la lame.

— Et si tu veux la conserver…

Le visage de Beauséjour vire au cramoisi.

— Tu vas nous dire ce qui se passe sous tes pieds.

D'un coup de botte, la Jeunesse fait voler la porte de la chapelle. Marais se précipite vers l'autel. Une clef brille dans sa main. Beauséjour n'a pas été long à tout avouer. La grille s'ouvre sur l'escalier.

— Ta serpette, murmure l'inspecteur.

La Jeunesse fait jaillir sa lame.

— Si l'un de ces libertins fait mine de jouer de l'épée, tu n'hésites pas.

— Le nez… les lèvres… ricane la *mouche.*

— Et le reste…

Marais dévale l'escalier. Maintenant ils sont dans le tunnel d'entrée. Une torche grésille. Au loin, des rires résonnent.

— Nous y voilà.

L'inspecteur ralentit le pas. Il attend ce moment depuis des mois. Des arrestations discrètes, des interrogatoires musclés, et maintenant il est aux portes du royaume de la débauche. Le *Perruquier* va être content.

Ils avancent en rasant la paroi. Le souterrain oblique. Des chants se mêlent aux rires.

— Dansez, mes souris… le chat arrive.

D'un coup, ils débouchent sur une salle éclairée.

Le silence tombe.

Sur une dalle de pierre, une fille nue les regarde d'un air ahuri.

Tout autour, des silhouettes masquées se figent.

— Police du roi, hurle Marais, le premier qui bouge…

D'un geste vif, la Jeunesse fait virevolter son coupe-chou.

Une femme, poitrine à l'air, se met à hurler.

— La paix, catin !

La *mouche* se précipite et fait tomber les masques. Des visages effrayés.

Un ciboire tombe sur le sol.

— Une profanation… jubile Marais. Vous êtes bons pour les galères !

Un des hommes tombe à genoux.

— Pitié, Votre Seigneurie…

L'inspecteur le frappe au visage.

— Tais-toi, misérable.

Marais se tourne vers la Jeunesse.

— Tu fouilles les hommes, je m'occupe des femmes.

Comme la *mouche* entraîne les libertins, l'inspecteur saisit un flambeau et s'approche de la fille étendue.

— Ton nom, putain ?

— Suzanne Lantin.

— Déjà arrêtée ?

Terrorisée, la prostituée hoche la tête.

— Et tu profanes des objets du culte ? Pour toi, c'est la corde.

La fille se met à hurler.

— Et toi, ton nom ?

La catin, qui tente de cacher ses seins, a le visage brouillé de larmes. Elle balbutie :

— Jeanne Testard.

L'inspecteur abaisse sa torche. Un sourire cruel illumine ses traits.

— Comme on se retrouve.

Jeanne est assise sur un des bancs de la chapelle. Par l'escalier, on entend les cris des libertins qu'interroge la Jeunesse. Marais s'est accoudé près du bénitier.

— On t'a arrêtée en 1763, à l'automne, c'est bien ça ?

— En octobre. Mais on ne m'a pas arrêtée, monsieur, je me suis présentée de moi-même pour dénoncer…

— … Les agissements d'un de tes clients, oui, un certain monsieur… comment déjà ?

— … de Sade.

L'inspecteur tapote du doigt l'eau du bénitier. Une onde frêle se propage jusqu'au bord en marbre.

— Je me souviens de ta déposition. Une *partie fine*, rue Mouffetard. Ce monsieur de Sade s'était montré un peu *pressant*.

— J'ai eu peur et…

Marais la coupe :

— C'est maintenant que tu dois avoir peur, catin !

La fille se tord les mains. L'inspecteur reprend :

— Ce que ce petit marquis t'a fait n'est rien en comparaison de ce qui t'attend.

Désespérée, Jeanne Testard éclate en sanglots.

— Je suis pauvre…

— Tout le monde se fout des pauvres. Il y en a trop. Tu vas finir à la prison de Saint-Lazare.

— Pas au *Pourrissoir*, crie la fille.

— Je ne te donne pas deux mois pour être infectée. Là-bas toutes les putains ont la vérole. D'abord, tu perdras tes cheveux, puis les dents…

Jeanne se jette à genoux.

— … mais le pire c'est l'œil. Quand il tombe.

Un hurlement de bête résonne sous la voûte. Marais s'approche.

— Bien sûr, si tu as des informations…

— Sur quoi ? Sur qui ? supplie la fille.

Marais sourit lentement.

— Pourquoi pas sur ce monsieur de Sade ?

Il se souvient d'une soirée au théâtre. Des paroles de monsieur de Sartine.

— Tu es sûre de m'avoir tout dit ?

Une lueur d'espoir brille dans les yeux de Jeanne. Elle s'essuie les yeux avant de répondre :

— Non.

4

3 avril 1768
Paris
Quai de la Ferraille

Le bruit est insupportable. Tout le long du quai, résonnent les coups de marteau des forgerons et l'haleine rauque des soufflets. À peine descendu du fiacre, Donatien sent l'odeur puissante du fer travaillé. À même le sol, des adolescents en guenilles brisent le métal rouillé avant de le jeter dans des seaux de bois. Partout, on taille, on sectionne, on martèle. Le marquis ferme les yeux. Une vapeur bleue pénètre ses narines. Un apprenti vient de couler une pièce incandescente dans un bain d'eau froide. Sade porte la main à sa dague et caresse le pommeau. Il aime le métal. Une matière que l'on peut tordre, frapper, métamorphoser sans cesse. Il longe le quai jusqu'à l'angle de la rue de Fort-l'Évêque et s'arrête devant une cargaison de tonneaux prête à embarquer. Un commis, ventru et court sur pattes, s'active autour des barriques. Une liste à la main, il vérifie à haute voix l'exactitude du chargement.

— Et dix muids de vins de Bourgogne, dix !

Sade s'approche. Le visage rubicond, le commis l'apostrophe :

— Holà, beau sire, où allez-vous comme ça ? On travaille ici et…

— Où partent ces barriques ? le coupe Sade.

L'employé le détaille avant de répondre. Des bottes cirées, une cape de velours. Peu de risques que ce soit un malandrin.

— Pour Rouen.

— Belle cargaison !

Flatté, le commis se rengorge.

— C'est pour la cave de monseigneur l'évêque.

Donatien esquisse un signe de croix.

— Un choix divin, je n'en doute pas. Dites-moi, mon brave, où se trouve le navire sur lequel vous allez charger la cargaison ?

L'homme tend la main.

— Il est amarré, juste à l'angle du Pont-Neuf, vous ne pouvez pas vous tromper.

Le marquis remercie et tourne à droite. En quelques enjambées, il arrive devant une passerelle de corde. Il l'emprunte et pose le pied sur le pont. Sur le quai, des portefaix roulent des tonneaux dans un bruit de tonnerre. Personne ne s'occupe de lui. À l'avant du mât, un escalier étroit se perd dans l'obscurité. Sade relève sa capuche et s'enfonce dans le ventre du navire.

— Mais c'est mon marquis ! s'exclame un homme, torse nu.

— Girouard, le salue Donatien.

— Alors comment trouves-tu mon installation ?

Ce n'est pas ici que monsieur de Sartine viendra me chercher.

Sade sent l'odeur d'encre fraîche.

— Comment as-tu déniché pareil endroit ?

— Simple, j'ai graissé la patte du commis de l'évêque. Il est bloqué une semaine à quai. Il attend les derniers envois de vin. Alors il s'ennuie…

En clignant de l'œil, Girouard montre une pile de livres sans titre.

— … et moi je le distrais. Un bouquin qui ne se lit que d'une main et voilà notre homme devenu sourd et aveugle.

— Tu es un ignoble tentateur !

L'imprimeur éclate de rire.

— En une journée, j'ai tout installé : rames de papier, caractères d'imprimerie, une presse mobile et le tour est joué.

— Et tu fournis qui ?

— Approche-toi, marquis, et viens voir.

Sur une table, une liasse de feuillets, tout juste imprimés, est en train de sécher. Girouard essuie ses mains tachées d'encre et saisit une page.

— C'est une commande. Un membre du Parlement. Il m'a allongé une jolie somme, le bougre. Et devine qui en est la victime ?

Sade secoue la tête. Il contemple un aide qui jongle avec les caractères en fonte tandis qu'un autre lisse une large feuille de papier avant de l'étaler sous la presse.

— Ton vieil ami, le duc de Gadagne.

À ce nom, Donatien sursaute.

— Écoute ça.

Accoudé à une pile de brochures, l'imprimeur, le menton haut, prend la pose d'un acteur de théâtre.

On parle ces jours-ci
D'un duc au fort appétit.
Charges, bénéfices, gratifications
Tout lui est bon.

Alors que le peuple court à la famine,
Lui, insatiable vermine,
Pille, dévore, lamine
En proie à sa soif assassine.

— Tout Gadagne ! s'exclame Sade, ravi.

— Attends la fin, reprend Girouard.

Heureusement Dieu veille
Et dans le con de son épouse
A laissé le diable déposer son miel

Gadagne peut bien
Courir la rapine
Il n'est que l'ombre d'une pine
Et sa femme est une catin.

— J'en livre deux mille exemplaires dès ce soir. Pendant la nuit, les *traîne-ruisseau* vont le coller sur tous les murs. Demain, Gadagne est la risée de Paris.

Donatien ferme les yeux de plaisir.

— Au fait, tu ne m'as jamais dit pourquoi tu haïssais le duc ?

L'image de Laure passe un instant sous ses paupières. Donatien serre le pommeau de sa dague.

— Je ne suis pas venu pour ça. Tu tires toujours des gravures ?

L'imprimeur lui tape sur l'épaule. Il l'aime bien, ce marquis.

— Maître Girouard a tout ce que tu désires. Tu veux quoi ? Des Vierges éplorées au pied de la Croix ou bien des pécheresses, la gorge baignée de larmes ?

Sade secoue la tête.

— Ah je vois. Monsieur est un amateur éclairé, un philosophe de la Nature. Un portrait de Rousseau, alors ? Non ? Diantre ! Un Voltaire ? Toujours pas ? Un Diderot, alors… je dois en avoir un de dessous les fagots…

— Suffit, le coupe Donatien, mène-moi à ta réserve.

Aussitôt l'imprimeur s'incline, mime une révérence, et tend la main vers l'avant du bateau.

— Si Votre Seigneurie veut bien se donner la peine, je vais conduire Son Altesse au cabinet des estampes.

Surpris, Sade examine la pièce où il vient d'entrer. Un prie-Dieu de velours rouge. Un long crucifix de bois d'ébène. Des cierges.

— Le capitaine du bateau est très pieux. Il faut dire qu'il a beaucoup de péchés à se faire pardonner : depuis une semaine, il cuve son vin dans un bordel au pied du Pont-Neuf.

Girouard retourne le prie-Dieu et dégrafe avec précaution les bandes de tissu qui enserrent le bourrage du siège.

— Et puis, les hommes du *Perruquier* sont superstitieux…

Un ballot tombe sur le sol.

— Avant qu'ils fouillent un oratoire… que dis-tu de ces gravures ?

Le marquis tourne en silence les feuilles. Une religieuse, visage voilé et seins insolents, des hommes nus, au sexe proéminent… Il hausse les épaules. Ce n'est pas ce qu'il cherche.

— Tu ne m'as pas l'air convaincu, souffle l'imprimeur.

— Du vulgaire à pleine page ! Tout juste bon pour des impuissants qui se touchent dans leurs latrines.

— Mais qui payent cher, crois-moi, ce plaisir clandestin. J'en vends des liasses entières. Bourgeois bridés ou commerçants repus, tous rêvent de transgression.

— Moi, je ne rêve pas. Tu n'as pas mieux ?

Girouard le regarde bizarrement. Ce marquis a toujours des idées étranges. Mais qui sait ?

— Si tu me donnais des pages de ton carnet, peut-être trouverais-je un graveur à la hauteur de tes folies.

Instinctivement, Sade porte la main à la poche intérieure de son gilet. Mais son *carnet rouge* est dans sa bibliothèque, soigneusement dissimulé.

— Je n'écris que pour moi.

Girouard pose les gravures sur le prie-Dieu et se dirige vers le crucifix.

— Si les images ne te suffisent plus…

L'imprimeur détache la croix et la renverse sur le sol. Derrière, le bois est creux.

Les yeux de Donatien brillent d'un éclat imprévu.

— … j'ai mieux. Beaucoup mieux.

5

3 avril 1768
Paris
Place des Victoires

Le long des grilles de l'église des Petits-Pères, où s'achève la messe de Pâques, Sade, escorté d'un valet, aborde une mendiante.

— La charité, monsieur, pour l'amour de Dieu.

— Un écu, si vous me suivez, la belle.

Donatien, en redingote gris perle, une main sur une canne, l'autre passée dans un manchon de lynx, taquine une dague de chasse. Rose Keller, veuve et sans un repas complet depuis des jours, se récrie :

— Je ne suis pas celle que vous croyez ; je ne mange pas de ce pain-là.

Le marquis a un sourire de dédain. La femme a les lèvres gercées, la poitrine en jachère. Et elle a vingt ans de plus que ses proies habituelles. Il la rassure. Il a loué, près de Paris une petite maison pour ses plaisirs. Il a besoin d'une femme mûre et discrète pour s'en occuper. En échange, elle sera logée à l'étage et recevra des gages confortables.

La veuve Keller avance.

— Voici un écu, juste pour la peine de me suivre.

La pièce virevolte dans la main gantée de chevreau.

— Monsieur, je ne sais…

— Ayez confiance.

Sur le parvis de l'église, donneurs d'eau bénite et vendeurs d'images pieuses se dispersent. Les grandes portes de l'église se ferment, laissant échapper une femme vêtue de noir qui s'immobilise quand elle aperçoit le marquis. Elle porte une mantille dont elle relève un pan. Elle s'approche, la mine stupéfaite, presque outragée.

— Monsieur le marquis, vous n'allez pas vous contenter de cette pauvresse…

Rose Keller, jusque-là hésitante, relève le menton, bombe ce qui lui reste de seins, tente dans un sursaut de dignité de mettre en avant ses maigres appâts. Mais la mère maquerelle se glisse auprès de ce client qu'elle vient de reconnaître.

— Si vous cherchez quelque plaisir…

Et elle mime un sourire voluptueux tandis que son corsage frémit de toutes les promesses de la chair.

Le marquis s'est arrêté. Il reconnaît la Gourdan. Elle tient un établissement de prostitution dissimulé sous un magasin de fripes près de la rue Sainte-Anne. Dans l'entresol, les courtisanes, entre deux protecteurs, viennent se défaire de leurs atours pour quelques sols. Robes fanées, plumes défraîchies, bas rapiécés encombrent le passage. Pourtant, les amateurs sont nombreux. De jeunes aristocrates au verbe haut, des bourgeois à la couperose flamboyante, des prélats que rassurent les vitres sans tain du magasin.

Tous attendent, fébriles, comme dans l'antichambre du paradis.

— Maintenant, reprend l'entremetteuse, si vous donnez dans les vieilles, laissez-moi vous trouver quelques duchesses décaties qui vous suceront pour le plaisir ou même quelques anciennes nourrices à l'entre-fesses accueillante.

Donatien sourit. Il se souvient de la première fois où il a fait le pied de grue dans l'entresol de la Gourdan. C'était son oncle qui l'avait amené. L'abbé avait été accueilli en habitué et il avait poussé son neveu dans l'arrière-boutique. Là, l'attendait une jeune effrontée, nue sur un divan. Un souvenir délicieux.

— Madame, dit-il en s'inclinant, vous vous trompez. C'est aujourd'hui jour de Pâques et, en l'honneur de la résurrection de Notre-Seigneur, j'ai décidé de commettre une bonne action.

Il prend le bras de Rose Keller, remonte la manche de sa robe et caresse son duvet blond d'un doigt bienveillant.

— Ainsi j'ai proposé à cette malheureuse de s'occuper du ménage de ma petite maison d'Arcueil. Elle y trouvera gîte, couvert et toute ma compassion.

La Gourdan recule d'un pas. Son œil noir pétille de malice.

— Monsieur, loin de moi, en ce jour de grâce, de vous détourner de si pieuses résolutions. Pardonnez-moi, je vous en prie. Vous proposer de vils plaisirs alors même que votre âme était touchée par l'inspiration du Très-Haut ! Si je ne venais de communier à l'instant, je jurerais qu'un démon a parlé par ma bouche.

Jusque-là adossé aux grilles, le valet se joint au

groupe. Ses cheveux blonds en tresse débordent de sa casquette. Il semble très fier de sa livrée rouge cramoisi et plus encore de ses bottes à rabat. Le marquis lui désigne la veuve. Il s'en saisit comme d'un gibier promis aux agapes.

— Appelez un fiacre. Madame et moi partons tout de suite pour Arcueil.

À cet instant, Rose Keller vient d'entrer dans la légende. La maquerelle, quant à elle, fait retomber sa mantille, s'incline en une parodie de révérence, puis se ravise brusquement. Sa voix, sous le voile de dentelle, se fait tentatrice.

— Monsieur le marquis, vous, une si bonne pratique ! Savez-vous que…

Un fiacre aux vantaux de bois vient de s'arrêter. Le valet déplie les deux marches, recule d'un pas et, d'un geste ample, invite la veuve Keller à monter.

— … savez-vous que vient de m'arriver d'Avignon une véritable beauté…

Donatien se retourne. Sa main gantée jaillit de son manchon à la blancheur de neige et vient tapoter le pommeau de sa dague. La Gourdan en profite et vient souffler son haleine, purifiée par l'hostie, à l'oreille du marquis.

— Une peau de soie, des seins comme du velours…

— Elle parle le provençal ?

La mantille s'incline.

— Pour vous, elle le parlera.

Rose Keller est dans le fiacre, son corps transi enfoui entre les coussins. Il fait froid en ce matin d'avril. Le marquis plonge la main dans sa bourse et jette une pièce à l'entremetteuse.

— Gardez-la-moi pour demain.

Il enjambe le marchepied et murmure à la face de Dieu :

— À nous deux maintenant.

Rue du Luxembourg

Le quartier de la Madeleine est silencieux. De hauts murs sur des rues étroites. Des portes cochères endormies dans la pénombre. Dans la cour de l'hôtel de Montreuil, une fenêtre vient de s'ouvrir. Pélagie souffle la chandelle sur le rebord de la cheminée. Dans quelques minutes, sa femme de chambre va entrer pour l'habiller, recouvrir son visage de blanc d'Espagne tandis que l'on saupoudrera sa perruque de fleur de farine.

Pélagie traverse la pièce, défait le cordon de sa robe de chambre et se poste, nue et cambrée, devant le miroir de Venise. Un cadeau de son mari.

Pélagie ne sera jamais jolie. Un teint de brique, des yeux en saillie et un menton en vrille. Chaque fois qu'elle se contemple, elle s'étonne encore qu'un homme ait bien voulu d'elle. Son visage ressemble au bras mort d'une rivière, ensablé et vaseux. Tout le contraire de sa mère aux traits volontaires, à la bouche avide du désir de plaire, au regard brûlant de la volonté de soumettre. Pélagie fait tomber sa robe. Un à un, elle touche les renfoncements, les extrémités dont son mari lui a appris la mécanique précise et la jouissance intime. À chaque point sensible, un souvenir la touche de son frisson. Jusqu'à son mariage, elle ignorait la géographie secrète de son corps. Devant le miroir, elle explore des vallées humides, gravit des éminences frémissantes, s'enfonce dans des gouffres odorants, parcourt des plaines fertiles… Tout un monde fébrile qui ressuscite chaque fois que son mari vient partager ses draps. Pélagie soupire. Deux nuits qu'il n'est pas entré dans sa couche. Un coup de poing rageur frappe à la porte.

— Je sais que tu es levée, ouvre !

La voix aiguë de sa sœur la fait se rhabiller à la hâte. Une tornade brune entre dans la pièce.

— Donatien est là ?

— Tu vois bien que non.

— Où est-il ?

Pélagie balance avant de répondre. Son mari lui a recommandé d'être discrète. Mais sa sœur n'a que seize ans. Et elle est déjà folle de son beau-frère.

— Tu me jures de ne rien dire ?

— Croix de bois, croix de fer, si je mens je t'accompagne en enfer.

Un rire tonitruant conclut le proverbe. Dans la famille, nul ne parvient à comprendre Anne. À part peut-être Donatien.

— Il est à la campagne.

La masse folle des cheveux s'immobilise d'un coup.

— Il est parti en Provence ?

Anne montre une gravure, contre le mur. Un plateau de pierre surmonté d'un nid d'aigle. Le château de La Coste, le fief héréditaire des Sade.

— Mais non, il est à côté de Paris…

Pélagie s'apprête à expliquer quand un glissement de soie envahit le couloir. En un instant, madame de Montreuil passe la porte. Un éclair de diamant brille à ses oreilles.

— Tout est prêt pour partir en Normandie ?

La cadette se fige.

— Où est mon gendre ?

Pélagie se mord les lèvres avant de répondre :

— Je ne sais pas.

Maintenant, elles sont trois à attendre Donatien.

Arcueil
Rue de Lardenay

Rose Keller attend dans la chambre. Elle s'est assise sur un lit à baldaquin. Les volets sont tirés. Ses doigts lui font mal. Le froid. Et ses chaussures sont trempées. *Il* lui a promis un repas. Elle a faim. Caché sous sa robe, dans une bourse en cuir, elle tâte le louis qu'*il* lui a donné. Sa cuisse est rêche. Elle a besoin de se laver. Sous la porte, un rai de lumière vient de surgir. Elle se lève. La clef tourne dans la serrure. *Il* surgit.

Elle est étonnée. *Il* ne porte plus qu'un gilet sans manches, sur sa poitrine nue. Son visage est couvert de sueur et ses cheveux cachés sous un mouchoir blanc comme neige. *Il* a une dague à la main.

— Descends.

Elle s'exécute.

— Il y aura à manger ?

— Tais-toi, catin !

Elle se tait.

Aussitôt dans le salon, une main la saisit et la projette sur un divan. Elle s'écroule sur le ventre. *Il* saisit ses poignets, les lie avec une corde. Puis c'est le tour des chevilles attachées au pied du canapé. *Il* relève sa robe.

— Vous n'allez pas reprendre l'argent que vous m'avez donné, au moins ?

Le marquis lui tire les cheveux.

— Regarde.

Sur le mur, est accroché un fouet. Poignée en ivoire et lanières de cuir. Décidément Girouard connaît son affaire. La qualité de ses fouets dépasse de beaucoup celle de ses gravures.

— Tu vois les lanières ?

— Vous allez pas me battre au moins ?

— Tu vois les nœuds de cuir ?

Elle commence à gémir. De peur.

— … les nœuds, c'est ce qui fait le plus mal. D'ailleurs, tu vas comprendre.

— Monsieur… Pitié…

Il vient de se mettre nu. L'image de mademoiselle de Lauris lui brûle les yeux. *Il* saisit le fouet de la main droite et hurle :

— … Laure !!

La lanière s'abat sur la chair qu'elle fend comme un fruit mûr.

Paris
Rue du Luxembourg

Madame de Montreuil fait venir le conducteur du carrosse.

— Où avez-vous conduit monsieur de Sade, ce matin ?

— Place des Victoires, madame.

— Et là ?

Le cocher serre ses mains calleuses.

— Je ne sais pas, madame. Il s'en est allé…

La Présidente le regarde d'un air méfiant. Pélagie intervient :

— Rassurez-vous, ma mère, il est à Arcueil.

— À l'autre bout de Paris ? Alors que nous partons pour la Normandie après le déjeuner ? Votre mari a perdu l'esprit, ma fille ! Et d'ailleurs que fait-il à Arcueil ?

Madame de Sade hésite. Son mari va lui en vouloir et s'enfermer dans sa bibliothèque. Ah, elle déteste quand il boude son alcôve !

— Il a loué une maison, il y a un mois…

— Loué ? s'étonne madame de Montreuil, mais avec quel argent ? Il n'a même pas touché son héritage !

— Je lui en ai prêté, murmure Pélagie, les joues en feu.

Étrangement, la Présidente ne s'emporte pas. Elle délace son chapeau de paille, et s'assoit sur un divan. Anne vient se lover près d'elle. Heureusement qu'elle a sa cadette. Celle-là, au moins, n'est ni faible ni idiote. Elle ne décevra pas sa mère.

— Combien de fois vous ai-je dit de ne pas lui prêter d'argent ?

Pélagie éclate en sanglots. Elle ne sait rien refuser à son mari.

— D'autant que vous connaissez… (elle jette un œil sur Anne qui joue avec ses cheveux) ses penchants intimes.

Les sanglots redoublent.

— Il m'a dit que c'était pour écrire, avoue Pélagie.

— Écrire ? s'écrie la Présidente, il s'est moqué de vous, ma fille. Écrire, mais c'est indigne d'un gentilhomme !

— Mais si, il écrit ! s'exclame Anne, je l'ai vu plusieurs fois, moi.

— Où ça ? l'interroge sa mère.

— Dans la bibliothèque. (Elle s'élance du divan.) Je peux même vous montrer où il cache son carnet. Un carnet tout *rouge* !

Sans attendre, madame de Montreuil suit sa cadette. Arrivée devant la porte, Pélagie s'inquiète.

— Enfin, ma mère, vous n'allez quand même pas fouiller ses affaires ? Et puis la serrure est fermée.

La Présidente fait jaillir une clef.

— Vous croyez qu'il est le seul à pouvoir l'ouvrir ?

En un instant, elles sont devant la bibliothèque.

— Montre-moi, ordonne madame de Montreuil.

Anne tend un doigt vers un panneau peint de scènes mythologiques.

— Il faut appuyer sur le dieu Vulcain.

Une rangée de livres sombres occupe tout l'espace. La Présidente les jette au sol. Derrière apparaît un portefeuille à fermoirs.

— Maman, supplie Pélagie.

Le *carnet rouge* est dans les mains de la Présidente.

Elle l'ouvre. Et pousse un hurlement.

6

4 avril 1768
Paris
Le Grand Châtelet

— Monsieur l'inspecteur, s'incline le concierge, les prisonniers ont été incarcérés selon vos ordres.

Marais remercie d'un signe de tête et passe entre les deux tourelles d'entrée. Il jette un œil sur la porte en ogive où l'on distingue encore les rainures d'une herse. Il a toujours détesté le Grand Châtelet. Un vestige du Moyen Âge en plein Paris. Un frisson le prend comme il arpente la cour. Une sorte de puits, enserré de murs gris, qui ouvre sur un ciel humide. Il imagine la terreur des libertins, qu'il a cueillis dans les carrières, quand la Jeunesse les a conduits à l'écrou. En un instant, on les a dépouillés de leurs vêtements et surtout de leurs espérances. Nus, frappés et humiliés par les gardiens, on leur a fait descendre des escaliers obscurs, au milieu de rats et de l'odeur âcre de fiente. Sans compter les cris de désespoir des détenus.

L'inspecteur se frotte les mains. Le Châtelet délie toujours les langues. La Jeunesse l'attend dans le vestibule. Ses yeux pétillent de joie. Marais l'interroge du regard.

— Ils ont commencé à parler, monsieur.

L'inspecteur porte la main à sa poche. Son rapport est prêt pour le lieutenant de police. Pris sur le fait : leur destin est scellé. Il va même leur annoncer le châtiment auquel ils n'échapperont pas.

— Et qu'avouent-ils ?

La *mouche* sourit.

— Tout ce qu'on veut, monsieur.

L'inspecteur hoche la tête. Voilà qui va l'aider.

— Suis-moi à la *fosse*.

Lieutenance Générale de Police

Dans son bureau, monsieur de Sartine remet sa perruque d'aplomb. Une porte claque dans l'antichambre. Le duc de Gadagne vient de sortir. Le petit duc est furieux. Il a hurlé, trépigné, puis menacé. Être cocu est une chose, le découvrir imprimé sur tous les murs de Paris en est une autre. Le lieutenant général attrape l'affiche où se répand le déshonneur du duc. Fichtre, ils ne l'ont pas raté ! Sans doute, un de ces poètes à quatre sous du café *Procope*. Un anonyme qui ne va pas le rester longtemps. Ces plumitifs sont encore plus vaniteux qu'ils sont méchants. Sûr que, dès ce soir, l'auteur de ces lignes infâmes va fanfaronner devant ses amis. Il suffira d'une oreille attentive pour le conduire à sa perte. De toute façon, monsieur de Sartine ne peut laisser ce crime impuni. Gadagne est un favori du roi et, s'il n'obtient pas rapide vengeance, il se retournera contre le lieutenant de police. Donc

Sartine va lui trouver un coupable expiatoire. Mais pas tout de suite.

Il saisit à nouveau l'affiche où est imprimé le poème. Il tâte le papier entre le pouce et l'index. Une bonne épaisseur. Il relit le texte. Pas de fautes d'impression, pas une tache d'encre. Du travail de qualité. Sans aucun doute, un imprimeur professionnel. Un de ces mercenaires qui publient des livres pieux le jour et de la pornographie la nuit. Un franc-tireur dissimulé sous le masque d'un notable. Ce sont eux qui diffusent les pamphlets, trempés dans l'acide, de Voltaire, les immondices philosophiques de Diderot. Des détrousseurs de la vérité, des assassins de la société, des bêtes enragées à éliminer sans pitié. Mais pour abattre ces proies dangereuses, il faut un vrai chasseur.

Sartine saisit une sonnette. Un domestique surgit de l'antichambre.

— Allez me chercher Marais.

Le Grand Châtelet

La *fosse* a été conçue il y a des siècles. Située au dernier sous-sol, elle est la terreur des prisonniers. Il suffit d'en évoquer le nom dans une rangée de cellules pour qu'aussitôt tombe un silence de mort. Tous les détenus en ont entendu parler, mais nul ne l'a vue. Il est vrai que de tous ceux qui l'ont fréquentée, aucun n'est revenu pour en parler.

Tout en s'enfonçant sous la tour principale, la Jeunesse interroge son maître :

— Pourquoi la *fosse* fait-elle si peur ?

L'inspecteur ralentit le pas.

— Tu sais vraiment ce qu'est la peur, la Jeunesse ?

L'ancien soldat relève le torse.

— Bien sûr. À la guerre, j'ai vu la mort de près.

Marais secoue la tête.

— La vraie peur n'est pas ce que l'on craint, mais ce que l'on imagine.

La Jeunesse semble incrédule.

— Et d'ailleurs, pour conjurer leur peur, la *fosse*, les détenus ne cessent ne lui donner des noms. Le *panier aux crabes*, par exemple.

— Pourquoi ?

— Ils prétendent qu'on y jette les prisonniers au milieu d'une marée grouillante de vermines. Rats et serpents se régalant ainsi de la chair offerte. Mais d'autres la nomment la *tombe vorace*.

Cette fois, la Jeunesse s'arrête.

— Le détenu serait précipité dans un banc de sable mouvant des anciens marais de la Seine.

— Et c'est la vérité ?

Ils viennent d'arriver au dernier palier. Un garde fait jouer les serrures. Marais s'approche. Une odeur abominable s'échappe de la porte entrouverte.

— Non, c'est pire.

Paris
Lieutenance Générale de Police

On frappe à la porte. De sa voix tonitruante, Sartine ordonne d'entrer. Un exempt[1] apparaît.

— J'ai beaucoup de travail, lance le lieutenant de police, soyez bref.

— Monseigneur, je vous apporte un rapport.

Sartine lève les yeux. Le dossier fait au moins vingt pages. Ses subordonnés ont la manie de tartiner de l'encre à tout va. Comme s'il avait le temps de tout lire.

— Résumez-moi l'affaire, vite.

La voix mal assurée, l'exempt cherche ses mots.

— En fait, il s'agit d'une sorte de crime…

— Où ?

— À Arcueil.

Le lieutenant général sent la moutarde lui monter au nez. Voilà maintenant qu'on vient le déranger pour des affaires de village.

— Voyez ça avec le bailli local. Qu'il fasse prompte justice. Et que je ne vous voie plus.

L'exempt blêmit.

— C'est que, Monseigneur, c'est grave. Une femme a manqué d'être tuée.

— Par le sang du Christ, qui est-ce ? Une de vos bergères qui a failli se faire violer par un vagabond ? Pendez-le et qu'on ne m'en parle plus !

— La femme venait de Paris. Elle a été séquestrée, agressée et frappée jusqu'au sang par un libertin, Monseigneur.

1. Fonctionnaire de police.

Au mot libertin, Sartine sent sa narine frémir. Une bonne histoire à faire passer à monsieur de Gadagne et il remontera peut-être dans l'estime du favori.

— Jusqu'au sang, vous dites.

— Oui, le malfaisant l'a fouettée et…

L'exempt rougit.

— … et il a joui dessus, Monseigneur.

Sartine soupire. Encore un de ces imbéciles qui croit avoir déniché l'affaire du siècle. Badiner le cul d'une catin et se répandre dessus, un crime ?

— Posez le dossier sur la table et sortez.

Le tiroir du bureau engloutit le rapport. Le lieutenant de police n'a plus qu'une question.

— Et le nom du libertin ?

Terrorisé, l'exempt murmure :

— Sade, Monseigneur. Le marquis de Sade.

Le Grand Châtelet

La Jeunesse écarquille les yeux. Il se penche, mais Marais le saisit par le coude.

— Si tu tombes…

C'est un cône de pierre. Un cône inversé qui s'enfonce jusqu'au lit souterrain de la Seine. Là, dans un puits obscur de quelques pieds de large, on a jeté les prisonniers.

— Lors des crues, le fleuve élimine ceux qui ont résisté au froid, à la faim et aux rats, précise l'inspecteur.

Malgré sa répulsion, la *mouche* se penche à nouveau. Il est fasciné par cet entonnoir de la mort. La paroi de pierre est lisse comme un miroir. À peine perçoit-on quelques aspérités juste au-dessus du niveau de l'eau.

— Des prisonniers qui ont gratté les joints, la plupart y ont laissé leurs doigts.

À nouveau la Jeunesse recule.

— Quand j'aurai fini, reste près de la *fosse*, tu auras tous les aveux que tu veux.

L'inspecteur Marais sort une feuille frappée d'un sceau rouge sombre et prononce d'une voix sans émotion :

— Charles Galamus…

Au fond, un bras se lève.

— … convaincu de viol, sodomie et sacrilège. Tu seras pendu.

L'homme pousse un hurlement.

— Pierre Pontils…

Aucune réaction. La Jeunesse s'accroupit et prudemment scrute le fond du puits.

— Il y a un noyé.

L'inspecteur barre son nom.

— Un chanceux… Jean de Blanchefort…

Un cri monte du fond de l'entonnoir.

— … convaincu de viol, sodomie, vol d'objets du culte et profanation. Toi, tu es noble…

Marais replie l'acte d'accusation et frappe à la porte. Sa mission est terminée.

— … tu seras décapité.

Lieutenance Générale de Police

Monsieur de Sartine contemple Marais en train de lire la satire sur le duc de Gadagne. L'inspecteur prend son temps. Sartine voit son front se plisser avant de lever les yeux.

— Que voulez-vous que je fasse, Excellence ?

— Arrêtez l'infâme qui a écrit ça et surtout trouvez l'imprimeur.

— Ce sera suffisant ?

— Comment ça ?

— Ce que souhaite le duc, c'est sans doute connaître le commanditaire de ce torchon.

Le lieutenant général ricane :

— Des gens qui en veulent à Gadagne, la cour en est remplie et Paris en déborde. Et puis, je ne me vois pas arrêter, pour quelques vers, un notable du Parlement ou un courtisan de Versailles.

L'inspecteur acquiesce.

— Je ferai le nécessaire. Quant à l'imprimeur, ce sera plus long. Mais je l'aurai.

Satisfait, Sartine se plonge dans son fauteuil. Son regard tombe sur le dossier d'Arcueil qu'il a ressorti du tiroir.

— Tant que vous y êtes. Une peccadille. Un imbécile qui s'est fait prendre en fustigeant une catin. Le sieur Sade.

Le lieutenant lui tend le rapport.

— Pour vos archives.

— Le sieur Sade… répète l'inspecteur. Quel hasard.

Son visage s'anime d'une rougeur imprévue.

— Vous rappelez-vous, Excellence, une soirée à l'Opéra où vous m'avez parlé de cette famille ?

— Lors d'un opéra de Rameau, c'est ça ? Oui, nous avions parlé du père. Il est mort depuis.

— Ne m'aviez-vous pas suggéré que monsieur de Gadagne n'appréciait guère le jeune marquis ? Mieux encore qu'il souhaitait voir ce libertin sous les verrous ?

Une lueur s'allume dans le regard de monsieur de Sartine.

— En effet…

Marais sourit lentement.

— Certes vous ne pouvez fournir au duc le commanditaire qui l'a roulé dans la fange, en revanche…

— Je vous suis, Marais, mais de là à arrêter un noble parce qu'il a simplement fouetté une fille des rues.

— Sauf que ce n'est pas la première fois.

Sartine balaye l'argument de la main.

— Une simple histoire de catin, j'en suis sûr ?

— J'ai retrouvé la victime de l'époque. Une ouvrière en éventails. Jeanne Testard. À peine vingt ans à l'époque des faits. Elle vient d'apporter spontanément un nouveau témoignage.

— Que voulez-vous dire ?

L'inspecteur déplie un papier de sa poche et prend un visage grave.

— *«... Monsieur de Sade m'a fait monter dans une chambre à l'étage. Suspendus à la muraille, j'ai découvert quatre poignées de verges et cinq martinets de formes différentes, trois de cordes, un de fil de laiton et de fil de fer. »*

— Des verges ?

— Des triques, si vous préférez, Votre Excellence. En bois et en cuir. On s'en sert dans les collèges pour punir les élèves indisciplinés.

— Je sais cela, Marais, continuez.

— *« Aussitôt, le marquis m'a demandé de le frapper avec un martinet de métal. Chauffé au fer rouge. Mais j'ai refusé. Alors il s'est emparé de deux crucifix représentant Notre-Seigneur... »*

Monsieur de Sartine fait un signe de croix.

— *« Il en a jeté un au sol pour le piétiner et avec l'autre... »*

— Suffit !

— *« Il a commencé à prendre du plaisir. »*

— Je ne veux plus…

— *« Et puis il m'a demandé de faire de même. J'ai encore refusé. »*

Le lieutenant général pousse un soupir de soulagement, mais Marais n'a pas terminé.

— *« ... mais pas pour longtemps. Avec un pistolet sur la tempe, on doit se montrer conciliante. Surtout si on veut rester en vie. »*

— Ne me dites pas…

— Si, Votre Excellence. Je puis aussi vous dire que les crucifix étaient en ivoire.

Le visage de monsieur de Sartine est blême. Il regarde le dossier posé sur le bureau.

— Monsieur Marais…

— Ah, un détail ! Monsieur de Sade a aussi obligé sa victime à prendre un lavement.

— Un purgatif, mais pourquoi ?

— Pour se soulager sur le Christ en croix, Votre Excellence.

La voix de Sartine tonne :

— Monsieur Marais, arrêtez immédiatement le marquis de Sade.

UNE SI DÉLICIEUSE BELLE-SŒUR

Du milieu de cette famille aussi vertueuse qu'épaisse est sorti un ange céleste.

Marquis de Sade

6

21 septembre 1771
La Coste

Le soleil frappe trop. Le chemin, qui mène de Saint-Hilaire à La Coste, est blanc de lumière. Le visage en sueur, le curé s'arrête sous l'ombre d'un olivier. D'un geste lent, il s'éponge le front. Sa main droite est à demi paralysée et il a du mal à la bouger. Un matin, il s'est réveillé le bras presque mort. Dans le village, on a bien ri la première fois qu'il a dit la messe. Le temps qu'il a mis pour élever le ciboire à la gloire de Dieu ! Aussitôt, les mauvaises langues s'en sont donné à cœur joie : Ah, si monsieur le curé ne buvait pas le vin de messe en douce, ah, si monsieur le curé ne lutinait pas sa servante… Bref, à force ne pas mener la vie d'un saint, le châtiment divin s'était abattu sur l'abbé de La Coste.

Que Dieu leur pardonne, songe le curé, *ils ne savent pas ce qu'ils disent*. Il sourit tristement. Vraiment il n'a pas une paroisse facile. Et le retour du marquis, il y a deux ans, n'a pas arrangé les choses. Ce libertin notoire. Ce qu'on a lu, dans les gazettes, fait frémir.

Fouetter une femme le jour de Pâques, quelle abomination, le jour même où le Christ a été flagellé !

Dame alouette,
Dites à mon amant
Que revient le printemps
Et que je l'attends

Une voix de femme chante dans le chemin. Le curé met sa main gauche en abat-jour pour l'apercevoir.

Dame alouette,
Dites à mon amant,
Que si à moi il se rend,
J'ai pour lui un présent.

Ça y est, le curé la reconnaît. C'est la Gothon, la servante du château. Un foulard noué dans les cheveux, elle rentre, un panier d'osier à la main. L'abbé s'avance.

— Alors, ma fille, tu reviens du marché ?

Surprise, la fille recule.

— *Moussu* le curé, vous m'avez fait peur ! Je me croyais toute seule.

L'abbé sourit. La Gothon est une des beautés du village. Des formes opulentes, des jambes de marbre. Bref, des arguments à tous les étages. D'ailleurs, tous les garçons de la paroisse en sont fous. Mais tous ont une peur terrible du marquis. Pensez donc, un criminel pareil ! Pas de risque qu'on vienne chasser sur ses terres.

— Qu'est-ce que tu rapportes de bon ?

Le curé soulève la litière de fougères qui protège le contenu du panier.

— Des girolles, un lièvre, un faisan… Dame ! On ne se refuse rien au château.

— *Moussu* le marquis aime la bonne chère.

— Péché de gourmandise, ma fille.

— S'il n'y avait que *çui-là*, éclate de rire la fille en faisant tressauter son ample poitrine sous le corsage.

Le curé commence un lent signe de croix.

— *In nomine Patris...* J'espère au moins que le marquis ne commet pas de nouvelles folies.

— Qui aime la vie aime les femmes, *moussu* le curé, et la vie, le marquis, il l'aime sacrément. Ça oui !

— ... *Et Filii...* Il ferait mieux de se rappeler qu'il est en résidence surveillée à La Coste.

— Et sous la surveillance de qui ? De la marquise ? La *pôvre* !

Gothon se met à pouffer.

— … *Et Spiritus Sancti...* Et qu'à la moindre incartade, il retourne directement en prison.

— Et pourquoi vous lui dites pas vous-même ? Regardez qui arrive.

Une ombre vient de surgir du bois. Monté sur un alezan, le marquis avance au pas. Une gibecière au côté, un fusil de l'autre, il tapote de sa cravache le flanc de son cheval.

— Bonne chasse, Votre Seigneurie ? s'incline le curé tandis que Gothon fait les cornes dans son dos.

Donatien lance un clin d'œil à sa servante. Tous deux n'aiment guère ce curé.

— Fort médiocre, monsieur l'abbé, aucune nymphe en vue dans les bois du château.

— Monsieur le marquis aime à plaisanter…

— Elles ont dû fuir, continue Donatien, effrayées de la mauvaise réputation que certains me font…

Savez-vous, l'abbé, qu'il paraît que je découpe des femmes en morceaux, dans ma chambre ?

— Des racontars d'ivrognes, des délires d'insensés…

— On dit même, reprend Sade, imperturbable, que je tranche d'abord les fesses…

— Monsieur le marquis, je vous assure que pareilles folies ne viennent pas de mon presbytère…

— Gothon, ordonne Donatien, approche ! Mets ta belle croupe devant le nez du curé.

— À vos ordres, mon maître.

— Et relève tes jupons.

Ahuri, le curé tente de masquer son regard, mais sa main droite est trop lente.

D'un geste rapide, Sade claque le fessier de sa servante. La trace rouge de ses mains s'imprime sur la chair rebondie.

— Voyez, monsieur l'abbé, son cul est intact. Mais peut-être que, comme saint Thomas, vous voulez toucher…

Cette fois, c'en est trop. Le curé détale comme un lapin en hurlant des *Notre Père* et des *Ave Maria*.

Tout sourire, la Gothon prend son temps pour rabattre sa robe. Le marquis lui colle un baiser sur le corsage.

— Pas le temps, ma fille, j'ai un rendez-vous.

— Où ça, mon maître ?

Donatien éclate de rire.

— À l'abbaye de Saint-Hilaire. Chez les moinillons.

Le portier fait coulisser le guichet. Son visage, rongé de barbe, s'éclaire. Il fait tourner la clef dans la serrure.

— Ah, monsieur le marquis, quelle bonne surprise. Entrez ! Entrez !

Donatien passe la porte voûtée et pénètre dans la conciergerie. Une petite pièce blanchie à la chaux où la communauté religieuse reçoit ses visiteurs.

— Mettez-vous au frais. Le soleil de septembre est si traître. Quel été, il n'en finit pas. Vous ne voulez pas vous rafraîchir à la source ?

Sade secoue la tête. La source de Saint-Hilaire est proverbiale dans tout le Luberon. Censée protéger de tous les maux, on vient de loin pour jeter une pièce dans la vasque ruisselante. Un revenu que les moines, plus pauvres que Job, ne négligent pas.

— Peut-être voulez-vous passer dans l'église, déposer un cierge auprès de notre saint patron ?

Cette fois, Donatien acquiesce. Ici, personne ne se préoccupe de ses frasques parisiennes. Il est simplement l'enfant du pays de retour parmi les siens. L'église est accolée au rocher. Un édifice modeste, surmonté d'un étroit clocher à la pierre grisée par le temps. Donatien y est venu avec son père. Les Sade sont les protecteurs de l'abbaye depuis des siècles.

— Je vous laisse, chuchote le portier.

Le marquis glisse son regard sur le dallage. Des croix usées indiquent la place de vieilles sépultures. Des abbés, des moines, enterrés là depuis la nuit des temps. Sade se penche et caresse la pierre blonde. Sans doute un de ses ancêtres gît-il là… Il pense à son père. Il a profité de son exil forcé en Provence pour rapatrier le maigre héritage du comte. Les livres, souvent annotés de sa main, ont pris place dans la bibliothèque de La Coste. Ses nombreuses lettres sont conservées dans le chartrier[1]. Donatien les lira pendant l'hiver quand le mistral glacé ronflera dans la cheminée. Quant au portrait de mademoiselle de Charolais, peint par Natoire, il trône dans la galerie.

Il jette une pièce au pied de la statue de saint Hilaire et se dirige vers le cloître. Un moine marche d'un pas lent sous la voûte jaunie.

— Le père Anselme est dans l'herboristerie ? interroge le marquis.

Le religieux tend la main vers une petite porte entrouverte.

— Vous le trouverez dans le jardin.

La lumière étincelante tombe sur lui comme un linceul. En un instant, tout devient blanc. Il cligne des yeux et subitement la beauté jaillit. Comme la première fois où son père l'a mené ici, la splendeur du paysage le laisse immobile et enchanté. Il avance vers la terrasse. Devant lui, la masse féline du Luberon ondule sous le soleil. Il connaît chacune de ses vallées, de ses collines comme les muscles d'un animal redoutable. Enfant, il restait fasciné à observer ce qu'il était seul à voir. Là où les adultes n'apercevaient qu'une chaîne de rochers et de bois, lui reconnaissait une bête fantastique, cachée sous les chênes verts et les yeuses.

— Alors, Donatien, tu viens m'aider pour la cueillette ?

Le père Anselme émerge d'un bosquet, un sac de toile autour du cou d'où s'échappe un bouquet de plantes odorantes. Sade se rapproche.

— À la vérité, mon père, je suis venu chercher…

Le moine le fixe d'un regard aigu.

— Suis-moi.

1. Pièce où sont rangées les archives.

Depuis des décennies, l'abbaye tire un substantiel revenu de la science de ce moine arrivé un jour sa besace chargée d'étranges mixtures. Moitié mendiant, moitié colporteur, il avait trouvé à Saint-Hilaire, un refuge douillet où ses talents avaient été rapidement mis à profit. Une de ses préparations, en particulier, trouvait des adeptes enthousiastes jusqu'à Paris.

Ainsi, chaque printemps, Anselme partait deux semaines, dans la montagne de Lure, d'où il revenait sa hotte pleine de plantes aux vertus mystérieuses.

En entrant dans l'herboristerie, Sade se met à tousser. Creusé dans le rocher, le bâtiment garde sa fraîcheur même pendant les plus grosses chaleurs.

— Les plantes se conservent mieux ainsi.

Donatien jette un œil sur la rangée des bocaux disposés au-dessus de la grande table. Tous anonymes. Anselme en saisit un.

— Je ne me trompe jamais, le rassure le moine.

Une poudre grise coule dans un sachet en papier.

— Vous ne me direz jamais la composition, n'est-ce pas ?

Un sourire malicieux jaillit dans la barbe du religieux.

— Je peux te donner l'élément principal. Ce sont les élytres, les ailes finement broyées d'un insecte. On l'appelle *la mouche de Milan*. À la Renaissance, on s'en servait beaucoup dans cette ville adonnée à tous les plaisirs de la chair.

— Et où se trouve cette merveille de la Nature ?

— Ce cadeau du Diable, tu veux dire, vit dans les souches des vieux arbres, surtout les frênes. On la reconnaît à sa couleur d'émeraude et surtout à son odeur âpre.

Sade écoute avec attention. Dès rentré au château, il notera tous les détails.

— Pas de fausse joie, le rabroue Anselme, si tu prends cette substance pure, la *cantharide*, tu seras malade en une heure, agonisant en moins de trois, et en Enfer avant la fin de la journée. Sans compter l'horreur des souffrances.

— Ce qui signifie que…

— … que sans ajouter une autre poudre dont, seul, j'ai le secret, c'est la mort assurée. Tiens.

Le moine lui tend un sachet soigneusement fermé.

— Rappelle-toi, tu en mélanges une pincée unique à de l'anis ou de la réglisse. Jamais plus. Sinon…

Sade jette une pièce d'or sur la table et réplique :

— La vie est un coup de dés.

Il saisit le sachet.

— Et moi je ne sais que jouer.

7

16 octobre 1771
Paris
Rue du Luxembourg

— Madame !

La voix de la nourrice réveille la présidente de Montreuil plongée dans une semi-torpeur.

— Qu'y a-t-il, Mathilde, la petite s'est réveillée ? interroge la Présidente qui a du mal à sortir de la douceur de sa sieste. Elle s'est étendue après le déjeuner. Et le sommeil l'a prise là sur le divan en sous-vêtements. Il fait si chaud pour un mois d'octobre.

Elle enfile un peignoir de soie et se rapproche de la fenêtre. Elle pousse les vantaux. Une lumière crue inonde le parquet.

— Quelle heure est-il ?

— Près de trois heures, Madame.

La nourrice est une fille aux joues rouges que monsieur de Montreuil a ramenée de Normandie pour s'occuper de leur petite-fille, Madeleine, née il y a quatre mois. Depuis que sa mère est partie rejoindre le marquis en Provence, c'est la Présidente qui a la responsabilité des enfants. Un rôle qui n'est pas pour lui déplaire.

— Où sont les garçons ?

— Monsieur Armand est dans sa chambre. Il dort encore.

Madame de Montreuil sourit. Elle ira le voir dormir. Armand est son préféré.

— Et monsieur Louis ?

— Dans la bibliothèque.

— Laquelle ? s'alarme la Présidente.

— Dans celle… hésite la nourrice, dans celle de son père.

— Malheureuse, le laisser seul dans cet endroit, ce repaire de…

Elle se mord la langue au dernier moment. Il lui faut vite monter au dernier étage. Ça ne l'étonne pas de Louis, l'aîné. Tout le portrait de son père. Indiscipliné, provocateur et ce même regard gris qui vous nargue à chaque instant.

— Et la petite ? interroge la nourrice, c'est qu'elle tousse fort.

La Présidente lève les bras au ciel. Il faut qu'elle règle tout dans cette maison.

— Eh bien, faites venir le médecin et prions le Ciel que ce ne soit pas la coqueluche.

La nourrice s'incline. Madame de Montreuil resserre les pans de son peignoir et s'élance dans l'escalier. Elle est furieuse. Son petit-fils va le regretter.

Les pleurs retentissent encore un peu dans le couloir, puis disparaissent. Un domestique est venu chercher Louis, les fesses rougies et le visage en larmes. La Présidente n'y est pas allée de main morte. Elle ne supporte pas que l'on défie son autorité. D'ailleurs, tous ses petits-enfants connaissent la consigne : en famille comme en public, on ne parle jamais du marquis. Leur père est loin, très loin, occupé à de longues affaires. Il n'est pas près de revenir. Avec un peu de chance, ils l'oublieront. À part Louis, bien sûr. Il a quatre ans et il se souvient très bien de son géniteur. C'est sans doute pour ça qu'il s'est introduit dans la bibliothèque.

Madame de Montreuil s'allonge sur le sofa. Quatre ans que sa famille vit dans le malheur et le scandale. Tout ça, à cause de son gendre. Cette *tête folle* qui les a ruinés de réputation et d'argent. La Présidente grince des dents. À l'instant, si elle tenait Donatien, elle lui ferait passer l'envie de la débauche. Petit misérable ! Alors qu'elle avait été si bonne pour lui. Elle lui avait donné sa fille, offert une famille, ouvert sa bourse. Et pour quel résultat ? Le déshonneur et l'humiliation. Et elle avait dû courber la tête, prier à pleines larmes, supplier à genoux pour que ce petit imbécile ne finisse pas ses jours au fond d'un cachot. Elle avait fini par obtenir qu'il se fasse oublier en son château de La Coste. Au milieu de ses oliviers et de ses paysans. Et surtout qu'il ne revienne plus.

De colère, elle frappe du talon sur le bois du sofa. Sur un mur, est suspendu un portrait du père du marquis. Ah, il l'a bien eue, le vieux dégoûtant ! Une planche pourrie lui aussi. Depuis, elle en a appris de belles sur le comte. Un coureur de jupons, un escroc, endetté jusqu'aux yeux et libertin jusqu'à la moelle. Exaspérée, elle se lève. Ah, on ne l'y reprendra pas ! Avant qu'elle marie sa cadette, il se passera du temps. D'ailleurs, le problème est réglé. Anne est en pension chez les bénédictines près de Lyon. L'habit de religieuse masque sa beauté du diable.

La Présidente est face à la bibliothèque. Il y a longtemps que la cache secrète du marquis a été purgée de ses livres érotiques. Ils ont fini au feu. Comme tout ce qui pouvait rappeler les errances libertines de Sade. Gravures, fouets, martinets… Tout a fini dans un bûcher expiatoire. Tout, sauf le *carnet rouge*. Madame de Montreuil a eu beau le chercher partout, il a disparu.

Un coup discret sur la porte. Un domestique entre.

— Un monsieur désire voir Madame.

La Présidente s'étonne. À cette heure ?

— Il a donné son nom ?

Le valet hoche la tête et baisse la voix.

— Un certain inspecteur Marais, Madame.

La Présidente a fait ouvrir le petit salon. Plus discret. Le temps de revêtir une robe, d'arranger sa coiffure et elle fait son entrée. L'inspecteur se lève et salue en silence. Elle est surprise. Il ne ressemble pas à un policier. Grand, mince, impeccablement mis. Il a même du style. Un côté austère, janséniste, qui le rendrait presque intéressant. Immédiatement, elle le compare à un chien de chasse. Un animal qui aime la traque.

— Monsieur, vous avez demandé à me voir, mais je ne sais pour quelle raison.

Marais s'incline à nouveau et montre du doigt un épais dossier posé sur une console. La Présidente fronce les sourcils. Elle aurait dû remarquer ce détail.

— Savez-vous ce qu'est ceci, madame ?

Volontairement, madame de Montreuil prend un ton plus haut et supprime le *monsieur* dans la réponse.

— Je l'ignore.

— Il s'agit du dossier du marquis Donatien Aldonze François de Sade

— Vu l'épaisseur, je suppose que rien de la vie de mon gendre ne vous est inconnu, ironise la Présidente.

— Je m'intéresse au sieur Sade depuis 1763…

Madame de Montreuil ne pipe mot. Ainsi ce Marais surveille Donatien depuis l'affaire Testard.

— … et je connais sa vie autant que lui-même. Sans doute mieux, même.

— Et pourquoi ? s'étonne la Présidente.

— Sans doute, parce qu'à sa différence, je ne me mens pas à moi-même.

Madame de Montreuil hoche imperceptiblement la tête. Décidément, cet inspecteur lui plaît.

— Que puis-je pour vous, monsieur ?

— Votre gendre est bien en Provence, à La Coste ?

— Oui.

— Avec sa femme ?

— Ma fille aînée a souhaité le rejoindre.

— Vous étiez d'accord ?

La question surprend la Présidente. Bien sûr que non, elle a tout fait pour dissuader cette écervelée. Mais comment contraindre une femme dont le corps réclame son mari ?

— Le château de La Coste n'est pas loin de celui de Saumane où réside l'abbé de Sade, l'oncle de mon gendre. Il visite souvent le couple. Je ne doute pas qu'il veille sur eux, répond diplomatiquement madame de Montreuil.

— L'abbé Jacques de Sade, n'est-ce pas ?

— Vous le connaissez ? s'étonne la Présidente
— Nous avons un dossier sur lui.

Madame de Montreuil a sonné pour qu'on amène des rafraîchissements. Malgré les volets tirés, la chaleur est étouffante. L'inspecteur vient de sortir une feuille pliée du dossier.

— Madame, j'étudie le marquis de Sade comme monsieur de Buffon étudie la faune sauvage. Je le décris, je l'analyse, je tente de le comprendre, de le prévoir. Et ce que je peux dire avec certitude…

Il fixe la Présidente d'un regard froid.

— … c'est qu'il recommencera ses folies.

— Ah, mon Dieu !

— Il est comme un tigre qui a goûté à la chair humaine, il ne peut plus se passer de faire le mal.

La Présidente se lève.

— Il faut que j'écrive à ma fille, lui ordonner de rentrer immédiatement.

Marais lui tend la feuille pliée.

— Il y a sans doute plus urgent.

Madame de Montreuil saisit la feuille, mais n'ose l'ouvrir. Son cœur bat à rompre.

— Madame, votre fille cadette a quitté, il y a trois jours, son couvent près de Lyon. Elle a prétexté un mal de bronches qu'elle ne peut guérir… qu'au soleil de Provence.

Cette fois, madame de Montreuil vacille.

— Elle va s'installer au château de La Coste. Nul doute que son beau-frère aura soin d'elle. Quel âge a-t-elle déjà ? Ah oui, juste dix-neuf ans.

— S'il la touche…

— Il la touchera, madame, n'en doutez pas… et bien plus que ça.

La Présidente fixe, d'un œil hagard, l'inspecteur. Elle a besoin de cet homme

— Que pouvez-vous faire ?

Marais se lève.

— Tout…

Il pose la main bien à plat sur l'épais dossier.

— … si vous m'aidez.

8

18 octobre 1771
Village de La Coste

La porte de l'église grince doucement. Un rai de lumière balaye le pavage, suivi d'un bruit de talons qui s'avance vers l'autel. Le curé est dans la sacristie. Il range hosties et ciboires après la première messe du matin. Le rythme des pas ralentit, puis s'arrête. Le prêtre secoue la tête. Encore une paroissienne qui a oublié son missel. Elle aurait mieux fait d'oublier sa bourse. La quête était bien maigre, ce matin. Il n'est pas près de cuire un chapon pour Noël. Quelle époque où les serviteurs de Dieu vivent dans la gêne ! Et pendant ce temps ce monsieur de Sade, qui s'est abattu sur le pays comme un oiseau de proie en exil passe son temps à embellir son château. Des jardins suspendus, des salons damassés de soie et, luxe suprême, un théâtre pour jouer la comédie. On dit même qu'il veut engager une troupe de comédiens de Marseille ! Par le Dieu tout-puissant, au lieu de gaspiller ses revenus en frivolités, il ferait mieux d'aider l'Église. Le curé tend l'oreille. Plus aucun bruit. Sa paroissienne a dû partir. Sans glisser une pièce dans le tronc aux offrandes, bien sûr. Quelle misère ! Mais il est vrai que le pays n'est pas riche. Et puis l'hiver arrive et les pauvres rognent sur tout pour acheter du bois. Et comme il n'y a plus qu'eux pour venir encore à la messe. L'abbé lève ses yeux fatigués vers le crucifix. Parfois, il s'interroge. Tant de misère, d'injustice. À se demander… Il se reprend aussitôt. Douter est un blasphème. Le premier pas vers le précipice. Il lève lentement sa main pour faire un signe de croix quand une voix l'interpelle :

— Monsieur l'abbé ?

Le rouge au front, il se retourne comme pris en faute. La marquise de Sade, revêtue d'un long voile, se tient devant lui.

— Je veux me confesser.

Château de La Coste

— Gothon !

La voix du marquis retentit dans toute la galerie.

Une porte claque et la jeune femme surgit. Essoufflée, elle s'appuie contre le mur.

— *Moussu* le marquis, vous avez besoin de moi ?

Elle a les cheveux mouillés. Donatien s'approche. Furtivement, il sent son odeur. Un parfum de terre humide. Il se laisse tomber sur une banquette. La chasse l'a épuisé. Il tend les jambes.

— Ôte mes bottes.

— Tout de suite, *moussu.*

Elle s'agenouille. Sa longue chevelure chute entre

les cuisses du marquis. Les bottes montent jusqu'à l'entrejambe. Elle colle sa joue fraîche contre le cuir. D'un coup sec, elle tire. Donatien contemple par la fenêtre le ciel, presque blanc, qui couronne les collines avoisinantes. Il entend le souffle de Gothon. À cet instant, il est heureux.

— Et d'une !

Dans un éclat de rire, la servante roule sur le parquet, une botte à la main. Elle se relève pour continuer son travail. Sade la repousse.

— Laisse, je vais le faire. Madame est là ?

— Non, elle est descendue au village.

Un sourire énigmatique passe sur le visage du marquis.

— D'autres nouvelles ?

Gothon secoue la tête avant de se frapper les hanches des mains.

— Si… si… *moussu* le marquis. Un colis pour vous. Une caisse.

— D'où ?

— De Paris.

Un autre sourire effleure les lèvres fines du marquis. Girouard ne l'a pas oublié.

— Porte-la à l'étage. Tu sais où.

Gothon fait la moue. Comme tous les domestiques, elle n'aime pas monter dans le cabinet du marquis.

Donatien remarque son trouble.

— Tu n'auras qu'à la laisser devant la porte.

Il regarde encore une fois le ciel lumineux par la fenêtre.

Le bonheur.

Église de La Coste

Dans le confessionnal, le curé tousse doucement. C'est la première fois que la marquise vient avouer ses péchés. Il l'observe discrètement à travers la fenêtre grillagée d'osier. Elle a la tête recouverte d'une mantille. Seules ses lèvres sont visibles. L'abbé se tortille sur son tabouret. Il est gêné. Ce n'est pas la même chose de confesser les habitants du cru qu'une aristocrate. Depuis des années, il s'est habitué à la routine des péchés. Toujours les mêmes. Les filles qui se font renverser dans la paille, les paysans qui trichent sur tout, les haines recuites entre villageois et les bâtards qu'on avoue quand on a le cœur trop lourd. Deux *Pater* et trois *Ave* en pénitence et la vie reprend son cours. Dieu est amour et, lui, le pasteur de la paroisse sait pardonner les faiblesses de son troupeau.

— Monsieur le curé ?

L'accent pointu de la marquise le rappelle à son devoir.

— Madame, je vous écoute.

— Je ne me suis pas confessée depuis longtemps. Depuis mon mariage.

Le prêtre sursaute.

— Mais cela fait ?

Il compte sur ses doigts.

— Huit ans.

— Ça fait beaucoup.

— Et j'ai beaucoup péché.

Ingénument, l'abbé s'étonne.

— Tant que ça ?

La voix de la marquise devient blanche.

— J'ai beaucoup péché… à cause de mon mari.

Château de La Coste

Arrivé au dernier étage, Donatien écoute. On entend juste le vent qui souffle dans les combles. Les domestiques sont dans les chambres ou aux cuisines. De toute façon, ils répugnent à monter. Ils ont peur. Un des privilèges de la mauvaise réputation du marquis. Ici, il est dans son royaume et, derrière la porte qu'il ouvre, est le secret de son ermitage. Du pied, il pousse la caisse et la cale contre un mur. Il l'ouvrira tout à l'heure. La pièce est plongée dans l'obscurité. Il avance à tâtons, sort son briquet et allume un chandelier. Une lumière jaune se répand sur les murs tendus de noir. Donatien se dirige vers la fenêtre aux volets clos. Devant, s'étire une longue table. Comme à chaque fois, Sade caresse la rainure qui longe le bois. Une rainure sombre comme le fond d'un encrier. Sous le doigt, il sent du relief : des bosses coagulées, des craquelures qui s'émiettent.

L'excitation le saisit. Maintenant, il parcourt le plateau de sa main écartée. Il touche les éraflures, les entailles, le bois martyrisé par le couteau et le hachoir. L'image d'une lame qui tranche d'un coup sec lui rappelle Laure, sa chambre d'adolescente, la robe qu'il a tailladée à grands coups de dague. C'est sans doute pour ça qu'il a acheté ce billot à Avignon. Une table à découper la viande, à fendre les articulations, où des générations de bouchers ont joué du couteau dans des flots de sang et la puanteur des entrailles. Il retire sa main. L'excitation disparaît. Le sortilège est rompu.

Dans l'angle, s'empilent quelques livres. Ce que sa femme a pu sauver de sa bibliothèque, chez les Montreuil. Sade grince des dents. Il n'a pas retrouvé son *carnet rouge*. Des pages de notes, de réflexions, de récits perdus à jamais. Tout ça à cause de cette sorcière, la Présidente. Que le diable l'emporte, elle et son cocu de mari !

Pour se calmer, il revient vers la caisse. Il fait sauter le couvercle. De la paille apparaît. Il glisse la main comme sous le jupon d'une fille. Un fouet. Sade le sort délicatement et sourit.

À son retour, la marquise n'aura qu'à bien se tenir.

Église de La Coste

Le curé a chaud. Il sort son mouchoir et s'éponge le front. La marquise s'est tue. Aveu après aveu, ils ont examiné chacun de ses péchés. L'orgueil, la colère, le mensonge… Il n'en reste plus qu'un. Le dernier.

— Et le péché de chair, ma fille ?

Un soupir lui répond. L'abbé hésite, puis reprend :

— Dieu est votre seul juge. Il ne faut rien lui cacher.

La voix de la marquise se voile.

— Ce n'est pas ma faute.

— Soyez plus précise.

Silence.

— Je ne suis que l'oreille de Dieu. Lui seul connaîtra vos secrets.

— Mon mari a des exigences.

L'abbé soupire. Finalement, marquise ou paysanne,

les maris sont toujours les mêmes. Des fornicateurs-nés. Il relève la tête et prononce l'éternelle phrase :

— Dites-moi tout.

— Je ne sais pas si…

Ma pauvre fille, pense l'abbé, *tu ne sais rien, c'est toujours la même chose.*

— Parlez sans crainte.

— Donatien, mon mari, aime… il exige de me prendre… à contre-courant.

Le curé sursaute.

— Vous voulez dire comme les…

— Oui, mon père. Comme les garçons.

— Mais c'est une abomination !

— Il aime aussi utiliser des objets…

Cette fois, malgré sa main lente, il se signe d'un coup. Le rythme de la voix de la marquise se fait plus haletant.

— Souvent il m'attache, et là, il prend un fouet…

— Assez !

Château de La Coste

Donatien est assis. Chemise ouverte. Il a tombé sa perruque. Ses cheveux, blond cendré, tombent sur ses épaules. La marquise est à ses pieds.

— Et il t'a accordé l'absolution ?

Pélagie hoche la tête. Elle est nue. Les mains ligotées dans le dos. Elle n'a pas le droit de parler.

— Et tu as communié ?

De nouveau, elle acquiesce. Donatien se lève, le regard en feu. Elle aime quand ses yeux gris la brûlent de désir.

— Tourne-toi.

Elle s'exécute. Le dallage lui râpe les genoux. Elle râle doucement.

— Silence.

Elle pose sa joue à même la pierre.

La voix du marquis devient rauque :

— Tu as l'hostie ?

Rouge de honte, elle bouge légèrement la tête en direction de sa robe sur le fauteuil.

— Dans la poche.

Elle l'entend froisser le tissu, puis revenir.

Elle est prête.

D'une main douce, il lui écarte les cuisses. Elle sent la rondelle d'azyme qui se superpose à la sienne.

Elle se mord les lèvres.

Pour ne pas crier.

De plaisir.

9

20 octobre 1771
Provence
Route de La Coste

Le carrosse file sur la route poudreuse. À l'intérieur, Anne de Launay a baissé la vitre. Malgré le froid, malgré le vent. Elle est si heureuse de s'être échappée de son couvent. Une toux parfaitement jouée, un médecin complaisant, et la voilà sommée de restaurer sa santé au soleil de Provence. Elle est penchée au-dessus de la portière. Le vent bat sa chevelure brune. Des mois qu'elle la retient prisonnière sous sa coiffe austère de religieuse. Cette fois, c'est fini. Elle cligne des yeux. Le soleil qui surplombe le Luberon caresse la peau de son visage. En quelques semaines, sa pâleur aura disparu. Elle ne ressemblera plus à une ombre, mais à une femme. Soudain, un cri de joie lui échappe. Dans la voiture, Gothon sursaute. Incroyable que cette gamine rayonnante soit la sœur de madame la marquise. Elles ne se ressemblent en rien. De nouveau un cri. La servante sourit. Décidément, cette belle jeunesse va mettre de la vie à La Coste.

— Donatien est au château ?

— Sans doute, mademoiselle. D'autant qu'il est prévenu de votre arrivée. Mais vous savez, le marquis ne tient pas en place. S'il faut, il est parti chasser ou voir son oncle.

— Celui qui est abbé ?

Gothon étouffe un rire.

— Abbé comme moi ! Enfin, Mademoiselle s'en rendra compte bien assez tôt.

— C'est bien lui qui a élevé Donatien ?

Cette question surprend la Gothon. Elle ne soupçonnait pas la jeune de Launay si au courant de la vie de son beau-frère.

— Si fait, jusqu'à l'adolescence. Mais comment Mademoiselle sait ça ?

— C'est Donatien qui me l'a écrit.

— Au couvent ?

— Bien sûr.

— En voilà un couvent que le vôtre où les hommes peuvent écrire à des religieuses !

Anne éclate de rire.

— Il imitait l'écriture de ma sœur sur l'enveloppe. C'était d'un drôle !

— Et il vous racontait quoi, monsieur le marquis ?

Mademoiselle de Launay bat des mains comme une enfant.

— Il me parlait de lui, de sa jeunesse. De la Provence, des promenades que nous ferions ensemble…

La Gothon la coupe :

— Alors c'est lui qui vous a convaincue de venir ?

Anne rougit avant de répondre :

— À la vérité, il n'a pas eu beaucoup de mal.

Paris
Pont-Neuf

L'automne est tombé d'un coup sur la capitale. Marais, accoudé au parapet du Pont-Neuf, regarde la Seine boueuse qui gonfle et rugit contre les quais. Le peuple se presse pour voir le fleuve en colère. On hisse les enfants sur le dos, on s'interpelle, on hurle quand, de l'eau noire, jaillit le ventre gonflé d'un cheval emporté par la crue. Pendant ce temps, on oublie le froid et la misère. Un joueur de vielle s'est installé sous la statue d'Henri IV et se lance dans un air de fête. Un couple de mendiants, une sébile entre les dents, entame une danse effrénée. La populace applaudit. Enroulé dans une vieille cape effrangée, Marais se dirige vers l'angle du quai de l'École. Cette foule lui va à merveille. Lui et ses hommes vont pouvoir agir en toute discrétion. Nul ne les remarquera quand ils monteront à l'assaut.

Il jette un œil sous le pont. Le bateau est toujours là. Un deux-mâts qui fait l'aller-retour entre Rouen et Paris. Le plus souvent, il reste à quai une semaine. Le temps que son chargement s'effectue. L'inspecteur s'est renseigné.

Affrété par des commerçants de Rouen, le bateau sert principalement à convoyer du vin. Le capitaine, le même depuis dix ans, passe la plupart de son temps dans les tavernes de l'île de la Cité. Il ne dessaoule pas de la semaine et passe ses nuits chez une veuve de la rue de Harlay. Il ne remet les pieds sur sa coquille de noix que le jour de l'embarquement. Un ivrogne doublé d'un fainéant. Un séjour en basse-fosse lui remettra les idées en place.

Trois ans que Marais traque, sans relâche, les imprimeries clandestines de la capitale. Mais à chaque presse démontée, chaque imprimeur embastillé, une autre structure, un autre lieu prennent le relais. Une cave sous le quartier Saint-Placide, une arrière-boutique de cordonnier jusqu'à des membres du Parlement qui jouent aux éditeurs dans leurs écuries. Et chaque jour, c'est un raz de marée de libelles, pamphlets, épigrammes que rien ni personne ne semble pouvoir endiguer. Marais regarde ses hommes qui prennent position autour du navire. Déguisés en mendiants ou en portefaix, ils passent tous inaperçus. Parmi eux, la Jeunesse, assis contre un tonneau, fume sa bouffarde[1] en regardant la crue. Il est le plus proche du ponton. Au coup de sifflet de l'inspecteur, c'est lui qui mènera l'abordage.

Marais attend le moment favorable.

Une charrette, emportée par la Seine, vient se fracasser sur un des piliers du pont. Aussitôt, le peuple se précipite en aval pour voir le spectacle. De l'autre côté, la voie est libre. La Jeunesse va pouvoir agir. Marais n'hésite plus et siffle de tous ses poumons.

Provence
Route de La Coste

Le carrosse ralentit. Le chemin grimpe vers le plateau de La Coste. Le long des murets de pierre, les chênes verts remplacent les champs d'oliviers. Mademoiselle de Launay a tiré sa voilette sur son visage.

1. Pipe à tuyau court.

Le soleil frappe à travers la vitre. Les tempes en sueur, Gothon contemple ce corps juvénile que les cahots du chemin font tressauter. La taille fine, la poitrine souple, elle semble faite pour glisser entre les portes et les mains. La servante l'imagine, pieds nus, courant sur les dalles froides, le rire aux lèvres…

Anne tend la main. La pointe d'un clocher vient de surgir du feuillage.

— C'est le village ?

Gothon secoue la tête.

— Non, c'est l'abbaye de Saint-Hilaire. Votre beau-frère s'y rend souvent.

La jeune fille fait les yeux ronds.

— Donatien chez les moinillons ?

La servante prend un ton grave :

— Petite mademoiselle, ici, votre beau-frère est le marquis de La Coste, seigneur de Saumane et de Mazan, il a des devoirs et se doit à tous ses sujets.

Un éclat de rire lui répond.

— Dommage que ce ne soit pas un couvent de femmes, j'imagine bien comment mon *seigneur* de beau-frère leur rendrait *devoir* et hommage.

Cette fois, c'est à la Gothon d'ouvrir de grands yeux. L'innocente impudeur de cette gamine la stupéfie.

— D'ailleurs, je compte bien accompagner mon beau-frère dans tous ses *devoirs*. À commencer par cette abbaye. Je mettrai une mantille et, surtout, ma robe noire, celle avec le corset lacé dans le dos. La tête de ses curetons quand ils vont me voir !

Sans prévenir, elle ôte une chaussure et baisse la vitre. En un instant, le soleil danse sur sa cheville.

— Mademoiselle, ça ne se fait pas !

— Désormais, *ça se fait* !

Un coup de fouet retentit. Le cocher vient de lancer les chevaux. Gothon se penche. Au bout du chemin, se dresse le portail du château.

— Nous sommes arrivées.

Anne bat des mains en riant. Elle est redevenue une petite fille.

— Enfin !

Paris
Pont-Neuf

Dans la cale, Marais frappe d'un pied rageur une liasse de gazettes oubliées. Quelques caractères d'imprimerie jonchent le sol. Une tache d'encre macule une planche vide. De la presse, ne subsiste que le socle. Tout le reste a été démonté.

— Les rats ont quitté le navire, constate la Jeunesse.

Aussitôt, il regrette ses paroles. Le regard froid de l'inspecteur le cloue sur place.

Marais vient de se tourner. Il fixe une feuille piquée contre la coque. On y reconnaît sans peine monsieur de Sartine, affublé d'une perruque grotesque. Sous la caricature, quatre vers sonnent comme un défi.

La police de monsieur de Sartine
Est comme ses perruques
Elle a la subtilité de la sardine
Et la vigueur de l'eunuque

La Jeunesse, qui vient de déchiffrer le quatrain, fixe d'un œil inquiet l'inspecteur. Il est comme un chien qui craint la colère de son maître. Et avec raison : l'opération est un coup d'épée dans l'eau.

Ce soir, Marais va devoir rendre compte au lieutenant général et lui expliquer qu'un mauvais plaisant s'est payé sa tête en faisant rimer son nom avec *sardine*. De quoi provoquer une rage mémorable.

— Monsieur ?

L'inspecteur tourne un œil pâle vers son subordonné. La Jeunesse se sent trembler. Ce diable d'homme le prend aux tripes.

— Si je peux aider…

La voix de la Jeunesse se fait fluette. Il hésite, puis se lance :

— Demandez-moi ce que vous voudrez.

Marais, énigmatique, hoche la tête, se penche vers la feuille et la décloue avec précaution.

Château de La Coste

Donatien est dans son cabinet noir. Il a entrouvert la fenêtre. Un bruit sec et rapide monte de la cour intérieure. La cisaille du jardinier taille les buis autour du puits. Mademoiselle de Launay ne saurait tarder. Il ouvre le coffret où sont déposées ses lettres. Une liasse entourée d'un ruban rouge. Son cœur bat. Il en connaît presque chaque phrase par cœur. Depuis la première lettre où il s'inquiète de sa santé à la dernière où elle annonce son arrivée, un chemin escarpé a été parcouru. Un de ces sentiers de montagne qui serpente sans cesse, mais monte inexorablement. Quoi de plus exaltant que de faire naître dans le cœur d'une jeune femme un sentiment inconnu ? De plus fascinant que de le voir grandir, franchir un à un les obstacles de la pudeur, de la morale ? De plus enivrant que de conseiller, guider, diriger les émois d'un cœur qui tourne en passion ?

Sade se lève. Il a besoin de marcher. Sa tête s'échauffe. Il pense à sa belle-mère. La vieille peau qui s'acharne contre lui. Elle croit l'abattre, lui reprendre sa femme comme elle lui a pris ses enfants. Mais c'est lui qui va la détruire. Sa fille cadette chérie, la prunelle de ses yeux, le sang de ses entrailles, il en fera sa chose, son esclave, sa catin… Il ouvre le tiroir et saisit une bourse en cuir. Le contenu roule sur le bureau. Cinq boules blanches, comme des billes pour enfant. Donatien se penche : un parfum d'anis lui agrippe les narines. On dirait des bonbons. Sauf que, dans chacun, Sade a mélangé la poudre de cantharide préparée par le père Anselme. Celui ou *celle* qui l'avalera se transformera en une bête en rut pour de longues heures de plaisir. Un instant, le marquis a la vision de sa belle-sœur, nue, ruisselante de désir…

Il vient de se voir dans le miroir. Le visage brûlant de fièvre. Une fois encore, son imagination vient de le posséder. Il s'accoude à la cheminée. Ses mains tremblent. Il doit se maîtriser.

— Monsieur !

Une voix monte de la terrasse.

— Le carrosse arrive !

D'un coup, sa violence s'évapore. Le rire d'enfant d'Anne sonne à ses oreilles. Jamais il ne lui fera du mal. Le parfum de sa chevelure surgit dans sa mémoire. Lui qui est si sensible à la puissance des odeurs… Cette fois, peut-être, il va trouver un cœur pur, une âme noble pour le comprendre.

Sa poitrine bat comme il descend les escaliers.

Le carrosse s'est arrêté devant la porte d'entrée du château.

Donatien traverse la première cour.

Mademoiselle de Launay pose le pied sur le pont qui surplombe les douves. Devant elle, se dresse la muraille haute et grise de l'enceinte.

Elle frissonne.

Dans un cliquetis de métal, la porte s'ouvre.

Sade surgit. Les larmes lui viennent aux yeux.

— Enfin.

Paris
Rue du Cherche-Midi
Hôtel de Sartine

Étonnamment, monsieur de Sartine est calme. Il roule entre ses doigts le poème que lui a apporté Marais, le plie, le malaxe et le jette dans une corbeille en osier. L'inspecteur retient son souffle. Il sait que les colères homériques du lieutenant général éclatent sans prévenir. Mais rien ne vient. Même pas le geste récurrent de vérifier le gîte de sa perruque. Sartine semble plongé en lui-même comme une araignée au milieu de sa toile. Marais qui se tient respectueusement à trois pas du bureau l'entend presque penser. Il sent la machine en marche, les pièces se mettre en place, les rouages en action, toute une subtile mécanique mentale dont il attend le verdict.

— Une fourmilière, murmure le lieutenant général, nous y donnons des coups de pied, mais nous ne l'écrasons pas. Des imprimeurs clandestins, des écrivains mercenaires, sans compter ces messieurs du Parlement qui poussent à la roue… nous n'y parviendrons pas.

Marais hoche la tête d'un air approbateur. Des nuées de *mouches*, des vagues d'interpellations, de condamnations en rafales… pourtant l'hydre à deux têtes, la Rumeur et la Calomnie, ressuscite sans cesse.

— Leur cible principale est le roi. (Monsieur de Sartine continue sa réflexion.) Ils ne cesseront pas. La chasse est trop belle et la proie si facile.

L'inspecteur ose une question :

— Que dit-on de la nouvelle maîtresse de Sa Majesté ?

— La Du Barry ?

Sartine hausse les épaules. Depuis des semaines, il mène l'enquête sur les origines de cette quasi-inconnue qui, en quelques semaines, est passée de l'anonymat au lit du roi. Et ce qu'il trouve ne l'enchante guère.

— Pour l'instant, le peuple en rit. La cour, en revanche…

Marais lui laisse le temps de sa réponse.

— … Vous connaissez la situation. Versailles est partagé entre deux camps : les tenants du roi, de moins en moins nombreux. Et les partisans de l'héritier de la couronne, le Dauphin. Autant vous dire que, chez ces derniers, la Du Barry n'est pas en odeur de sainteté.

— Nos *mouches* nous informent de beaucoup de mouvements dans le monde de l'édition. Relieurs, brocheurs, graveurs, imprimeurs, tous s'agitent. Ce qui laisse présager une nouvelle campagne de pamphlets.

Sartine soupire.

— Et tout laisse à penser que la maîtresse du roi en sera la future victime. D'ailleurs, je vais en parler à Sa Majesté bientôt.

Quoique impassible, l'inspecteur pense à toute vitesse. L'arrivée d'une nouvelle maîtresse royale prélude le plus souvent à un changement ministériel. Des favoris disparaissent, d'autres entrent en scène. Et tout le monde sait que monsieur de Sartine commence à se sentir à l'étroit dans sa lieutenance de police.

— Je suis certain que le roi saurait se montrer très reconnaissant envers celui qui éviterait un tel esclandre.

— Sans doute, monsieur, sans doute, répond le lieutenant général.

— Et parfois pour éviter un scandale, il convient d'en créer un autre.

— Vous dites ?

— Le coup de tonnerre de l'un couvre le bruit de l'autre.

Sartine fixe son subordonné.

— Un scandale sur mesure, en quelque sorte ?

Marais lui tend un dossier sombre frappé d'un sceau de cire rouge.

— Je vous fournis le gibier, Excellence…

Le lieutenant général fait sauter le scellé.

— … à vous de le cuisiner à votre goût.

10

2 décembre 1771
Versailles
Chapelle royale

Le *Dies Irae* de Lully éclate sous la voûte peinte de la chapelle. Comme le chœur entonne les paroles de deuil, le roi lève son regard vers la fresque où Dieu règne dans toute sa gloire. Un roi des cieux triomphant dans un azur éternel. Louis se souvient de la première fois où il l'a vu : pour la messe d'enterrement de son arrière-grand-père, le Roi-Soleil. Il avait cinq ans. Une voix s'élève et entonne le chant de miséricorde :

Judex ergo cum sedebit...

— *Quand le Juge se dressera...* traduit Louis XV. La voix du ténor s'intensifie, lourde de menace :

Quidquid latet apparebit...

— *Alors tout ce qui est caché apparaîtra...* Tout en murmurant, le roi se tourne et aperçoit, sous un chapeau noir, la chevelure d'or de madame du Barry. Il sent une douleur dans les reins. Sa nuit l'a fatigué. Il n'a plus sa vigueur d'antan. Il regarde à nouveau le Dieu de la fresque. Plus de cinquante ans depuis leur première rencontre. Et ce Dieu-là brille toujours de toutes les couleurs de l'arc-en-ciel. Tandis que lui…

Nihil inultum remanebit.

— ... *et rien d'impuni ne restera.*

À bientôt soixante et un ans, Louis est à l'heure des bilans. Depuis longtemps, il a fait ôter les miroirs dans ses appartements privés. À quoi bon se voir et ne plus se reconnaître ? Lui dont le cœur bat toujours à la vue d'une mèche folle ou d'une cheville souple, qu'a-t-il de commun avec ce qu'est devenu son visage ? Cette face de lune qu'un valet peint tous les matins.

Le visage immobile sous le maquillage, il balaye du regard la foule des courtisans qui se pressent dans la chapelle royale. Depuis tout enfant, il a ce don étrange de pressentir l'état de la cour, rien qu'en observant les visages. Et depuis quelques mois, il ressent une tension souterraine. Depuis le mariage du Dauphin, en fait. Comme si, sous les sourires de façade et les révérences de rigueur, frémissait une espérance dont il ne fait plus partie. Un rêve de renouveau dont il est l'unique obstacle.

La politique l'ennuie ! Est-ce sa faute à lui si les caisses du royaume sont vides ? Si la rébellion couve dans les parlements ? À croire qu'il est responsable de tout. Les récoltes sont mauvaises ? C'est la faute au roi. La guerre éclate ? C'est la faute au roi. Il pleut ? C'est la faute au roi. Sans compter tous ces plumitifs qui ne cessent de le harceler. Un gladiateur dans l'arène, voilà ce qu'il est devenu. Et pour un public qui ne cesse de baisser le pouce.

De nouveau, le chapeau de madame du Barry virevolte. Elle ne peut rester en place. Même pendant une messe. Elle ressemble à un insecte. Parfois, phalène quand elle tourne autour du souverain comme fascinée par sa royale lumière, parfois guêpe quand elle l'assaille pour le piquer de son subtil venin. Le roi ferme les yeux. Le souvenir de la nuit lui revient. Tout autour de lui, courtisans, famille l'observent et le scrutent. Comme une idole. Un battement de cils ? Un éternuement ? Tout est signe et tout devient rumeur.

Mais lui pense à *elle*.

À sa bouche précise.

À ses seins insolents.

À son buisson ardent.

Le chœur vient de se taire. Tête baissée, les chanteurs fixent le sol. Un bruit de pas, lent et régulier, remonte la chapelle. Le prêtre, en habit de cérémonie, se dirige vers l'autel, précédé d'un adolescent qui balance un encensoir. Une odeur, lourde et compacte, monte jusqu'aux narines royales.

Un œil s'ouvre.

Dans les travées, les courtisans frémissent. Quelle pensée a pu réveiller le regard du souverain ? On s'interroge, on s'inquiète, on s'angoisse. Car tout dépend encore du bon vouloir de cet homme qui n'en est plus un.

Intérieurement le roi soupire.

Sous sa perruque étincelante, ses traits sont figés.

Depuis longtemps, il a appris à dompter ses sentiments. Même si son dos le fait souffrir, si la lassitude pèse sur ses épaules, il n'en laisse rien paraître. Un léger bruit de chaise résonne derrière lui. Imperceptiblement, Louis glisse un regard. Monsieur de Sartine vient d'arriver. D'un signe discret, il fait signe au lieutenant général de police de s'asseoir à ses côtés.

Au centre de la chapelle, posé sur le sol marbré, se dresse un catafalque tendu de noir.

— Ce pauvre Gadagne… commente le roi, savez-vous que la première fois que je l'ai rencontré, c'était en 1739 ? Il était député de la ville d'Avignon. Je n'avais pas quarante ans alors…

Sartine acquiesce sans répondre. Il sait bien que, si le roi l'a convoqué, ce n'est pas pour lui faire part d'un accès de nostalgie.

— Six mois qu'il est mort déjà… Voyez, Sartine, j'ai toujours été assidu aux messes d'anniversaire. Il est bon, pour un souverain, de montrer qu'il se souvient de ses serviteurs fidèles.

— C'est à votre grand honneur, sire.

Tout en devisant, le lieutenant fixe une femme agenouillée. Malgré son long voile, la robe laisse deviner l'opulence de ses formes.

— Sa malheureuse épouse ?

Un sourire équivoque échappe au roi qui l'efface aussitôt.

— Charlotte… je veux dire, la duchesse de Gadagne… une femme brisée par la douleur. Elle a perdu un mari exemplaire…

Le lieutenant général hoche la tête. À la mort du duc, il a commandé une note sur ses affaires. Malversations, corruptions, exactions, tout ce qui aurait conduit un simple citoyen aux galères avait fait la fortune du favori.

— … Elle va avoir besoin de grand soutien.

Sartine pense au dossier, rempli jusqu'à la gueule, que l'inspecteur Marais a constitué sur les aventures charnelles de la duchesse. Il est sans doute temps de rendre visite à la veuve inconsolable.

— Je ne manquerai pas d'aller la voir pour lui dire toute la part que je prends à son chagrin.

— Un noble geste qui vous honore, Sartine, approuve le monarque tout en se tournant sur le côté pour regarder un couple qui semble figé dans le marbre.

Le roi n'est d'ailleurs pas le seul à les épier. Tous les courtisans, à intervalles réguliers, leur jettent un regard ambigu.

— Comment se porte Monseigneur le Dauphin ? interroge Sartine qui a surpris le coup d'œil royal.

Le long du balustre, l'héritier du trône se tient droit comme un piquet. À ses côtés, son épouse, Marie-Antoinette, a le regard perdu entre les colonnes de la tribune royale.

— Mon petit-fils est ravi de son épouse. Leur mariage, qui n'a que quelques mois, débute sous les meilleurs auspices. Souhaitons que la Dauphine donne bientôt un héritier à la Couronne de France.

Sartine s'incline avant de répondre. Le Dauphin, lui aussi, a un carton dédié. Et les notes qui le concernent ne sont guère favorables. On le dit peu enclin au plaisir, guère sociable, incapable d'une conversation suivie et encore moins de la prolonger sous des draps. Une rumeur, qui se répand, affirme même que la future reine de France est toujours pucelle.

— Dieu veillera à la postérité du Trône, j'en suis certain.

Louis se penche vers son chef de la police.

— *Les voies du Seigneur sont impénétrables*, mais je ne vous ai pas fait mander ce soir pour parler théologie. Avez-vous eu le temps de vous renseigner sur *la personne* en question ?

Dans l'assistance silencieuse et recueillie, madame du Barry vient de poser son missel. À travers sa voilette, elle observe Marie-Antoinette.

— Oui, sire. J'ai un rapport complet.

— Vous l'avez rédigé…

— … De ma propre main, Majesté, et le nom de la *personne* est en blanc.

Louis regarde le prêtre monter en chaire. Un buisson de chandelles ardentes illumine le catafalque. L'éloge funèbre du défunt commence :

— *Le duc de Gadagne fut un homme d'une bonté sans pareille, d'une générosité immense, d'une véritable charité chrétienne. Toute sa vie en témoigne…*

Le lieutenant général se rapproche de la royale oreille.

— Vous m'obligeriez, cher Sartine, si vous m'en faisiez un bref résumé.

11

2 décembre 1771
Château de La Coste

Malgré l'orage qui cogne aux fenêtres et le vent en plein sabbat dans les combles, le grand salon bruisse de rires et de discussions. Femmes aux robes éclatantes de soie, hommes en grand habit, toute la noblesse du Luberon est réunie autour du marquis de Sade pour fêter l'arrivée de sa belle-sœur. La jeune de Launay, d'ailleurs, n'est pas en reste. Drapée dans une cotonnade qui la moule comme une statue antique, elle salue, rit, plaisante, attire les regards et provoque les remarques. Dès demain, de la première messe de Ménerbes au marché de Lourmarin, tout le pays ne bruissera que de la nouvelle : une jeune beauté vient de faire sensation au château des Sade. Avec, bien sûr, tout son cortège d'allusions grivoises, de rumeurs équivoques que la réputation du marquis ne manquera pas d'entraîner.

— J'en connais un qui doit mal dormir, ce soir, lance une voix à la cantonade.

— Qui donc ?

— Mais le curé de La Coste.

D'un geste discret, un des invités montre la fille cadette des Montreuil, adossée à la cheminée, le regard chaviré par une coupe de champagne. À côté d'elle, le marquis lui parle avec passion. Le feu crépitant dans l'âtre illumine son visage d'un reflet d'incendie.

— Le bon curé a du souci à se faire pour le salut de l'âme de sa nouvelle paroissienne.

— Plus pour son corps que pour son âme !

Un éclat de rire ponctue cette saillie. Seule la marquise de Sade ne participe pas à l'hilarité générale. Debout près de l'entrée, les bras ballants, le regard vague, elle semble étrangère dans sa propre maison. À ses côtés, l'abbé de Sade vient juste d'arriver. La Gothon, un carafon de gigondas d'une main, remplit les verres et, de l'autre, tente de protéger les parties saillantes de son anatomie.

— Finissez donc, *moussu*, lance-t-elle à un jeune homme, rouge de honte, dont la main vient malencontreusement de s'égarer sous ses jupons.

Une bordée de plaisanteries retentit jusqu'au plafond. Anne s'approche de l'abbé de Sade.

— Eh bien, mon oncle, vous avez bien triste mine !

L'abbé s'incline et ne pipe mot. À la grande surprise de mademoiselle de Launay, habituée à plus de galanterie de la part de son oncle par alliance.

— Vous m'étonnez, monsieur. Me tirer un tel visage et le jour de ma fête en plus ! Je vous ai connu d'humeur plus enjouée.

Elle se saisit d'une bouteille de champagne.

— Avez-vous quelque chagrin ? Il n'est de meilleur remède que des bulles…

— *Mon chagrin*, comme vous dites, vient des lettres

dont Madame votre mère m'abreuve quasi quotidiennement. Des cris, des sermons, des menaces, des questions sans fin. Et quand je vous vois ainsi *drapée*, je ne peux que partager ses angoisses.

Les yeux ronds, Anne pose la main sur sa gorge à peine protégée d'un ruban de gaze tandis que la longue fente de sa robe révèle sa cuisse couleur de miel.

— Mais c'est Donatien qui m'a dit de m'habiller ainsi, *à l'antique* !

— Mon neveu n'est pas toujours de bon conseil. Surtout quand il vous travestit en courtisane de Rome.

Accoudé à la cheminée, le marquis vient de lever son verre et fait tinter une cuillère d'argent sur le cristal.

— Mes chers amis, je vous ai conviés ce soir pour fêter la présence parmi nous de la sœur de ma femme…

Donatien s'incline vers son épouse qui lui rend un sourire gêné.

— … qui a quitté les brumes de Lyon pour venir découvrir la lumière unique de la Provence.

Une rafale d'applaudissements roule entre les murs.

— La marquise et moi nous félicitons aussi qu'elle ne soit pas retournée à Paris, cette ville de tous les vices, de tous les débordements… J'en sais d'ailleurs quelque chose.

Un éclat de rire général ponctue cette dernière phrase. Ici, tout le monde connaît les aventures du marquis et lui pardonne sans façon ses fredaines. Sade reprend d'un ton solennel :

— Une ville où l'on méprise la véritable noblesse, où l'on persécute l'honnête homme, alors qu'à quelques lieues, au château de Versailles, une cour corrompue, un souverain abusé se vautrent dans une débauche des plus éhontée.

— Dehors, la Du Barry ! s'exclame une voix surchauffée par l'alcool.

— L'exil pour la catin du roi !

— La Salpêtrière[1] pour la putain de Babylone !

Dans le grand salon, les esprits s'échauffent. Donatien a réussi son effet. En Provence, il y a bien longtemps que le roi Louis n'est plus le Bien-Aimé. La hausse des impôts, sept ans de guerre, une paix déshonorante ont définitivement ruiné sa réputation. Dans le moindre village, les colporteurs distribuent des brochures où madame du Barry est décrite sous les traits d'une infâme putain, d'une affameuse du peuple. Honnie, salie, flétrie, la favorite du roi cristallise toutes les rancœurs.

Sade lève son verre et se tourne vers sa belle-sœur :

— Mes amis, honneur à la Beauté et à la Vertu réunies !

— À la Beauté ! À la Vertu ! À mademoiselle de Launay ! répliquent en chœur les invités.

Comme chacun se presse autour d'Anne pour lui faire son compliment, l'abbé de Sade se rapproche de Donatien et lui murmure à l'oreille :

— Mon neveu, j'ai à vous entretenir.

— Voyons, mon oncle, c'est jour de fête. Et si c'est pour me parler encore de mes dettes, baste ! D'ailleurs, savez-vous que ce vieil impuissant de Gadagne est mort ? Espérons qu'il emporte ce que je lui dois dans sa tombe !

— Donatien !

Sade remplit une coupe.

— Allons, mon oncle, buvez et jouissez. Pourquoi

1. Prison de Paris où on enfermait les prostituées.

diable n'avez-vous pas amené vos deux amies de Saumane ? La mère et la fille ? Je les aurais reçues avec plaisir. Et qui sait, nous aurions pu faire une partie tous ensemble ?

L'abbé saisit le bras de son neveu. Son regard tourne à l'orage.

— Cessez vos insolences, mon neveu. Je ne les supporte plus. Je vous attends à l'instant dans la bibliothèque. Et ne me faites pas attendre.

Cuisine

— J'aime pas ça.

Surprise, la Gothon se tourne vers le serviteur du marquis. Elle a le visage en sueur, ses mèches brunes collées au front. Elle n'arrête pas de monter et descendre de l'office pour servir à boire. Assis sur une chaise de paille, le domestique a déboutonné son habit et contemple la vie d'un air maussade.

— Qu'est-ce que tu racontes ?

— Que j'aime pas que l'on se moque du roi. C'est pas bon.

La servante se pose sur le coin de la table et s'évente avec une feuille de chou.

— Franchement, si on peut plus rire…

— C'est pas bon, s'obstine le valet.

Il a des rides au coin des yeux et, depuis quelques années, sa barbe a blanchi au menton. Depuis que la famille de Sade est revenue habiter à La Coste, il ne cesse de courir pour satisfaire les multiples désirs du marquis.

La Gothon saisit un carafon d'eau citronnée. Elle meurt de soif.

— Bah, ces *messieurs* se moquaient de la catin du roi. Pas de quoi fouetter un chat.

— Sauf que le marquis, le roi, il l'aime pas, c'est le curé qui me l'a dit.

La servante hausse les épaules.

— Si tu écoutes le curé, ce vieux rabougri, il voit le péché partout. Et puis, si on peut plus rire d'une putain.

— Le roi, il aime pas ça.

— Et comment qu'il le saura ? s'énerve la Gothon.

— Le roi, il sait tout.

— Crétin, murmure la servante entre ses dents.

— Et moi, je veux pas finir sur le bûcher, car c'est là où le Donatien, il finira. Et en plus…

Un drôle de regard vient de s'allumer dans le visage du serviteur. Il baisse la voix.

— … si tu crois que le marquis, il va se contenter de la sœur de Madame. Cette jeunesse, elle va pas le rester longtemps.

— Je t'interdis de parler de Mademoiselle comme ça !

Le serviteur ricane.

— Quand il lui aura fait sauter le bouton, le marquis, y s'en lassera. Comme des autres…

— Mais tu vas te taire, vieux barbon !

Bibliothèque

— Êtes-vous devenu fou ?

La voix de l'abbé tonne entre les rayonnages.

— Mon oncle…

Le visage en feu, l'abbé se jette sur son neveu.

— Cette fête est une infamie, un déshonneur !

— Je ne vois pas ce que…

— Vous humiliez publiquement votre femme !

— Point du tout, la marquise est…

Cette fois, l'abbé se met à hurler :

— Et vous faites de votre belle-sœur une putain !

À son tour, Donatien bondit.

— Mon oncle, je ne vous permets pas…

— Elle n'a que dix-neuf ans ! Et vous l'habillez comme une roulure !

Les deux hommes se tiennent au collet. Le visage en sueur, la salive aux lèvres.

— Quand madame de Montreuil apprendra ça…

— Et qui le lui dira ? Vous ?

L'abbé se dégage et secoue la tête.

— C'est de notoriété publique.

— Des ragots ! Des calomnies !

— Suffit, Donatien. On vous a vus ensemble sur le plateau des Claparèdes.

Sade marque le coup et pâlit.

— Et de la manière dont vous teniez mademoiselle de Launay dans vos bras, il ne pouvait y avoir aucune équivoque.

Sonné, le marquis s'adosse au mur. L'abbé lui prend les mains.

— Au nom de l'amour que j'ai pour vous, mon neveu, répondez à une question, une seule.

Donatien acquiesce.

— Avez-vous commis l'irréparable ?

— Non.

L'abbé fait un signe de croix.

— Dieu soit loué !

Sade s'est assis dans un fauteuil. Machinalement, il

feuillette un ouvrage que lui a fait parvenir Girouard de Paris. Mais il ne voit ni le titre ni le texte. Ses yeux se sont brouillés.

— Vous devez renvoyer votre belle-sœur à Paris. Qu'elle soit rentrée pour les fêtes de fin d'année.

— Je ne peux pas… murmure Donatien. Je ne peux plus m'en passer.

Étrangement l'abbé ne s'emporte pas. Il s'assoit à son tour et presse à nouveau les mains de son neveu entre les siennes.

— Vous êtes au bord du gouffre, Donatien. Vos dettes sont accablantes, le roi vous a placé en résidence surveillée et votre famille ne vous soutient plus. Un pas de plus et vous sombrez.

Sade ne répond pas.

— Je vous en conjure, mon neveu. Renvoyez mademoiselle de Launay. Elle est jeune, elle oubliera.

— Pas moi.

— Laissez-lui une chance de mener une vie honnête.

Le marquis se lève d'un bond.

— Pourquoi ? Pour qu'elle soit mariée ? Livrée à un inconnu qui en fera sa servante jusque dans son lit ? Qui l'engrossera tous les ans ? L'épuisera d'enfants ? Pour qu'elle crève en couches ? C'est ça, une vie honnête ?

— C'est la tradition, Donatien.

— Et c'est vous qui me dites ça, vous l'ami de Voltaire ?

À son tour, l'abbé de Sade se lève, le visage grave.

— Il suffit. Je n'ai pas à supporter vos sarcasmes. Une dernière fois : avez-vous oui ou non l'intention de rendre mademoiselle de Launay à sa famille ?

Donatien a les yeux embués. Il se rappelle ses jeunes années à Saumane. La douceur des soirées passées dans la bibliothèque, les courses folles dans la garrigue au-dessus du château. Toute la patience, l'affection dont l'abbé a fait preuve durant tant d'années. Et il va se fâcher avec cet homme. Le dernier qui l'aime encore.

— Non.

Cette fois, c'est à l'abbé d'avoir les yeux embués.

— Alors vous êtes perdu.

12

2 décembre 1771
Versailles
Chapelle royale

Dans les travées de la chapelle royale, le recueillement est à son comble. On étouffe un sanglot, on froisse son mouchoir. Jamais de son vivant, le duc de Gadagne n'a provoqué tant d'émotions. Une marquise laisse échapper une larme, un comte plisse les lèvres de chagrin. Le prêche consacré à Gadagne les a touchés dans leur point faible : la peur de la mort. Comme lui, ils ont intrigué, triché, comme lui, ils finiront oubliés sous la terre froide. Toute leur vie s'est passée à accaparer et ils perdront tout. Sans compter, pour ceux qui croient encore dans le Dieu cloué sur la croix, l'ultime Jugement. Certains tremblent de honte et d'effroi : l'enfer leur taraude l'esprit. D'autres grincent des dents, de colère et d'envie : quoi, il leur faudra tout laisser ? Et d'autres profiteront de ce qui est à eux et à eux seuls ?

La chapelle royale est comme un chaudron qui bout de peur et de rancœur mêlées. Pourtant, à la tribune royale, le souverain ne semble pas sentir l'aigre fumet qui monte des travées. Tout autre chose le préoccupe : madame du Barry.

— Je vous écoute, monsieur le lieutenant général.

— Sire… débute Sartine, la voix hésitante.

— Parlez sans crainte, mon ami, et surtout ne m'épargnez rien.

— Si tel est le bon vouloir de Sa Majesté, mais je dois vous prévenir que certains détails…

Le roi a un geste furtif de la main. Maintenant il a hâte de savoir. Sartine s'exécute :

— La dame en question est née Bécu, d'une famille de domestiques. Son grand-père fut le premier à sortir de son milieu en devenant cuisinier. On dit d'ailleurs qu'il put acheter son office grâce à l'argent d'une femme de qualité qui l'appréciait grandement. Une femme plus âgée.

Le lieutenant général s'interrompt. Le profil du souverain n'a pas cillé. Un instant, Sartine se demande si le roi, à son niveau de puissance, ne prend pas un subtil plaisir à se savoir mêlé à la fange.

— Continuez.

— À seize ans, après différentes aventures galantes, elle est accusée d'avoir *greluché* un certain Lametz, coiffeur de son état. Ce dernier, ruiné, a fini sur la paille des cachots.

— *Un coiffeur*… répète le monarque.

— Trois ans plus tard, reprend Sartine, elle devient la concubine en titre d'un certain Jean du Barry dit le Roué. Un nobliau sans fortune, encombré de dettes, pourri de mauvaises affaires, que l'on soupçonne de vivre des charmes de ses maîtresses.

Au fond de la chapelle, la voix du prêtre résonne sous

l'orgue où se voit une sculpture du roi David accordant une harpe. D'un ton vibrant, il salue la famille.

— *... mari exemplaire, le duc de Gadagne sut entourer d'amour et d'affection son épouse qui le lui rendit bien.*

— Pauvre Charlotte... murmure le roi. Je vais lui faire une pension. Mais, continuez, monsieur de Sartine, que ce mouvement de compassion ne vous détourne pas.

Le lieutenant général s'incline avant de reprendre :

— À cette époque, Jean du Barry est un client assidu d'une certaine Marguerite Gourdan qui tient commerce des charmes d'autrui.

— La *petite comtesse* ? interroge, surpris, le roi.

— Elle-même, sire, qui dirige aujourd'hui la maison de plaisirs la plus réputée de Paris, rue de la Comtesse-d'Artois, d'où son surnom.

Le roi ne réagit pas. Sartine continue :

— Il semble bien que le sieur du Barry, en plus d'être un consommateur régulier, ait eu quelques intérêts financiers dans les affaires de la Gourdan.

Un son grave et puissant monte de l'orgue au-dessus de l'autel. La messe de commémoration va bientôt se terminer.

— On dit même qu'il n'hésitait pas à prêter ses propres maîtresses pour la bonne marche et la prospérité de l'établissement.

Cette fois, la main du roi tapote le bois doré de l'accoudoir.

— Continuez, monsieur, vous semblez très bien informé.

— Il y a deux ans, Jean du Barry, sans doute las de sa maîtresse, la cède à son frère cadet Guillaume, un soldat sans cervelle, qui s'amourache d'elle au point de l'épouser. C'est ainsi que Jeanne Bécu devient la comtesse du Barry.

Sartine se tait et porte la main à sa perruque, poudrée à la fleur de farine, parfumée à la cannelle. Il ne se lasse pas de la porter. Le roi se penche à son tour. Tout autour, les courtisans les observent.

— Êtes-vous le seul, monsieur le lieutenant de police, à connaître ces détails *si particuliers* ou bien…

— Je ne suis malheureusement pas le seul, sire, à m'intéresser au passé de la comtesse. D'autres s'y emploient, mais pour l'instant avec moins de réussite que moi.

— Qui ?

Sartine prend son temps avant de répondre. Il sait le souverain, habile à tromper son monde, capable de s'offusquer sans rien en laisser paraître. Et il a déjà pris beaucoup de risques en parlant, comme il l'a fait, de la maîtresse des plaisirs du souverain.

— Parlez sans crainte, monsieur. Et, dès ce soir, j'aurai plaisir à dire à la comtesse que nous vous comptons parmi nos bons amis.

— Majesté, l'entourage du Dauphin et de la Dauphine compte des esprits malveillants. Des courtisans, avides et dévoyés, qui veulent jeter le trouble dans l'esprit du jeune couple princier.

— Faites-moi une liste. D'autres personnes ?

Le lieutenant de police baisse encore la voix :

— Le mari de madame du Barry, que votre générosité a fait renvoyer dans sa province, avec une forte somme, mais que certains tentent déjà de corrompre. Il pourrait parler et alimenter en vils ragots les ennemis du Trône.

Le roi pose sa main sur celle de Sartine.

— Voyez-vous, mon ami, je suis, comme ce pauvre Gadagne – Dieu ait son âme –, la victime de toutes les rumeurs, de toutes les calomnies du peuple. Je suis leur père à tous et ils me lapident comme le Christ.

Le lieutenant baise la main du souverain avec dévotion.

— Ce n'est pas la faute du peuple, Majesté, mais de ces écrivains ratés, de ces pamphlétaires haineux, toujours prêts à déverser des tombereaux de fumier sur votre réputation. Ce sont eux les Judas du royaume.

— Sauf qu'ils sont devenus trop nombreux pour qu'on puisse les acheter. Surtout avec trente malheureux deniers.

— Il reste, Votre Majesté, que mes limiers m'informent qu'une nouvelle campagne de calomnies va bientôt commencer. Et qu'elle risque fort de rendre publics les éléments que je viens de porter à votre connaissance.

La main du roi tapote l'accoudoir doré de son fauteuil.

— Ce serait fâcheux.

Sartine s'incline et murmure :

— Parfois, il faut savoir forcer le destin, sire. *Augusta per angusta*, comme disent les Anciens.

— *« Le succès le plus éclatant par les voies les plus étroites »*, traduit le roi. Qu'avez-vous à me proposer, Sartine ?

— Je ne vois qu'une solution, Votre Majesté, il faut que ces malfaisants, qui veulent abattre votre autorité, salir votre réputation, changent de cible.

— Et pour cela ?

— Il faut leur donner un os à ronger. Une affaire

trouble où ils dégorgeront leur bile. Une histoire sordide dont ils feront une légende noire.

— Vous voulez leur jeter en pâture une victime expiatoire ?

— Mieux que ça, sire, un bouc émissaire. Chargé de tous les péchés du vice et de la corruption. Une bête devenue immonde qu'il faudra sacrifier pour le bien public.

Dans la chapelle, l'office est terminé. Un à un les participants s'inclinent devant le catafalque.

Le roi réfléchit.

C'est une chose que de se *distraire* en prenant une maîtresse aux origines de catin, c'en est une autre que de le voir divulguer en tout lieu. Ce pauvre Gadagne en a fait la triste expérience quand son infortune conjugale s'est retrouvée étalée sur tous les murs de Paris.

— Et vous avez déjà la tête à abattre ?

— Oui, sire.

Charlotte de Gadagne relève son voile de deuil et s'agenouille en pleurs devant le catafalque. Tout autour, le roi *sent* l'ironie, le mépris l'envelopper. Des visages ricanent, des yeux brillent de malice, des bons mots fusent. Le roi, sous son maquillage, blêmit. Tout plutôt que de connaître pareille humiliation.

Il se tourne vers Sartine :

— Alors faites-la tomber.

13

13 avril 1772
Château de La Coste

Dans son lit, Pélagie grelotte de froid. La fièvre l'a prise hier et, depuis, elle n'a pas découché. Sitôt qu'elle se lève, elle manque de tomber. Dans la chambre, les volets sont clos. La lumière du jour lui fait peur. Dehors, pourtant, le soleil a envahi le ciel. Le printemps a fait place nette. Oublié les rigueurs de l'hiver, le vent du nord et la neige de février, la nature ressuscite comme un dieu païen sorti de terre. Tout autour du château, les oliviers sont en feuilles. Pélagie se retourne entre ses draps. Tout son corps anguleux est en sueur. Une odeur aigre stagne dans la chambre. Elle se déteste. Il y a tant à faire au château. Et elle ne sert à rien.

Donatien ne sera pas content.

Une chandelle brûle au pied du lit. Elle tend la main et la pose sur la table. Un reflet brille dans le miroir posé contre un vase de Moustier. Elle approche son visage.

Un cri lui échappe.

Elle est affreuse ! Avec ses cernes bleutés, son menton en compote et son teint blafard, elle ressemble à un cadavre ambulant. Vite, elle tire le cordon. Surtout que son mari ne la voie pas ! Il faut qu'elle prévienne la Gothon. Aucune visite.

Son regard tombe sur une liasse de papiers sur la couverture. Elle les saisit de sa main osseuse. Des lettres de sa mère. Un nœud lui coud l'estomac. Sa mère… qui ne cesse de la bombarder de menaces, d'insultes. Comme si la situation, ici, n'était pas assez difficile. Ils sont couverts de dettes et Donatien continue à dépenser. Elle jette un œil sur une page :

«… Votre mari est un inconscient, vous finirez ruinés. En tout cas, à partir de maintenant, plus un sou ! »

Pélagie soupire. Et Donatien qui fait construire un théâtre dans le château. Déjà les notes des artisans s'accumulent. Comment payer ? Et puis il a prévu d'aller en juin à Marseille, pour recruter une troupe d'acteurs.

Elle reprend la lettre :

«… Et je ne vous dis pas tout, tant la honte me met le rouge au front. Sachez que votre mari n'est qu'un vil libertin, un débauché insatiable, capable des pires trahisons. Mais qu'il prenne garde, ma patience est à bout. »

Pélagie se pelote sous la couverture. Si sa mère savait… D'un coup, le désir de son mari lui vient. Un désir brusque. Elle glisse sa main entre ses cuisses.

— Donatien…

On frappe à la porte, Gothon entre.

— Vous m'avez appelée ? Mon Dieu, Madame, quelle mine !

Surprise, Pélagie bredouille :

— Où est mon mari ?

— Monsieur ? répond la servante qui tire les volets.

La marquise remonte la couverture sur ses yeux.

— Mais il est parti à la chasse, dès ce matin…

Pélagie soupire d'aise. Il ne la verra pas dans cet état.

— … et avec votre sœur. Elle avait l'air très heureuse.

Combe du Mas Nègre

— Il y a une source, juste au fond, les chevaux pourront se désaltérer.

Sade saute de selle et tend la main pour recevoir le pied botté de sa belle-sœur. Elle glisse entre ses bras.

— Quel drôle d'endroit !

De tous côtés où elle regarde, ce n'est que forêt qui bruisse sous le vent. Pas un bruit, si ce n'est ce souffle tiède. Ils sont au cœur du Luberon, dans une de ces vallées secrètes que ne fréquentent que les sangliers. D'ailleurs, de larges bauges de boue séchée attestent de leur passage.

— Mon père m'amenait chasser ici.

Anne frissonne. L'endroit la trouble. De sa cravache, Sade désigne un monticule de pierres.

— Il y avait un village avant.

— Ici ? s'exclame mademoiselle de Launay, dans ce trou ?

— Des vaudois, précise Sade.

Depuis qu'elle est à La Coste, Anne s'étonne chaque jour de la curiosité intellectuelle de son beau-frère.

Chaque semaine, un colis de livres arrive de Paris. Et le marquis passe de longues heures solitaires à parcourir, à annoter ces précieux volumes. Parfois, il lui en prête un. Sa sœur, elle, ne lit jamais. À chaque envoi, elle l'aide à classer les livres. Une partie passe dans la bibliothèque familiale, l'autre est réservée pour la pièce intime de Donatien. D'ailleurs, elle enrage de ne pouvoir entrer dans ce sanctuaire dont les domestiques parlent à voix basse.

— *Les Vaudois*… n'est-ce pas le titre d'un des ouvrages que vous avez reçus ?

— Tout juste. Girouard me l'a envoyé, le mois dernier.

— Un de ceux que vous conservez jalousement dans votre *cabinet noir* ? Quand pourrai-je y entrer ?

Donatien sourit. Ils viennent de s'engager entre deux murs de pierre effondrés.

— Un *cabinet noir*… comme vous y allez… voilà qui sent la sorcellerie à plein nez… Savez-vous qu'il y a quelques décennies, pour ces simples mots, on m'aurait pourchassé et tué comme ces malheureux vaudois ?

Ils longent une façade écroulée. Le linteau noirci d'une ancienne porte a roulé sur le sol couvert de mousse.

— Mais qui étaient ces *vaudois* ?

— Des hérétiques, selon l'Église. À la vérité, des hommes de foi qui voulaient vivre, humbles et pauvres, comme le Christ. Bien mal leur en a pris.

De sa badine, Anne repousse une branche qui sort d'une fenêtre en ruine.

— On les a persécutés ?

— Exterminés. Les femmes violées, les enfants

tués, les hommes déportés aux galères. Les survivants se sont réfugiés ici.

Mademoiselle de Launay se tourne vers son beau-frère dont les lèvres minces viennent de se figer. Il fixe une masse sombre et rocheuse derrière une haie d'arbres. Ce n'est pas la première fois que le marquis lui confie son étrange passion des lieux déserts, retirés, oubliés de Dieu et des hommes.

Elle ne comprend pas tout ce qu'il dit.

Mais ce qu'elle comprend encore moins, c'est pourquoi son cœur bat autant lorsqu'il parle.

Château de La Coste

Gothon a installé la marquise dans la galerie. Les murs blancs ne réverbèrent pas trop la lumière. Assise au milieu des portraits de la famille de Sade, elle semble une pièce rapportée.

— Je vais vous préparer une décoction pour chasser la fièvre. Et surtout ne vous levez pas ! Pieds nus sur ces dalles, vous attraperiez la mort.

Pélagie hoche la tête sans entendre. Elle est préoccupée. Ce n'est pas la première fois qu'elle a des doutes sur sa sœur. Cette gamine lui ressemble si peu. Elle est imprévisible. Un ouragan que seul Donatien peut contrôler. Une bouffée de jalousie lui monte au visage. Comment Dieu a-t-il pu être aussi injuste ? Pourquoi n'a-t-elle pas ce visage d'ange, ces seins effrontés, cette croupe qui attise la braise ? Pourquoi ? Un instant, elle a envie de pleurer. Mais Gothon peut revenir à tout moment. Et on ne s'épanche pas devant les domestiques.

Elle est laide. Laide à jamais.

Elle a fini par en parler à Donatien. Elle se souvient encore de son rire. Et de son insolence désarmante.

— *Mais, bien sûr, ma chère, que vous êtes laide.*

Elle en était restée sidérée.

— *Sauf que Dieu vous a gratifiée de deux dons d'exception.*

Il l'avait entraînée vers le boudoir pour lui soulever ses jupes.

— *D'abord moi, votre mari, que le Grand Architecte a choisi pour vous faire découvrir les voies obliques du plaisir.*

Devant tant de prétention, elle avait gémi de plaisir. Elle perdait tout de suite pied quand son mari lui rappelait qu'elle n'était que soumise.

— *Et puis...*

La main du marquis abandonna son buisson pour remonter plus haut.

— *... Dieu vous a aussi offert un magnifique* contre-sens...

Elle se mit à haleter.

— *... que je ne me lasserai jamais d'emprunter.*

— Madame ? (La Gothon vient de surgir.) Je vous apporte votre décoction…

La marquise sursaute. Elle n'a pas entendu la servante s'approcher. Un instant, elle a imaginé sa sœur dans les bras de son mari. L'innocence bafouée, pervertie… Elle tend la main et porte la tasse à ses lèvres. Tout son corps est brûlant. Ses yeux qui chavirent s'accrochent à un tableau au centre de la galerie. Une femme. Travestie en moine. Une plume d'oie à la main.

— Vous savez qui c'est ?

La Gothon suit le regard de la marquise.

— Pour sûr ! C'est la demoiselle de Charolais ! Feu le père de monsieur le marquis l'a bien connue.

— Une Condé ? interroge Pélagie.

La servante éclate de rire.

— Une Condé, je sais pas ? Mais une putain c'est sûr !

Malgré la fièvre, la marquise pâlit. Gothon reprend la tasse et conclut :

— De toute façon, ces messieurs de Sade ont toujours fait de leurs maîtresses des catins.

Combe du Mas Nègre

Donatien écarte les branches de buis pour qu'Anne puisse avancer. Ils marchent sur un étroit sentier parsemé de pierres.

— Où m'emmenez-vous ?

Soudain, surgit devant eux une muraille de roche grise. Au-dessus, un oiseau de proie tourne en cercle concentrique. Le silence est oppressant. Pourtant, Anne n'a pas peur. Depuis qu'elle est arrivée à La Coste, elle a comme abdiqué sa volonté pour la remettre dans les mains de son beau-frère. C'est lui désormais qui la guide. Sade montre un trou noir qui s'ouvre à flanc de falaise.

— C'est dans cette grotte que se sont réfugiés les derniers vaudois. Ils ont vécu là, retranchés du monde. En vase clos.

Curieuse, mademoiselle de Launay s'avance. La fascination de Donatien pour le monde souterrain l'a toujours intriguée. Brusquement le marquis la retient. Juste devant l'entrée de la cavité, s'ouvre un profond fossé, creusé pour protéger l'entrée. Un pas de plus et c'est la chute.

— Faites attention. Je ne veux pas qu'il vous arrive malheur.

Anne rougit. La moindre marque d'intérêt de son beau-frère lui fait battre le cœur. Elle recule. Plus bas, un tronc d'arbre enjambe la douve.

— Engagez-vous, je vous tiens la main.

Anne s'avance sur le bois craquant. Au-dessous d'elle, le vide semble l'appeler. Elle s'agrippe au bras de son beau-frère.

— Vous avez confiance en moi ?

Mademoiselle de Launay se fige. Donatien a un étrange sourire.

— Oui, mon ami.

Sade desserre son étreinte. Anne commence à se sentir en déséquilibre.

— Vous m'aimez ?

La question la surprend alors qu'elle est au milieu du tronc. Pourtant elle répond sans hésitation :

— Oui.

Sade ôte son bras.

— Prouvez-le-moi.

D'un coup, elle vacille. Sous ses pieds, le fossé se met à tanguer. Sans un regard en arrière, elle s'élance d'un bond.

Une de ses bottes dérape sur la mousse, mais l'autre atteint le bord. Un coup de reins et elle s'abat devant l'entrée de la caverne.

Sa robe est souillée de boue et son corps en nage. Elle se retourne.

Donatien la contemple.

Elle dénoue ses cheveux qui ruissellent en cascade sur ses épaules, puis elle fait sauter l'épingle d'or qui ferme le haut de sa robe.

Sa chair pâle apparaît.

À son tour, Sade s'engage sur le tronc.

Une deuxième épingle tombe au sol.

Donatien n'est plus qu'à quelques pas.

Mademoiselle de Launay plonge la main dans son corsage.

— Vous vouliez une preuve de mon amour ?

Sade saute sur le sol.

De son bustier, elle sort un objet.

Donatien reconnaît son *carnet rouge*.

Là où il note ses plus secrètes pensées, ses noirs délires.

— Ma mère l'a cherché longtemps. Je l'ai gardé pour vous…

Sade s'avance pour l'embrasser.

Elle tend ses lèvres en murmurant :

— … Et j'ai tout lu.

14

10 mai 1772
Paris
Rue de la Comtesse-d'Artois

— Patronne.

Une voix douce appelle derrière les tentures qui ferment le lit.

La Gourdan ouvre un œil. Comme toujours, quand elle se réveille, elle compte ses membres. 1, 2, 3, 4… une habitude d'enfance qui lui laisse le temps de reprendre ses esprits. Voyons… elle s'est allongée juste après déjeuner… elle ne dort jamais plus d'un quart d'heure… il est donc…

— Madame, insiste la voix derrière les rideaux en toile de Jouy, la Mariette vous réclame.

Aussitôt la Gourdan bondit hors du lit, bouscule la servante et s'installe à sa coiffeuse.

— C'est le comte de Lauris, c'est ça ?

— Oui, madame.

D'une main leste, elle vérifie ses boucles noires qui tombent sur son front pâle. C'est elle qui a lancé cette mode. *À la grecque*. Même les actrices l'adoptent désormais. Elle aussi, qui porte des tuniques en coton transparent, pour mettre en valeur ses formes, à la plus grande joie de ses clients. Mais là, aucune femme honnête ne la suit.

La rue Comtesse-d'Artois

— Ça viendra, murmure la Gourdan, derrière toute femme vertueuse se cache une catin. Il suffit de voir la mère Gadagne… D'ailleurs, il faut que je vérifie…

La maquerelle se tourne vers la servante. Une belle fille blonde, mais dont une coquetterie dans l'œil gâte la beauté. Les clients n'en voulaient pas, La Gourdan en a fait une domestique.

— Tout est prêt pour notre invitée de cette après-midi ?

— Oui, madame.

— Le *salon vert* ?

— Oui.

— Les *porte-flambeaux* ?

— Ils sont arrivés de Rennes, hier, madame.

La Gourdan s'inquiète.

— Vous les avez lavés ?

La servante pouffe :

— Étrillés, rincés, essuyés, parfumés. De beaux mâles prêts à servir.

Un pinceau à la main, la tenancière ajoute une touche de rouge à ses joues. Ça lui donne un côté ingénu. Ça aussi, les clients aiment. L'innocence devenue putain.

— Et pour Mariette ?

La Gourdan pousse un soupir. Quel boulet que le comte de Lauris ! Mais comment lui refuser ? Durant des années, il a été une des meilleures pratiques de la maison. Même s'il préfère les hommes aux femmes. Et avec les années sa passion pour les invertis a tourné à l'obsession. À tel point qu'elle a fini par consacrer tout un étage de sa maison aux vices de Socrate. Le comte d'ailleurs lui a amené beaucoup d'amis. Des hommes d'influence qui tremblent de satisfaire leur plaisir dans les taillis du jardin des Tuileries, mais trouvent de quoi se rassasier dans les *appartements rouges* de la Gourdan.

— La Mariette, elle dit qu'il baise pas.

La Gourdan secoue la tête de désespoir. Quelques mois plus tôt, Lauris était venu la voir, affolé. Le duc de Gadagne venait de mourir et, avec lui, tout le réseau de protection et d'avantages qui l'entourait. Le favori disparu, le comte avait rapidement vu tous ses privilèges fondre comme neige au soleil. On le savait un des affiliés de Gadagne et on se vengeait sur lui des rancœurs et des jalousies accumulées.

— Mais que voulez-vous que j'y fasse ? l'avait interrogé la Gourdan, je ne peux pas vous rendre votre crédit à Versailles.

— Il me reste une carte à jouer. Dans ma province d'origine, nul ne connaît encore ma chute. Tout le monde me croit bien en cour. Je peux donc espérer faire un riche mariage. Mais pour ça...

La maquerelle l'avait regardé, interloquée.
— ... il faut que je bande pour une femme.

Seulement voilà, cela faisait des semaines que le comte s'acharnait. Toutes les filles de la maison y étaient passées. En vain. La Gourdan avait été jusqu'à lui ramener des folles des quais. Rien n'y faisait. Cette fois, il fallait employer les grands moyens.

— Dis au comte que j'arrive et prépare une carafe d'eau.

Sitôt la servante sortie, la Gourdan ouvrit un tiroir et saisit une boîte émaillée. Elle l'ouvrit. Une odeur d'anis envahit la chambre. Elle prit un des bonbons nacrés et le fit rouler entre ses doigts. Ils venaient d'une abbaye près d'Avignon. Les bons pères les fabriquaient et les vendaient au compte-gouttes. Une fortune. Mais l'effet était garanti.

La Gourdan sourit :

— Si, avec ça, il ne bande pas…

Église Saint-Eustache

La Jeunesse attend. Ça devient une habitude. À se demander même si l'inspecteur ne le fait pas volontairement. Pour qu'il se pose des questions, qu'il doute et que lui, Marais, lui apporte réponse et certitude. En tout cas, depuis qu'il travaille pour lui, sa vie a changé. Il ne voit plus son métier pareil. De simple *mouche*, il est devenu un autre homme. Maintenant, il voit la grandeur de sa mission, son destin était de servir. De Le servir.

— Alors, la Jeunesse, que t'inspire la maison de Dieu ?

L'ancien soldat lève des yeux surpris. L'inspecteur marche comme une ombre.

— Je sais pas trop, monsieur, y a longtemps que j'ai pas prié, ni même communié.

— Tes parents t'amenaient à la messe ?

— Oui-da, monsieur, et tous les dimanches. Une belle messe que le curé disait en provençal.

Près de l'autel, une cloche tinte. Un office va commencer.

— En provençal… tu le parles toujours ?

— Oui, monsieur, on n'oublie pas le parler de son enfance.

Marais se lève et lui tend une pièce d'argent.

— C'est bien. Tiens, va mettre cette aumône dans le tronc de saint Antoine de Padoue.

— Le saint qui s'occupe des choses disparues ?

— Oui, je connais quelqu'un qui va devoir retrouver sa mémoire.

Rue de la Comtesse-d'Artois

— Qui ? La Gourdan fait répéter sa servante.

— L'inspecteur Marais, madame.

— Seul ?

— Oui, madame. Mais il a cette tête… cette pâleur… On dirait un cadavre jailli de sa boîte.

— Le *démon*, murmure la maquerelle, je croyais qu'il ne s'occupait plus que de politique. Et il est où ?

— Dans l'antichambre.

— Fais-le rentrer.

Pour mieux se préparer, la Gourdan se tourne vers la fenêtre. Le temps de se faire une mine. Celle de l'honnête commerçante qui n'a rien à se reprocher. Bien sûr, ça ne servira à rien, mais ça lui permettra de gagner du temps.

— Madame.

La Gourdan se retourne. Marais est devant elle.

— C'est une surprise et un plaisir que de vous voir, monsieur l'inspecteur. Puis-je vous faire tenir un verre de punch ou une coupe de champagne ?

— Où est la veuve Gadagne ?

La maquerelle pâlit sous le fard.

— Plaît-il ?

— La jument Gadagne qui vient se faire monter par des étalons vigoureux que vous lui fournissez. Où se fait-elle foutre ?

— Je ne…

— Ne prononcez pas de mots irréparables, madame.

— *Salon vert*, bredouille La Gourdan.

— Conduisez-moi.

Salon vert

Madame de Gadagne est seule. Nonchalamment, elle gagne le centre de la pièce, occupé par un lit circulaire de satin rouge. Autour, des fauteuils, des divans, des canapés, des bergères forment une ronde qu'elle va emprunter avec plaisir. Elle les compte : 1, 2, 3, 4, 5 et sourit. Maintenant, elle sait combien d'amants la Gourdan va lui fournir.

La salle est en forme de cercle et les murs sont garnis de miroirs. Derrière se trouvent de petites loges où s'installent les amateurs. La patronne loue ces places à des pervers fortunés. Des hommes que les turpitudes d'une femme d'âge mûr fascinent et excitent. Quant à la Gadagne, ça l'excite encore plus de se savoir fixée, détaillée par des mâles avides.

Mais pour l'instant, derrière les miroirs, ce sont ses amants qui l'attendent et elle se doit de les mettre en condition.

Installée au centre du lit, elle commence à se déshabiller.

Derrière la glace sans tain, l'inspecteur observe la scène. À ses côtés, la Gourdan plisse les lèvres.

— Elle vient souvent ?

— Environ deux fois par mois.

— Qui sont les voyeurs ?

— Des bourgeois que je choisis moi-même. Aucune chance qu'ils reconnaissent une dame de la cour.

Sur le lit, la Gadagne défait sa robe.

— Vous lui prenez combien ?

— Un écu par amant.

Marais se tourne vers la maquerelle.

— Et, les hommes, vous les payez combien ?

La Gourdan tapote du pied. Elle n'aime pas parler d'argent.

— Combien ?

— Dans ce cas précis, rien.

— Comment ça ?

— Ce sont des hommes qui… enfin…

Dans la pièce, la veuve vient de tomber son corset. Monsieur de Sartine avait raison. De beaux restes.

— J'attends, madame.

— *Ils* doivent partir bientôt pour l'étranger. Pour travailler. La traversée est longue et *ils* seront plus calmes si…

La Gadagne est nue. Ses cuisses resplendissent sous la lumière du lustre. Impudiquement, elle pivote sur le lit pour dévoiler ses charmes à tous ses futurs amants.

— *La traversée* ? Je ne comprends pas, madame.

— Vous allez comprendre.

La Gourdan saisit un cordon. Une clochette résonne. Dans le *salon vert*, une porte s'ouvre. Nus, effrayés autant que fascinés, un groupe d'hommes entrent. Tous sont noirs.

Église Saint-Eustache

La Jeunesse se signe frénétiquement.

— De la chair d'ébène, c'est pas Dieu possible ! Une femme de la cour, en plus !

— Tous les goûts sont dans la nature, commente Marais, mais tu as raison, si ça se savait, ça ferait un beau scandale.

— C'est pas chrétien ça, répète la Jeunesse, c'est coucher avec le diable.

Assis sur une chaise, sous la statue de saint Joseph, Marais se repasse la scène, visualise les détails. Quand il lève la tête sur le saint patron des cocus, sa décision est prise.

— Mais ces… hommes, *ils* sortent d'où ? s'interroge l'ancien soldat, toujours pas remis de sa surprise.

— Des Antilles. Des propriétaires de plantations viennent passer l'hiver à Paris. Ils emmènent leurs serviteurs locaux.

L'inspecteur sort sa montre. La duchesse ne va pas tarder à sortir.

— Quant à la Gourdan, elle s'est payé ma tête avec

cette histoire de *traversée*. Je suis certain que le propriétaire de ces malheureux les loue à cette maudite maquerelle.

— Alors, vous voulez interdire cette pratique ?

Marais le regarde comme un enfant à qui on répète sans cesse la même chose.

— Point du tout. Mieux vaut un dérèglement connu et circonvenu qu'un vice clandestin ignoré de la police. Rien de pire pour un État que ce qui reste caché.

La Jeunesse regarde son chef avec admiration. Ce dernier se lève.

— Mais pour l'instant, j'ai une visite à faire à la duchesse de Gadagne.

Hôtel de Gadagne
Rue Saint-Honoré

— Vous dites ?

Tout en s'inclinant à nouveau, le valet galonné d'or répète :

— Un inspecteur de police, madame la duchesse.

Madame de Gadagne bat des cils. Tout son corps n'est que souvenir du plaisir et elle s'apprête à prendre un bain pour prolonger cette délicieuse sensation d'être prise de toutes parts.

— Qu'il repasse.

— Il dit que c'est urgent.

La duchesse ouvre un œil vert. Son visage est son point faible. Son nez surtout.

— Alors, faites-le recevoir par l'intendant.

Le domestique hésite. Il s'incline plus bas encore.

— Il prétend venir sur ordre de monsieur de Sartine.

Le *Perruquier*. Cette fois la veuve Gadagne fait cligner ses deux yeux. Elle a toujours détesté le lieutenant général de police. Un parvenu dont le grand-père vendait du poisson dans les bas-fonds de l'Espagne. Il a beau parfumer ses perruques, il sentira toujours ses origines.

— Vous lui avez dit que j'étais là ? interroge la duchesse dont le portier a pour mission prioritaire de toujours affirmer qu'elle est absente. Une manière rapide de se débarrasser des importuns.

— Il le sait déjà, madame.

— Un inspecteur de police ? s'étonne encore madame de Gadagne.

Un bottier, elle voit. Un valet, elle a l'habitude. Un paysan, elle en a vu jeune, sur les terres de son père, mais un inspecteur ? Ce n'est pas un aristocrate, sans doute pas un bourgeois. D'un coup, elle devient curieuse.

— Dites à la femme de chambre de garder le bain chaud, je monte dans un instant. Et faites entrer ce…

— Marais, madame la duchesse.

— Je n'ai jamais vu d'inspecteur, ça me distraira.

Le nez de la duchesse s'est rosi. Juste sous les narines. Deux taches minuscules, mais qui trahissent sa colère. Elle sent un picotement qui remonte l'arête de son nez. Cette fois, elle a peur.

Marais ne lui laisse pas le temps de se reprendre.

— Madame, sous l'autorité de notre bon roi, chacun est libre d'aller au plaisir comme il l'entend. Et si l'envie vous prend d'apprécier le bois d'ébène, vous en êtes seule juge.

La duchesse ne pipe mot.

— Simplement, le lieutenant général, qui est soucieux

de votre réputation, craint pour vous les commérages. Les journalistes sont si friands de ragots de nos jours.

— Que veut monsieur de Sartine ?

L'inspecteur s'incline :

— Mais vous prouver son amitié… en vous protégeant de toute divulgation malencontreuse de vos goûts intimes. Vous avez beaucoup de procès, m'a-t-on dit ? Imaginez comment réagiraient certains juges si la Gourdan se montrait subitement bavarde ?

Madame de Gadagne a du mal à respirer. Son nez s'est empourpré.

— Et cette protection…

— Totalement désintéressée, la coupe aussitôt Marais, et d'ailleurs monsieur le lieutenant général, dans sa grande amitié, se propose même de vous ôter un autre problème.

La duchesse ouvre la bouche, mais rien ne sort.

— N'avez-vous pas une dette que vous ne parvenez pas à récupérer ? Avec un lointain cousin en Provence ? Un certain monsieur de Sade ?

— Je crois…

— Monsieur de Sartine va s'occuper personnellement de cette affaire.

Marais tend la main et claque des doigts :

— La reconnaissance écrite de la dette, je vous prie.

Église Saint-Eustache

La chaisière s'inquiète. Ça fait déjà une heure que cet *oiseau* est assis à la même place. Elle repasse devant l'autel, se signe et l'observe. Ses bottes sont tachées de boue, son habit couvert de poussière. Encore un pauvre ! Ça ne suffit pas de les subir dans les rues, il faut, en plus, qu'ils viennent dans les églises. Elle marmonne un chapelet de jurons. Les pauvres, ce n'est pas bon pour le commerce, ils font fuir les clientes. Celles qui louent une bonne chaise pour prier en paix, loin de l'agitation du monde. Celles qui ont des pièces d'argent dans leur bourse et savent se montrer généreuses. Dès qu'elles vont apercevoir cet *oiseau*, elles vont fuir. Aucune femme honnête ne peut s'asseoir à côté d'un pareil malotru. Et en plus, il s'est planté devant saint Joseph, le meilleur endroit. Toutes les épouses adultères viennent le prier. Quelle misère !

La Jeunesse fronce les sourcils. Le ménage de la chaisière commence à l'agacer. Ça fait trois fois qu'elle lui passe devant le nez. Il entrouvre le haut de son habit et caresse le manche de sa serpette. La grenouille de bénitier disparaît aussitôt.

— Alors, on terrorise une malheureuse vieille ? Profites-en, tu pars demain.

Marais jette deux papiers pliés sur une chaise.

— Tu seras à Avignon dans six jours.

— Une mission imprévue ? interroge l'ancien soldat.

L'inspecteur regarde ses mains. Longues, souples, félines.

— Une traque qui touche à sa fin. Désormais, tu t'appelles Latour. Tu servais le duc de Gadagne et, depuis sa mort, tu te cherches une place. Voilà un état de tes loyaux services, signé par la duchesse.

— Mais pourquoi en Provence ?

— Tu as le mal du pays.

— Et mon nouveau maître ?

— Tu vas lui présenter ça.

Marais lui tend le second papier. L'ancien soldat déchiffre lentement :

— *Re... co... nnai... ssance... de... dette... du... sieur...*

— Tu verras, il t'engagera aussitôt.

— Mais s'il me demande d'où je tiens ce papier…

— Il ne te demandera rien. Trop heureux de le jeter au feu. En revanche…

Une bourse tombe sur les genoux de la Jeunesse.

— … prends ça. Il ne te paiera aucun gage. Il est ruiné.

— Quelle bonne place !

— Mais n'hésite pas à lui en prêter. Surtout pour ses plaisirs.

Devant le regard interrogateur de son subordonné, l'inspecteur sourit.

— Il est au bord du gouffre et, toi, tu vas le pousser.

La Jeunesse sourit à son tour. Ce rôle lui plaît bien.

— Et comment s'appelle ma victime ?

— Le marquis de Sade.

IV

EN CAGE

Tout le bonheur des hommes est dans l'imagination.

Marquis de Sade

1

15 juin 1789
Paris
Abords de la Bastille

La porte de la taverne du *Vieux Bœuf* s'ouvre en grinçant. Un homme, le paletot couvert de sciure, s'affale sur une chaise bancale et pose un rabot sur la table commune.

— À boire, pour l'amour de Dieu !

La servante, les cheveux noués sur le front, fait glisser le couvercle d'un baquet et remplit une chope de cidre. Une odeur amère de pomme monte le long des murs écaillés avant de se dissoudre sous les poutres noircies.

— Te v'là servi, le Roussin, et ôte donc ton outil de la table. Le patron, il aime pas voir les choses de *là-bas*. Il dit que ça fait fuir le client.

Le menuisier éclate d'un rire gras.

— Mais quels clients ? Tous ceux qui viennent boire le coup ici, ils travaillent à la Bastille.

D'un geste, la servante montre deux inconnus attablés dans un coin. Ils parlent à voix basse et se sont installés loin des fenêtres. L'un d'eux porte de longues bottes de daim, sertis d'éperons.

— Tais-toi donc, tu vois pas que l'on a deux *dorés* aujourd'hui ?

Secouant les copeaux de ses épaules, l'artisan ricane.

— Tout ce qui brille n'est pas d'or, Manon, et d'ailleurs, ils font quoi là, ces deux oiseaux ? Faudrait pas qu'ils préparent une évasion ? J'ai pas envie de perd' mon gagne-pain, moi !

Il avance une main calleuse vers la taille de la servante. Manon se dérobe. Elle veut bien discuter, pas se faire lutiner.

— Tu sais que j'ai dû changer une porte, ce matin, dans la tour de la Liberté ?

— En voilà une qui est bien nommée !

— Un forcené l'avait quasi défoncée. Et pourtant c'est du chêne qui avait au moins cent ans.

Manon s'avance vers la fenêtre. L'ombre de la forteresse tombe sur l'auberge comme une malédiction. Une ombre noire, humide, luisante. Elle frissonne. Dès qu'elle aura amassé un pécule suffisant, elle fuira d'ici. Et pas question de se laisser approcher par un de ces lourdauds qui travaillent à la Bastille. La prison suinte de tous les pores de leurs corps.

— Pauvres gens, murmure la servante, vivre entre ces murs…

Le menuisier se rapproche à nouveau en grommelant. Cela fait plusieurs semaines qu'il tente d'enlacer Manon, mais la coquine lui échappe sans cesse. Une vraie anguille.

— Sont pas à plaindre, ces criminels ! Logés, chauffés, nourris quand tant de miséreux crèvent de faim. Le roi est trop bon. Je te les crucifierais, moi, ces marauds. Comme le Christ. Quatre clous et on n'en parle plus !

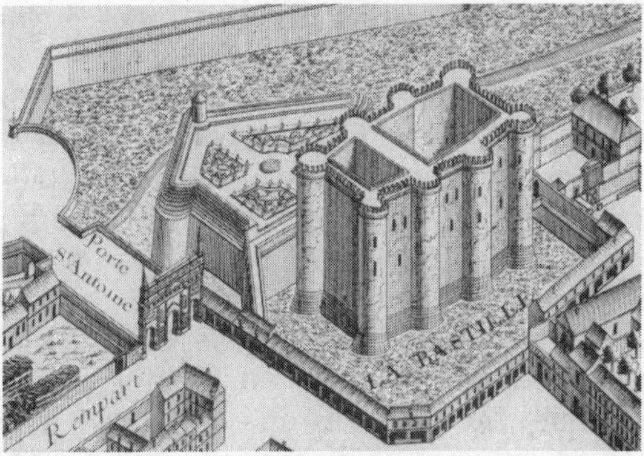

La Bastille

— Ne blasphème pas, le Roussin, tu…

Manon n'a pas le temps de finir. Un des clients du fond l'interpelle :

— Holà, la belle, apporte un carafon de vieux vin.

— Vous croyez qu'elle ne soupçonne rien ?

L'imprimeur Girouard réprime un geste d'agacement. La servante se moque bien de ses clients. Sitôt vus, sitôt oubliés. Mais il faut toujours rassurer un acheteur potentiel.

— Cette taverne n'est fréquentée que par des artisans qui travaillent à la Bastille. Autant dire que personne d'autre n'y met les pieds. Les sbires du lieutenant général encore moins que les autres. De toute façon, la police a bien d'autres soucis. Depuis que le roi a réuni les états généraux, il ne se passe pas une journée à Paris sans émeute.

Le comte de Lauris pose la main sur son ventre. Depuis son mariage, il a forci. Et puis les repas de famille qui n'en finissent pas, les siestes prolongées vous gâtent vite une taille de jeune homme. Sans compter qu'il ne se dépense guère dans le lit de son épouse. La politique, en revanche, le passionne. S'il est pour une réforme de l'État, il est résolument royaliste et s'inquiète de l'instabilité de la situation.

— Et tous ces députés du peuple qui tiennent des discours incendiaires. On entend même des fous qui veulent limiter le pouvoir du roi. Et pourquoi pas la république, tant qu'on y est ? Enfin, ce ne sont que quelques excités. Mais dites-moi, je dois rentrer demain en province et j'aimerais ramener quelques nouveautés de Paris.

Girouard débouche le carafon et se sert un verre. Tout en buvant, il observe son futur client. Un homme encore jeune, mais que la vie en province commence d'ennuyer : s'il lui fournit ce qu'il désire, il deviendra un habitué. L'imprimeur le détaille encore une fois. C'est la première fois qu'il rencontre ce comte de Lauris et il ne veut pas commettre d'impair.

— Quels sont vos goûts littéraires ?

Le comte prend un air gêné. L'air de ceux qui savent exactement ce qu'ils veulent, mais n'aiment pas le dire. La proximité de la Bastille sans doute. L'imprimeur baisse la voix. Il va lui falloir être plus précis.

— Des femmes entre elles ? Les tribades, ça plaît toujours. Surtout avec des gravures.

— Je ne sais si…

— Des débauches de prêtres ? J'ai des histoires à faire frémir les amateurs les plus blasés…

— À vrai dire…

— Des religieuses perverses ? Ces nonnettes, sous

leur robe noire et leur voile, ont une imagination délirante…

— Je ne crois pas que…

— Des adeptes de Sodome ? Je peux vous garantir des scènes épicées à souhait.

Gêné, le comte se met à tousser.

— Je cherche surtout des…

Il se penche à l'oreille de l'imprimeur. Ce dernier sourit et tire une besace de sous la table.

— Dans ce cas, j'ai ce qu'il vous faut. Vous avez de la chance, tout le monde en réclame. Je comptais justement porter ces livres à un de mes acheteurs fidèles, un bourgeois de la rue Quincampoix, mais comme vous allez quitter Paris…

Le comte de Lauris se frotte les mains. En province, on se passionne pour les déboires de la cour. Depuis l'arrivée au pouvoir de Louis XVI, il ne se passe pas un mois sans qu'un nouveau scandale n'éclabousse Versailles. Les écrivains de caniveau s'en donnent à cœur joie. On dit même qu'ils ne suffisent plus à la demande. Du nobliau de Bretagne à l'artisan du faubourg Saint-Antoine, chacun veut de ces livres où la famille royale est traînée, salie, souillée dans le pire des fumiers.

— *Les Fureurs du con de Marie-Antoinette, avec la liste de ses amants*, annonce Girouard, en posant un livre à couverture anonyme sur la table.

Lauris rosit de plaisir.

— Cette Autrichienne, quelle putain ! On dit qu'elle a eu plus d'amants que la Gourdan.

— *La Nouvelle Sapho, tout sur les mœurs contre nature de la Reine.*

— Je prends !

— *Le Gros Louis, cocu et impuissant.*

— Adjugé, mais vous n'auriez pas quelque chose de plus… C'est pour moi… Des femmes que l'on… (le comte hésite)… enfin, vous voyez… avec des…

Le front de Lauris devient moite. Depuis qu'il a abandonné les amours masculines pour les joies du mariage, il a besoin d'excitants pour tenter de remplir ses devoirs conjugaux. Girouard, lui, a déjà deviné. Curieusement, les clients qui réclament ce genre de littérature sont de plus en plus nombreux. Un signe des temps sans doute.

— Des livres, non. En revanche, j'ai des fascicules sur une affaire qui a défrayé la chronique. Des catins violées et empoisonnées par un libertin en furie.

Le comte de Lauris fait crisser son éperon sur le sol. Exactement ce qu'il lui faut.

— Un ancien client d'ailleurs.

Il sort une liasse d'imprimés. Fébrile, Lauris saisit la première page.

Condamnation à mort du sieur Sade
pour empoisonnement, viols et sodomie

— Mais je le connais !

Girouard est de bonne humeur. Il ne sait pourquoi, mais il a toujours apprécié être en terrain de connaissance. Ça l'apaise, le change de son perpétuel état d'insécurité. Imprimeur clandestin n'est pas de tout repos. Surtout depuis que la police de Louis XVI devient féroce à cause de la prolifération des pamphlets contre la reine. Face à lui, le comte de Lauris a les joues rouges. Le second carafon de vin vieux n'y est pas pour rien. Et puis ça l'émoustille de parler de débauche sans compter que ce Donatien est devenu une légende vivante, alors ça… ce petit marquis, ce blondinet, qui passait son temps à noircir du papier… pour une surprise !

— Figurez-vous que j'ai connu Sade à l'armée, durant la guerre de Sept Ans. J'ai servi avec lui en Allemagne et je peux vous dire qu'à l'époque, il ne payait pas de mine.

— Eh bien, moi, je l'ai eu comme client après son mariage. Il aimait la littérature poivrée. Remarquez, vu le physique de la marquise, on peut le comprendre.

Une ombre mélancolique passe sur le visage du comte.

— Il était fou amoureux de ma sœur. Malheureusement pour eux, mon père les a surpris. Sade a dû partir en toute hâte en Provence. Quand il est revenu, sa famille l'avait marié. C'est à cette époque que j'ai cessé de le voir.

— C'est aussi à cette époque qu'il a commencé à avoir des ennuis avec la justice. Savez-vous qu'un matin de Pâques, il m'a acheté un fouet à nœuds et que le jour même il en a fustigé une pauvresse jusqu'au sang ? Ça lui a coûté sept mois de prison.

— Et ça ne l'a pas calmé ?

L'imprimeur lui montre le fascicule.

— Vous n'avez jamais entendu parler de l'affaire de Marseille et de ses suites ?

Lauris soupire.

— À cette époque, je cherchais femme…

Girouard se verse le reste de vin.

— Eh bien, vous avez raté quelque chose.

De la main, le comte hèle Manon. Un nouveau carafon fait son apparition sur la table. Lauris se penche vers l'imprimeur :

— Racontez-moi ça.

2

15 juin 1789
Paris
Couvent de Sainte-Aure
Rue Neuve-Sainte-Geneviève

Le son grêle du carillon tinte à la porte du couvent. Le guichet s'ouvre et le regard méfiant de la concierge fait son apparition à travers la grille. Deux jeunes hommes se tiennent devant l'entrée. Tous les deux portent des fracs gris, des bottes à revers comme s'ils rentraient d'une partie de chasse au-delà des barrières de Paris. L'un d'eux, le plus âgé, joue négligemment avec une badine tandis que l'autre, les yeux gris, fixe la porte d'un air ennuyé.

— Que voulez-vous ? aboie la concierge.

— Voir notre mère.

La guichetière hésite. Depuis des années, Sainte-Aure accueille des pensionnaires. Surtout des veuves. Mais les enfants viennent rarement leur rendre visite. Mieux vaut vérifier.

— Et c'est qui, votre mère ?

— Madame de Sade.

— Celle du troisième ?

D'un sourire contraint, l'un des fracs gris hoche la tête. Derrière le guichet, la concierge prend son temps. Elle ne va pas faire de zèle. Surtout pour une des pauvresses du dernier étage. C'est là où vivent les femmes les plus désargentées. Aucun risque qu'elle lui refile un jour une pièce. D'ailleurs, on ne la voit presque jamais.

— Et qui la demande ?

— Ses fils, Armand…

— … et Louis de Sade, ajoute l'autre frac gris. Et comme nous sommes attendus, nous vous saurions gré de jouer rapidement du loquet.

D'un geste rageur, la concierge referme le guichet. Toujours les mêmes, ces aristocrates, pressés et insolents. Elle fait tourner la clef dans la serrure. La porte grince et les deux fils Sade entrent dans le parloir.

— Ne bougez pas. Je vais faire prévenir votre mère. Elle va descendre.

— C'est nous qui allons monter.

— Mais vous ne pouvez pas… c'est un couvent !

La badine tressée siffle sur le cuir des bottes. Louis de Sade prend un ton ironique :

— Ne vous inquiétez pas, le Saint-Père nous a donné dispense pour entrer dans tout monastère selon notre bon vouloir.

— Vous plaisantez ?

— Jamais, madame. C'était en 1318 sous le règne du bon pape Jean XXII et, à ma connaissance, aucun de ses successeurs n'a abrogé cette fulminante bulle, n'est-ce pas, Armand ?

— Louis, murmure son cadet, il faut toujours que tu…

Une grille s'ouvre et une ombre pénètre dans le parloir. Le visage courroucé, la concierge se précipite.

— Madame de Sade, ces deux… prétendent être vos fils !

Pélagie a les traits tirés. Elle s'est levée tôt pour prier. Depuis qu'elle est à Sainte-Aure, elle a renoué avec la religion de son enfance et, tous les jours, elle implore Dieu en faveur de son mari. Elle traverse le parloir et, d'une voix fatiguée, s'adresse à son cadet :

— C'est encore toi, Louis, n'est-ce pas ?

Le jeune homme prend un air faussement offusqué :

— Comment ça ? J'ai juste expliqué à cette brave dame, qui m'a paru avoir quelques lacunes en théologie…

— Lacune ? qui est une lacune ? s'insurge la concierge.

— Louis, ça suffit, coupe madame de Sade avant de se tourner vers la guichetière, veuillez pardonner à mes fils, ils sont jeunes. Nous allons nous installer dans le jardin.

— Jeunes ou pas, les temps changent, et il ne fait pas bon se moquer des braves gens, des honnêtes citoyens qui travaillent…

Madame de Sade lui tend une pièce. La concierge quitte le parloir en grommelant. Pélagie replace sa bourse à sa ceinture. On ne peut pas dire qu'elle pèse bien lourd. Si ses enfants viennent lui demander de l'argent, il faudra qu'elle refuse.

Les deux fils Sade attendent dehors. Pendant que Louis siffle un air d'opéra, Armand contemple les allées de buis déjà jauni. Depuis le début du mois, une chaleur écrasante s'est abattue sur Paris. Hommes, animaux, plantes, tous subissent la colère du Ciel. Certains d'ailleurs font un parallèle avec l'effervescence des esprits qui ne cessent de gagner du terrain. Trop de chaleur monte à la tête.

Madame de Sade entre dans le jardin. Elle contemple ses fils. Chaque fois, elle est surprise tant la différence entre les deux est prégnante dès le premier regard.

Armand, le cadet, est un Montreuil miniature. Maigre, anguleux, il est le portrait décalqué de sa mère, mais avec le caractère de la Présidente. Rien d'étonnant qu'il soit son petit-fils préféré. Prudent et méticuleux, il s'intéresse beaucoup aux questions d'argent. Légèrement voûté, l'œil suspicieux, il ressemble à un notaire qui ouvrirait perpétuellement un testament.

Louis, lui, est un Sade total. Excessif en tout, prudent en rien, il est le trublion de la famille. Carré d'épaules, le verbe haut, il a la séduction habile, les dettes faciles et les ennuis rapides. À vingt-deux ans, il n'est déjà guère en odeur de sainteté chez les Montreuil. Les cheveux blonds comme son père, il en a aussi hérité ce regard de cendre qui fascine autant qu'il inquiète.

— Armand ?

Le cadet se tourne et rougit aussitôt. Comme chaque fois qu'il parle à une femme. Une faiblesse qu'il ne supporte pas.

— Oui, mère ?

— Ta sœur n'est pas venue ?

Armand sourit étrangement. Depuis toujours, il a un air sournois quand il s'agit de son frère aîné et de sa sœur cadette. Comme s'il savait qu'un jour prochain, il n'en ferait qu'une bouchée. Après tout, Louis n'est qu'un écervelé, quant à Laure…

— Elle s'est levée, ce matin, avec de la fièvre et grand-mère a préféré qu'elle reste au lit.

Pélagie plisse les lèvres de dépit. Laure est sa préférée, mais c'est une enfant fragile.

— Le docteur est venu ?

— Pour quoi faire ? Hier, elle s'est promenée toute l'après-midi dans le jardin sans même un chapeau. Elle a pris un coup de soleil. Si chaque fois que Laure n'en fait qu'à sa tête, il fallait appeler un docteur, nous serions vite ruinés. De toute façon, elle est…

Armand fait un signe explicite de la main. Pélagie réagit aussitôt.

— Je t'interdis de dire ça. Laure est juste *différente*.

Louis intervient dans la conversation. Lui aussi a toujours considéré sa sœur comme une quantité négligeable. Qu'on laisse la *petite guenon* jouer dans la cuisine avec les domestiques, c'est là sa meilleure place.

— Allons, maman, elle a dix-huit ans et elle ne sait toujours pas lire correctement !

— C'est votre grand-mère qui s'y prend mal !

La voix rêche, Armand intervient.

— Elle n'est pas capable de s'habiller sans l'aide d'une servante, elle oublie comment se servir des couverts… Je doute que ce soit grand-mère qui en soit responsable.

Son aîné éclate de rire et rajoute :

— Sans compter qu'elle est laide, la malheureuse, mais laide ! En voilà une qui va être dure à marier. Heureusement pour elle : *« Aux simples d'esprit, le Paradis est promis »*, comme le dit l'Évangile.

Pélagie est blême de honte. Comment a-t-elle pu

mettre au monde de pareils enfants, sans tendresse, ni compassion. Spontanément, elle serre entre ses doigts le médaillon agrafé à son corsage.

— Si votre père vous entendait !

Au mot « père », Louis et Armand se figent. Parler du marquis, c'est hurler au loup au fond d'un bois, parler de corde dans la maison d'un pendu, c'est convoquer le diable et tous les démons de l'enfer réunis. Durant des années, à ce seul mot, Armand avait des tremblements et Louis des cauchemars.

— D'ailleurs, je vais lui parler de votre comportement. Tout de suite.

— Tu vas voir… pa… pa… s'étrangle Armand que ces deux syllabes bouleversent.

— Dès cette après-midi.

Louis a cessé de chanter et de jouer de la badine. Il est aussi blanc que le mur de pierre auquel il s'est adossé. Lui se rappelle un peu son père, mais surtout les chuchotements de ses condisciples au collège.

— *C'est le fils du Monstre !*

Partout où ils ont mis un pied, ils ont glissé sur l'infernale réputation de leur père. Pas un salon mondain, une ville de province où le nom de Sade n'ait figé les visages et glacé les sangs. S, A, D, E ou les quatre clous de la crucifixion sociale.

— Vous avez quelque chose à lui dire ?

Les deux frères sont muets. Chaque année, ils envoient une carte de vœux à leur géniteur. Et encore, ce ne sont pas eux qui la rédigent, mais la présidente de Montreuil qui pèse chaque mot. Ils se contentent de signer. Seule Laure envoie des dessins à son père. Pour elle, c'est un valeureux chevalier parti lui conquérir un royaume dans des contrées lointaines.

Armand se racle la gorge. Des deux, malgré son allure de notaire famélique, c'est le plus courageux.

— Dis-lui…

Les mots peinent à sortir. Que dire à un inconnu qui vous a donné la vie et vous l'a reprise ?

Pélagie fait signe à la concierge d'ouvrir le parloir. Il est temps pour elle de se changer.

— Dis-lui…

Louis est plongé dans la contemplation subite du clocher. Ce n'est pas lui qui aidera son frère, qui trouvera les mots justes. Pourtant, c'est à lui que Donatien a le plus manqué. Il se souvient encore quand il se cachait dans la bibliothèque interdite et qu'il pleurait de solitude et d'abandon. Que n'aurait-il donné pour que son père l'enlève à son désespoir ? Aujourd'hui, il a cessé de croire à l'amour des fantômes.

Avant de passer la porte, Pélagie se retourne.

— Alors, que veux-tu que je lui dise ?

Armand fixe à nouveau le buis jauni. Toutes ces années à souffrir, simplement parce qu'ils avaient un père. C'est trop tard désormais.

— Rien.

3

15 juin 1789
Paris
Abords de la Bastille

Dans la taverne enfumée, une cohue réclame à boire. Porteurs d'eau, maçons, portefaix, jardiniers, tout le petit peuple de la Bastille se réunit au *Vieux Bœuf*. On y échange les nouvelles, on y critique l'administration, on y parle à voix basse des prisonniers. Tous vivent dans l'ombre et la fascination de la forteresse. La Bastille est comme une déesse tutélaire qui les fait vivre, mais qu'ils craignent profondément. Quand ses portes s'ouvrent sur un détenu, il disparaît à jamais. Partout à Paris, on maudit son nom, synonyme d'oppression et de tyrannie. Plus que tout, on redoute les lettres de cachet, ce privilège du roi qui permet d'enfermer n'importe qui, sans procès, ni jugement. La Bastille : un puits de ténèbres en plein siècle des Lumières.

Pourtant ce n'est ni l'injustice ni l'arbitraire que redoutent ces artisans à la mine sombre. Plus que tout, ils craignent que les troubles qui agitent la ville ne gagnent le quartier. Manquerait plus qu'une bande d'excités viennent attaquer la vieille forteresse et leur retirent le pain de la bouche !

— On dit que le gouverneur, il a reçu l'ordre de Versailles de charger les canons ras la gueule ! glapit une voix éraillée.

— Ça sent pas bon, ça, ajoute une autre.

— Sûr qu'y a de l'émeute dans l'air, approuve un artisan, dans le faubourg Saint-Antoine, y a des pillages tous les jours !

Un verre de cidre à la main, le Roussin ne prend pas part à la conversation. Ce n'est pourtant pas dans ses habitudes. En général, il tonne haut et fort contre tous les puissants. Magistrats, parlementaires, commerçants, courtisans, tous des affameurs du peuple qu'il faut saigner comme des porcs trop gras. Tous, sauf le roi, dont on ne sait pourquoi le menuisier lui voue un respect inconditionnel. Mais il se rattrape sur la reine qui est la mère de tous les vices, la putain de Babylone dont parle l'Apocalypse. À chaque fois, on est obligé de lui retirer le cruchon de cidre avant qu'il ne prononce des paroles irréparables.

Assis sur son tabouret, le Roussin est maussade. Ce ne sont pas les puissants qui le tracassent, mais les deux *dorés* au fond. Chaque fois que Manon leur porte à boire, elle revient avec un sourire plein le visage. C'est cet aristo aux bottes de daim qui lui conte fleurette. Il en est certain. Encore un de ces fils de famille qui se croit tout permis. Le menuisier serre les lèvres. Il tourne discrètement le regard. Les deux compères sont en pleine discussion. Encore en train de comploter un mauvais coup contre le peuple, sûr !

Manon, elle, n'a pas ces craintes, elle sert à tour de bras cruchons de vin, chopes de cidre et écuelles de soupe. Elle s'approche avec un nouveau carafon de la table des *dorés*. D'un coup de main, Girouard masque les livres sur la table. On n'est jamais trop prudent. D'autant que les ouvrages qu'il vend sous le manteau ne font pas dans la nuance et chaque jour ses clients en réclament de plus épicés. Comme si une frénésie d'excitation s'était emparée de Paris. À tel point qu'il ne parvient plus à satisfaire la demande.

— Vous savez quoi, annonce Girouard en servant le comte, je regrette le marquis parce que, lui, il avait un sexe à la place de la plume. Vous n'avez jamais lu des pages de son *carnet rouge* ? Ah s'il avait écrit un livre…

Lauris ouvre des yeux ronds. Il a souvent vu Sade écrire. Mais rien que des lettres. D'ailleurs, sa sœur en a toute une collection. Le comte soupire. Pauvre Laure qui se dessèche à Avignon où sa famille l'a reléguée. Elle attend toujours un mari.

— Si vous me racontiez plutôt le dernier scandale de Donatien ?

Girouard hoche la tête et commence. À force de l'imprimer, il connaît l'odyssée du marquis de Sade par cœur.

Ça s'est passé à Marseille. Vous connaissez la ville, non ? Vous ne perdez rien. Un port écrasé par la chaleur. Une populace bigarrée. En revanche, des catins, comme s'il en pleuvait. À chaque coin de rue, une femme vend ses charmes. Et il y en a pour tous les goûts. De la jeune paysanne échappée de sa campagne à la courtisane d'expérience. Et pour toutes les bourses. Un lupanar à ciel ouvert, je vous dis. C'est d'ailleurs ça qui a dû attirer le marquis. Il savait qu'il trouverait de quoi satisfaire ses vices. En toute discrétion. Les bas quartiers de la ville sont un bordel perpétuel.

Mais d'abord, il faut que je vous parle de Latour, le valet de Sade. Un drôle de paroissien. Aussi pervers que son maître. Sans compter que c'était lui qui payait les filles de joie. Pourtant Donatien ne devait pas lui donner ses gages bien souvent. J'espère qu'il ne vous doit pas de l'argent ? La famille Sade est ruinée. Mais revenons à Latour. Je l'ai rencontré une fois. Des cheveux en broussaille, un visage criblé de petite vérole. Un remède contre l'amour. En revanche, une excellente mémoire. Il avait fini par témoigner contre son maître et la justice l'avait disculpé. Je ne sais pas ce qu'il est devenu.

Girouard reprend son souffle tandis que le comte lui sert à boire.

Bref, le 27 juin 1772, Donatien Aldonze François de Sade, pénètre au 15 bis de la rue d'Aubagne, escorté de son valet Latour. Je peux vous dire que le marquis portait un frac gris, doublé de bleu, une culotte couleur souci – eh oui, ça ne s'invente pas –, un chapeau avec une plume et une canne au pommeau d'or. Comment je sais tout ça ? Vous n'allez pas tarder à l'apprendre. À l'étage, dans un appartement, l'attendent quatre filles. Vous voulez leur nom ? Mariette Borely, vingt-trois ans, Rose Coste, vingt ans, Mariannette Laugier, même âge et Marianne Laverne, dix-huit ans. Vous aussi, vous avez remarqué ? Trois des filles ont un prénom qui commence par Marie. Quand on connaît le goût du marquis pour le sacrilège... Mais passons.

Le récit des faits ? Je le tiens des rapports de police. C'est vous dire si mes fascicules sont exacts. Comment ? Je connais un copiste, un joueur invétéré de trictrac, sans cesse à court d'écus. Eh bien, au lieu de faire une copie du rapport, il en fait deux. Vous voyez si je suis bien informé !

Sade jette d'abord son dévolu sur Marianne qui ne doit pas se révéler très joueuse, car très vite Donatien lui propose ses célèbres bonbons à l'anis. Comment ça, vous ne connaissez pas les bonbons du marquis ? Mais tous les libertins ne jurent plus que par ça. Un mélange de poudre de cantharide qui vous donne la vigueur d'un étalon. À condition, bien sûr, de ne pas en abuser. Ah, je vois que vous comprenez ! Savez-vous combien en a ingurgité la pauvre Marianne ? Huit. De quoi rendre folles un couvent de religieuses. Où on trouve ces bonbons ? Ah je vous sens tenté. Servez-moi donc un verre. Merci. Allez À la Civette, *rue Saint-Honoré et demandez du* Monomotopa, *vous n'aurez plus qu'à le mélanger à de l'anis ou de la réglisse. Je vous promets une nuit de taureau en rut. Mais revenons au marquis. Une fois Marianne possédée à contresens – le grand plaisir de Sade –, c'est le tour de Mariette. Visiblement Donatien a besoin de reprendre des forces, car il réclame de la catin qu'elle le fustige. D'abord avec un martinet à épingles, puis avec un balai de bruyère. Et elle n'y va pas de main morte. 179 fois. Vous ouvrez des yeux ronds ? Figurez-vous que le marquis a noté le nombre de coups reçus. Il a toujours eu la passion des chiffres. La police a retrouvé ses comptes. Pas moins de 799 coups reçus et... donnés. Car Sade aime à faire partager ses plaisirs et il a copieusement fouetté ses compagnes de débauche.*

Ah, je vois qu'il vous faut du vin !

Vous voulez la suite ?

Eh bien, il reste deux filles, Mariannette et Rose, que le marquis et son valet vont se partager allégrement. Sans compter que Sade et Latour, entre eux... enfin vous m'avez compris... Non ? Vous avez l'air surpris ? Vous ignoriez que Donatien était aussi un inverti ? En tout cas, Latour faisait grise mine quand on lui en parlait. Mais le rapport de police est formel : toutes les filles ont témoigné que Donatien et son valet ont eu des rapports coupables. Pourtant ce n'est pas le vice de Sodome qui a attiré la police, mais bien la grande forme du marquis, car épuiser quatre filles ne lui a pas suffi. Il a remis ça dès le lendemain.

Vous êtes admiratif ?

Demandez donc à Marguerite Coste, vingt-cinq ans, prostituée de son état. Sade l'a copieusement fouettée et sodomisée, le 28 juin toute la nuit. Non sans lui avoir fait avaler force de ses bonbons miracles.

L'imprimeur secoue le carafon. Vide. Il en commanderait bien un autre, mais ils ont déjà trop bu. Et dans son métier, mieux vaut garder la tête froide. Le comte le regarde d'un air avide.

Ah, vous voulez la suite ? Vous n'allez pas être déçu. Une fois ses exploits accomplis, le marquis, escorté du fidèle Latour, s'en retourne dans son château de La Coste, rejoindre sa femme et sa belle-sœur. Vous saviez qu'il avait aussi débauché sa belle-sœur ?

Ce Donatien, un missionnaire de la séduction doublé d'un athlète de la fornication ! Sauf que, pendant qu'il chevauche sous le soleil de Provence, il laisse derrière lui deux prostituées à l'agonie : Mariette Borely et Marguerite Coste qui se vident de tout leur corps et recommandent leur âme à Dieu. Les autorités sont rapidement prévenues, une enquête est rondement menée et un mandat de prise de corps est lancé contre le marquis de Sade. Autant vous dire qu'il ne s'éternise pas dans son château. Il s'enfuit en Italie et... enlève sa belle-sœur. La suite, vous l'avez dans mon fascicule.

Girouard claque sa langue sur les lèvres. Une de ses meilleures histoires imprimées. Ça se vend comme des petits pains. Il se penche vers le comte qui semble estomaqué.

— Autant vous dire que le marquis est devenu une célébrité. On dit que même la *Gazette de Hollande* en a fait ses choux gras.

— Et depuis sa fuite en Italie ?

— La justice a fonctionné à plein régime. Le parlement d'Aix-en-Provence, qui jugeait son affaire, l'a condamné à mort. Il a même été brûlé en effigie en place publique.

— Grands dieux !

— Pour rien, d'ailleurs, car les catins ont toutes ressuscité, mais le mal était fait. Et il fallait un exemple.

— Et qu'est-il devenu ?

L'imprimeur se lève. Il a d'autres clients à voir. Lauris le suit. Ses bottes sont tachées de vin.

— L'inspecteur Marais l'a longtemps traqué. Il lui a échappé deux fois. Pas la dernière.

Ils passent devant une fenêtre. L'ombre froide de la Bastille tombe sur le dallage de la taverne. Girouard tend la main vers la tour la plus proche. La tour de la Liberté.

— Si vous le cherchez…

4

15 juin 1789
Paris
La Bastille

Quand il sort de la taverne, le Roussin est mécontent. D'abord Manon ne s'est pas laissé enlacer quand il est descendu l'aider à la cave et, puis les deux *dorés*, au fond, l'ont énervé. Sûr que si la Manon a fait son orgueilleuse, c'est à cause de ces deux-là. Toutes les mêmes ces filles des tavernes, dès qu'un aristo passe à proximité, elles se prennent pour Cendrillon. Comme si le prince charmant allait les enlever à leur crasse ! Au mieux, il les renverse sur une table, au pis, il leur laisse un bâtard dans le ventre. Et, avec ça, interdiction de se plaindre. Le menuisier serre les poings. S'il en tenait un, il ferait pas long feu. Des inutiles, des parasites, tout juste bons à sucer le sang du peuple. Comme cette Autrichienne, à Versailles, qui ruine la France. Celle-là aussi, qu'on la lui laisse entre les mains, il lui fera passer le goût de la débauche à cette putain ! Le Roussin salue le garde à l'entrée de la forteresse. Et d'abord, qu'est-ce qu'y fichaient là, ces deux *dorés* ? Peut-être qu'il devrait prévenir le gouverneur. En même temps, des murs épais de 10 pieds, hauts de 70[1], qui oserait attaquer la Bastille ? Le Roussin se sent rassuré. Devant lui, on ouvre les grilles qui mènent à la cour intérieure. Glaciale l'hiver, surchauffée l'été, les prisonniers l'appellent le *Puits*. C'est là qu'on sort les détenus récalcitrants. Comme cet énergumène qui a brisé la porte de sa cellule. De nouveau, le menuisier sent la colère le gagner. Encore un aristocrate ! Un libertin, en plus. On dit qu'il a tué des femmes à coups de fouet. Un bruit de clef résonne dans le *Puits* et le geôlier de la tour de la Liberté sort dans la cour. Il a la tête des mauvais jours.

— Alors, le Borgne, l'aborde le menuisier, cette porte que j'ai dû refaire, j'espère qu'elle tient. Je l'ai doublée en chêne, si ton prisonnier s'y précipite dessus, il se brise la tête.

Le seul œil valide du geôlier se met à clignoter comme un phare.

— Par le sang de Dieu, ne me parle pas de ce fou furieux ! Jamais vu un client pareil ! À la prison de Vincennes, ils l'ont eu cinq ans, paraît que les gardiens étaient au bord de le tuer ou de se tuer. Un calvaire, il leur a fait vivre ! C'est pour ça qu'ils l'ont transféré ici. C'est le diable que cet homme-là !

Le sang du Roussin ne fait qu'un tour.

— Ça serait moi… ça serait moi…

Il en balbutie de colère. Le Borgne hausse les épaules.

— Ça serait toi, tu ferais comme les autres. Le numéro 6 de la Liberté, quand il parle, c'est le feu

1. Plus de 21 m de hauteur.

de l'enfer. Un torrent d'injures, de blasphèmes. Tu n'as jamais entendu ça. Sans compter que, si tu le contraries, il ravage tout dans sa cellule. Et malheur à toi, si tu veux l'arrêter.

Le menuisier a les mains qui tremblent.

— Moi, les aristos comme ça, je les…

— Tu les quoi ? Tu te rends compte que la dernière fois que sa femme est venue le voir, il a manqué de l'étrangler !

Cette fois, le Roussin est stupéfait.

— Et dire qu'aujourd'hui, le gouverneur a autorisé son épouse à revenir.

— Dans son état ? Il a brisé une porte de cinq pouces d'épaisseur !

Le Borgne hoche la tête.

— C'est ce que j'ai dit à monsieur de Launay.

— Et alors ?

— Il va essayer de convaincre la femme ne pas voir ce forcené, seulement…

Le geôlier baisse la voix comme s'il confiait un secret d'État.

— … seulement, elle l'aime.

Appartement du gouverneur

Monsieur de Launay boite. Un souvenir de ses campagnes passées au service de Sa Majesté. Et une blessure qui lui a valu le poste de gouverneur de la Bastille. Une place en or. C'est du moins ce qu'il croyait. Mais depuis, il a eu le temps de déchanter. Partout, à Paris comme à la cour, la Bastille est un objet d'exécration. Les nobles la méprisent, les bourgeois la redoutent, quant au peuple, il ne passe pas à cent pas sans cracher par terre. Résultat, monsieur de Launay, qui s'attendait à une vie toute mondaine, est fui de partout. Aucun salon ne le reçoit et quand, par hasard, il est invité quelque part, les gens s'écartent dès qu'ils connaissent sa fonction. Même le bourreau Sanson est plus considéré que lui. Une blessure d'amour-propre qu'il supporte mal. Monsieur de Launay se sent comme un paria. Sans compter que, depuis cinq ans, il doit supporter un prisonnier hors norme : le marquis de Sade. Pas un jour sans un incident. Sur son bureau, un volume entier consigne les manquements à la discipline du marquis. Un matin, il agresse un gardien, un soir, il dévaste sa cellule. Et les lettres qu'il écrit ! Des abominations ! Le gouverneur a fini par ne plus les transmettre à leurs destinataires. Jamais personne n'a écrit comme ça, ce n'est pas possible ! La dernière que Launay a ouverte était adressée par le marquis à sa belle-mère, la présidente de Montreuil. Un raz de marée d'insultes et d'imprécations. Le gouverneur masse sa jambe raide. Désormais, il doit s'appuyer sur une canne. Une infirmité que chacun respecte à la Bastille, sauf bien sûr ce damné Sade. Dans ces lettres, dont il sait que Launay les lit, il ne cesse de se foutre de lui, le couvrant de ridicule à chaque page. Ce maudit marquis trempe sa plume dans le bénitier du diable. Le gouverneur se frotte à nouveau la cuisse. Dès qu'il pense à ce malfaisant, les douleurs le reprennent.

Et bien sûr, personne ne veut le délivrer d'un pareil prisonnier ! Ni le libérer ni le transférer. Pensez donc, la réputation du sieur Sade a franchi les murs de la Bastille et il n'y a pas un gouverneur de France et de Navarre qui n'ait des sueurs froides à l'idée de devoir héberger pareil détenu. En conséquence de quoi, le marquis de Sade est l'hôte définitif de la Bastille.

— Monsieur le gouverneur…

Un valet passe une tête dans l'embrasure de la porte.

— … madame de Sade est dans l'antichambre.

Launay secoue la tête. Comme s'il n'en avait pas assez avec le mari ! Pourtant, dans la famille Sade, le marquis est devenu un objet d'horreur. Plus aucun de ses parents ne veut le voir. En Provence, ses oncles, tantes et cousins, qui ont le malheur de porter le même nom que lui, se terrent de honte dans leur château. Ses propres enfants sont sommés de l'oublier. Quant à sa belle-famille, elle tremble d'effroi à l'idée qu'il puisse être un jour libéré. Bref, plus personne ne veut en entendre parler, sauf… madame de Sade.

Launay doit se l'avouer : la marquise est un mystère. Elle supporte tout, elle accepte tout. Depuis qu'il est emprisonné, Sade se comporte avec son épouse comme un despote oriental. D'ailleurs, il a fini par la convaincre de se retirer dans un couvent où elle mène une existence monacale, ne vivant que pour les lettres qu'elle reçoit et les visites où elle accourt au trot, comme à un coup de sifflet.

Ses maudites visites, le cauchemar du gouverneur ! À chacune, c'est un scandale. À peine arrivée, la marquise est accueillie par un concert de doléances qui tournent rapidement aux menaces et aux injures. On a dû placer un soldat dans le parloir tant le marquis ne se contrôlait pas. À la fin, monsieur de Launay a fini par interdire les visites. À chacune d'elles, la Bastille plongeait dans le chaos.

Et voilà que le lieutenant général de police vient à nouveau de les autoriser. Sans doute pour se faire bien voir des députés de l'assemblée et passer pour un libéral.

À la porte, le domestique attend.

D'un geste las, monsieur de Launay lève la main :

— Faites entrer la marquise de Sade.

Pélagie a vieilli. Elle qui était déjà maigre et rêche est devenue une ombre. Elle porte une coiffe beige qui masque ses cheveux et une dentelle épaisse couvre sa poitrine. De loin, on la prendrait pour la servante d'un curé. Launay glisse un œil discret sur ses chevilles. De lourdes galoches lui servent de chaussures. Il est vrai que le marquis lui a interdit de porter des escarpins. À son bras, un panier d'osier déborde de victuailles. Un jour, elle va arriver avec des sabots, pense Launay. Il lui indique un fauteuil.

— Je suis bien aise de vous voir, madame.

La marquise rougit et baisse le regard. Son mari lui a expliqué cent fois que le gouverneur n'était qu'un pendard, un bouc et que sa manie de se traîner avec une canne était le signe évident d'une perversité sans bornes. Cette méfiance irrite le gouverneur.

— J'espère que votre visite se passera mieux que la précédente. Il s'en est fallu de peu que votre mari ne vous fasse un mauvais sort. Que vous reprochait-il, cette fois ? Ah oui, la couleur de votre robe. Il n'aime que le noir, n'est-ce pas ?

— Ça sied mieux à la femme d'un détenu.

— Si vous le dites.

— Je ne puis m'habiller comme une coquette quand mon mari est en prison depuis plus de dix ans.

— Une décence qui vous honore, madame. Cela

dit, ce n'est pas votre faute si votre mari est à la Bastille.

— Vous avez raison : c'est la faute de ma famille.

Monsieur de Launay marque un temps de surprise avant de répliquer :

— Est-ce aussi la faute de votre sœur ?

Le visage de Pélagie vire au cramoisi.

— Je me suis laissé dire qu'elle avait accompagné votre époux dans sa fuite après l'affaire de Marseille. Il paraît même qu'en Italie, ils vivaient comme mari et femme.

Madame de Sade ne répond pas. Combien de fois sa mère lui a répété la même rengaine. De toute façon, elle ne les croit pas. Seul Donatien, l'homme qui l'a épousée, a raison.

— Il est vrai, à l'époque, vous couriez les avocats et les prêteurs sur gages. Un mari, condamné à mort, en fuite avec une jeunesse, ça coûte !

La marquise contemple ostensiblement le bout de ses galoches.

— Une jolie personne que votre sœur. J'ai vu son portrait dans la cellule du marquis. En revanche, je n'ai pas vu le vôtre.

— Je viens régulièrement visiter mon mari, il n'a pas besoin de me voir en peinture.

— En tout cas, il semble bien que le marquis ait eu pour votre sœur une passion sans limites.

— Ce sont des calomnies répandues par ma mère. Mon mari m'a fait trois enfants et il m'aime.

Launay montre un épais dossier où est inscrit le mot SADE en lettres rouges.

— J'ai là copie des lettres que votre mari a adressées à votre sœur, quand ils ont été séparés. Saviez-vous qu'il a fait une tentative de suicide pour elle ?

La marquise répond sèchement :

— Sans doute l'ignorez-vous, mais ma sœur est morte. Ainsi c'est à Dieu de la juger, pas à moi.

D'un coup, le gouverneur s'alarme :

— Vous avez annoncé cette nouvelle au marquis ?

— Je n'en ai pas l'intention.

Monsieur de Launay ne peut dissimuler un soupir de soulagement. Dieu sait quelle réaction aurait eue cet excité de Sade.

— Une sage décision, mais je dois vous avertir que, depuis votre dernière visite, le caractère du marquis s'est fort assombri. Il est de plus en plus irascible et violent. Hier encore, il s'en est pris à un gardien. Êtes-vous toujours sûre de vouloir voir votre époux, madame ?

— Rien ne me fera changer d'avis.

Le gouverneur saisit une clochette et la fait tinter deux fois. Un garde, fusil en bandoulière, entre et se met au garde à vous.

— Faites conduire madame au parloir.

Pélagie se lève sans saluer. Ses yeux globuleux brillent d'un éclat d'impatience.

— Puis allez chercher le détenu Sade.

Comme le garde s'apprête à passer la porte, le gouverneur lui fait signe de revenir. Quand il est sûr d'être hors de portée de voix de la marquise, il ajoute :

— Et surtout n'y allez pas seul.

5

15 juin 1789
Paris
La Bastille
Tour de la Liberté

La porte est couverte d'un épais bandeau de chêne dont l'odeur remplace celle du moisi dans la cellule. Une senteur que Donatien n'aime pas. C'est un bois du Nord à l'odeur épaisse, lourde comme un rideau de pluie. Rien de comparable au parfum des chênes verts de Provence, agile et enivrant. Combien de fois Sade s'est réveillé, le matin, à La Coste, baignant dans cette griserie que rehaussait l'odeur fraîche du buis dans la cour ? Le marquis ferme les yeux. Heureusement son imagination ne l'a pas abandonné. S'il se concentre, il peut retrouver tous les parfums de sa vie, de l'odeur de terre humide des souterrains de Saumane aux senteurs exaltées d'Italie avec mademoiselle de Launay. Une ride barre son front. En même temps que les images du bonheur, surgit aussi la frustration. Des mois qu'il demande à sa femme qu'elle lui fasse parvenir de ces bougies odorantes qui ressuscitent les senteurs du printemps comme celles de l'automne. Mais cette empotée est incapable de satisfaire le moindre de ses désirs. Pas une visite sans qu'elle n'oublie une de ses demandes. Et pourtant, ce n'est pas faute de lui envoyer liste sur liste, mais non… Et chaque fois, avec une bonne excuse : soit le fournisseur n'existe plus, soit il n'y a plus d'argent, soit c'est le gouverneur qui s'y oppose… La vérité, Sade la connaît. Derrière chaque privation, chaque vexation, chaque humiliation, il n'y a qu'une main, fourbe et assassine : celle de la présidente de Montreuil. Cette femme veut sa mort. Et elle va finir par y arriver. Car, depuis plus de dix ans qu'il est emprisonné, Sade a bien changé. Ses yeux se sont usés, ses cheveux sont clairsemés jusqu'à certaines de ses dents qui lui ont fait faux bond. Sans compter qu'il s'est empâté à tourner comme un loup en cage dans sa cellule. Mais si le corps a failli, l'esprit, lui, est désormais du métal dont on forge les épées. Pas un jour sans que Sade ne médite sa vengeance. Sur le mur, blanchi à la chaux, il a inscrit une liste de noms. Ceux de ses ennemis. Et déjà le destin a fait place nette.

— Marais ?

— Mort.

— Sartine ?

— En disgrâce.

Donatien jubile. Un jour viendra, il le sait, où il fera subir à tous ses adversaires ce qu'ils lui ont infligé. Et ce sera jour de colère.

Depuis qu'il est enfermé, Sade a beaucoup lu, beaucoup réfléchi. Beaucoup écrit aussi. Une des rares commandes dont sa femme s'acquitte convenablement est celle de lui fournir des cahiers qu'il remplit de notes et de réflexions. Ses gardiens le raillent à le voir la plume à la main tout le jour et régulièrement monsieur de Launay lui fait confisquer ses pages. Parfois, on les lui restitue, des semaines ou des mois après, mais le plus souvent on les abandonne à l'ignorance des gardiens. Ces derniers leur ayant vite trouvé un usage hygiénique : finir en papier à torcher dans les latrines de la forteresse. Depuis, il prend ses précautions et son plus précieux manuscrit est dissimulé aux regards, malgré les fouilles surprises et la surveillance incessante.

Qu'ils continuent donc à le persécuter, lui, Donatien sait où il va. Il remonte à la source. À l'origine. Là où personne n'a osé aller. Rousseau s'est trompé. Ce n'est pas la société qui corrompt l'homme, mais bien l'homme qui prend plaisir à la pourrir. La vérité est comme le feu, on ne peut l'approcher sans se consumer.

À l'origine est le Mal...

Voilà le nouvel Évangile ! La Révélation qu'il faut prêcher ! Donatien éclate de rire. Bientôt, il le sait, il publiera en lettres de feu cette ultime vérité et alors...

Un bruit de serrure résonne dans la cellule. Le marquis se dresse face à la porte. Le geôlier, escorté d'un garde, entre.

— Qu'y a-t-il, le Borgne ?

Ce dernier ôte son calot avant de répondre. L'expérience lui a appris que, pour annoncer une nouvelle au sieur Sade, mieux valait y mettre les formes.

— Monsieur le marquis, le gouverneur m'envoie vous dire que...

Au mot *gouverneur*, Donatien voit rouge.

— Ce porc à trois pattes, ce déchet puant, cette latrine humaine ose m'adresser la parole ?

L'œil unique du geôlier se met à clignoter. Le garde tripote nerveusement la crosse de son fusil. Aussitôt le marquis s'emballe :

— Bande de misérables, de marauds, de butors…

— Monsieur, s'écrie le geôlier, la marquise est en bas.

Sade se fige.

— Seule ?

Depuis des mois, Sade espère que Pélagie va enfin amener ses enfants, qu'il ne connaît quasiment pas. Sur la table, il y a trois médaillons. Louis, l'aîné. Armand qui vient d'avoir vingt ans. Quant à Madeleine, la seule fille de Sade, elle n'a jamais connu son père.

— Oui, monsieur, la marquise est seule.

Donatien grimace et rugit.

— Comment est-elle habillée ?

Le Borgne se tourne vers le garde.

— Dis-lui, toi !

— Tout en noir, monsieur le marquis.

— On voit ses cheveux ?

— Pas une mèche.

— Ses chevilles ?

— Elle porte des galoches.

Le garde sue à grosses gouttes.

— Elle a un panier ?

— Oui, monsieur le marquis.

Sade s'apaise d'un coup :

— Alors, je veux bien la voir.

Le nouveau parloir est une pièce ronde, sans ouverture. Jusqu'à peu, on y conservait la poudre pour les canons. Monsieur de Launay l'a fait monter dans les tours. Avec toute cette agitation du peuple, mieux vaut être prévoyant. Près de la porte, un soldat, arme à la bretelle, veille. D'un œil discret, il surveille le couple qui échange à voix basse autour d'une table.

Les consignes sont strictes. Au moindre éclat de voix, il doit prévenir les autres soldats qui sont postés dans l'escalier. Cette fois, monsieur de Launay ne se laissera pas surprendre. Pas question que le marquis, dans un accès de fureur, s'en prenne encore à sa femme.

Donatien parle d'une voix essoufflée : descendre six étages par un escalier en colimaçon l'a épuisé. Il est en nage. Il se penche vers sa femme.

— Tu as ce que je t'ai réclamé ?

La marquise acquiesce et montre le panier d'où émerge un étui en bois sombre. Sade résiste au désir de s'en saisir tout de suite.

— Les gardiens ne t'ont pas posé de questions ?

— Si, je leur ai dit que ça servirait pour ranger tes crayons à dessin.

— Et tu l'as fait faire aux bonnes dimensions ? Celles que je t'ai indiquées dans ma dernière lettre.

Un instant, Pélagie s'inquiète. Dans leur correspondance, Donatien ne cesse de la bombarder d'exigences et, pour contourner la censure de la Bastille, il code chacune de ses demandes. Ainsi, l'étui en bois se nomme un *flacon* et ses mensurations sont strictement précisées. Seul problème, le marquis a tendance à oublier ses propres codes et madame de Sade ne sait parfois plus à quel saint se vouer.

— Je l'ai fait exactement comme tu m'avais demandé. D'ailleurs, l'ébéniste l'a trouvé plutôt long pour ranger des crayons.

Sade jette un nouveau regard à l'objet de sa convoitise. Bien poli, légèrement conique, si les dimensions sont les bonnes, il devrait faire l'affaire. Pour une fois, sa femme a bien exécuté ses ordres. Ce qui mérite récompense. D'un geste vif, il fait jaillir une feuille roulée dans le revers de sa manche et la glisse sous la main de Pélagie.

— Si un garde t'interroge, tu diras que c'est toi qui l'as apportée. D'ailleurs j'ai imité ton écriture.

Devant la surprise de sa femme qui reste sans réagir, Donatien s'impatiente. Il n'a jamais supporté le moindre retard. Ses geôliers en savent quelque chose quand ils tardent à lui porter son repas.

— Allons, déplie-la !

Madame de Sade s'exécute. Elle se penche pour lire les premiers mots. Aussitôt le rose envahit ses joues. Elle saisit le médaillon piqué à son corsage, l'entrouvre. Le portrait émaillé du marquis apparaît.

— Oh, Donatien, un poème, comme c'est délicat.

Le marquis a les yeux qui pétillent.

— Mais lis donc, ma chère. Tu sais combien j'aime à entendre ta voix.

Pélagie obéit, la joie au cœur. Son mari est vraiment un être d'exception. Quelle épouse peut se vanter d'être ainsi honorée et célébrée ?

Je ne rêve que de vous voir, vous toucher, vous aimer.
Chaque jour, Cupidon ne bande son arc que pour vous
Et comme un étalon, mon désir est un coursier ailé
Qui veut satisfaire vos désirs les plus fous.

Vous êtes celle qui, en vérité, a fait reculer
Tous mes tristes péchés

Et les a si bien enfouis
Au fin fond de l'oubli.

Ma tendre amie, je ne puis que vous avouer
Que grâce à vous qui m'aimez :
Ma vie enfin est sans épine.

— Donatien, mon Dieu, quelle magnifique preuve d'amour…

La marquise est à deux doigts de pleurer de bonheur. D'un coup, elle oublie tout : la honte, les insultes, la peur… Sade éclate de rire :

— Et maintenant, ne lis que les mots soulignés.

Pélagie le regarde avec incrédulité.

— *Je... bande... comme un étalon... qui veut... vous... en... culer...*

En un instant, le visage de la comtesse de Sade se désagrège.

— Continue !

— *... à fond... Vous... qui... aimez... ma... pine.*

Madame Sade jette un regard de bête traquée au garde, puis à son mari. Elle semble ne plus savoir qui elle doit redouter le plus. Elle est désemparée, mais plus que tout craint les réactions de Donatien si elle laisse entrevoir une marque de faiblesse. Le marquis, lui, fixe l'étui de bois dans le panier, puis change de sujet :

— Donne-moi des nouvelles de Paris.

Humiliée, mais toujours obéissante, Pélagie se penche vers son mari. En principe, il est interdit de discuter politique dans l'enceinte de la forteresse, mais elle a appris à chuchoter.

— Hier, il y a encore eu des émeutes, faubourg

Saint-Antoine. Des ouvriers qui ont pillé une manufacture.

— Des morts ?

— Je ne sais pas.

Sade se contient. Il a expressément demandé à sa femme de se tenir au courant de tous les événements politiques. Et voilà que cette pimbêche n'est pas capable de lui dire si le sang a coulé. Enfin, il ne veut pas s'énerver. En tout cas pas tout de suite.

— Et le roi ?

— Toujours à Versailles. On dit qu'il regrette amèrement d'avoir réuni les états généraux.

Même au fond d'une cellule de la Bastille, on sait que le monarque a fini par céder à la pression de ses ministres et convoqué le ban et l'arrière-ban du royaume. Une décision risquée, inspirée par une situation financière calamiteuse. Le marquis hausse les épaules.

— Avait-il le choix ? Les caisses du royaume sont vides. S'il veut faire voter d'autres impôts…

Depuis des mois, Sade se passionne pour la politique. Il lit les gazettes, interroge les gardiens, bombarde sa femme de questions. La situation le rend euphorique. Un royaume ruiné, un roi faible, une reine détestée, une aristocratie divisée, et tout un peuple qui gronde, dont la colère monte, enfle… Voilà qui le fascine. Il aime ces périodes où le chaos s'annonce de toutes parts. À La Coste, il adorait monter en haut du donjon pour observer les ciels noirs d'orage La marquise met la main devant sa bouche. Son chuchotement devient murmure.

— Les députés du peuple… Eh bien, on dit qu'ils veulent se constituer en assemblée.

Sade frappe des mains. *Une assemblée !* Mais quelle bande de… ! Ah, il les imagine bien, tous ces députés de province, ces avocats, ces bourgeois, nourris aux niaiseries de Rousseau et de Voltaire. Des idéalistes qui rêvent d'une société meilleure, des naïfs qui croient à la bonté de l'homme. Ah, que n'est-il pas dehors ! Ce qu'il faut, c'est un renversement, une vraie apocalypse : abattre tout et ne rien reconstruire.

Comme son visage s'enflamme, Pélagie s'inquiète.

— Mon ami, tout va bien ?

— Mais oui, donnez-moi d'autres nouvelles.

— On raconte que les agressions contre les prêtres se multiplient. On les insulte, on les moleste en pleine rue.

— Tant mieux ! Qu'on les bastonne, qu'on les éventre, qu'on les tue, ces parasites de malheur !

La marquise devient écarlate. Depuis qu'à la demande de Donatien, elle s'est retirée dans un couvent, l'impiété de son mari la choque de plus en plus.

— Mon ami, je vous en conjure, ne vous emportez pas. Et surtout, pas de blasphème.

Mais Donatien est lancé.

— Quoi ? Vous défendez ces charognards qui s'engraissent sur la bêtise humaine, qui menacent de l'enfer les ignorants pour conserver leurs ignobles privilèges, ces criminels sans vergogne, ces assassins qui, au nom de leur Dieu, ont torturé, brûlé des innocents par milliers. Quand je pense aux vaudois…

— Donatien, gémit la marquise, je vous en supplie, pas de scandale.

Près de la porte, le garde vient de s'avancer. Le marquis baisse d'un ton.

— En a-t-on seulement tué un, de ces maudits curés ?

— Non. Ils se sont échappés et la populace a attaqué des commerces.

Sade hausse les épaules. Les imbéciles ! Ce n'est pas des boutiques qu'il fallait piller, mais bien un couvent. Défoncer les portes, violer les nonnes et, ensuite, installer un bordel dans l'église. Voilà ce qu'il fallait faire !

— On dit aussi que le roi va bientôt venir à Paris pour faire un discours aux députés.

Le marquis ricane.

— Le Gros Louis ! Encore un cornard ! Qu'il baise sa femme, plutôt !

Cette fois, Pélagie est scandalisée. Elle a été élevée dans un respect et une dévotion absolue au souverain.

— Donatien, vous ne pouvez pas…

— Je ne peux pas quoi, hurle le marquis, dire la vérité, que le roi est un cocu ? Et sa femme une putain ?

Affolé, le garde frappe à la porte. Du renfort vite ! Pélagie se lève. Elle a peur. Le marquis frappe du poing sur la table.

— Dix ans que je suis enfermé, à cause d'une maudite lettre de cachet ! Dix ans que ce cocu de mes deux me tient prisonnier ! Dix ans que je croupis à cause de cette pourriture à Versailles. Dix ans ! Et je ne peux pas dire que j'enc… le roi ?

Un groupe de soldats jaillit arme au poing. Les premiers se précipitent sur le marquis pour le maîtriser. Juste avant, Sade saisit l'étui en bois dans le panier et le dissimule sous sa veste. Collé contre le mur, Pélagie éclate en sanglots. Elle n'en peut plus. Donatien se débat tandis que les coups pleuvent. La marquise court vers la porte. Elle ne veut pas voir ça. Comme un coup de fouet, la voix stridente de Sade l'atteint au pied de l'escalier.

— Quand je sortirai, vous verrez ce dont je suis capable.

6

15 juin 1789
Paris
Bastille
Tour de la Liberté, cellule n° 6

La porte claquée à grand fracas derrière lui, Sade s'examine dans le miroir. Un des rares objets personnels dont on lui a laissé l'usage. Aucune trace de coups sur le visage. Il baisse la tête. Ses cheveux ont gardé leur couleur blond cendré, malgré les années. Pas d'hématomes. Les gardes ont des consignes pour les prisonniers récalcitrants. Toujours frapper avec la crosse du fusil et jamais en pleine face. Depuis que Louis le Seizième est monté sur le trône, un inspecteur visite régulièrement les prisons et consigne les doléances des prisonniers.

Donatien secoue la tête. Encore une des idées grotesques du royal cocu ! Comme d'habitude, le lard de Versailles s'est entiché d'un rêve de philosophe. Pendant qu'un quidam, au titre ronflant d'inspecteur, interrogera des prisonniers choisis sur mesure, le vrai scandale des prisons du royaume, lui, restera caché aux yeux de tous. Donatien se dirige vers sa table de travail et ouvre son cahier de notes. Avant, il sort l'étui de sous sa veste et le pose sur une pile de livres. Il trempe sa plume dans l'encrier.

Quand on pense qu'un gouverneur reçoit, pour l'entretien de chaque prisonnier, une somme de l'État dont il s'empare et qui n'est jamais contrôlée ! Le marquis souligne rageusement le mot *jamais*. Quand on sait que la plupart des détenus crèvent de faim et de froid pendant que leur geôlier s'enrichit du pain qu'il leur ôte de la bouche ! Voilà le vrai scandale ! Quand les puissants abusent des faibles sans scrupule ni remords.

Mais cette vérité n'est pas bonne à dire, en ces temps des Lumières, où la Sainte Philosophie doit faire régner la Fraternité entre les hommes. Quelle hypocrisie, quel mensonge ! L'homme est un couperet pour l'homme : il ne rêve que de le saigner à blanc. Le marquis griffonne en toute hâte. En lui, bouillonne le désir de mettre au jour la mécanique du crime social : devenir un bourreau, voilà ce qui est le propre de l'homme ! Quant aux victimes – Sade ricane en écrivant –, il suffit de les affranchir pour qu'aussitôt elles torturent à leur tour.

La tête en feu, le marquis pose la plume. La violence de sa pensée lui brûle les veines. Cette époque, si humaniste en apparence, si sordide en profondeur, l'écœure. Il rêve que le Mal qui corrompt tout en souterrain, crève enfin en surface. Comme une Révélation dont il serait le Prophète.

L'Homme aime faire le mal, écrit à la hâte le marquis sur son cahier et *c'est le Mal qui lui donne le Plaisir*. Voilà la Vérité !

Il repense au roi Louis, ce démagogue, et à l'inspection des prisons, cette mascarade. S'il était le souverain, ce n'est pas lui qui perdrait du temps à s'inquiéter du sort des prisonniers. Bien au contraire, il donnerait libre cours à ses idées libertines et transformerait la Bastille et Vincennes en lieux de débauche. Cette idée l'échauffe. D'un coup, il se voit faisant ouvrir les cellules, choisissant les détenus... Un spasme le saisit. S'il continue à s'exciter, il ne pourra plus écrire.

Pour se calmer, il caresse le cadre en bois doré du miroir. Aussitôt, il sent une odeur verte et trouble. Un parfum de lagune. Venise. Il ferme les yeux. Il revoit la vitrine où rayonnaient mille et un miroirs. Sa belle-sœur s'était collée contre lui et leur image diffractée avait envahi la devanture. Parfois démesurément longs, parfois exagérément grossis, mais toujours difformes, ils ressemblaient à des monstres. Comme si le prisme déformant des miroirs leur renvoyait l'image qu'avait d'eux la société : un criminel en fuite avec une religieuse débauchée.

Anne avait voulu qu'il rapporte un *miroir de sorcière* : une de ces glaces au profil convexe qui restitue toute la profondeur de la pièce qu'elle reflète. Donatien avait fini par la retrouver au fond d'une caisse de livres qui l'avait rejoint en prison.

Il retire sa main du cadre et le charme se rompt. L'ombre d'Anne de Launay rejoint celle de mademoiselle de Lauris. Ces deux fantômes qui hantent sa mémoire. Laure s'est-elle mariée ? Anne est-elle retournée au couvent ? Son portrait est accroché au mur avec ceux de ses enfants. Quant à mademoiselle de Lauris, Donatien a réussi à préserver le dessin de

Natoire. Parfois, quand la nuit se peuple d'insomnie, il contemple le souvenir nu de son premier amour et une boule se noue dans sa gorge qui l'empêche même de pleurer.

Dix ans qu'il vit dans sa mémoire comme dans un château. Dix ans à voyager immobile à travers un labyrinthe de souvenirs. Et dix ans sans savoir qui est vivant encore, qui l'a oublié et qui pense encore à lui.

Dix ans à voir les lettres s'amenuiser, les visites s'estomper. Dix ans à disparaître.

Mais dix ans à méditer l'œuvre de sa vie. Et à l'écrire.

Sade lève les yeux vers le plafond. La cellule n° 6 est juste sous la plate-forme de la tour de la Liberté. Depuis trois semaines, le marquis est réveillé chaque matin par les artilleurs qui font manœuvrer les canons. Il entend le raclement du seau de poudre que l'on vide dans la gueule, le choc du boulet contre la fonte, les ordres aboyés en cadence, toute cette tension prête à se décharger en tonnerre et mitraille. La tour de la Liberté vibre comme si elle avait rendez-vous avec son destin. Une vibration néanmoins atténuée par un faux plafond en bois méticuleusement peint. Une délicatesse de l'administration qui vous laisse survivre dans le gel et la vermine, mais repeint à chaque saison la cellule d'un blanc immaculé. Sans doute pour inspirer au détenu des idées de repentir et de pureté. Les gardiens apprécient aussi cette blancheur virginale : elle leur permet d'apercevoir aussitôt le démarrage d'un trou et donc de détecter toute tentative de dissimulation, de prévenir toute tentation d'évasion.

Sauf que Sade a vite remarqué que le Borgne se contentait d'effleurer du regard les surfaces, sans plus percevoir la modification d'un détail.

Surtout depuis que Donatien a pris un malin plaisir à recouvrir ses murs d'inscriptions diverses.

La cellule a huit côtés dont deux sont percés : l'un par une fenêtre sévèrement grillagée, l'autre par la porte d'entrée. Restent six côtés d'une blancheur d'albâtre sur lesquels le marquis s'est exprimé à sa manière. Sur l'un, se trouve la liste de ses ennemis, sur un autre celle de ses amantes, un côté est dédié à ses comptes : c'est le plus enchevêtré. Un pan entier de mur est consacré à la généalogie de sa famille. Quant aux deux derniers, ils sont envahis de dessins. Le premier est couvert de vues des châteaux de Sade : les douves de Saumane, le jardin provençal de Mazan et le donjon de La Coste, surplombant le Luberon. Le second est un album de famille où se retrouvent aussi bien son oncle l'abbé, son père que Pélagie ou Louis, son fils aîné. On y reconnaît même la présidente de Montreuil qui se balance à une potence dessinée à la mine de plomb.

Donatien s'approche et fait jaillir du mur un large clou de fer à cheval dont la tête se confond avec la robe noire de sa belle-mère. Il souffle sur la poussière et introduit un doigt dans la fente.

Dans l'escalier, le Borgne termine la visite de ses pensionnaires. Ils ne sont pas nombreux. Sept en ce moment. Il faut dire que la Bastille a une réputation détestable et que le pouvoir ne souhaite plus y détenir trop de prisonniers. Quand on pense que, l'an dernier, ils étaient vingt-sept ! Le borgne souffle en montant les hautes marches. Encore trois paliers. Hier, monsieur de Launay a dû faire sortir la troupe pour disperser un rassemblement. Il s'en est fallu d'un cheveu que ça dégénère. Sans compter qu'à l'intérieur de la forteresse, certains commencent à tenir des propos séditieux. Tiens, le Roussin, par exemple, pas une journée sans qu'il tempête contre l'autorité. Tout y passe, la reine, le Parlement, les nobles, les bourgeois… À croire que, depuis qu'il est amoureux de la servante du *Vieux Bœuf*, il a perdu la tête. Encore deux paliers. Mais quelle idée a eue le gouverneur d'installer ce marquis de malheur au dernier étage ! On voit bien que c'est pas lui qui monte les escaliers toute la journée. Et ce maudit, il paraît qu'il a encore fait un scandale avec sa femme. Les gardes ont dû intervenir. Un excité pareil, c'est pas Dieu possible ! D'ailleurs, il faudra vérifier les barreaux de la fenêtre. La dernière fois, ce damné a défoncé la porte de colère, il serait bien capable de s'attaquer à la fenêtre. Encore un palier. Le Borgne s'arrête un instant. Le souffle lui manque. Il s'adosse au mur. S'il avait un peu de tabac, il chiquerait. Ça lui redonnerait du courage. Chaque fois qu'il monte à la cellule n° 6, il a les jambes qui flageolent. Il ne sait pas si c'est l'effort que réclament ces escaliers d'un autre âge ou la crainte d'affronter le marquis. Le Borgne soupire avant de reprendre son ascension. Plus que 17 marches.

D'un coup de doigt, Sade fait glisser un mince rouleau hors du mur. Il le récupère dans sa main et le dépose sur la table de travail. À chaque fois qu'il sort le manuscrit de sa cachette, Donatien le touche avec la même dévotion qu'un prêtre un objet sacré du culte. À peine plus long qu'une bougie, le rouleau est constitué de minces feuilles tachetées d'encre et collées entre elles. Donatien caresse amoureusement ses pattes de mouches : il a mis plus d'un mois à recopier son texte sur des bandes de papier et à les coller patiemment l'une à l'autre. Aujourd'hui, le rouleau déployé mesure plus de 39 pieds de long[1]. Un travail de galérien pour éviter la confiscation et la destruction du texte. Ainsi à la barbe du gouverneur, Sade a réussi à écrire un roman de plusieurs centaines de pages, une œuvre que personne avant lui n'a tentée, que personne avant lui ne pourra dépasser. Délicatement il déroule le manuscrit. L'écriture, à l'œil nu, est quasi invisible. Il faut une loupe pour déchiffrer le texte. Comme il en a fallu une pour l'écrire. Une épreuve à laquelle les yeux du marquis n'ont pas résisté. Il voit trouble depuis. Mais peu lui importe, il sait qu'avec ce roman, il passera à jamais à la postérité.

Sade prend une plume et commence à la tailler avec soin. Depuis peu, il a trouvé le moyen de faire sortir le rouleau de la Bastille. Dès la prochaine visite de Pélagie, il lui expliquera ce qu'il attend d'elle. Bien sûr, elle sera surprise, choquée, outrée. Elle protestera, se plaindra, mais elle obéira. Une fois le manuscrit dehors, elle le portera à Girouard. Sade rit en silence. Il imagine la tête de l'imprimeur. Lui, l'érotomane, va rester sans voix. Il lui faudra un moment pour comprendre le baril de poudre qu'il a entre les mains et quand il aura compris… Donatien ferme les yeux.

1. 12,10 m, précisément.

Il sent l'odeur de l'encre, il entend le cri de la presse qui imprime, il écoute le burin du graveur – en voilà un qui va se régaler –, il entend même le glissement du fil du brocheur qui coud les feuilles ensemble. Son imagination s'envole. Il voit les livres circuler de rue en rue, de maison en maison, de main en main. Et partout la même stupeur, la même fascination. Le marquis ouvre les yeux. Vite il lui faut écrire le prospectus qui lancera la vente. Expliquer à tous ceux qui le croient mort que ce qu'il a écrit, aucun vivant ne l'a fait.

Le Borgne est arrivé. Devant lui, la porte de la cellule n° 6. Le souffle court, le geôlier hésite. Il aurait dû prévenir les gardes, se faire accompagner. On ne sait jamais avec ce fou derrière la porte. En plus, il a les jambes en compote. Ce n'est plus de son âge de grimper aussi haut. Un courant d'air chaud descend du sommet de la tour. On a dû ouvrir la trappe de communication. Un soldat apparaît, deux seaux à la main. Le visage en sueur, il s'adresse au Borgne :

— On crève de chaleur en haut et ces cornards d'officiers qui ne veulent même pas qu'on tombe la veste. J'en ai plein le dos d'être de corvée d'eau !

Le geôlier fait grise mine. Si les simples soldats parlent comme ça de leurs supérieurs…

— Tu sais bien qu'on peut pas garder un tonneau, là-haut, en plein soleil : l'eau croupit tout de suite.

Le soldat pose ses seaux.

— On n'a qu'à dire au tavernier de nous faire monter du vin. En bas, tous les gens sont en train de boire et de chanter et, nous, on meurt de soif.

— Comment ça, les gens chantent ?

Le soldat hausse les épaules.

— J'en sais rien, moi. Un sergent m'a dit que c'était à cause de l'Assemblée. De toute façon, moi la politique j'y comprends rien.

— Ils sont nombreux ?

— Il en vient de partout. Ça n'arrête pas. Y en a même, des excités, qui commencent à gueuler et à jeter des pierres. D'ailleurs, on a mis les mèches aux canons. Au cas où…

Tandis que le soldat reprend ses seaux, le Borgne s'agite. Il faut qu'il redescende aussitôt. Si, par malheur, il y a une émeute, il doit être à son poste. Plus le temps de faire une inspection.

Un coup d'œil suffira.

Vite, il fait coulisser le guichet.

Le marquis est à sa table de travail. Le Borgne grogne de colère. Dire que cet animal écrit alors que la ville est au bord de l'émeute. Encore un nanti, tiens ! Ah, c'est bien le Roussin qui a raison ! Faudrait les pendre, tous ces gribouilleurs de papier. Tous !

Sitôt le guichet refermé, Sade se lève et court à la porte. Malgré l'épaisseur du bois, il entend le pas lourd du geôlier descendre les marches. Il a laissé son texte sur la table. Une imprudence. Avec le risque des fouilles, il ne peut plus le dissimuler dans le mur. Sa cachette ne résistera pas à une inspection poussée. Et puis, si on lui enlève ce manuscrit, il n'y survivra pas. Donatien se rassoit. Il faut vite écrire le prospectus. D'abord donner le titre :

Les 120 journées de Sodome

La plume crisse sur le papier. Puis résumer l'histoire :

« Quatre libertins, puissants et débauchés, s'enferment dans un château, coupé du monde... »

En un instant, Sade voit les souterrains humides de Saumane, les hautes murailles de La Coste.

«... avec eux quarante-deux filles et garçons livrés à tous leurs désirs. Des plus obscènes aux plus cruels... »

Le marquis sourit.

«... durant 120 journées, ces libertins, sans peur ni remords, vont faire subir tous les vices et sévices à ces malheureux dont aucun ne survivra... »

Donatien a les yeux qui brillent de désir.

«... pas moins de six cents perversions se succèdent sans répit... »

Il jette la plume. Il n'en peut plus. Son imagination s'embrase. S'il continue, son cerveau va brûler vif.

Le plus important maintenant : protéger le manuscrit.

Sade prend l'étui apporté par sa femme, caresse le bois. Pas d'aspérité. Parfait pour coulisser. Il dévisse le bouchon. Le conduit est poli avec le même soin qu'à l'extérieur. Donatien se penche pour sentir. Une odeur suave, légèrement sucrée, monte du bois venu des Indes. Une odeur paillée, jaune. Le marquis examine le conduit. Pas une bosse, pas une écharde. L'artisan a bien travaillé. Sade prend le rouleau serré du manuscrit et l'introduit dans la bouche de l'étui. Le papier crisse un peu, puis glisse sans problème. Les *120 journées* ont trouvé leur écrin.

Un bruit de bottes résonne dans l'escalier. Impossible de deviner si ce sont les soldats qui montent sur la plateforme ou bien les gardiens pour une fouille.

Une main pour saisir l'étui.

Une autre pour faciliter l'introduction.

Le marquis éclate de rire.

Rien de tel que la plus profonde des intimités pour cacher ses secrets.

7

2 juillet 1789
Paris
Rue Neuve-du-Luxembourg

Dans l'hôtel des Montreuil, c'est la panique. Des valets essoufflés qui courent partout, des femmes de chambre en pleurs, et le jardinier, une lettre à la main, qui ne sait à qui s'adresser au milieu de ce chaos. À ses pieds, deux domestiques roulent un tapis pendant qu'on pousse guéridons et tables de jeu dans les encoignures. Une lingère, une paire de draps sur l'épaule, recouvre les meubles alors qu'un valet, sur un escabeau, descend les lustres.

— Plus vite, hurle une voix, madame de Montreuil veut partir à midi pile.

Ébouriffé, les yeux rouges, l'intendant jaillit dans le grand salon et houspille les domestiques :

— Mais qui vous a dit de rouler les tapis ? Allez plutôt chercher des caisses et fourrez-y l'argenterie. Allez, au trot !

Emporté par son élan, il se précipite vers la fenêtre et jette un œil angoissé dans la rue.

— Il faut en profiter tant que c'est calme. Où est le cocher ? Je veux qu'on attelle les chevaux. Vite, par le sang de Dieu !

Affolé, un valet se précipite et bouscule le jardinier qui proteste :

— Mais il se passe quoi, ici ?

La naïveté de la question arrête net l'intendant. Il contemple le jardinier avec stupéfaction. C'est un invalide de guerre qui a perdu une jambe. Il est rouge de sueur d'avoir monté les escaliers.

— Ce qui se passe ? Paris est sur le point de flamber ! L'émeute est à nos portes ! Et tu me demandes ce qui se passe ?

Ahuri, le jardinier tend la lettre.

— C'est un saute-ruisseau qui me l'a donnée. C'est pour Madame.

L'intendant regarde le cachet de cire et pâlit. Aussitôt, il attrape un valet et lui confie le billet.

— Porte ça à la Présidente. Et ne lambine pas.

Puis il se tourne vers le jardinier :

— Quant à toi, sors la voiture dans la cour. Il faut qu'on foute le camp d'ici. Et vite.

Assis sur un fauteuil de soie verte, madame de Montreuil réfléchit. Le matin, elle a décidé de quitter Paris. Direction la Normandie. La capitale devient trop dangereuse pour les honnêtes gens. La veille encore, un prêtre a failli se faire lyncher par une foule de gueux au faubourg Saint-Marcel. Si ça continue comme ça, on va égorger n'importe qui au coin des rues. Quand la ville a la fièvre, mieux vaut aller chercher un air sain à la campagne. Son mari s'est vite laissé convaincre. Beaucoup de ses collègues ont déjà fui la capitale. Et puis, Pélagie vient de quitter son couvent et de réintégrer la maison familiale. Sa dernière rencontre avec Donatien l'a laissée désemparée, perdue. Un séjour à la campagne l'aidera à chasser ses doutes et ses remords. Une occasion inespérée de l'éloigner de son infernal mari. Mais va-t-elle accepter de partir ? Heureusement, le gouverneur de la Bastille ne transmet plus les lettres du marquis. La Présidente tape du plat de la main sur l'accoudoir du fauteuil.

— Madeleine, cesse donc d'embrasser ce chat. Tu vas finir par attraper des puces.

Sa petite-fille la regarde d'un air étonné et répond d'une voix lente :

— Lolo n'a pas de puces. C'est mon chat. D'ailleurs, je pourrais le prendre en Normandie ?

Madeleine a dix-huit ans et elle se passionne toujours autant pour les animaux. Un chien galeux dans la rue lui fait pousser des cris de désespoir. Madame de Montreuil est d'une patience infinie avec elle.

— Non, ma chérie, mais à la campagne, je te donnerai un beau chat tout tigré.

Aussitôt Madeleine se précipite aux pieds de sa grand-mère. Elle a déjà oublié Lolo.

— C'est vrai ?

— Oui, mon amour. En attendant, va dans ta chambre. Une domestique va venir pour t'habiller.

Comme Madeleine passe la porte en battant des mains, entre son frère Armand, les bras encombrés de chemises cartonnées qu'il dépose sur la table de trictrac.

— Tu as tout pris ? l'interroge sa grand-mère.

— Oui, tout ce qui était derrière le panneau de la bibliothèque. Comme vous me l'avez demandé.

— Tu sais ce que c'est ?

Armand secoue la tête. Même s'il est curieux, il préfère donner à sa grand-mère le plaisir de tout lui expliquer par elle-même. On en apprend beaucoup plus ainsi.

Madame de Montreuil prend un des dossiers et lui montre le sceau sur la couverture. Un château à six tours surmonté d'une fleur de lys.

— Brise-le.

Armand obéit aussitôt. Les débris de cire tombent sur le parquet. Des dizaines de pages, couvertes d'une écriture en pattes de mouches, glissent sur la table.

— Prends-en une.

Il saisit une feuille et la porte à ses yeux. Depuis toujours, il est myope comme une taupe. Ce n'est pas grave car, à la différence de son aîné, il n'aime pas les livres.

— Lis. À voix haute. La première phrase.

— *«... Dieu qui n'est que le Mal, qui ne veut que le Mal, qui n'exige que le Mal... »*

Armand recule, effrayé. La phrase résonne dans sa tête. Mais comment peut-on écrire des horreurs pareilles ? C'est vouloir dévaster la société entière ! Ce n'est pas qu'il ait beaucoup la foi mais, si l'on touche à la religion en place, c'est tout l'ordre social qu'on pervertit.

— Une autre, ordonne la Présidente.

Du bout des doigts, il attrape un petit feuillet. Un quart de page. L'écriture ressemble à une colonne empressée de fourmis. Au fur et à mesure qu'il lit, sa voix s'altère.

— *«... Il fait entrer une fille nue dans un appar-*

tement ; alors deux hommes lui tombent sur le corps et la fouettent chacun sur une fesse jusqu'au sang... »

Sa bouche devient sèche, le souffle lui manque.

— Continue !

— *« ... quand c'est fini, il branle les hommes sur le derrière en sang de la putain ; et s'y branle lui-même. »*

Écœuré, Armand jette la feuille sur la table.

— C'est ce qu'on a saisi dans la cellule de ton père.

— Mon Dieu !

— Si tu te demandais pourquoi ton géniteur est enfermé depuis plus de dix ans, désormais tu le sais. Maintenant écoute-moi bien. On ne peut ni emporter ces papiers avec nous, ni les laisser. Dans les deux cas, c'est trop dangereux. Imagine qu'on nous arrête, sur le chemin, ou qu'on les retrouve ici… c'est tendre le bâton pour se faire rosser. Alors, tu vas descendre au jardin et les brûler sous un tas de bois. C'est plus discret que d'allumer une cheminée en juillet.

Armand opine. Comme toujours sa grand-mère a raison. D'ailleurs, c'est ce qu'il ne cesse de répéter à sa mère depuis qu'elle est rentrée. Il repense à ce qu'il vient de lire. Insupportable. Comment sa mère a pu… avec un homme pareil. Un frisson de dégoût le traverse. Vite brûler ces immondices.

— Je vais demander à mon frère de m'aider.

La Présidente hausse les bras au ciel.

— Surtout pas ! Il est capable de tout voler et de le vendre à un libraire ! Tu as envie de voir sortir un livre d'obscénités avec ton nom de famille imprimé dessus ?

Effrayé, Armand empile les dossiers. Il va passer par l'escalier de service. Il brûlera tout dans la cour. Personne ne le verra. Un coup à la porte le fait sursauter. Un valet qui apporte un message.

— Attends. Ça vient de la Bastille.

Armand tressaille. Depuis des années, ce nom sonne, dans l'hôtel des Montreuil, comme un glas funèbre.

— Le gouverneur m'annonce qu'il m'envoie un homme de confiance. Tout de suite. Pour me délivrer un message confidentiel. Je n'aime pas ça. Dépêche-toi de brûler ces ordures.

Son petit-fils se rue vers la porte, mais la voix de sa grand-mère l'arrête aussitôt.

— Et surtout pas un mot à ta mère.

Madame de Montreuil fait un signe de croix.

— Dieu nous l'a enfin rendue et je ne veux pas que ton diable de père nous la reprenne.

Dans le grand salon, le Roussin est intimidé. Il a passé toute sa carrière à la Bastille, à changer des portes, refaire des planchers, s'échiner dans la sciure et suer dans les copeaux. Jamais il n'a posé de parquet en noyer doré, de boiseries sculptées comme il en voit aujourd'hui. D'une main hésitante, il touche les panneaux en orme qui ornent un des murs. Le bois, poli, verni de frais, est d'une douceur inconnue pour ses doigts meurtris par le travail du rabot. Une fois encore, il laisse sa main glisser sur la surface lisse et suave. Si, un jour, il touche le corps de Manon, il veut retrouver la même sensation, à la fois souple et soyeuse. Une porte s'ouvre et la présidente de Montreuil fait son entrée. À une inflexion de sourcil, le

Roussin saisit vite qu'elle est surprise par l'apparence de son visiteur. Un pantalon rapiécé et une veste piquetée de sciure, ce n'est pas vraiment l'uniforme d'un messager du gouverneur de la Bastille. Aussitôt, le Roussin ôte son calot et s'incline.

— Pardonnez-moi, madame… ma tenue… mais le gouverneur… enfin monsieur de Launay… il a dit que… mieux valait… un menuisier… qu'un garde de la Bastille… pour venir vous voir… avec ce qui se passe dehors…

La Présidente hoche la tête, mais reste à distance. Ce miséreux ne lui dit rien qui vaille. Et il vient sans doute pour une mauvaise nouvelle. La langue rendue épaisse par le cidre du *Vieux Bœuf*, le Roussin reprend :

— C'est rapport… le marquis…

— Il s'est évadé ? s'écrie madame de Montreuil.

Étrangement, le Roussin, qui a toujours détesté les aristocrates, leur luxe et leur arrogance, se sent pris de compassion pour cette femme dont la peur brusquement défigure le visage. D'une voix plus affirmée, il tente aussitôt de la rassurer :

— Non, madame. On ne s'évade pas comme ça de la Bastille. L'est toujours dans son pigeonnier, votre gendre. Et, croyez-moi, l'est pas près d'en sortir.

Tranquillisée, madame de Montreuil tend la main vers une coupe d'argent remplie de chocolats.

— Servez-vous et prenez pour vos enfants.

Le Roussin ne se fait pas prier. Pour une fois qu'un noble lui offre quelque chose. Il se remplit les poches. Et puis, il en offrira à Manon. Sûr qu'elle n'a jamais mangé de chocolat.

— Que vouliez-vous me dire ?

Un chocolat entre les molaires, le Roussin cherche ses mots.

— C'est le gouverneur… il dit que… le marquis… il fait un raffut… de tous les diables… On l'entend de partout… et il veut pas se calmer…

La Présidente saisit son éventail pour se rafraîchir. Ce qu'il fait chaud ! Elle jette un regard par la fenêtre. Des nuages sombres montent à l'horizon. Pourvu que l'orage n'éclate pas pendant leur fuite en Normandie ! Et ce Donatien qui fait encore des siennes.

— Pourquoi le gouverneur n'envoie-t-il pas des gardes ?

— Contre le fou ? s'écrie le Roussin en portant le majeur à sa tempe, l'est capable de tous les rosser… et de briser la porte comme la dernière fois. J'ai déjà eu du mal à la récupérer… cinq pouces d'épaisseur… vous vous rendez compte…

Devant le visage médusé de la Présidente, le Roussin se rend compte qu'il est allé trop loin. Après tout, il parle de son gendre. S'il faut, elle va lui reprendre les chocolats. Il balbutie :

— Le marquis… il dit… qu'il arrêtera si… sa femme… elle vient… tout de suite.

— Ma fille ?

— Oui. La dame de Sade.

D'un coup, madame de Montreuil regarde le Roussin d'un autre œil. Donatien est en pleine crise et réclame Pélagie à cor et à cri ? Une excellente raison de la pousser au choix. Elle tend un vase doré au menuisier.

— Des dragées ?

L'artisan n'en revient pas d'une telle générosité. Il plonge à pleine main dans la coupe. Quand les dragées roulent sur le tapis, la Présidente ne proteste pas. De toute façon, lorsqu'ils reviendront, elles seront amères.

— Je vais appeler ma fille.

Elle sonne une servante.

— Faites venir madame de Sade.

Quand Pélagie entre, le Roussin ne la reconnaît pas. Il l'a toujours vue vêtue de noir, la tête couverte d'un bonnet, chaussée comme une femme du peuple. Là, c'est une autre femme en robe de soie mauve et les cheveux coiffés en torsade. Elle porte un médaillon ouvert à la naissance des seins.

La Présidente prend la parole :

— Monsieur a un message de la Bastille. Ton *mari* fait encore des siennes et exige ta venue immédiate.

Le Roussin renchérit :

— Le marquis, l'est fou furieux… Un lion en cage… il vous veut… tout de suite.

D'une voix ferme, madame de Montreuil se tourne vers sa fille :

— Tu dois choisir. Soit tu nous suis en Normandie, soit tu vas à la Bastille.

Pélagie pâlit.

— Cette fois, c'est un choix définitif. C'est ton mari ou ta famille.

Le Roussin fixe les dragées roulées sur le tapis. C'est pitié que de les perdre. Mais il n'ose pas les ramasser. Il jette un regard interrogateur à madame de Montreuil qui hoche la tête.

— Prenez, mon brave, prenez.

Avant de se pencher pour tout rafler, il se tourne vers madame de Sade.

— Je lui dis quoi… au gouverneur… vous venez ?

Pélagie caresse son médaillon. Elle a beaucoup réfléchi, ces derniers jours. Elle ferme le médaillon d'un coup sec.

— Non. Plus jamais.

8

2 juillet 1789
Paris
La Bastille
Tour de la Liberté, cellule n° 6

Cette fois, le mobilier de la cellule est en miettes. Du lit, ne restent qu'un matelas éventré et des morceaux de bois, les deux fauteuils, eux, sont éparpillés aux quatre coins du cachot tandis que le bureau en noyer n'est plus qu'un souvenir. Un des pieds d'ailleurs est enfoncé dans le guichet et dépasse sur le palier. Depuis une bonne heure, le silence règne dans la tour de la Liberté. Sans doute effrayés, les geôliers ont déserté l'étage. Il faut dire que la dernière colère du marquis a été éruptive. La tête du Borgne quand il a vu passer le pied du bureau à travers la porte ! Donatien en sourit encore. À l'heure qu'il est, le gouverneur a dû prévenir sa femme. Quant à sa belle-mère, qui avait réglé la note du mobilier, elle doit crier au fou et pleurer misère. Tant mieux, qu'elle crève, cette sorcière de malheur ! Sade s'arrête devant le dessin qui la représente et s'assoit par terre. Il est fatigué, mais sa colère n'est pas passée. Si un seul de ces malotrus revient, il le tue, il l'éventre, il le massacre. Donatien ramasse un des montants brisés du lit d'où jaillit un clou rouillé. Ça ne vaut pas sa dague de chasse mais, bien ajusté, ça peut faire des ravages. D'un coup, il a soif. Il se lève jusqu'à la fontaine en porcelaine de Moustiers. Un des rares objets qu'il a épargnés. Une relique du château de La Coste. Il fait tourner la vis et boit directement au canon en cuivre. L'eau a un goût saumâtre. Un voile rouge passe devant ses yeux. Tremblant de colère, il repense à ce matin quand le Borgne, accompagné du médecin de la Bastille, lui a lu un ordre signé de monsieur de Launay. Ahuri, le marquis a cru à une plaisanterie : on lui annonçait qu'il était sous le coup d'une fouille au corps immédiate et on exigeait qu'il se déshabille à l'instant. *« Le médecin mandaté est autorisé à inspecter toutes les parties du corps du prisonnier. »* À cette phrase, Donatien avait compris. Un des geôliers, plus discret que d'habitude, avait dû entrouvrir silencieusement le guichet et le surprendre alors qu'il dissimulait son manuscrit dans son intimité. S'il ne résistait pas, c'en était fait de l'œuvre de sa vie. Alors il s'était rebellé. Violemment.

Bureau du gouverneur

— Le Roussin est rentré ?

Le Borgne secoue la tête. Il faut du temps pour atteindre le quartier de la Madeleine. Surtout en ce moment. Des attroupements ont lieu à tous les coins de rue. Sans compter les contrôles de police.

Le gouverneur s'impatiente. Depuis des jours, son

visage, déjà épaissi par la bonne chère, a pris une teinte vermeille de mauvais augure. Il est à deux doigts du coup de sang. Et le messager qui ne revient pas. Il craint le pire. Et si la marquise refuse de venir ? La dernière fois qu'elle a vu son mari, ça a failli virer au drame.

Monsieur de Launay se masse la jambe. Les soucis ravivent ses douleurs. Si encore il n'avait que Sade à s'occuper ! Il le foutrait dans un des cachots du sous-sol et, en deux semaines, le marquis, couvert de vermine et transformé en épouvantail, serait aussi doux qu'un agneau. Non, le vrai problème, c'est la populace. Tous les soirs, des artisans, des ouvriers se rassemblent devant la forteresse. Ils boivent, chantent, s'échauffent, puis finissent par hurler contre le despotisme et jeter des pierres contre la Bastille. Une vraie grêle, hier soir. À tel point que, lui, le gouverneur, n'a pas osé faire sortir la troupe. Dieu sait comment ça aurait pu tourner avec des excités pareils. Et puis les officiers se méfient des soldats, certains tiennent de drôles de propos. Mais il n'y a pas qu'eux. Certains artisans de la Bastille commencent aussi à parler fort.

— Dites-moi, le Borgne, ce menuisier, il ne serait pas un peu contestataire ?

C'est le geôlier qui a conseillé d'envoyer le menuisier chez les Montreuil.

— Justement, Monseigneur, il n'attirera pas l'attention. Et puis, je le connais, le Roussin. Tout en paroles et rien que du vent. Il parle haut pour impressionner la servante du *Vieux Bœuf*, c'est tout. Pas de risque qu'il fasse un esclandre ou qu'il parte avec l'argenterie.

Launay fusille du regard le gardien. Ce n'est pas le moment de plaisanter.

— Et si madame de Sade ne vient pas ? ressasse-t-il.

Le geôlier montre les clefs attachées à sa ceinture.

— Alors il faudra rentrer en force dans la 6, ceinturer le marquis et le descendre à la *salle du trône.*

— La *salle du trône*, s'étonne le gouverneur qui a la prétention de savoir *sa* forteresse par cœur, mais je ne la connais pas !

Le Borgne y va d'un sourire édenté.

— Monseigneur ne peut pas connaître, c'est dans les écuries. Une cave de l'ancien temps. C'est là qu'on interrogeait les criminels.

Le gouverneur cesse de se masser la jambe. Le geôlier continue :

— Y a une table de pierre avec des chaînes. On attache le marquis. On te le met dans l'état de notre père Adam. Et moi je vous le dis…

Le geôlier cligne de l'œil.

— … Ce qu'il a dans le fondement, on va le trouver !

Face à la fenêtre, une horloge vient de sonner. Monsieur de Launay lève les yeux. Bientôt midi. Hors de question qu'on lui gâche son déjeuner. Tant pis pour la marquise. Il bombe le torse et hausse la voix :

— Emparez-vous du sieur Sade.

Cellule n° 6

Sade grimpe les trois marches qui donnent sous la fenêtre. Depuis qu'il est au dernier étage, il ne voit plus que le ciel. Et le soleil. Ce qui lui a donné une idée : graver un cadran solaire sur une des pierres d'angle. Le même que celui qu'il contemplait enfant sur la façade du château de Saumane. C'est son oncle qui lui a appris à observer le lent déplacement de l'ombre du gnomon, longue en été, raccourcie en hiver. Une époque heureuse. Le marquis se penche sur le cadran. Presque midi. Voilà trois heures qu'il a fait demander madame de Sade. Et toujours rien. Soit le gouverneur de la Bastille n'a pas prévenu la marquise, ce qui est peu probable. Soit le messager n'est pas arrivé, peu probable aussi. Soit… Donatien s'assied sur la dernière marche. Soit Pélagie a refusé de venir. Sur le coup, il n'y croit pas. Et puis, il a un besoin vital qu'elle vienne. Il faut à tout prix qu'elle prenne le manuscrit dans l'étui et qu'elle le sorte de la Bastille. Certes, les visiteurs sont fouillés à l'entrée et à la sortie de la forteresse, mais là où Pélagie le dissimulera, il y a peu de chance qu'on vienne l'y chercher. Un plan parfait mais qui repose entièrement sur la coopération de sa femme et d'abord sur sa présence. Or la marquise ne vient pas. Donatien serre les poings. Il doit se calmer, réfléchir, trouver une solution. Sauf que, d'un instant à l'autre, le Borgne va surgir avec une escorte et que la fouille au corps qu'il redoute tant va avoir lieu *manu militari.* Il serre les poings. *La garce !* L'abandonner le jour même où il a tant besoin d'elle. Ah, elle est bien la fille de sa mère, une traîtresse dans l'âme ! Il suffoque de colère. Maintenant, il en est sûr, Pélagie ne viendra plus. D'un bond, il dévale les marches. Un bruit. Il tend l'oreille. Des pas. Le Borgne ! Avec des gardes ! Vite, il s'accroupit, tombe sa culotte et, d'un geste, récupère l'étui. Dans l'escalier, les pas résonnent. Sade se précipite sous le portrait de sa belle-mère, fait sauter le clou.

Une clef tourne dans la serrure. Il enfourne le manuscrit, remet le clou.

Un fusil passe par l'embrasure de la porte.

Le marquis se rue vers la fenêtre.

Un soldat jaillit dans la pièce.

Sade s'accroche aux barreaux, se penche et hurle comme un damné.

Bureau du gouverneur

Monsieur de Launay s'apprête à déjeuner. Il a grand besoin de se détendre. Comme d'habitude, les serviteurs ont dressé la table à la française pour que le maître des lieux puisse contempler ce qui va faire la joie de son palais délicat. Le plaisir des yeux avant celui de la bouche. Sur quatre tables successives, impeccablement nappées de blanc, se dressent les plats. Appuyé sur sa canne, le gouverneur détaille le premier service : un buisson d'huîtres de Cancale, enlacé d'une tresse de coquillages. En matière d'entrée, monsieur de Launay est adepte de fruits de mer qui aiguisent l'appétit sans jamais le lasser. À condition, bien sûr de l'accompagner d'un vin de Bourgogne pour faire vibrionner les papilles. Au moment où il soulève la cloche d'argent qui maintient à température des cailles dorées au miel, un cri retentit au-dessus de la porte de la forteresse. Un hurlement qui se répercute tout le long du chemin de ronde. Aussitôt, une cavalcade résonne dans la cour. Le plus vite qu'il peut, le gouverneur se précipite à la fenêtre. Des ordres fusent de partout. Des gardes surgissent fusil levé tandis qu'un cavalier, sabre au poing, tente de maîtriser son cheval affolé.

— Par tous les diables de…

Monsieur de Launay n'a pas le temps de finir sa phrase qu'une trompette retentit sur une des tours. L'alerte ! D'un coup, la jambe raide du gouverneur se rappelle à son bon souvenir. Il se traîne jusqu'à la table et agite frénétiquement la sonnette. Un domestique, perruque de travers, accourt :

— L'officier de permanence, vite !

Le valet disparaît. Launay arrache sa serviette de son cou et tente de reboutonner son uniforme. Une alerte ! Et pile à l'heure du déjeuner. Comme s'il n'avait pas assez de…

L'officier de permanence surgit, le visage en feu, et balbutie :

— Monseigneur, c'est un prisonnier…

— Une évasion ? s'écrie le gouverneur.

L'officier bafouille :

— C'est dehors… la populace… elle s'agite… contre les portes… j'ai fait mettre des tonneaux… des sacs… mais dedans… il y a…

Monsieur de Launay s'emporte :

— Mais c'est quoi, bon sang, un prisonnier ou une émeute ?

— Les deux, beugle l'officier.

C'en est trop pour le gouverneur qui cherche désespérément une chaise pour s'asseoir. Sa jambe ne le supporte plus. L'officier reprend son souffle :

— C'est un prisonnier… il hurle à sa fenêtre… qu'on égorge les prisonniers, qu'on les tue, les massacre… Il ameute le peuple.

Monsieur de Launay roule des yeux effarés.

— Ils jettent des pierres… Ils veulent enfoncer la porte…

D’un coup, le Borgne surgit. Il a une plaie sur le front et son œil éteint a doublé de volume. Il ressemble à un cyclope.

— Ne me dites pas… gémit le gouverneur.

La bouche en sang, le geôlier n’a que la force de bredouiller :

— Si… Sade.

9

2 avril 1790
Paris
Rue Neuve-du-Luxembourg
Hôtel des Montreuil

Par précaution, on n'ouvre plus les volets. On se contente de les pousser légèrement pour qu'un rai de lumière entre dans le salon et on circule, tout le jour, à la lueur des bougies. Depuis qu'ils sont rentrés, les Montreuil vivent dans la clandestinité. Les domestiques ne sortent plus sauf au petit matin pour aller au marché. Par précaution, ils s'habillent comme des gens du peuple : il ne fait plus bon porter la livrée d'un maître dans les rues de Paris. Seul le jardinier est visible : il taille les fruitiers et cultive le potager. Sa jambe de bois inspire le respect et, quand on lui demande où sont ses patrons, il hausse les épaules et tire sur sa pipe.

Armand observe la rue à travers l'embrasure des volets. Ce matin, une bande d'excités est passée en chantant la dernière chanson à la mode :

Nous ramenons le boulanger,
la boulangère et le petit mitron

Une manière de rappeler à tout le quartier que, depuis le mois d'octobre, le roi, sous la pression populaire, a quitté Versailles et qu'il est désormais otage de son propre peuple dans les Tuileries. Armand se tourne vers sa grand-mère qui lit le journal. Madame de Montreuil a vieilli. Les événements ont altéré son visage. Sa voix aussi a changé, plus basse, plus lente.

— Les couvents ferment les uns après les autres à Paris. Et dans la plupart des cas, ce sont les moines eux-mêmes qui quittent volontairement leurs monastères. Mon Dieu, mais comment est-ce possible ?

Armand, qui suit l'actualité de près, explique à la Présidente :

— L'Assemblée a voté une loi qui supprime les ordres monastiques. Pas étonnant que certains en profitent pour jeter leur froc aux orties.

Son aîné qui s'ennuie en battant des cartes rajoute :

— Et ce n'est qu'un début. Les religieuses ne vont pas tarder à suivre. Je me demande ce que vont devenir toutes ces jeunes filles que l'on a forcées à la chasteté…

— Louis, s'exclame madame de Montreuil, pas devant la petite !

En train de jouer devant la cheminée, Madeleine éclate de rire. Elle n'a pas compris, mais elle adore quand son frère fait monter sa grand-mère en sauce. Louis s'approche d'elle :

— Toi, tu ne connais pas ta chance. Tu étais prévue pour devenir bonne sœur et voilà qu'on supprime les couvents. Tu vas te marier, ma jolie…

— Louis, je t'interdis de parler de ça, Madeleine n'est qu'une enfant.

— Une enfant qui aura dix-neuf ans dans deux semaines…

Le visage contrarié, Armand intervient. Depuis leur séjour forcé en Normandie, il a pris de l'assurance. Entre son grand-père qui gémit sans cesse, son frère qui ne sait que plaisanter, il est temps que quelqu'un prenne en main les rênes de la famille.

— Marier Madeleine signifie verser une dot. Avez-vous une idée de l'état où se trouvent nos finances ?

Assis sur un fauteuil, en train de broder, Pélagie acquiesce. Depuis l'incarcération de Donatien, c'est elle qui s'occupe des affaires familiales. Et le moins que l'on puisse dire, c'est que la ruine menace.

— Depuis les *événements*, les fermages rentrent mal. Les paysans refusent de payer. Ils disent que les droits seigneuriaux sont abolis.

— Certains le sont, précise Armand, et ces manants en profitent pour ne rien payer. J'ai vérifié les comptes. Nous sommes au bord du précipice.

— Sans compter ce que nous coûte ton père, siffle madame de Montreuil, depuis qu'il a été transféré à l'asile de Charenton, sa pension ne cesse d'augmenter.

— L'asile… répète Louis, mais comment avez-vous pu le laisser enfermer chez les déments ? C'est notre père, après tout !

— Ce n'est pas nous qui l'y avons mis, mais le roi, à la demande pressante de monsieur de Launay. (La Présidente fait un signe de croix.) Mon dieu, finir la tête au bout d'un pique. Quelle horreur !

— Ça ne justifie pas qu'il croupisse dans une…

D'un coup, madame de Montreuil s'emporte :

— Mais tu te rends compte que c'est LUI qui a ameuté la foule, que c'est LUI qui a hurlé qu'on égorgeait les prisonniers, que c'est LUI que tout le monde tient pour responsable de la prise de la Bastille…

Ulcéré, Louis réplique aussitôt :

— Et toi tu te rends compte que c'est LUI qu'on a saisi de force dans sa cellule, que c'est LUI qu'on a enlevé à demi nu en le rouant de coups, que c'est LUI qu'on a jeté dans un asile de fous ?

D'une voix froide Armand intervient à son tour :

— Mettez-vous à sa place pour une fois. Des beaux-parents qu'IL tient pour responsables de sa détention, une épouse qui refuse de le rencontrer…

Pélagie baisse les yeux. Depuis huit mois, elle ne répond même plus à ses lettres.

— Des enfants qu'IL ne voit jamais…

Louis se concentre sur ses cartes.

— … À votre avis, IL va réagir comment ?

Le visage de la Présidente s'empourpre.

— Ce n'est pas moi qui l'ai mis en prison. Il a été condamné.

— La lettre de cachet qui l'a tenu enfermé plus de dix ans, c'est vous qui l'avez réclamée au roi, s'insurge Louis.

— S'il n'y avait pas de lettres de cachet pour protéger les familles de leur brebis galeuse…

Agacé par le ton de la discussion, Armand recentre le débat :

— Le problème, c'est que l'Assemblée vient justement de les supprimer. Vous saisissez ce que ça signifie ?

— Mon Dieu, il va sortir !

La tête dans sa broderie, Pélagie se met à sangloter. Le cadet des Sade serre les dents et annonce :

— J'ai pris une décision. Suite à l'abolition des lettres de cachet, je me suis rendu à Charenton. Dans notre intérêt à tous.

— Tu es allé à l'asile ? balbutie Louis.

— Oui, et en tant que fils du marquis de Sade et, en vertu de la nouvelle loi, j'ai demandé la libération de notre père.

Madame de Montreuil se cramponne à sa chaise tandis que Pélagie lève un visage baigné de larmes.

— Tu l'as vu ?

— Oui.

Un silence de glace fige la pièce. Madeleine tout à coup cesse de jouer et dit :

— Alors papa va rentrer ?

Armand inspire profondément avant de répondre.

— Il sort aujourd'hui.

Hospice de Charenton

— Vous signez là, indique le portier au marquis.

Donatien saisit maladroitement la plume et paraphe l'ordre de sortie. Il a les doigts râpeux et les ongles noirs de crasse.

— Par la présente, vous reconnaissez quitter l'hospice de Charenton, libre de droit et en pleine possession de vos effets.

Le gardien contemple le prisonnier. Ses cheveux gris ruissellent sur les épaules de sa veste trouée. Quant au pantalon, il tombe en lambeaux sur des sabots remplis de paille. Décidément les aristocrates ne ressemblent plus à grand-chose aujourd'hui.

— C'est tout ce que vous avez ?

— C'est tout ce qu'on m'a laissé.

Le portier passe la main sous le bureau, sort une bourse et pose deux louis sur la table.

— L'Assemblée a décidé d'attribuer une pièce d'or à tout prisonnier victime de la tyrannie.

— L'Assemblée est trop généreuse, ricane Sade.

— Et le supérieur des Frères de la Charité qui dirigent cet hospice a décidé de son propre chef de doubler la somme.

— Pour ne pas que je lui fasse un procès, je suppose ? Huit mois que je vis dans la fange et la vermine, au milieu des fous traités pis que des animaux. Votre supérieur est un escroc doublé d'un jean-foutre.

Philosophe, le portier répond :

— Je lui transmettrais bien vos doléances, mais il vient de se défroquer ce matin.

Comme il boutonne sa veste, Sade réagit :

— Pour faire quoi ?

— Pour se marier, je crois.

Le gardien ouvre la porte. L'air froid fait frissonner Donatien. S'il doit coucher sous les ponts, il va attraper la mort.

— Personne ne vient vous chercher, je suppose ?

— J'en doute. Où puis-je trouver un fripier ?

— Il y a des boutiques juste avant la barrière de Paris, mais avant, passez chez la mère Sauge.

Donatien s'étonne :

— Que voulez-vous que je fasse chez cette mère je ne sais quoi ?

Le portier hausse les épaules.

— Ce que j'en dis, moi, c'est pour vous, pour ne pas vous faire arrêter comme vagabond.

Subitement, Sade tend l'oreille. Onze ans de détention lui ont suffi.

— Et elle peut quoi pour moi, cette mère…

— Beaucoup si vous voulez reprendre forme humaine. C'est la meilleure épouilleuse de Paris.

Rue Saint-Honoré

Vêtu d'une culotte de peau, d'une paire de bottes élimées et d'une veste vert bouteille, Sade ressemble à un provincial en goguette. Le juif qui lui a vendu les vêtements a été de bon conseil. S'il doit se rendre rive droite, mieux vaut éviter de s'habiller comme un aristocrate. Oubliés les bas de soie, les chaussures à boucle d'argent et les cheveux poudrés, Donatien a choisi la sécurité. Le front barré d'un chapeau, de peur de tomber sur une connaissance, il observe, subjugué, le spectacle de la liberté. À chaque coin de rue, un orateur improvisé, monté sur des tréteaux, harangue la foule. Ce sont des discours enflammés auxquels les spectateurs répondent par des cris de joie et des applaudissements frénétiques. Dans la rue, des saute-ruisseau distribuent des journaux politiques qu'on s'échange à la terrasse des cafés. Devant *À la Civette*, au Palais-Royal, un colporteur, malgré les nuages lourds de pluie, a déployé une table et interpelle les passants :

— Qui veut acheter les décrets de la Constituante ? Qui veut connaître les nouvelles lois de l'Assemblée ?

Sade s'arrête.

— Alors mon ami ? Qu'est-ce qui t'intéresse ?

Le colporteur lui tend une feuille fraîchement imprimée.

— Tu sais que les biens de l'Église appartiennent à la Nation, désormais ?

Donatien secoue la tête. Brusquement, il repense à l'abbaye de Saint-Hilaire, près de La Coste. Le père Anselme. Les bonbons à l'anis…

— Tu sais ce que ça veut dire ? (Le colporteur cligne de l'œil.) Que les caisses sont vides et que l'État a besoin d'argent. Bois, vignes, pâtures, tout va être à vendre. Tout va y passer ! Si tu veux faire des affaires, achète la copie du décret. Un sou, la feuille, c'est donné, pour devenir riche !

Devant la mine ahurie du marquis, le colporteur l'attire vers lui.

— Si tu veux, j'ai beaucoup mieux.

Il sort une liasse de feuillets qui sentent encore l'encre. Un instant, Sade se dit qu'il va lui proposer des gravures de moines défroqués en plein rut avec des religieuses.

— Ce sont les projets secrets de l'Assemblée. Pour deux sous, tu sauras tout. Toutes les propositions de lois. Tu sais que bientôt on pourra demander le divorce ? Fini le mariage, vive la liberté !

Dans la rue, un noble, épée à la ceinture, s'emporte contre un laquais qui vient de le bousculer. Aussitôt un attroupement se forme. Sade s'approche. Les insultes éclatent, la violence menace. Un homme brandit une corde à nœud coulant.

— Au gibet, au gibet ! hurle la foule surexcitée.

Un détachement de la garde nationale accourt du Palais-Royal. À coups de crosses de fusil, elle dégage le malheureux dont le visage n'est déjà plus qu'une plaie. Le colporteur s'approche du marquis et toise ses vêtements.

— Toi, tu n'es pas d'ici ?

— Non.

— Tu viens de province. Sûr et certain.

Sade approuve de la tête. Le colporteur éclate de rire.

— Alors bienvenue à Paris, la patrie de la liberté…

Il tend la main vers la flaque de sang au milieu de la rue.

— … et de la fraternité.

Rue Neuve-du-Luxembourg

Arrivé à l'angle de la rue des Montreuil, Sade n'en peut plus. Onze ans de captivité et il ne reste plus rien du fringant jeune homme qui chassait le sanglier dans les bois de La Coste. Autour de lui, le quartier est désert. Un porteur d'eau, seau vide, remonte vite la rue. Donatien s'assoit sur une borne. S'il se regardait dans un miroir, il se ferait peur. Contre le mur, une affiche appelle à manifester contre les accapareurs, les profiteurs et les corrompus. Sade tousse. Il tire les pans de sa veste pour se protéger de la pluie. L'affiche lui fait penser à Girouard. Qu'est devenu l'imprimeur ? Par les temps qui courent, ses affaires doivent prospérer. On imprime à tour de bras. Le marquis tâte les pièces qui lui restent dans sa poche. Avec ça, il n'ira pas loin. Si sa femme et sa belle-mère refusent de lui donner de l'argent, il ira voir Girouard et lui proposera ses services. Une quinte le plie en deux. S'il ne s'abrite pas, il va s'effondrer. Devant lui, se dresse la coupole de l'église de l'Assomption. Sade ricane. Pour une fois, le Crucifié va lui servir à quelque chose.

Tout comme le quartier, l'église est vide tandis que le marquis s'avance lentement dans la nef. Un jour gris et sale tombe des lucarnes. Tout le contraire de l'église de la Salute, sur la lagune à Venise, lumineuse et aérienne. Lors de leur fuite amoureuse, Donatien avait entraîné sa belle-sœur, au centre de l'église, sous la coupole et l'avait embrassée dans l'air parfumé d'encens. Les Vénitiennes, qui priaient à genoux sur le dallage, avaient applaudi.

Il a trop de souvenirs.

Donatien se laisse tomber sur une chaise.

Et puis, il a tout perdu.

Tout ce qui faisait son espoir et sa revanche.

Le jour de la prise de Bastille, la populace a mis les cellules au pillage. Ses livres, ses dessins, ses lettres, toute sa vie a été lacérée, piétinée, brûlée.

Mais ce qui lui tire des larmes de sang : c'est le manuscrit des *120 journées*, dissimulé dans le mur et disparu à jamais[1].

Et le pire, c'est qu'entre son expulsion de la Bastille et la prise de la forteresse, dix jours se sont écoulés où sa femme n'a rien dit, n'a rien fait : ni prendre de ses nouvelles, ni s'inquiéter de ses affaires. Non, elle l'a abandonné seul au milieu des fous. Et le voilà maintenant en plein Paris à grelotter de froid. Enfin,

1. Retrouvé, le manuscrit passera de main en main avant d'être publié pour la première fois en 1903. Sade le croira perdu toute sa vie. Voir notre préface à l'édition des *120 journées de Sodome* chez 10/18.

il reste encore une chance. L'hôtel des Montreuil est à deux pas. Toute sa famille est là, ils ne vont pas le laisser à la porte. Cette idée lui redonne de l'espoir. Il se lève, traverse l'église et sort dans la rue. Plus que cent pas et il est chez lui.

Comme il remonte le pavé, une idée l'étreint : il va rentrer en Provence. Qu'on lui donne juste de quoi payer le voyage et il disparaîtra aussitôt. Sur place, il s'arrangera. Il a des amis, des domestiques fidèles. D'un coup, il ne sent plus la pluie qui tombe, le froid qui le fait trembler, il voit le soleil chauffer les pierres blanches de La Coste, le verger se couvrir d'un bruissement de feuilles, les oliviers et les vignes mûrir sous le bleu du ciel.

Il arrive devant la grille. D'un geste impatient, il tire sur la cloche. Un bruit de pas sec monte du jardin. Une jambe de bois surgit de derrière une haie de buis. Une voix vibre, lourde de peur et de colère.

— Qu'est-ce que vous voulez ? On ne donne pas aux miséreux. Passez votre chemin.

Donatien ôte son chapeau et lisse ses cheveux.

— C'est moi… le marquis… Sade.

Le jardinier s'approche.

— Monsieur le marquis, c'est pas Dieu possible !

— Où est ma femme ?

L'invalide semble pétrifié. Il bredouille :

— Partie… il y a une heure… la Normandie.

— Et mes enfants ?

— Pareil… toute la famille.

Inquiet, Sade lève le regard sur la façade. Tous les volets sont fermés.

— Ils n'ont rien laissé pour moi ?

Le jardinier secoue la tête.

— Non… monsieur.

— Même ma femme ?

La voix de Sade se fissure lentement.

La pluie redouble. Le vieux soldat tord son tricorne entre ses doigts. Des gouttes d'eau dégoulinent sur sa jambe de bois.

— C'est que… si je vous ai pas reconnu… c'est que la marquise justement… elle m'a dit… avant de partir…

Sade s'accroche à cet espoir. Il le savait. Pélagie ne peut pas l'avoir abandonné. Il en était sûr.

— Elle a dit… que vous étiez mort.

V

LA PLUME ET L'ÉCHAFAUD

Ce n'est pas ma façon de penser qui a fait mon malheur, mais celle des autres.

Marquis de Sade

1

4 novembre 1793
Paris
Quartier de la Madeleine

Un roulement de sabots ébranle la rue Saint-Honoré. Lancés au trot, quatre percherons tirent un affût d'artillerie qui tressaute sur les pavés. À la suite, un groupe de soldats dépenaillés tentent de suivre le rythme. Le visage rongé de barbe, les uniformes en lambeaux, ils semblent les épaves d'une armée en retraite. La plupart portent une cocarde tricolore délavée sur leur chapeau. L'un d'eux, un flambeau à la main, essaye de lire un plan tandis qu'un sous-officier jure comme un possédé.

— Par la tête du Gros Louis, qui m'a foutu des soldats pareils ! Vous avancez comme des limaces, si ça continue, la Révolution sera finie sans vous !

L'artilleur qui tient le plan regarde d'un air désespéré autour de lui. Les rues sont vides, les lanternes brisées, les portes défoncées sur des immeubles abandonnés. Une armoire éventrée gît au milieu de la rue. De la main, il désigne une masse sombre sur la droite. Un dôme qui semble flotter dans la nuit.

— Je crois bien que c'est l'église de l'Assomption. C'est là qu'on a rendez-vous avec les sans-culottes de la section des Piques, c'est eux qui doivent nous conduire jusqu'à la Conciergerie.

Le sergent sort une montre de son gousset et s'approche de la torche. Sur le couvercle, une tête de mort s'orne d'une devise : *la Liberté ou la Mort !* surmontée d'un portrait de Marat, le martyr de la République.

— Bientôt dix heures, morbleu ils font quoi, les camarades ? On va pas passer la nuit dans ce trou !

— La section des Piques, c'est la plus révolutionnaire de Paris. De vrais patriotes. Avec tous ces ennemis du peuple, je suis sûr qu'ils doivent être débordés.

Les chevaux se sont arrêtés devant le perron de l'église. L'artilleur plie sa carte et s'approche. Un rayon de lune perce les nuages.

— Ces maudits pavés, ça vous briserait le bronze des canons en un rien de temps !

Il ouvre les caissons, vérifie l'état des boulets, puis tâte de la main les sacs de poudre. Il se tourne vers le sous-officier qui tiraille ses moustaches d'un air sombre.

— Tout est intact, sergent, en revanche les chevaux crèvent de soif.

— Par le cul de Marie-Antoinette, où veux-tu que je trouve de l'eau en pleine nuit et dans un quartier pareil ?

Sans hésiter, l'artilleur indique l'église.

— Là.

Le visage du sergent s'illumine d'un éclat de rire.

— Les chevaux de la République ont soif ? Eh bien, ils vont boire de l'eau du Bon Dieu.

Hilare, il se tourne vers la troupe :

— Soldats, défoncez la porte de l'église. Et abreuvez les chevaux dans les bénitiers.

Rue Neuve-du-Luxembourg

Un bruit affreux réveille madame de Montreuil. Elle se retourne pour appeler son mari. Il est déjà assis sur le rebord du lit.

— Tu as entendu ?

Le Président tend la main vers le bougeoir. Sa femme le retient.

— Malheureux, tu vas nous faire repérer !

Depuis plusieurs jours, monsieur de Montreuil n'est plus dans son assiette. Il tente de se contenir, mais la peur déborde de son corps. Ses mains tremblent et il bégaye dès qu'on l'interroge. Il vit dans la terreur d'être arrêté.

— Je suis sûr… qu'*ils* viennent… nous chercher.

Madame de Montreuil hausse les épaules. Personne ne sait qu'ils sont là. Depuis leur retour, ils ne sont pas sortis et se nourrissent des provisions amassées dans la cave. Quand ils sont arrivés, les scellés étaient posés sur les portes. Ils se sont faufilés par un soupirail.

— Si c'était notre porte qu'*ils* avaient fracassée, on le saurait déjà, le rassure sa femme.

— Et s'*ils* fouillent toute la rue, qu'*ils* perquisitionnent maison par maison ?

— Eh bien, on fera face, s'énerve la Présidente, qu'ils viennent donc, ces Robespierre, ces Fouquier-Tinville, ces affamés de la guillotine, je n'ai pas peur, moi !

Son mari gémit :

— On aurait dû fuir en Normandie, les paysans nous aiment bien et…

— Mon pauvre ami, ils vous auraient égorgé à la première occasion ! Ces gens-là sont des assoiffés de sang !

— Mon Dieu, se lamente le Président, que vont devenir Pélagie et Madeleine qui sont restées là-bas ?

Madame de Montreuil lui prend la main. Elles sont froides comme la mort.

— Mon ami, reprenez-vous, vous savez bien qu'elles sont à l'abri chez des amis sûrs, il ne leur arrivera rien.

La voix chevrotante du Président balbutie :

— *Ils* vont venir… je le sens… la section des Piques… *Ils* vont se venger…

— Quoi, la section des Piques ? s'irrite la Présidente, quoi, se venger ?

Malgré l'obscurité, ils savent très bien ce que reflète leur visage. L'angoisse et la lâcheté. Monsieur de Montreuil se lève, ouvre un tiroir du bureau et revient avec une affiche.

— Elle était sur le mur d'entrée.

Pour la première fois, la Présidente frissonne. Elle saisit le papier qui sent encore la colle. Par l'embrasure des volets, la lumière de la lune joue sur le parquet couvert de poussière. Madame de Montreuil se penche pour lire. Subitement, elle a la même voix que son mari :

La section des Piques
Annonce que chaque nuit
Des perquisitions de domicile

Seront organisées pour débusquer
Les traîtres à la Patrie
Et les traduire devant le Tribunal révolutionnaire.
Tout citoyen qui refuse d'ouvrir sa porte est passible
De la peine de mort.

— Mon Dieu !
— Lis la suite !

Le président de la section des Piques

La Présidente pousse un cri avant de cracher le nom comme un poison :

Signé :
Sade.

Église de l'Assomption

— C'est pas trop tôt, s'exclame le sergent, on vous attend depuis une heure !

Un des sans-culottes pose un sac à terre et s'éponge le front.

— On est désolés, citoyen sergent, mais en venant, on a aperçu une lumière suspecte au dernier étage d'une maison. Alors on a procédé à une fouille complète.

— Et alors ?

Dans la lumière des torches, le sans-culotte révèle sa chevelure en broussaille. Il est roux comme un écureuil.

— Quand on est arrivés, l'oiseau s'était envolé par

les toits. Sans doute un aristocrate qui tentait de récupérer ses biens. Mais désormais tout ce qui appartenait aux nobles est propriété de la Nation. Alors pour éviter tout pillage, on s'est servis. Ce qui avait de la valeur, on l'a emporté avec nous.

Du bout du pied, le sergent entrouvre le sac. Un chandelier d'argent brille sous la lune. Il lisse sa moustache et ricane :

— Nous non plus, on n'est pas restés inactifs.

Il montre la porte fracassée de l'église.

— On s'est fait ouvrir la maison du Seigneur.

Sur les marches, un artilleur retire avec une tenaille les clous d'argent d'un crucifix tandis qu'un autre brise à coups de marteau un reliquaire.

— Et comme toi, on ne laisse rien aux ennemis de la liberté et de la fraternité.

D'un hochement de tête, le Roussin approuve :

— Tu as raison, citoyen, ce n'est que justice. Mais ce que je regrette, c'est de ne pas avoir attrapé ce maudit noble tout à l'heure. Je te l'aurais amené, moi-même, au Tribunal révolutionnaire et là, en moins de deux…

Il fait un geste explicite de la main.

— … raccourci, le bonhomme !

— Vive la guillotine, beugle le sergent, et vive Fouquier-Tinville, l'accusateur du Tribunal révolutionnaire, voilà un vrai patriote !

— Avec lui, c'est l'égalité pour tous : aucune tête ne dépasse. Gloire au *diable rouge* !

Occupés à défoncer la porte de la sacristie, les soldats, rejoints par les sans-culottes, ne les entendent pas.

— Ce n'est pas tout, annonce le sergent, mais j'ai

ordre de mener ce canon devant la Conciergerie. Et comme je ne connais pas bien Paris…

— Ne t'inquiète pas, citoyen, nous allons te guider.

Une clameur de joie éclate dans l'église. Des bruits de pas résonnent. Un artilleur jaillit, couronné d'une mitre d'évêque. Un ciboire roule sur les marches. Hurlant de joie, un sans-culotte déverse des bibles sur le parvis. Un tas se forme où se mélangent des missels déchirés, des chasubles lapidées et des statues mutilées de saints.

Le sergent se saisit d'une torche.

— Au nom du peuple et de la République…

Il jette le flambeau au milieu du bûcher.

— … Mort à la superstition ! Mort aux prêtres ! Mort aux aristocrates !

Rue Neuve-du-Luxembourg

Madame de Montreuil recule de la fenêtre. Malgré les volets clos, une lueur vive danse sur le plafond.

— Ils ont mis le feu à l'Assomption, s'exclame la Présidente, ces scélérats ne respectent rien ! Assassins et sacrilèges !

Le Président recule au fond de la chambre. Dans l'ombre. Il ne veut pas que sa femme voie son visage défiguré par la peur. Il murmure :

— On dit qu'à Lyon, ils vont envoyer Fouché pour mater la ville qui s'est révoltée.

Madame de Montreuil murmure une prière. Fouché : une raclure de bénitier devenu le pire des républicains. Un homme prêt à laver son passé de religieux dans le sang. Elle esquisse un signe de croix. Depuis le début des événements, sa foi a beaucoup diminué, mais elle est profondément choquée par le pillage des lieux de culte.

— Et tous ces innocents qui sont guillotinés par dizaines tous les jours ! Ce maudit *diable rouge* transforme Paris en un marécage de sang. Un vrai boucher !

Superstitieux, son mari lui pose la main sur la bouche. Prononcer le surnom de l'accusateur public du Tribunal révolutionnaire, c'est attirer le malheur sur la maison. La Présidente manque de sangloter. Elle a vu des gravures de l'échafaud dressé place de la Révolution. Tous ces corps sans tête… Elle pense à ses petits-enfants. Si Madeleine est en sécurité, cachée en Normandie, les garçons, eux, sont en fuite. C'est son mari qui s'occupe de leur faire parvenir clandestinement de l'argent et des nouvelles, mais c'est de plus en plus difficile. Aider des nobles en fuite, c'est risquer la mort.

— Dis-moi encore ce que tu as appris pour Louis.

— Il est en Allemagne. D'après ce qui se répète, il a rejoint l'armée que tentent de mettre sur pied les Condé. Des aristocrates en exil qui veulent se battre contre les révolutionnaires.

Madame de Montreuil grimace. Elle n'a jamais aimé cette famille, trop proche des Sade. Pas étonnant que Louis, le portrait ambulant de son père, se soit précipité pour faire le coup de feu à leurs côtés.

— Et pour Armand ?

— Il a rejoint Louis.

Cette fois, la Présidente enrage. Son petit-fils préféré qui risque sa vie ! Désormais, Louis et Armand sont considérés comme traîtres à la Nation et le couperet de la guillotine les attend si les républicains les capturent. Madame de Montreuil croise les mains. Jamais la situation de sa famille n'a été aussi dramatique. Si elle ne fait rien…

Sans bruit, elle se tourne vers son mari et annonce :

— Il faut que tu *le* voies.

— Qui ? s'étonne le Président.

D'une voix blanche, elle murmure :

— Donatien.

2

5 novembre 1793
Paris
La Conciergerie

Fouquier-Tinville est un lève-tôt. Dès six heures, il se rase avec précision face à un miroir embué par la chaleur. De la main droite, il fait glisser la lame d'acier sous sa gorge et, d'un coup sec, bifurque sur le menton. Il aime cette sensation grisante du métal sur la peau. Un écart et le tranchant fait jaillir le sang. Au fur et à mesure que son visage apparaît, net et lisse, dans le miroir, ses idées se mettent en place. Quand il donne le dernier coup sous le nez, il a tout en tête : les accusés du jour, les dossiers, les jurés, jusqu'aux prénoms des témoins. Une familiarité toute républicaine dont il use souvent : rien de tel pour les mettre en confiance et leur faire dire ce que l'on veut. Quand il s'asperge une dernière fois d'eau glacée, il est prêt.

Il se rase seul, car il n'a pas confiance dans les barbiers. Qui sait si un aristocrate, fou de vengeance, ne tient pas le manche du coupe-choux ? Les attentats contre les révolutionnaires ne manquent pas. Il suffit de voir Marat, traîtreusement assassiné par Charlotte Corday, cette fanatique du poignard. Ah, elle n'a pas fait long feu, devant le Tribunal révolutionnaire ! Le *diable rouge*, comme l'appellent ses ennemis, l'a expédiée *presto* à la guillotine. Fouquier-Tinville enfile sa chemise. En même temps, Marat était un excité qui ne cessait de pousser le peuple à l'insurrection. Si la fille Corday ne s'était pas chargée du travail, il aurait fallu l'arrêter. Avec tous les risques d'émeutes et de complots… Bref, cette Charlotte Corday, sans le savoir, a rendu un fier service à la République et à Robespierre en particulier. L'accusateur public passe silencieusement dans le salon. À cette heure, sa femme et ses enfants dorment comme des bienheureux.

Il se penche à la vitre. Un canon, comme il l'avait demandé, est en faction devant l'entrée de la Conciergerie. Des formes grises dorment sur la chaussée. Les artilleurs sans doute. Il les fera réveiller tout à l'heure. Que le public qui vient assister aux condamnations les voie prêts à tirer, le canon bourré jusqu'à la gueule et la mèche à la main. De quoi décourager toute tentative d'évasion.

Fouquier-Tinville enfile sa veste noire, vérifie ses épaules. Pas de poussière. Il a horreur du négligé. À propos des évasions, il va d'abord visiter les prisons où sont les suspects en attente de jugement. Une inspection impromptue, au petit matin, rien de tel pour fouetter le zèle des gardiens. Et malheur à celui qu'il trouve endormi à son poste.

On frappe discrètement à la porte. Un huissier passe une tête et murmure :

— Une visite pour vous, citoyen accusateur.

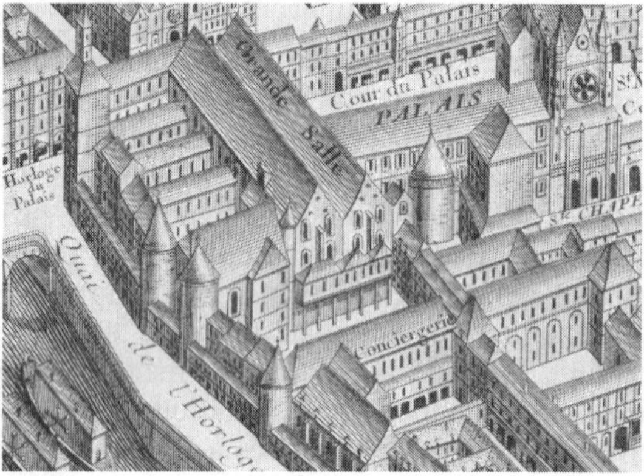

La Conciergerie

— Qui ?
— Le citoyen Fouché.

Cachots de la Conciergerie

Fouché n'a jamais été beau. Cet ancien religieux, devenu un des plus ardents défenseurs de la Révolution, a un visage à éclipses. Sous ses paupières tombantes, le regard varie comme un ciel d'automne. Tantôt gris, tantôt orageux, mais jamais clair. Une énigme qui inquiète. Comme le reste de ses traits, parfois vifs, angulaires, d'autres fois ondulants, presque liquides. Ce don de métamorphose est un de ses secrets. Pendant que l'on s'interroge sur son visage, il scrute, il perce, il met à nu. Un inquisiteur des temps modernes.

Fouquier-Tinville ne s'est jamais senti à l'aise avec lui. Néanmoins, il se montre convivial.

— Alors vous partez pour Lyon, la ville rebelle ?

— Dès demain matin.

La réponse est brève. Fouché parle peu. L'accusateur public n'insiste pas. Il connaît la réputation de fer du député qui a voté sans sourciller la mort du roi. Fouché entend tout, saisit tout avant tout le monde et surtout se souvient de tout. Un cerveau perpétuellement en éveil, un vrai chasseur insomniaque.

S'il est venu ce matin à la Conciergerie, c'est pour étudier l'opportunité de faire fonctionner un Tribunal révolutionnaire à Lyon. Fouquier-Tinville l'a emmené dans sa tournée des cachots. Ils descendent un escalier, suintant d'humidité, précédés d'un geôlier à bonnet rouge.

— Depuis quelques jours, j'ai fait doubler les gardes par des sans-culottes, explique Fouquier-Tinville, chaque section me fournit des volontaires. Des hommes sûrs.

Fouché passe sa main sur le mur. Du salpêtre s'accroche à ses doigts. Une poussière jaune à l'odeur âcre.

— Quelle section vous en envoie le plus ?

— Celle des Piques.

De sa main épaisse, Fouché montre le salpêtre entre ses doigts.

— On s'en sert pour produire la poudre. Vous devriez le faire récupérer. La République en a besoin pour ses canons. La section des Piques, vous dites ?

Le cerveau de Fouché se transforme en une carte. Il visualise chacune des sections parisiennes. Selon l'origine sociale de leurs membres, leur couleur politique change. Du bleu royal au rouge sang. Avant de partir pour Lyon, l'ancien religieux met à jour toutes ces informations. Il pense déjà à son retour.

— Au mois d'octobre, les sectionnaires des Piques ont organisé une marche en mémoire de Marat, précise Fouquier-Tinville, un spectacle grandiose. Des milliers de patriotes dans les rues. Des vrais républicains.

Fouché manque de hausser les épaules. Il a toujours méprisé les sans-culottes. Ces dévots de la République, ces fidèles de la nouvelle trinité : Liberté, Égalité, Fraternité. Des croyants qui s'ignorent. Et lui déteste toute religion.

En bas de l'escalier, un long couloir s'enfonce dans l'obscurité. Des gémissements s'échappent des grilles. Fouquier-Tinville tend la main avec emphase comme un acteur de théâtre. Il adore faire visiter son royaume des ténèbres.

— Voilà la rue de Paris.

— Drôle de rue, commente sobrement Fouché.

— Une rue sans retour, ricane l'accusateur public, on la nomme ainsi à cause du bourreau de Paris qui venait visiter les condamnés à mort avant leur exécution. En un coup d'œil, il évaluait la taille de leur cou et la force du coup de hache qu'il devrait donner.

— Voilà un problème que la guillotine a réglé.

— Parmi d'autres, ajoute Fouquier-Tinville, pince-sans-rire. Devant l'afflux de prisonniers, on a transformé ce couloir de la mort en une suite de cellules.

L'ancien religieux réfléchit à ce qui l'attend à Lyon. Des geôles à trouver, des prisonniers à garder, des gardiens à payer… toute une organisation à mettre en place, à financer, à surveiller… Trop long, trop complexe, il a déjà pris une autre décision.

— Si vous voulez voir comment sont détenus les suspects… l'invite Fouquier-Tinville.

Fouché balaie l'offre de la main.

— Merci, mais ce que j'ai vu me suffit.

— Mais à Lyon, il vous faudra bien vous occuper des prisonniers, les laver, les nourrir…

— Une perte de temps.

L'accusateur public ne réplique pas. Ce n'est pas le moment de se montrer trop curieux. Depuis des semaines, la tension politique est à son comble. D'un côté, les députés de la Convention qui ne cessent de s'envoyer mutuellement à la guillotine, de l'autre le Comité de salut public, sous la direction de Robespierre, que tente la dictature. Entre les deux groupes, c'est désormais la lutte finale. Il va falloir choisir son camp. Et seul le diable sait où va se ranger Fouché.

— Qui est le président de la section des Piques ? interroge subitement l'ex-religieux.

Fouquier-Tinville réfléchit. Voyons… Un ancien aristocrate, prisonnier à la Bastille. Un exalté politique, mais très influent dans sa section. Robespierre lui en a parlé. Il se méfie comme le diable de ces nobles plus républicains que lui.

— Ça me revient… Sade.

Fouché inscrit le nom dans sa mémoire. De retour à la Convention, il prendra ses renseignements.

— J'ai beaucoup de choses à faire avant mon départ.

L'accusateur public s'étonne.

— Mais vous n'avez même pas vu le Tribunal fonctionner… si vous voulez en former un à Lyon…

Pour la première fois, Fouché sourit. Un coup de serpette en plein visage.

— Je n'en aurai pas besoin.

Palais des Tuileries
Salle des machines

Depuis le printemps, les députés de la Convention se réunissent dans cette vaste salle où, sous l'Ancien Régime, on rangeait les décors et autres accessoires pour les fêtes royales. Patiemment, Fouché passe un à un les contrôles. Depuis l'assassinat de Marat, ce sont trois cordons de troupes qui cernent l'Assemblée. Des militaires, des gardes nationaux et des sans-culottes. À se demander si l'Assemblée, si bien gardée, n'est pas devenue une prison.

— Salut à toi, citoyen Fouché.

L'ancien religieux relève la tête. Devant lui se tiennent deux sans-culottes. À leurs pieds, un sac d'où s'échappe le bois noir d'un crucifix.

— C'est vrai ce qu'on dit, vous partez remettre de l'ordre à Lyon ?

Fouché acquiesce de la tête avant de demander :

— De quelle section êtes-vous ?

— Des Piques.

— Et ce sac ?

Les deux patriotes se poussent du coude.

— Hier soir, on a rendu visite au Crucifié… à l'église de l'Assomption…

— Et on l'a trouvé en triste compagnie… pour un simple fils de charpentier…

— … entouré d'or, d'ivoire, et d'argent…

— … alors on lui a rendu service…

— … on l'a délesté de tout ça !

Les sans-culottes éclatent de rire. Fouché se rapproche. L'un d'eux porte un bonnet constellé d'hosties profanées.

— Tu t'appelles comment ?

— Le Roussin, pour vous servir.

— Je m'en souviendrai.

Fouché salue et franchit la dernière barrière. Avant de pénétrer dans l'Assemblée, il tourne son regard vers le pavillon de Flore. C'est là que siège le Comité de salut public. Derrière les rideaux toujours tirés, comme une araignée jamais rassasiée, se cache Robespierre.

Dans le couloir qui mène à la salle des débats, des huissiers se réchauffent autour d'un poêle. Ils ont découpé une partie de la fenêtre pour faire sortir un tuyau noirci. Fouché fait signe à l'un d'eux qui accourt.

— Citoyen député ?

— Tu as toujours tes entrées au Comité de salut public ?

L'huissier approuve d'un discret mouvement de tête. Fouché fait glisser une pièce d'or entre ses doigts.

— Tu peux retirer un dossier ?

— Si la personne qui vous intéresse n'est pas déjà arrêtée. Sinon, c'est à Fouquier-Tinville qu'il faut s'adresser.

L'ancien religieux fait jaillir une autre pièce.

— Je veux un dossier pour ce soir. Tu le remettras à sa place au petit matin.

— C'est comme si c'était fait, répond l'huissier, le nom de la personne ?

Fouché se rapproche et murmure :

— Sade.

3

5 novembre 1793
Paris
Place des Piques

Un étranger de retour dans la capitale aurait bien du mal à reconnaître l'église des Capucines qui donne sur la place Vendôme rebaptisée place des Piques. Là où s'élevaient des statues de saints, se dressent des faisceaux de baïonnettes. Là où la Mère de Dieu étendait les bras en signe de protection, règne désormais un crâne aux orbites vides surmonté d'une couronne brisée. Devant l'entrée, deux bûchers brûlent toute la nuit, alimentés par les livres de la bibliothèque. En petit groupe, des sans-culottes, piques à la main, filtrent les visiteurs qui pénètrent dans l'église désaffectée. Depuis la dissolution des ordres religieux, l'ancienne abbaye est devenue le lieu de réunion de la section des Piques. Un des gardes tombe son bonnet, étend les bras et bâille à s'en décrocher la mâchoire.

— Par le sang du pape, j'ai trop bu hier soir ! J'ai la tête qui menace de faire sécession comme cette maudite ville de Lyon.

Un éclat de rire lui répond. Lors du pillage de l'église de l'Assomption, les plus malins ont trouvé une trappe dans la sacristie. Un flambeau à la main, ils sont tombés, au fond d'une cave voûtée, sur trois tonneaux pansus de vieux vin. Une aubaine dont ils ont profité jusqu'au matin.

— Alors, fais attention que Fouché ne te la coupe pas ! s'exclame le Roussin qui graisse avec soin son fusil.

Un nouvel éclat de rire résonne sur la façade de l'église criblée d'impacts. Les soirs de grande excitation, les républicains ont pris pour habitude de décharger leurs armes sur les murs.

— Lyon, la ville des traîtres, s'exclame un sans-culotte, il est temps que ses habitants payent pour leurs crimes ! Le citoyen Fouché va tous les faire passer au rasoir national.

Effrayée par les excès révolutionnaires de Paris, la ville de Lyon s'est déclarée commune libre, ce qui lui a valu un assaut meurtrier des républicains et maintenant, l'envoi du plus impitoyable des députés de la Convention : Joseph Fouché. Une décharge de balles contre la statue mutilée de saint Joseph ponctue ce discours vengeur.

— Combien de participants, ce soir ? interroge le Roussin.

Un des *bonnets rouges* saisit une ardoise et lit à voix haute :

— 233.

Aussitôt une nouvelle rafale part pour s'écraser sur le fronton de l'église.

— Quand je pense que, dans d'autres sections, ils sont à peine une cinquantaine pour les réunions.

— Des ventres tièdes !

— Des suspects !

— Des traîtres.

Depuis sa création, la section des Piques est la plus puissante de Paris. La plus extrême aussi. On y accourt de partout. C'est là qu'on entend les discours les plus violents, les réquisitoires les plus incendiaires, des diatribes qui brûlent comme du vitriol. La section des Piques, c'est le chaudron où bouillonnent tous les excès de la Révolution.

— Quel est le programme, ce soir ?

— On doit examiner des demandes de mise en accusation…

Le Roussin sourit. Il adore ces interrogatoires d'où l'on envoie des charrettes de mort en sursis à Fouquier-Tinville. Un plaisir quasi physique. Si seulement cette garce de Manon n'avait pas disparu dès les premiers troubles…

— Des maudits aristocrates ! Des affameurs du peuple ! hurle un patriote en brandissant son fusil. Pas de pitié ! La mort pour tous !

Église des Capucines, section des Piques

Une nouvelle décharge achève de défigurer saint Joseph. La poudre ne manque pas, les balles non plus. La section est une des mieux armées de Paris. Ce qui inquiète grandement les autorités.

— Mais avant, il y a un discours du président.

Un murmure d'admiration parcourt le groupe. Le Roussin bombe le torse.

— Le président… commence-t-il avec emphase… c'est l'homme qui a fait tomber la Bastille. J'en sais quelque chose, j'y étais.

Une salve d'acclamations salue cet éloge.

— Vive le libérateur des opprimés ! Vive le président de la section des Piques ! Vive le citoyen Sade !

Un vieil homme, le dos courbé, s'approche. Il tend un papier où est inscrit son nom.

— Mon… treuil… déchiffre un sans-culotte, tu habites où, grand-père ?

Le regard apeuré, l'ancien président de la Cour des aides balbutie.

— Rue Neuve-du-Luxembourg.

— Y a encore des gens là-bas ? demande le Roussin, soupçonneux.

De plus en plus livide, monsieur de Montreuil maudit sa femme de l'avoir forcé à se rendre à la section pour rencontrer leur ancien gendre. C'est sûr, il va se faire guillotiner sur place.

— Ça sent l'ancien aristocrate, ça ! gronde un bonnet rouge.

— La racaille d'ancien régime !

Le Roussin lève la main. Il a une autorité naturelle sur le groupe.

— Laissez-le passer.

Les jambes en dentelle, le Président franchit le porche de l'église. Un des patriotes s'étonne.

— Mais pourquoi on l'a pas arrêté ?

L'ancien menuisier baisse la voix. Depuis la prise de la Bastille, il est devenu un révolutionnaire convaincu.

— Que crois-tu qu'il va faire en sortant de la réunion de la section ?

— Rentrer dans son trou de rat puant ?

— Exactement. Il n'y aura qu'à le suivre et on pourra dénicher son terrier… et toute sa nichée.

Il sourit étrangement.

— Et là…

D'un geste sec, il fait passer la tranche effilée de sa main sous son menton.

Cloître des Capucines

Une rumeur sourde monte de l'église. Constance Quesnet se penche à la fenêtre et frissonne. Elle a toujours peur de ces soirs de réunion où la haine et la mort hurlent en même temps. Instinctivement, elle se retourne pour regarder l'homme de sa vie qui écrit sous un chandelier. Chaque fois qu'il traverse le cloître pour entrer dans la fournaise de la section des Piques, son cœur vacille. Elle a peur, si peur qu'il ne revienne pas.

— Mon ami, prononce-t-elle d'une voix douce, avez-vous bientôt fini votre discours ?

Sade lève la tête. Son visage s'est aminci. Ses mains sont devenues nerveuses. Il les pose à plat, fixe l'annulaire gauche marqué d'un fin cercle blanc. Lui seul sait qu'à cet endroit, il a porté, des années durant, la chevalière des Sade. *L'étoile à huit rais d'or… l'aigle écartelée.* Autant de signes distinctifs qui, aujourd'hui, sont synonymes de mort. Il lui répond avec douceur :

— Il me reste encore à écrire la conclusion. Vous le lirez dès que je l'aurai fini. Vous savez combien votre avis m'importe.

Constance rougit. Elle a toujours été émotive. Dans la vie comme à la scène. Quand elle montait sur les planches, elle avait toujours le carmin aux joues. D'ailleurs, sa carrière théâtrale fut brève : le temps de rencontrer son mari, Charles Quesnet, un beau parleur qui l'a abandonnée aussitôt enceinte. Constance est de ces femmes que les hommes oublient. Trop transparente sans doute, sa beauté diaphane séduit, mais ne retient pas. Une couverture sur les épaules, elle s'assoit dans la bergère. Bientôt on n'entend plus que le crissement de la plume sur le papier. Un bruit rageur. Donatien écrit toujours dans l'urgence et la fébrilité.

Constance frissonne. La section des Piques l'effraye. Des excités qui ne parlent que de brûler des églises, massacrer des prêtres, boire le sang des aristocrates. À se demander comment ils ont pu mettre un ex-marquis à leur tête. D'ailleurs, elle se méfie beaucoup de ce Roussin, cet ancien menuisier de la Bastille. En voilà un qui doit en savoir beaucoup sur Donatien… Elle s'enroule dans sa couverture. Sade lui dit ce qu'il veut et elle préfère le croire. Elle se rappelle quand elle l'a rencontré. Il tentait de faire jouer des pièces de théâtre. Elle se met à sourire. Personne n'en voulait. Comme auteur dramatique, une vraie calamité ! Étonnant, combien il arrive aujourd'hui à écrire des discours qui enflamment les foules. Il est vrai qu'il a de l'expérience, qu'il a écrit cette *Justine* qui empeste le soufre, mais l'essentiel c'est de l'avoir trouvé, lui ! L'homme de sa vie ! D'un coup, son angoisse la reprend. Il est si excessif dans ses idées ! Pire qu'un sans-culotte ! Et puis il a des haines mortelles, il ne supporte pas l'autorité. Il la défie sans cesse. Elle craint qu'il n'aille trop loin. Si seulement quelqu'un pouvait lui parler, le raisonner…

Brusquement, Sade se relève.

— Voilà qui est fait ! Si, avec ça, je ne soulève pas mes sans-culottes ce soir…

— Mon ami… tente doucement Constance. Vous devriez peut-être…

Donatien se lève et va tisonner la cheminée. Constance est frileuse. Sensible au froid comme aux émotions. D'ailleurs *Sensible*, c'est le surnom que lui a donné Donatien.

— Vous vous effrayez pour rien, ma mie. Je sais où je vais. Partout en Europe, la liberté fermente. Les temps sont mûrs. Tout va être balayé. L'ancien monde va disparaître. C'est inéluctable.

— On dit que la situation est grave et que Robespierre va agir… commence Sensible.

Dans tout Paris, des rumeurs bruissent sur les divisions qui agitent le Comité de salut public où règne l'Incorruptible, sans compter la Convention où les députés ne cessent de se déchirer. Depuis des mois, la Révolution ne s'accorde que sur un point : la mise à mort de ses ennemis. Réels ou supposés.

Au seul nom de Robespierre, Sade se cabre.

— Ah, ne me parlez pas de cet apôtre de la Vertu… tout juste bon à couper des têtes… un castrat de la politique, un émasculé de l'intelligence.

Par réflexe, Constance tourne la tête vers la porte. De peur qu'on ne les écoute. Ses cheveux blonds tombent sur ses joues qui rougissent.

— Et se faire appeler l'Incorruptible, en plus, quelle prétention ! Un petit avocat minable… un impuissant que des ignares ont installé au sommet… et il se venge, ce médiocre… il est gorgé de rancœur, gangrené de jalousie… Il fait couler le sang parce qu'il a les veines vides.

Tétanisée dans son fauteuil, Sensible a la voix qui lui manque. Elle ne comprend jamais les emportements de Sade, ses colères épidermiques, ses crises de fureur. Un homme si doux, si prévenant, qui l'a recueillie, qui a élevé son fils, qui ne lui a donné que de l'amour. Donatien continue :

— Ce soir je vais inaugurer le discours que je dois lire dans dix jours devant la Convention. Si la section des Piques me soutient, j'attaquerai Robespierre devant les députés. Je le jetterai face à ses contradictions, je le ridiculiserai en public. Il ne s'en relèvera pas.

— Donatien ! s'écrie Constance.

Sade jaillit de sa chaise. Son regard est devenu brûlant.

— Je vais le crucifier !

4

5 novembre 1793
Paris
Palais des Tuileries

— Citoyen ?

Fouché lève les yeux des rapports sur Lyon qu'il est en train de mémoriser. Situation politique, compte rendu des troubles, état des troupes… L'huissier s'avance et pose sur la table un fort volume à la couverture sombre.

— Le dossier Sade.

L'ancien religieux sort une pièce d'or de sa redingote et la glisse dans la main ouverte du fonctionnaire. Tout le monde est corruptible, il suffit de connaître le prix. Et de le doubler.

— Passez demain matin à cinq heures. Juste avant mon départ. Vous pourrez le reprendre.

L'huissier hésite.

— Si vous n'y voyez pas d'inconvénient, citoyen, je préfère attendre que vous ayez terminé. Ce genre de dossier, vous savez…

Fouché approuve discrètement de la tête. *Emprun-*

ter un dossier au Comité de salut public, si l'on est découvert, c'est la mort assurée.

— Alors installez-vous dans l'antichambre. Je vous appellerai dès que j'aurai terminé.

Il fouille sa poche et tend une nouvelle pièce. Ce n'est pas la première fois que Fouché l'emploie et, chaque fois, il paye l'huissier avec largesse. En ces temps incertains, investir dans la fidélité peut se révéler un placement d'avenir. C'est d'ailleurs la raison pour laquelle il s'intéresse à Sade. Ce revenant qui survit à tout est peut-être un cheval sur lequel miser.

Fouché soupèse le dossier. Noir, lourd, constellé de cire rouge, il semble tout droit sorti des archives de l'enfer. Si on l'accrochait au cou de son propriétaire, il n'y survivrait pas.

Un instant, il s'amuse à contempler les différents sceaux qui encombrent la couverture. Décidément, ce Sade, de Louis XV à la République, aura causé bien du fil à retordre aux autorités.

Il a commencé tôt sa carrière de trouble-fête… Voyons… Emprisonné quand ? Dès 1763 et pourquoi ? *Profanations sacrilèges*… Eh bien, en voilà un qui était en avance sur son temps ! Fouché ricane. Les sacrilèges, ça le connaît. Il a déjà *nettoyé* plusieurs églises. Et il compte bien faire encore mieux à Lyon. Si on veut que le peuple se détache de la religion, il faut en détruire tous les symboles. Ce petit marquis commence à lui plaire… Regardons le rapport... *A obligé une ouvrière en éventails à se soulager sur un crucifix*… C'est tout ? Alors qu'aujourd'hui on pille les églises, brûle les couvents et éventre les prêtres ! Chaque jour, des sans-culottes avinés viennent apporter à la Convention les débris de leurs pillages : ciboire profané, statue décapitée, soutane conchiée… Et ils repartent avec la bénédiction des députés. À côté, Sade apparaît un bien petit joueur. Et en plus ce naïf s'est fait attraper… La cote du marquis baisse d'un cran. Fouché hausse les épaules… Voyons… tout le monde sait qu'à l'époque où la noblesse se pâmait devant les idées d'égalité à la Rousseau, les aristocrates passaient leurs nuits à fustiger des catins et violer des servantes. Et on a jeté le petit marquis en prison pour avoir pissé sur le Crucifié ? Encore un de ces nobliaux de province qui croyait que la *noblesse* de leur sang suffisait à les protéger. Lui, Fouché, qui a crevé de faim et de honte dans des couvents miteux, sait où est le vrai *pouvoir*. Il est dans l'intelligence de deviner le premier ce que les autres ignorent encore. En ces temps de guillotine, savoir et prévoir sont plus utiles qu'un œil et un bras.

Voyons la suite… Arrêté en 1768 pour avoir fouetté une mendiante et, de nouveau, il se fait prendre. Entretemps, le marquis s'est marié. Visiblement une union bancale. Quelle famille ? Les Montreuil… Noblesse récente. Le sang bleu de ces nobliaux a dû en prendre un coup. Les Sade ne devaient plus avoir un écu vaillant, alors ils ont vendu leur fils contre espèces sonnantes et trébuchantes. Classique. De temps en temps, il faut savoir mettre du fumier sur ses terres.

Tiens, un dossier sur Marseille… Qu'a donc fait notre marquis ? Sodomie… Tentative d'empoisonnement ? Enfin du sérieux ! Voyons… deux prostituées à l'agonie, mais qui finissent par ressusciter. Pas de quoi fouetter une chatte et, pourtant, Sade est condamné à mort. Fouché ricane. Il n'y a pas à dire : ce marquis est un vrai malchanceux.

Voyons la suite… la copie de lettres de la présidente de Montreuil. Très en colère, la belle-mère. Si elle le tenait, son débauché de gendre, elle le brûlerait à petit feu et disperserait ses cendres sur un tas de purin. Et pourquoi ? Parce que le bougre a péché avec sa belle-sœur. Une chanoinesse en plus. Et jeune, à peine dix-neuf ans.

Fouché repense à une citation de Pindare : *« Ô mon âme, n'aspire pas à la vie immortelle, mais épuise le champ du possible. »* Tout Sade.

Et après ?… des voyages en Italie, des détentions, des fuites… et pour finir une arrestation à Paris. Fin de la cavale.

Une liasse de feuilles, estampillées Vincennes, puis Bastille, glissent sur la table. Fouché n'y jette même pas un œil. Pas besoin d'être une sibylle, pour deviner comment le marquis s'est comporté en prison : plus de onze ans, enterré vivant. De quoi emmagasiner des tombereaux de haine.

L'ancien religieux se lève. Quand il réfléchit, il aime marcher. Par la fenêtre, il a vue sur le jardin désert des Tuileries et le pavillon de Flore encore éclairé.

Le Comité de salut public veille tard.

Sans doute Robespierre et les siens sont-ils en train de discuter de Lyon. Ils veulent faire un exemple. Une répression impitoyable qui terrorise la France entière. Et ils l'ont choisi, lui, Fouché. Pourquoi ?

Près du bureau, un échiquier prend la poussière. Quand il était religieux, il passait ses nuits à jouer, pour contrôler la colère qui l'étouffait. La rage d'être condamné à une vie sans avenir. Alors, il jouait aux échecs contre lui-même, maudissant Dieu et haïssant les hommes. Si le Comité de salut public l'a désigné, parce qu'il n'a plus ni morale ni pitié, alors ils ne se sont pas trompés.

D'un doigt, il fait bouger une tour.

Et s'ils l'avaient choisi pour le perdre…

Fouché n'a aucune confiance en Robespierre. Rien n'est plus dangereux qu'un médiocre qui croit en ses idées. Il perd toute mesure et oublie toute humanité.

De nouveau, il avance la tour. Sur un échiquier, celui qui gagne, c'est celui qui a plusieurs coups d'avance.

Et l'Incorruptible, lui, ne sait pas jouer aux échecs.

Reprenons ce Sade… libéré en 1790… On le voit dans les théâtres, sur scène comme dans des coulisses, en train d'essayer de faire jouer ses pièces… toutes refusées… En 1791, on lui prête un livre qui sent le soufre, *Justine ou les Malheurs de la vertu*... un succès de librairie… on le retrouve partout… des obscures villes de province aux galeries du Palais-Royal. Visiblement, le sieur Sade est plus doué pour la prose érotique que pour la grande tragédie.

C'est aussi l'année où ses fils quittent la France pour rejoindre l'armée de Condé…

Fouché prend de ses doigts épais l'acte qui les désigne comme traîtres à la Patrie. Une feuille de vélin. Il examine les tampons, puis les signatures. Plus de doute, c'est l'original. Un copiste négligent aura oublié de la substituer. Fouché la plie avec soin et la glisse dans sa redingote. Rien ne se perd, tout sert.

La suite… en 1792, Louis Sade – le prénom a changé, la particule a disparu – est élu secrétaire de la section des Piques… pas mal pour un ex-marquis dont les deux fils combattent contre la République… un joli numéro d'équilibriste…

Continuons… nommé, en juillet 1793, président de la section des Piques.

Fouché fait un nouvel arrêt.

Comment un noble, un libertin, se retrouve-t-il à la tête de la section la plus violente de Paris ? Une section où se rassemblent tous les extrémistes, les émeutiers, les pires des sans-culottes ? À croire que ce marquis a des talents de meneur de loups.

Octobre, le mois dernier… voilà notre noble rouge qui organise une marche, à travers Paris, en l'honneur de Marat. On porte des bustes du martyr sur les épaules, on entonne des chants à sa gloire et, bien sûr, le citoyen Sade prononce l'éloge funèbre…

Fouché éclate de rire.

Il voit la scène comme s'il y était : le petit marquis qui déclame son texte, entouré de jeunes vierges vêtues de blanc, de vieillards en pleurs et de sans-culottes subjugués. Un vrai sens du théâtre.

Le cou douloureux, Fouché se lève. Les lumières se sont éteintes au pavillon de Flore. Robespierre est rentré chez lui, rue Saint-Honoré. Il vit chez une famille de menuisiers, les Duplay, qui lui vouent une admiration quasi religieuse. Habiter chez des artisans, quelle idée ! On dit qu'il partage leur soupe, et les mauvaises langues ajoutent *le lit de leur fille*. C'est mal connaître Maximilien, le plaisir n'a jamais été son fort. Tout le contraire de Sade.

Fouché lève le regard sur l'horloge encore marquée de la fleur de lys. Bientôt trois heures. À la pointe du jour, il partira pour Lyon. Nul ne sait quand il reviendra et surtout quelle sera la situation à Paris. Tout est possible, de la dictature de l'Incorruptible à sa chute dans le sang. Voilà pourquoi il est primordial d'avoir des pions à actionner sur l'échiquier politique. Surtout des pions que personne ne soupçonne.

Mais s'il veut se servir de Sade, il lui faut un moyen de pression.

L'ancien religieux contemple à nouveau le monceau de rapports, de notes qui constituent le dossier Sade. Il n'a plus le temps de les étudier à fond. Il plonge la main entre les feuilles et en saisit une.

«... Même si elle est sans nom d'auteur, ni d'éditeur, nous savons que l'ignoble livre de Justine *a été écrit par l'infâme Sade et publié par l'éditeur contre-révolutionnaire Girouard... »*

Fouché prend une mine de plomb et appelle l'huissier qui surgit aussitôt. Le bougre est pressé de rendre le dossier.

— J'en ai fini.

L'huissier tend la main. Fouché la saisit et la retourne. Dans la paume ouverte, il glisse une nouvelle pièce. Sur une des faces est écrit le nom de Girouard.

— Trouvez-moi cet homme.

5

5 novembre 1793
Paris
Église des Capucines

Monsieur de Montreuil s'est assis dans l'ombre d'un pilier sur une chaise bancale. Quand il ne fixe pas la boucle de ses souliers, il jette des regards terrifiés autour de lui. Assis au pied de l'autel renversé, un groupe de sans-culottes commente les exécutions du jour. Tous regrettent l'heureuse époque de la décapitation à la hache. Au moins, on pouvait apprécier la dextérité du bourreau. Le spectacle était garanti. La guillotine, elle, a un côté mécanique, répétitif, qui ôte tout imprévu ludique. Fini, les têtes qui résistent, les condamnés à moitié tranchés qui frétillent comme des poissons. Aujourd'hui, la guillotine expédie les condamnés avec une efficacité sans surprise. En même temps, comment se débarrasser de tous les ennemis de la Nation, sans une machine à la cadence implacable ? Assise au premier rang, une femme éclate de rire. Effrayé, Montreuil reconnaît une *tricoteuse*. Ces femmes du peuple qui passent leur journée à manier le fil et l'aiguille près de l'échafaud et qui ne ratent aucune exécution. Qui vont à la mort comme au théâtre.

Un brouhaha se répand sur les premières rangées, suivi d'une salve d'applaudissements tandis que les sans-culottes se lèvent et hurlent en chœur :

— Sade ! Sade !

Devant les yeux ébahis de son beau-père, Donatien monte une à une les marches de l'escalier de bois qui conduisent à la chaire, là où, quelques années plus tôt, des prêtres prêchaient l'Évangile. De profil, l'œil en feu, les cheveux blancs comme la foudre, il ressemble à un prophète de l'Apocalypse.

— Citoyens ! Salut et fraternité ! rugit Donatien.

Une clameur lui répond qui fait trembler les vitraux. Monsieur de Montreuil en reste bouche bée. Son gendre, qu'il n'a pas vu depuis plus de quinze ans, s'est métamorphosé en un révolutionnaire adulé. Cloué sur sa chaise, la peur grandissante au ventre, l'ancien Président maudit une fois encore sa femme de l'avoir jeté dans la fosse aux lions. De son regard magnétique, Sade balaye les premiers rangs de la foule.

— Quel est l'ennemi de la liberté ?

Un silence tendu tombe sur la salle. Donatien hurle :

— L'Église !

Un roulement d'applaudissements résonne jusqu'aux voûtes.

— Quel est l'ennemi du peuple ?

Un sans-culotte agite un ciboire comme un trophée.

— Les prêtres !

D'un coup, ce ne sont que cris et hurlements frénétiques.

— Quel est l'ennemi de l'homme ?

La voix de Donatien éclate comme un incendie :

— Dieu !

L’église est pleine à craquer et, à la dernière parole de Donatien, c’est un déchaînement de bêtes fauves qui hurlent à la mort.

— Vous voulez vivre heureux ?

Une rafale de coups de fusil retentit sur le parvis de l’église.

— Détruisez les religions !

Alors que sans-culottes et tricoteuses se déchaînent, Montreuil décide de fuir au plus vite. S’il reste un instant de plus, il en est sûr, ces assoiffés de sang vont l’égorger et sa tête va se finir en haut d’une pique. Malgré ses jambes plombées de peur, il tente de remonter le flot des excités qui se précipitent pour féliciter Sade. Ce dernier, le visage rayonnant, descend de la chaire, environné de bras qui se tendent et de lèvres qui le réclament. L’ancien détenu de la Bastille goûte la toute-puissance de la revanche. C’est à ce moment que son regard croise celui de monsieur de Montreuil bloqué par un groupe de tricoteuses qui hurlent en chœur :

Ah ! ça ira, ça ira, ça ira !
Les aristocrates à la lanterne.
Ah ! ça ira, ça ira, ça ira !
Les aristocrates on les pendra.
Si on les pend pas
On les rompra
Si on les rompt pas
On les brûlera.

Donatien brandit son index droit sur son beau-père. Autour du président des Piques, des hommes en armes se raidissent, prêts à bondir. Un fusil s'arme. Des lames sortent du fourreau.

Les jambes de monsieur de Montreuil cèdent. Il tombe à la renverse sur le pavé de l'église. Un éclat de rire carnassier embrase le visage de Sade qui entonne :

Ah, ça ira, ça ira, ça ira.
D'abord on va pendre beau-papa ;
Puis on le rompra,
Puis on le brûlera.

Cloître des Capucines

Constance se penche sur le visage défait du vieillard et lui verse de l'alcool entre les lèvres. Un peu de rose colore les joues. Dans l'embrasure de la fenêtre, Sade écoute les bruits qui montent de la section des Piques. Comme monsieur de Montreuil ouvre les yeux, Sensible desserre le col de sa chemise. Il la contemple d'un air effrayé avant de murmurer :

— Merci, madame.

Instinctivement, il porte la main à son cou.

— Si c'est votre tête que vous cherchez, siffle Donatien, vous l'avez encore sur vos épaules.

Par la fenêtre, on entend des cris qui montent de l'ancienne église. Sensible se met à frissonner.

— Que se passe-t-il ?

Sade hausse les épaules de dégoût.

— C'est l'heure des mises en accusation. Des pauvres gens que l'on va envoyer au Tribunal révolutionnaire.

L'homme qui a écrit les *120 journées de Sodome* où

l'on tue et l'on massacre à chaque page est un fervent opposant à la peine de mort. Il a d'ailleurs refusé de présider des séances où l'on décide des mises en accusation. Un geste d'indépendance qui n'a pas été du goût de tout le monde.

Dans le fauteuil, monsieur de Montreuil n'en finit pas de trembler. Cette horrible chanson que son gendre a chantée, mon Dieu ! Et pourtant quand il est tombé dans l'église, ce sont des sans-culottes qui l'ont relevé et conduit ici. Il ne comprend plus rien.

Donatien s'approche, le toise et d'un ton sec l'interroge :

— Que me voulez-vous, monsieur ?

— Ma femme… commence Montreuil.

En un instant, le visage de l'ancien marquis vire au cramoisi. Constance saisit les mains de son compagnon.

— Mon ami, je vous en supplie, écoutez-le.

La voix chevrotante, monsieur de Montreuil tente de s'expliquer :

— Nous sommes à Paris… Nous nous cachons…

C'en est trop pour le vieil homme qui se prend la tête entre les mains.

— Où sont mes fils ? demande Donatien.

— En Allemagne. Ils ont rejoint l'armée des Condé.

— Les imbéciles ! S'ils rentrent, ils sont morts. Et ma fille ?

— En sécurité en Normandie avec sa mère.

Cette fois, Constance n'y tient plus. Elle fait un signe de croix et murmure :

— Merci, Seigneur.

Avec les années, elle s'est prise de pitié pour la famille fantôme de Sade. Ses enfants sans père, cette épouse à la vie sacrifiée. La voix vacillante, le vieillard reprend :

— … *ils* ne savent pas que nous sommes rentrés, mais s'*ils* viennent fouiller la maison…

L'ancien président de la Cour des Aides éclate en sanglots. Constance se précipite tandis que Donatien réplique :

— Douze ans passés en prison, dans une cellule glacée, au milieu des rats et de la vermine. Bafoué, humilié, persécuté. J'ai perdu ma jeunesse, mes dents. J'ai perdu ma femme, mes enfants. Et à qui je dois cette malédiction que je ne souhaite pas à mon pire ennemi ?

Hoquetant, monsieur de Montreuil baisse la tête.

— Ma fortune anéantie, mes amis pourchassés, mes châteaux pillés, ma vie ruinée. Et à cause de qui ?

Le regard fixé sur le plancher, son beau-père ne répond pas.

— À cause d'une seule et unique personne, diabolique, perverse : votre femme ! Elle aurait dû être une mère pour moi ; elle a été mon bourreau !

À son tour, Constance se met à pleurer. Donatien conclut d'un ton sec :

— Et vous me demandez de vous sauver ? Non, monsieur !

D'un coup, monsieur de Montreuil se lève. Malgré l'âge, malgré la peur, un ultime sursaut de fierté lui redonne du courage. Il se tourne vers son gendre, s'incline et salue :

— Serviteur, monsieur.

Donatien se contente d'un bref mouvement de tête. Quand la porte claque, Constance est effondrée. Sade range les feuillets de son discours sur la table.

— Je n'ai eu que quelques mots à prononcer, un triomphe ! Mes sans-culottes ont été enthousiastes. Cette fois, je ne doute plus de mon succès. Quand je lirai ce texte en entier à la Convention, je soulèverai l'assemblée, j'en suis sûr ! Cet eunuque de Robespierre n'a qu'à bien se tenir.

— Et vos beaux-parents ? Ils vont être arrêtés, condamnés, exécutés ?

Le marquis ne répond pas. Il ouvre le tiroir du bureau et sort un registre frappé d'un bonnet rouge.

— Je sais ce que vous écrivez : Girouard, votre imprimeur, m'en a parlé. Des pages et des pages où vous célébrez la toute-puissance du vice sur la vertu, de la violence sur la paix, du meurtre sur la vie. Vous êtes un assassin, Donatien ?

Sans un mot, Sade remonte les pages du dossier. Constance s'approche. *Octobre, Septembre*... ce sont les procès-verbaux des réunions de la section des Piques. *Août*...

— Lisez.

Sensible se penche.

— *« En date du 15 Thermidor An I*[1], *les ci-devant*[2] *Claude René de Montreuil, ancien président de la Cour des Aides de Paris, et sa femme Marie-Madeleine de Montreuil, née Masson de Plissay, soupçonnés d'activités contre-révolutionnaires et de correspondance avec l'étranger, sont placés sous surveillance, mais ne sont pas transférés devant le Tribunal révolutionnaire... »*

1. 2 août 1793.
2. Dénomination juridique des nobles à l'époque révolutionnaire.

La voix embuée de larmes, Constance continue :

— « *... sur ordre du citoyen Sade, président de la section des Piques.* » Mon Dieu, mais vous les avez déjà sauvés !

Donatien ferme le dossier et murmure :

— Je suis un libertin, pas un assassin.

6

10 novembre 1793
Paris
Place de la Révolution

Le froid est tombé sur la ville. Recroquevillés sous les porches, des miséreux tentent de se protéger du vent. Certains mendient encore, mais Paris manque de tout. Et puis, la Révolution, plongée dans le tourbillon de sang de la guerre civile, se méfie des pauvres. Qui ne dit que, derrière leurs faces grises, sous leurs haillons pouilleux, ne se cachent pas des espions, des conspirateurs ? Ou pis des assassins ? D'ailleurs, les sans-culottes font la chasse aux mendiants. Dans une République vertueuse, comme la veut Robespierre, il n'y a de place que pour ceux qui travaillent ou se battent.

Frissonnante, Constance Quesnet s'immobilise au coin de la rue. Un attroupement vient de se former. Elle pose la main sur son panier pour le protéger. Depuis les émeutes de février, les vols sont devenus fréquents et violents, surtout dans les mouvements de foule. Elle a réussi à se procurer six œufs. Un miracle en ces temps de disette. Près d'elle, une femme, couverte d'un bonnet crasseux s'esclaffe d'un rire vulgaire avant de lui donner un coup de coude complice.

— Alors, citoyenne, toi aussi, tu es venue pour le spectacle ?

Son haleine empeste l'alcool de genièvre. Constance acquiesce sans comprendre. Depuis que Robespierre et les siens règnent au Comité de salut public, mieux vaut parler le moins possible. Les rues pullulent de mouchards. Un mot contre la Révolution, un soupir sur la dureté des temps et c'est un aller simple pour l'échafaud.

Un bruit de roues résonne le long des façades aux volets fermés. Une gerbe de cris s'élance de la foule.

— Les voilà, s'exclame la commère, c'est la première fournée ! Celle du matin.

Monté sur un escabeau, un artisan, une truelle accrochée à la ceinture, compte sur ses doigts.

— Y a trois charrettes. À sept condamnés par charrette, ça fait…

— Vingt et un, dit Constance en rougissant.

Le chiffre lui a échappé. Et elle s'en veut d'être entrée dans cette discussion.

La commère se tape de joie sur les cuisses. Sa poitrine opulente rebondit dans son corsage. Autour du cou, elle porte un chapelet de mouchoirs d'un blanc éclatant.

— Le *diable rouge* a bien travaillé. En voilà un qu'est pas un fainéant ! Avec lui, pas de cadeau, tous les accusés passent au rasoir national.

Un éclat de rire général salue son intervention. Constance tente de traverser les rangs de spectateurs. Elle se sent oppressée. Sous le casque d'or de ses cheveux, son visage rougit de honte. Elle arrive devant une haie de gendarmes.

— On ne passe pas. Ordre du Comité de salut public. Personne ne doit approcher les condamnés.

Derrière elle, la commère l'a rejointe et interpelle un sous-officier :

— Et une fois que ces traîtres à la Patrie vont être raccourcis, on pourra aller à l'échafaud ? Je veux voir leur tête à tous ces vendus…

Le gendarme hésite. Il n'a pas d'ordre en ce sens. La commère soulève ses jupes.

— … parce que moi, je vais leur pisser à la gueule.

Le militaire blêmit tandis que Constance devient écarlate. La commère se penche à son oreille, et lui montre la ribambelle de mouchoirs pendus à son cou.

— En vrai, je trempe un mouchoir dans le sang de chaque tête. Et ensuite…

Elle cligne de l'œil.

— … je le vends aux familles. Surtout aux mères. Elles payent le prix fort, ces idiotes.

C'est plus que Constance ne peut en supporter. Il lui faut quitter la place vite. De sa main libre, elle brandit un papier frappé du sceau de la République.

— J'ai un sauf-conduit.

— De qui ? interroge le gendarme, méfiant.

— Du président de la section des Piques.

Aussitôt, le militaire se met au garde à vous et lui fait ouvrir le passage. Comme elle traverse la ligne de soldats, une première charrette arrive. Un jeune homme, les mains liées, est jeté sur le pavé. Un hurlement de joie explose dans la foule. Constance s'enfuit en courant.

Le passant qui remonte de la place Saint-Sulpice en direction du Luxembourg ne remarque presque jamais, entre deux immeubles décrépis, une sorte de brèche qui s'enfonce dans l'obscurité. Car, même en plein jour, l'impasse Ferrou baigne dans l'ombre. Une voûte végétale la protège aussi bien de la lumière du ciel que de la curiosité des badauds. Sous le règne de feu Louis XVI, c'est là que vivait un des plus célèbres jardiniers de Paris. Sous ses mains expertes, jaillissaient citronniers et orangers, qu'il faisait pousser dans de grands vases émaillés. Lucide et prévoyant, il avait quitté Paris dès les premiers jours de la Révolution, abandonnant ses arbres qui, depuis, n'ont cessé de pousser, colonisant toute l'impasse. Un bois exotique a ainsi jailli en plein cœur du quartier Saint-Sulpice dans l'indifférence générale. Pourtant, certains initiés savent qu'une fois écartées les branches, en se faufilant sous les feuilles, on atteint une petite cour où coule une fontaine.

Impasse Ferrou

C'est là que Constance, encore tremblante de dégoût, reprend courage. Comme elle se passe de l'eau sur les joues, une fenêtre s'ouvre discrètement à l'étage et une tête ébouriffée apparaît.

— Mais c'est la petite femme de notre marquis. Entrez ! Entrez ! La porte est ouverte.

Constance se glisse dans l'escalier. Une odeur d'encre la saisit aux narines. Sur le palier surgit Girouard.

— Quelle heureuse surprise, justement j'allais vous prier de venir.

L'imprimeur s'arrête de parler et contemple sa visiteuse. Morbleu en voilà une que Dieu a bien sculptée ! Élancée, une taille de guêpe et des seins qui frissonnent sous le corsage. Y a pas à dire, Sade est un homme de goût ! Il n'y a que lui pour débusquer pareille beauté.

— Je vous trouve plus séduisante à chaque fois que je vous vois. Notre ami le marquis a bien de la chance.

Constance pose ses doigts sur ses lèvres.

— Mon Dieu, ne prononcez plus ce mot de *marquis*…

Girouard sourit ironiquement

— Il est vrai que désormais on honore le citoyen Sade du titre de *président*... et qui plus est de l'élite de toutes les sections, celle des Piques.

— Allons, ne vous moquez pas ! réplique Constance.

L'imprimeur lui tend une chaise et s'assoit à son tour. Il a maigri. Des cernes se creusent sous ses yeux. Sur la table, des brochures s'empilent. *La République des guillotineurs. La Révolution sanglante. Les Crimes du Comité de salut public.* Girouard ne se refait pas. Quel que soit le régime, il est contre.

— Je ne me moque pas : je suis admiratif ! Quand je me rappelle Donatien, en 1790, au sortir de prison, dans ses loques, sans un sou, ruiné, honni et que je le vois aujourd'hui parler d'égal à égal avec Robespierre. Oui, j'avoue, même si je ne partage pas ses idées, je l'admire !

Le visage de porcelaine de Constance se fendille. Elle a peur quand on parle de politique. À chaque nouvelle promotion de Sade, elle se demande si ce ne sera pas la dernière. Elle pose la corbeille sur la table.

— Je vous ai apporté des œufs.

Les yeux de Girouard se mouillent de reconnaissance.

— Ah, vous et le *marquis*… enfin Sade, vous êtes de vrais amis !

— Vous avez besoin d'aide. C'est tout naturel que nous soyons là.

— Si vous saviez le nombre d'amis qui m'ont abandonné !

Compatissante, Constance lui prend la main.

— Quand Donatien était dans la misère, à sa sortie de la Bastille, vers qui s'est-il tourné ? Qui lui a donné sa chance ?

La voix émue, l'imprimeur s'épanche :

— Je le vois encore, quand il est venu me voir. Il avait écrit un roman. La *Justine*.

Constance baisse le regard. Elle est toujours gênée quand on lui parle des écrits de Donatien. D'ailleurs, elle ne les lit jamais.

— Quel livre ! Du soufre comme s'il en pleuvait. Et de ces scènes ! De l'épice bouillante. Une révélation ! D'ailleurs, le public ne s'y est pas trompé. Si vous saviez le nombre de volumes que j'ai vendus… Un succès… Énorme ! Un vrai écrivain. Il se perd en faisant de la politique.

— Justement.

Constance relève la tête.

— C'est de ça que je suis venue vous parler.

Girouard racle le fond de sa tabatière. Entre deux rondelles desséchées de carotte, il récupère quelques reliques de tabac dont il bourre sa pipe d'écume. Il est bien loin le temps où il allait à *la Civette* sentir les ballots qui arrivaient directement du Nouveau Monde. Comme toutes les boutiques de la rue Saint-Honoré, *À la Civette* s'est reconvertie. Sa position centrale sur le boulevard de la Mort en a fait un lieu recherché où l'on s'installe pour voir passer les condamnés à la guillotine. On y boit du vin bleu, on y chique du mauvais tabac et surtout on insulte les morts en sursis quand ils passent en charrette. Depuis, Girouard ne met plus les pieds à *la Civette*. En revanche, il continue de fumer. Surtout quand il a une décision importante à prendre.

— Pourquoi moi ?

Constance serre les mains.

— Parce que vous êtes son ami, il vous écoutera.

— Vous me demandez beaucoup, Constance.

— Donatien est en danger. Depuis qu'il est président de la section des Piques, il est devenu plus républicain que les républicains. Il tient de ces propos…

Les yeux embués, Constance se tait. Un halo de fumée se mêle à la chevelure en bataille de l'imprimeur. Il soupire comme si ce qu'il allait raconter lui coûtait.

— Vous savez comme moi comment les choses se sont passées. Donatien est sorti de la Bastille comme un lion de sa cage. Il n'avait qu'un mot à la bouche : vengeance. Vengeance contre le roi qui l'avait emprisonné, vengeance contre l'aristocratie qui l'avait méprisé, vengeance contre sa famille qui l'avait abandonné, vengeance contre la société qui l'avait enterré vivant. Voilà pourquoi il s'est jeté dans la politique. Et il ira jusqu'au bout.

— Jusqu'à la mort ?

L'imprimeur frappe le culot de sa pipe et récupère sur la table des miettes de tabac.

— Vous voulez que je lui dise quoi ?

Les mains jointes comme dans une prière, Constance répond :

— Dans quelques jours, il va lire un manifeste à la Convention qui réclame la destruction de toutes les religions en France.

— Mon Dieu, murmure l'imprimeur, il est fou !

Des sanglots dans la voix, Constance approuve et montre les brochures anti-révolutionnaires. Sur l'une, on voit une église en flammes et le profil de l'Incorruptible, chaussé de ses lunettes teintées.

— Vous ne savez pas tout. On dit que Robespierre va faire volte-face sur les questions de religion.

— Comment ça ?

— Le pays est assiégé de tous côtés. La guerre sur le Rhin, la révolte en Vendée, les villes de province qui se rebellent comme Lyon…

— Lyon, ricane Girouard, le Comité de salut public vient d'y envoyer Fouché. Avec lui, ça va vite se terminer. Un homme qui a été jusqu'à faire arracher les croix dans les cimetières !

— Justement, Robespierre veut mettre un terme aux campagnes de violence contre l'Église catholique. Il a compris qu'il ne pouvait lutter sur tous les fronts à la fois.

Surpris, l'imprimeur se lève. Il a toujours su que, derrière son masque d'idéologue, froid et sans pitié, l'Incorruptible était d'abord un opportuniste, doué d'un indéniable flair politique. Et quand il a pris une décision…

— On dit qu'il va s'attaquer à tous ceux qui prônent l'athéisme, se débarrasser de tous ceux qu'il appelle désormais les *terroristes de la République*.

— Tous ses anciens compagnons d'armes… murmure Girouard… et surtout tous ceux qui risquent de lui faire de l'ombre, sacrifiés sur l'autel de la démagogie.

— Et Donatien sera le premier.

Girouard fixe une gravure au mur. Une représentation du *Serment du Jeu de Paume* de David. Il est bien loin le temps où les députés juraient de défendre la liberté. Ce sont les loups de la République qui sont au pouvoir désormais et les pavés ruissellent de sang. Après les aristocrates, les bourgeois, les militaires, ce sont leurs propres amis qu'ils guillotinent. Il se tourne vers Constance :

— Vous savez que nul n'a jamais arrêté Donatien.

— Il est condamné si vous ne lui parlez pas.

L'imprimeur triture sa pipe. Il se terre depuis des semaines et c'est Sade, le fer de lance de la section des Piques, qui en secret le protège, qui le nourrit, qui prend le risque d'être condamné pour trahison. Par amitié.

— J'irai le voir.

Constance saute de la chaise.

— Oh, merci, vous lui sauvez la vie.

— Surtout ne lui dites rien. Je passerai chez vous à l'improviste.

L'actrice bat des mains comme une petite fille.

— Et maintenant, filez. Il ne fait pas bon rester ici très longtemps. Vous savez que je suis recherché.

Resté seul, Girouard ferme les yeux. Il repense à la parole de Constance : *« ... les terroristes de la République »*.

Personne ne comprend Robespierre. L'Incorruptible est imprévisible. C'est un couperet qui peut tomber n'importe où, n'importe quand. La seule chose dont on est sûr, c'est qu'il ne recule jamais.

Comme Sade.

Les deux hommes se ressemblent.

Même détermination.

Mêmes excès.

Et il y en a un de trop.

7

4 décembre 1793
Paris
20, rue Neuve-des-Mathurins

Par la fenêtre du salon, Donatien contemple le petit jardin qui donne sur la rue. Les gelées nocturnes ont transformé le gazon en un miroir de givre émaillé de toiles brillantes d'araignées. Tout est glacé. Même la cloche à la grille ne sonne plus. Ce qui n'est pas pour déplaire au marquis. En prison, il a pris goût au silence. Seule une pendule, héritée de son père, résonne doucement dans la pièce. Un tintement délicat qui se perd dans les tentures et les rideaux à demi tirés. Une odeur de cire monte du parquet. Chaque trimestre, Donatien reçoit une livre de cire d'abeille de son régisseur de Saumane. Une sorte de compensation car, depuis longtemps, plus aucun fermier ne paye quoi que ce soit au marquis. La Révolution est passée par là ! Sade jette un œil au cadran. Encore trois bonnes heures de solitude. Sensible est partie à l'aube en quête de nourriture et, avec la pénurie, elle ne sera pas rentrée avant le déjeuner. Il étire ses bras, ferme son livre et contemple le rougeoiement des braises dans l'âtre.

Donatien a toujours eu un faible pour les feux de cheminée. Dans sa jeunesse, il aimait aller au bordel en hiver, pénétrer dans des pièces chaudes et calfeutrées, et contempler le reflet des flammes sur le corps nu d'une catin. Une danse d'ombre et de lumière qui l'a toujours fasciné. Les bottes posées contre les chenets, enroulé dans un peignoir damassé, il repousse la lecture des séances de la Convention et tend la main vers le tiroir de son bureau. Une simple clef en ferme l'accès. Mais qu'a-t-il à craindre ? Constance n'oserait jamais l'ouvrir, quant aux sans-culottes, ils en ont bien assez à pourchasser les contre-révolutionnaires pour s'occuper des travaux littéraires du marquis. D'ailleurs, la plupart sont analphabètes. Pas leurs chefs néanmoins. Un instant, Donatien imagine la tête de Robespierre en train de lire le roman que, lui, Sade écrit clandestinement. Il en tremblerait, il en suffoquerait, il en crèverait, le fanatique de la Vertu ! Déjà que le discours de Donatien à l'Assemblée, prônant l'athéisme absolu, a rendu l'Incorruptible vert de rage ! On raconte partout qu'il n'a plus que le nom de Sade à la bouche, il en bave de haine, ce cul serré, cette pine au rabais ! Il aurait d'ailleurs fait un violent discours contre *« les hommes immoraux »* : c'est ce que Donatien cherchait dans les comptes rendus de la Convention, mais le crépitement dans la cheminée l'a plongé dans une rêverie sensuelle. Et, là, il a envie de débaucher son esprit. Il a envie d'écrire.

Lyon

Le regard fixe, Fouché écoute le rapport sur la situation des détenus dans les prisons de la ville. Depuis son arrivée, les arrestations se sont multipliées. On a beau ouvrir des lieux de détention quasiment chaque jour – couvent déserté, hôpital réquisitionné –, rien n'y fait. Il faut dire que, pour Fouché, tout Lyonnais est d'abord un suspect. Les aristocrates le sont de naissance, les prêtres par définition, les bourgeois parce qu'ils sont riches. Dans tous les cas, ils sont condamnés. Seul l'échafaud peut les laver dans le sang de leur péché originel d'être ce qu'ils sont.

— Un temps intolérable se perd à conduire les condamnés jusqu'au bourreau. Désormais, la guillotine sera mobile, montée sur une charrette et elle ira de prison en prison.

Le secrétaire note les ordres. Fouché continue à réfléchir. Sans compter l'effet sur la population de voir sans cesse passer l'instrument des hautes œuvres. De quoi calmer bien des ardeurs contre-révolutionnaires !

— Je veux une charrette spéciale. Effilée, rapide, tirée par quatre chevaux noirs. Quant à la guillotine, vous la ferez peindre en rouge. Je veux une vision d'enfer dans les rues de Lyon.

— Elle sera prête sous trois jours, affirme le secrétaire, je vous le promets.

— Trois jours… murmure Fouché. C'est bien trop long. Pendant ce temps, les traîtres pullulent, les conspirateurs courent les rues, la Révolution est menacée. Le courrier est arrivé de Paris ?

Le secrétaire, un jeune homme maigre, aux cheveux longs et filandreux, lui tend une lettre scellée. Fouché fait sauter la cire. Une seule phrase :

« Jacques Girouard, anciennement libraire, au 47 de la rue du Bout-du-monde, se cache dans le quartier Saint-Sulpice, impasse Ferrou. »

L'ancien religieux tend le billet au secrétaire :

— Recopiez l'adresse et le nom, ajoutez la mention : *imprimeur de livres contre-révolutionnaires* et transmettez à Fouquier-Tinville. Et dites-lui que je veux aussi celui qui fournit le papier, celui qui compose le texte, celui qui fait tourner la presse, celui qui broche les feuilles, tous ceux qui les distribuent. Et que je les veux tous morts.

Le jeune homme réprime un frisson avant d'annoncer :

— Citoyen, vous devez aller visiter les quartiers rebelles qui ont été détruits sur vos ordres.

Fouché se lève mécaniquement. Il n'a pas réglé la question de l'engorgement des prisons. D'un coup, le souvenir de sa visite à Fouquier-Tinvillle le taraude. Comme une idée qui veut jaillir.

— Mon escorte est prête ?

Le secrétaire hoche la tête. Fouché est si haï qu'il ne se déplace plus sans protection. Des cavaliers, des sabreurs, prêts à tout pour défendre leur chef.

Comme il descend l'escalier, il repense au *diable rouge*. D'un coup, une image s'impose... À l'entrée de la Conciergerie... Les sans-culottes derrière leur pièce d'artillerie... Ça y est... Il frappe dans les mains.

— Qu'on poste tout de suite trois canons dans la plaine des Brotteaux.

Le secrétaire note à la hâte.

— Et faites creuser une tranchée…

Fouché sourit avant d'ajouter :

— … à hauteur d'hommes.

Paris
20, rue Neuve-des-Mathurins

Au fond du tiroir, Donatien tire une chemise cartonnée d'où sortent des feuilles griffonnées à la hâte. Chaque page est couverte de ratures. Des points d'interrogation surgissent dans les marges. On sent une main rapide, mais qui court après ses idées : des bouts de dialogues, des listes de noms, un plan de château… Sade soupire. Voilà tout ce qui reste du délire érotique qu'il a écrit en prison et qui a disparu lors de la prise de la Bastille. Ces fameuses *120 journées*, censées être la somme de toutes les perversions sexuelles de l'humanité. Un monument de Ténèbres, une cathédrale du Mal, anéantie par l'Histoire en marche. Depuis quelques semaines, Donatien tente d'en réunir les bribes, éparses dans sa mémoire. Une quête fantomatique qui n'aboutit qu'à un champ de ruines. Il refuse encore de se l'avouer, mais ce livre est perdu à jamais. Brusquement, il roule les feuillets et les jette dans la cheminée.

Pourtant, le désir le brûle de se saisir de la plume, de se ruer sur la page et de faire jaillir le geyser de mots qu'il sent bouillonner en lui. Il le sait, la politique ne lui suffit pas. Le pouvoir ne l'apaise plus. Il entend un cri en lui qu'il ne pourra taire plus longtemps. Du fond de ses enfers, une lave fusionnante d'idées, de personnages, de situations, commence sa lente montée vers la lumière de l'écriture. Il ressent la même excitation que lorsque mademoiselle de Lauris se déshabillait devant lui. Quand elle rentrait du bal, tout essoufflée et qu'elle faisait glisser la bretelle brodée de son bustier sur son épaule chaude et luisante. Donatien attrape une feuille vierge. Puis elle défaisait, un à un, ses jupons qui tombaient sur le parquet dans une rumeur de soie. D'un geste vif, Sade saisit sa plume. Alors ses seins jaillissaient... Donatien commence à écrire.

Lyon
Plaine des Brotteaux

Ce sont des prisonniers de droit commun qui creusent les tranchées. Des voleurs de poules, des mendiants, des invertis, de pauvres hères qui, dans la morsure du froid, manient pics et pelles. La plupart sont déjà épuisés. Mal nourris, couverts de vermine, ils vivent dans la terreur d'être confondus avec des détenus politiques et de finir sur l'échafaud. Fouché se penche sur la tranchée et fait tomber un fil à plomb gradué.

— 4 pieds 6 pouces[1].

Il se recule. Trois canons sont postés en triangle. Un face à la tête de la fosse, deux autres sur les côtés. Les servants sont des sans-culottes. Ils vérifient les charges de poudre et enfournent les boulets. Fouché interpelle le gardien qui dirige les travaux des prisonniers.

1. 1,40 m.

— Qu'ils creusent encore d'un pied de profondeur[1].

Le secrétaire, à son tour, examine la tranchée. Il tousse et serre le col de sa redingote. Toute la matinée, il l'a passé à envoyer des ordres de saisie de corps. Fébrile, il sort sa liste et recompte les noms. Chaque prison de Lyon a dû fournir une dizaine de suspects, de préférence jeunes, pour bien marquer les esprits. On les a fait sortir publiquement, attachés deux par deux, avant de les embarquer sur des charrettes.

— Vous les avez bien menés au centre de la ville ? interroge Fouché.

Le secrétaire acquiesce.

— Oui. Le peuple les a vus.

Partout, dans Lyon, le bruit va se répandre que des prisonniers ont été conduits vers une destination inconnue. De quoi cristalliser la peur. Que chacun se demande : *« À qui le tour ? »* Exactement ce que veut Fouché.

— Combien de suspects ?

Le secrétaire vient de finir le décompte de sa liste.

— Soixante-neuf, citoyen.

À nouveau, Fouché se penche sur la fosse. Ça n'avance pas assez vite.

— C'est peut-être assez, non ? avance le secrétaire.

Son patron secoue la tête. Il sait ce qu'il fait. Demain, tout le peuple de Lyon se pressera ici.

— Creusez encore. Aucune tête ne doit dépasser.

Et après-demain, tout le monde saura qui est Joseph Fouché.

1. 0,30 m.

Paris
20, rue Neuve-des-Mathurins

De nouveau, la main fébrile de Sade court sur le papier. Autour de lui, le salon a cessé d'exister. Les meubles cirés, les tableaux de famille, jusqu'à la pendule dont le tic-tac a disparu. Donatien est plongé dans sa vision. Cette fois, ce n'est plus un château, mais une villa comme il en a vu, près de Venise sur les bords de la Breda. Une île, entourée de marécages brumeux, sur laquelle un doux soleil se lève. Une gondole d'ébène avance silencieusement à travers les roseaux. À la proue, un marinier racle le fond avec sa rame. Assis au fond de l'embarcation, un homme, le visage masqué, contemple, indifférent, le paysage. Même s'il est immobile, tout son corps vibre d'impatience. Sade trempe sa plume dans l'encrier. Combien de fois a-t-il imaginé cette scène ? C'est lui, ce libertin, dans la gondole, qui glisse vers le plaisir. À travers les trouées de la brume, il aperçoit le fronton de la villa. Donatien écrit de plus en plus vite. Sur la façade aux volets tirés, une seule fenêtre est éclairée. Comme un signal. Derrière, elle l'attend. Au pied du lit, son habit de religieuse forme une tache brune sur le parquet. Elle est nue.

Sade s'arrête, le souffle court. Il entend la pulsation de son cœur qui bat à ses oreilles. D'un coup, ses yeux s'ouvrent à la réalité. Dehors, le givre a fondu. Un porteur d'eau, courbé sous le vent, remonte la rue. La pendule se met à sonner.

Constance ne va plus tarder. Il prend la feuille noire de mots, marque le chiffre 1 en haut et la glisse dans le tiroir.

Quand il tourne la clef, ses yeux brillent : il vient de commencer un nouveau livre.

8

7 décembre 1793
Paris
La Conciergerie

Fouquier-Tinville sort de son bureau et passe dans le salon. Sa femme, assise sur un tapis d'Orient, joue avec les enfants. L'accusateur public du Tribunal révolutionnaire regarde la scène avec émotion. Assis en tailleur, le plus jeune s'amuse avec une guillotine miniature. À l'aide d'un fil à plomb, il fait tomber un couperet de métal sur un bonhomme de paille. La tête s'éparpille en fétus sur le tapis.

— Et un aristochatre en moins ! s'exclame l'enfant.

— *Aristocrate*, le reprend sa mère.

Fouquier-Tinville applaudit et se penche pour embrasser son épouse. Ses bottes vernies craquent sur le parquet.

— Tu vas au tribunal ?

— Pas ce matin. J'ai travaillé tard hier soir.

Sa femme s'inquiète.

— Tu as veillé jusqu'à quelle heure ?

— Minuit passé. Une fournée qui n'en finissait pas.

— Tu travailles trop. Tu vas te tuer à la tâche !

— Qu'y faire ? Les ennemis de la Nation sont chaque jour plus nombreux. Rien qu'hier, il a fallu que j'en expédie plus de trente.

Fouquier-Tinville s'éponge le front. La sueur a toujours été son problème. Certains jours, le tribunal est une vraie fournaise. On se croirait dans l'enfer de Dante. En plus, avec les accusés qui crient, qui pleurent…

— Des cas difficiles ? interroge son épouse.

L'accusateur public range son mouchoir dans sa redingote noire. À la différence de bien des révolutionnaires qui ressemblent à des va-nu-pieds, il est toujours d'une élégance stricte. Comme Robespierre qui se fait poudrer les cheveux avant d'aller siéger au Comité. Toujours irréprochable.

— Oui, un paysan du Nord. Accusé par ses voisins d'avoir caché du blé. Un affameur du peuple. Sauf qu'il ne baragouinait que son patois.

— Et alors ?

Fouquier-Tinville sourit. Il aime quand sa femme lui pose des questions.

— Comme il ne parlait pas français, on l'a accusé d'être un espion. Et il y est passé comme les autres.

Sa femme sourit. Décidément, son mari est un homme plein de ressources.

— Et tu vas où, ce matin ?

— Au Comité de salut public.

L'accusateur public hausse le menton et prend un ton solennel :

— Voir Robespierre.

Tuileries
Pavillon de Flore
Comité de salut public

— Tire les rideaux.

L'huissier s'exécute. D'un geste lent, il fait coulisser les tentures qui donnent sur le parc des Tuileries. Maximilien Robespierre n'aime ni la lumière ni le bruit. Une douce pénombre tombe sur la pièce. À cette heure, les autres membres du comité ne sont pas encore arrivés. La plupart ont participé à des réunions dans des sections ou aux travaux de la Convention. Épuisés, ils dorment encore. Tous sauf Robespierre qui profite de la fraîcheur matinale pour travailler. Une large table circulaire occupe le centre du pavillon où l'huissier a déposé les dossiers en cours. Durant les nuits, les secrétaires trient les nouvelles reçues et préparent des notes de synthèse. Chaque dossier est ainsi actualisé afin que le Comité décide au plus vite des mesures à prendre. Maximilien se lève. Chaque jour, les problèmes à régler se font plus nombreux. Entre la pénurie de denrées à Paris et les révoltes dans le sud de la France, il faut sans cesse réagir dans l'urgence. Voilà pourquoi Robespierre aime autant ces heures de solitude, il peut prendre du recul, réfléchir et décider. Seul.

— Citoyen, demande l'huissier d'une voix légèrement rauque, par quel dossier voulez-vous commencer ?

Maximilien ne répond pas. Derrière ses lunettes vertes, il semble une statue. Le visage pâle et amaigri, les mains noueuses repliées sous le menton, il respire lentement. Inquiet, l'huissier s'approche. Parmi le personnel du Comité, ce n'est un secret pour personne que l'Incorruptible est malade. Parfois, il reste des journées entières dans sa chambre en proie à des crises mystérieuses. Nul ne sait de quoi il souffre : l'état de santé de Robespierre est un secret d'État.

— Citoyen, par quoi voulez-vous commencer ? Les opérations militaires sur le Rhin, la rébellion en Vendée…

Brusquement, Maximilien dénoue ses mains. Le mot Vendée l'a rendu à la réalité. Depuis des mois, dans les provinces de l'Ouest, les paysans se sont révoltés en masse. Une guerre civile qui ne dit pas son nom et qui menace la République.

— Quelles sont les nouvelles ?

L'huissier se gratte la gorge. Le temps de trouver les mots justes.

— Citoyen, les mesures spéciales, que le Comité a votées début août, commencent à porter leurs fruits.

L'Incorruptible abaisse ses lunettes. Il a les yeux rougis par le manque de sommeil. Devant lui, l'huissier pose le compte rendu des actions militaires en cours. Partout, les troupes républicaines regagnent du terrain.

— Ces mesures étaient nécessaires, murmure Maximilien.

Il se rappelle les visages effarés des députés quand il avait présenté à la Convention les lois d'exception qui désormais allaient s'appliquer en Vendée. Les villages rebelles détruits, les châteaux brûlés, les récoltes confisquées, les paysans fusillés, les femmes et les enfants déportés. La destruction systématique et sans pitié d'une région qui avait osé se lever contre la République. C'est là qu'il avait acquis sa réputation de monstre sanguinaire. Mais peu importe, la Liberté valait tous les sacrifices.

— Portez ce rapport à la Convention pour une lecture publique immédiate. Je veux que les députés se rendent compte des premiers résultats.

Le Pavillon de Flore

Maximilien retire ses lunettes, sort un mouchoir immaculé et commence d'essuyer les verres. Le peu de jour lui blesse encore les yeux. Tant de travail à abattre, de lois à écrire, de directives à envoyer et il est épuisé. Il pense à la Vendée. Aux rapports secrets qu'envoient les généraux. Les détails les plus insoutenables ne sont connus pour l'instant que de lui seul. Dans certains villages, des républicains ont jeté des nourrissons par la fenêtre sur des haies de baïonnettes avant de noyer les mères dans des puits. Une horreur nécessaire. Le prix du sang pour que la Vendée retourne dans le giron républicain. De toute façon, il l'a toujours su : on ne fait le bonheur de l'homme que contre lui-même. Et il faut continuer. Sans cesse.

Robespierre demande :

— Passez-moi les dernières dépêches sur Lyon.

— Elles viennent juste d'arriver, citoyen.

Cela fait plusieurs semaines que l'Incorruptible suit l'action de Fouché à Lyon. Une répression de fer et de sang. Sans compter des quartiers entiers détruits, des églises pillées et profanées. Robespierre croise les mains sous son menton. Que se passera-t-il quand les députés connaîtront l'ampleur des tueries en Vendée et à Lyon ? Maximilien ferme les yeux. Il a toujours été un tacticien avant tout. Et il sent que, cette fois, l'odeur du sang va suffoquer la Convention et qu'elle va exiger un coupable. Il faut qu'il réfléchisse.

D'une voix que la toux dévore il interpelle l'huissier :

— Qu'on ne me dérange pas.

Avant de rajouter :

— Sauf pour Fouquier-Tinville.

Bords de Seine

L'accusateur public sort sans escorte. Il parcourt à pied les rues qui le séparent de la Conciergerie aux Tuileries. Parfois, un passant qui le reconnaît s'écarte. Une vieille fait un signe de croix. Il ne fait pas bon croiser le *diable rouge* le matin. Fouquier-Tinville sourit : il connaît son surnom. Mieux vaut que le peuple le craigne, ça délie les langues. D'ailleurs, il faut qu'il demande au Comité deux nouveaux secrétaires. Le greffe du tribunal croule sous les dénonciations. Parents, enfants, voisins, collègues, tout ce que le pays compte de rancœur et de haine vient échouer à la Conciergerie. Chaque matin, ce sont près de deux sacs de dénonciations que les employés doivent traiter. Cela dit, songe l'accusateur public, je pourrais peut-être me contenter d'un seul secrétaire. De toute façon, nous ne lisons pas les lettres, nous relevons seulement les noms : l'honnête citoyen qui dénonce et le futur accusé. Fouquier-Tinville s'engage sur le pont au Change. Il réfléchit. Les prisons de Paris sont surchargées. À peine vidées, elles se remplissent aussitôt. On a beau transformer les anciens couvents et même les hôpitaux en centres de détention, on ne sait plus où mettre les prisonniers qu'on ne cesse de déplacer. L'accusateur public grommelle. Voilà comment des dossiers se perdent. Après, l'on s'étonne que Paris grouille de contre-révolutionnaires… Comme il met le pied sur la rive droite, un peloton de gendarmes escorte des prisonniers.

— Ils viennent d'où, ceux-là ? les apostrophe Fouquier-Tinville.

— De Lyon, citoyen.

— Un cadeau de Fouché ? Alors ils sont coupables.

La voix de Tinvillle est subitement joyeuse. Les révoltés de Lyon sont une de ses obsessions. Maintenant qu'il en tient une poignée, il va faire un exemple. Il se tourne vers le brigadier :

— Conduis-les directement au greffe du tribunal. Je veux qu'ils soient jugés dès aujourd'hui.

Comme il marche vers les Tuileries, il se frotte les mains. Ce soir, la guillotine va faire tomber les premières têtes lyonnaises ! Voilà qui va faire plaisir à Robespierre.

Pavillon de Flore

L'Incorruptible pose les comptes rendus des séances de la Convention. Il les lit toujours avec attention et ne les oublie jamais. Il se souvient toujours d'une parole imprudente ou d'une critique voilée, car il sait les utiliser au moment opportun. Combien de députés ont perdu pied quand il leur a rafraîchi la mémoire ? Certains même y ont laissé leur tête. Il regarde à nouveau le discours de la séance du 15 novembre. Comment l'Assemblée a-t-elle pu laisser passer ça ? Comment les parlementaires ont-ils pu écouter les divagations de cet ex-noble, ce Sade, qui préside la section des Piques ? Cet imposteur qui se proclame *« athée jusqu'au fanatisme »*. Maximilien enrage : il a dû lui-même intervenir devant la Convention pour dénoncer ces impies qui menacent l'ordre de la société et le destin de la République. Une humiliation qu'il n'est pas près d'oublier.

— Citoyen, l'huissier vient d'entrer, l'accusateur du Tribunal révolutionnaire est là.

Maximilien lève la tête. Fouquier-Tinville est plus grand que lui. Il se tient debout près de la cheminée. Derrière la porte, on entend la rumeur des bureaux. Les secrétaires, changés toutes les six heures, sont à pied d'œuvre. Fouquier-Tinville tourne la tête vers ce rucher qui bruisse sans cesse. C'est le cœur continu de la Révolution. Un centre vital qui d'ailleurs le rend soupçonneux. Dès son retour au Tribunal, il demandera la liste de tous les secrétaires, des fois qu'un nom apparaîtrait en marge d'une procédure… Si Robespierre est une araignée qui aime à tisser des toiles pour étouffer ses adversaires, lui adore dévider les fils qui mènent jusqu'aux suspects.

— Jette un œil.

L'Incorruptible tend la main vers une table où sont rangés plusieurs dossiers. Fouquier-Tinville s'avance. Le premier porte le nom de Barère. Un révolutionnaire acharné, un des piliers du Comité de salut public. C'est lui qui défend les propositions de loi de l'Incorruptible devant la Convention.

— Tu ne le soupçonnes quand même pas ? s'exclame Fouquier-Tinville.

— Je soupçonne tout le monde. Fouille dans son passé.

L'accusateur public prend un autre dossier. Tallien. Un député. Un joli cœur. Plus connu pour sa passion des femmes que pour ses convictions politiques.

— Un modéré, siffle Maximilien, je l'ai envoyé à Bordeaux. Et il a vidé les prisons en libérant des suspects. Des suspects innocents, ça n'existe pas. Il doit payer.

— Ce sera facile, il suffit de…

— Non. (Robespierre chausse ses lunettes, son regard devient opaque.) Je veux qu'il ait peur. Que sa terreur suinte et qu'elle contamine tous les autres.

Le *diable rouge* acquiesce.

— Il a une maîtresse, une certaine Thérésa. Une tête creuse qui se mêle d'écrire sur la politique. C'est elle que tu vas arrêter.

Fouquier-Tinville ouvre le dossier et note le nom.

— Elle ne m'échappera pas.

Robespierre abaisse ses lunettes. Ses yeux sont rouges de sang. La fatigue, l'insomnie, il ne sait plus.

— Quels sont les suspects qui passent au Tribunal, ce matin ?

L'accusateur public sourit.

— Des Lyonnais. Je les ferai guillotiner dès aujourd'hui. Que l'on voie bien qu'à Lyon, Fouché ne plaisante pas.

— Fouché… murmure Robespierre. Fouché en a trop fait. Il y a trois jours, il a fait mitrailler au canon des dizaines de suspects dans une tranchée. Il a le massacre dans le sang.

Fouquier-Tinville se fige. C'est un juriste. Il a horreur des exécutions de masse.

— D'ailleurs, c'est un ancien religieux. Ces gens-là ont le meurtre chevillé au corps. Comme les nobles. Irrécupérables.

Aux oreilles de Fouquier-Tinville, résonne le sifflement métallique du couperet qui tombe. Il réagit aussitôt :

— Dois-je faire préparer un acte d'accusation ?

Maximilien remonte ses lunettes, s'adosse au fauteuil et croise les mains sous son menton. Voilà comment il aime les hommes. Froids et rapides.

— Ne confie pas cette tâche à un greffier.

L'accusateur public hoche silencieusement la tête.

— Que tout soit prêt quand Fouché reviendra à Paris.

— Ce sera fait.

— En attendant…

La voix de l'Incorruptible se brise. Une quinte de toux lui déchire la gorge. Il reprend avec difficulté :

— … il y a trop de révolutionnaires, ou qui se prétendent tels, qui menacent l'avenir de la République. Des insensés qui pillent les églises, des extrémistes qui hurlent contre la religion. Des loups qui, par leurs provocations, divisent le peuple, mettent en péril l'unité de la Nation. Je ne le tolérerai pas.

— Il y en a beaucoup dans certaines sections…

— Il est temps d'épurer les sections, coupe Robespierre, de se débarrasser des déviants.

— Donne tes ordres, Maximilien.

— Prépare une liste de ces traîtres, qui prônent l'athéisme, crachent sur la morale, bafouent la société.

Fouquier-Tinville se dresse sur ses talons. Il est prêt à bondir. L'Incorruptible saisit le compte rendu de la Convention et le lui tend.

— Et commence par ce Sade.

9

10 juin 1794
Paris
Montagne Sainte-Geneviève

Un premier groupe de cavaliers fait son apparition et se positionne à l'entrée de la place. Sabre au clair, fusil chargé sur la selle, les soldats d'élite surveillent les étages des immeubles adjacents investis au même moment par des sans-culottes. Réveillés en sursaut, beaucoup de locataires croient leur dernière heure arrivée, mais les *bonnets rouges* inspectent minutieusement les lieux avant de se mettre en faction aux fenêtres. Le jour est à peine levé et l'église Sainte-Geneviève ressemble à un vaisseau de pierre échoué sur un banc de sable. Grise, massive, encombrée d'échafaudages, on ne sait pas si l'église est en rénovation ou en cours de destruction. Des rues adjacentes, d'autres cavaliers surgissent et bouclent progressivement le secteur. Le tintement des éperons, le hennissement des chevaux résonnent sur la place. Dans un grincement d'outre-tombe, la lourde porte du monument s'ouvre. Prudemment, le gardien sort entre les colonnes, met sa main en visière et tente de comprendre ce qui se passe. Un officier, qui porte le col rouge des hussards, enjambe les escaliers, parsemé de gravats, et l'interpelle :

— Tu es seul ?

— Ben oui, à cette heure, les ouvriers ne sont pas encore arrivés.

Il montre du doigt une frise dont les sculptures sont brisées. Un ange mutilé gît au milieu de débris.

— En ce moment, ils cassent le fronton de l'église, ensuite ils vont…

D'un ton sec, l'officier l'interrompt :

— Ce n'est plus une église, citoyen, mais le temple de la République où la Révolution rend hommage à ses gloires nationales.

Confus, le gardien balbutie :

— Bien sûr, monsieur… enfin je veux dire citoyen… c'est plus une église, c'est un pan… un pan…

— Un Panthéon… Fais-moi entrer, il faut que j'inspecte les lieux. On attend un visiteur.

— Mais qui ?

Le cavalier se raidit dans son dolman vert et claque des talons avant de répondre :

— Robespierre.

Commencée sous Louis XV, nonchalamment continuée sous son successeur, l'église Sainte-Geneviève est toujours inachevée. Depuis des années, une grue abandonnée la surplombe dans un fouillis de cordes et de contrepoids. Chaque nuit, les cordages grincent comme si des fantômes invisibles montaient à l'assaut de la coupole. D'ailleurs, les riverains se plaignent de ces bruits étranges et ce qui s'y trouve dans la crypte ne les rassure guère.

Après avoir traversé le chœur, parsemé de sculptures célébrant les hauts faits de la Révolution, l'officier de hussards se dirige vers la crypte. Une odeur de plâtre frais le saisit aux narines.

— C'est la tombe de Marat, explique le gardien, l'enduit n'est pas encore sec.

— Et vous l'avez mis où ?

— À la place de Mirabeau.

Dans tout Paris, on rit encore de la grandiose mise au tombeau du Père de la Liberté et de son exhumation bien plus discrète quand la Convention s'est aperçue que le héros de la Révolution n'était en fait qu'un vil corrompu, un cheval si fougueux qu'il dévorait à tous les râteliers.

— Depuis qu'on y a enterré Marat, le Pan… le Panthéon ne désemplit pas. Chaque jour, *bonnets rouges*, *tricoteuses* se pressent sur sa tombe. Un vrai pèlerinage.

Marat, le martyr assassiné ! Depuis le mois de mai, Robespierre a échappé à deux tentatives de meurtre. Des actes isolés, mais qui en disent long sur la haine qu'il inspire. Le hussard se retourne brusquement, la main sur la crosse de son pistolet. Il a entendu des pas. Un cavalier, sabre droit contre l'épaule, dévale l'escalier, s'immobilise et salue.

— Citoyen officier…

Sa voix hésite. L'émotion ou la peur.

— … L'Incorruptible est là.

On les a laissés seuls. L'église est vide, les portes fermées. D'un pas égal, Maximilien et Fouquier-Tinville arpentent la crypte. De loin, on dirait la même personne dédoublée. Même perruque impeccable, même redingote stricte... Dans ce silence de cathédrale, ils ressemblent à des prêtres qui vont célébrer un culte mystérieux et inconnu. Ils s'arrêtent devant la sépulture de Voltaire. L'Incorruptible fixe avec une moue de dédain la tombe, surmontée d'un globe, où on a entassé les maigres restes du philosophe. Il n'a jamais aimé Voltaire.

— J'ai demandé à ce que Rousseau soit aussi mis au Panthéon. Juste en face.

Le *diable rouge* laisse tomber un sourire.

— L'auteur du *Contrat social* et le père de *Zadig* face à face... eux qui se regardaient en chiens de faïence... un beau symbole de réconciliation nationale, Maximilien.

— Jean-Jacques reposera dans une tombe en bois. Sur la façade, on gravera une porte entrouverte d'où jaillira un flambeau. C'est lui, la lumière de notre Révolution. Et en ces temps profonds de ténèbres, c'est un symbole d'espoir.

— À propos de ténèbres, le *bourreau de Lyon* s'agite beaucoup depuis son retour à Paris.

L'Incorruptible ne répond pas tout de suite. Les yeux ouverts, il rêve du monde prophétisé par Rousseau, quand la terre ne sera plus qu'un jardin et que la fraternité guidera l'humanité.

— Fouché rencontre beaucoup de monde, plus ou moins discrètement. On le voit souvent dans les services et les bureaux. Il plaisante avec les commis, interroge les huissiers. Je suis certain qu'il prépare quelque chose. Il y a peu, il a passé une après-midi entière à la commission des réformes.

— La commission des réformes ? interroge Robespierre qui tourne le dos à la tombe de Voltaire.

Fouquier-Tinville soupire.

— Les prisons sont pleines. Et la guillotine ne va pas assez vite. Alors, on se débarrasse des malades. On les place dans des maisons de santé. C'est la commission de réforme qui décide de leur transfert.

Un rictus d'agacement agite le visage d'habitude impassible de l'Incorruptible.

— Des maisons de santé ? Des passoires d'où ces traîtres s'échapperont aussitôt, oui ! Autant les libérer tout de suite pour qu'ils continuent leurs crimes.

— Rassure-toi, Maximilien. Les gardiens, qui empochent une grasse pension de leurs hôtes, en sont responsables sur leur vie. Une seule évasion et c'est la mort pour eux et toute leur famille.

— Qu'importe ! Il est urgent de nettoyer ces nids de reptiles. Qu'ils passent devant le Tribunal révolutionnaire immédiatement.

— Et pour Fouché, que fait-on ? Son acte d'accusation est prêt.

Les yeux pâles de Robespierre s'animent d'un coup.

— Laisse-le comploter dans l'ombre. Qu'il voie des députés, des fonctionnaires… Qu'il fasse son marché des hypocrites et des traîtres. Sans le savoir, il nous dénonce les ennemis de la Nation. Un matin viendra, très bientôt, où tous ceux qui ont touché de près ou de loin à ce maudit religieux l'accompagneront au supplice.

Fouquier-Tinville acquiesce. L'Incorruptible se rapproche.

— En attendant, j'ai préparé un nouveau projet de loi. J'y ai longtemps travaillé. J'y ai usé mes nuits, ma santé. Cette fois, il s'agit d'en finir. Face à ton

Tribunal, nos ennemis ne pourront plus échapper au juste châtiment de leurs fautes. Écoute.

Devant un Fouquier-Tinville attentif, l'Incorruptible lit les nouveaux crimes d'opinion qui relèvent désormais du Tribunal révolutionnaire. Les chefs d'accusation s'enchaînent les uns derrière les autres. Désormais, oser penser contre la République est un crime.

Quand Maximilien lève la tête, il voit le regard admiratif de Fouquier-Tinville et ajoute :

— En tant qu'accusateur public, c'est une tâche immense qui t'attend.

— Je l'accomplirai avec zèle. Mais penses-tu vraiment que la Convention votera ce texte ?

L'Incorruptible plisse légèrement les lèvres qu'il a très fines. La Convention et ses députés ! Des moutons qui voteront n'importe quoi, car ils tremblent pour leurs têtes. Comme ce Tallien, dont il a fait arrêter la maîtresse, et qui vient lui lécher la main tant il a peur pour lui-même. La loi passera, il en est sûr, et si certains se rebellent, ils seront les premiers à passer sur l'échafaud.

— Elle sera votée, mais avant je voudrais ton avis sur deux articles.

Le *diable rouge* se rapproche. Maximilien a une voix très basse.

— Pour les accusés de crimes contre-révolutionnaires, je souhaite supprimer le droit à la défense : plus d'avocat.

L'accusateur public manque de sauter de joie. Les avocats sont sa plaie. Des bavards qui retardent les audiences, qui chicanent sur des points de procédure. Comme si on pouvait discuter des subtilités du droit quand la Patrie est en danger ! Et pis, certains sont même convaincus de l'innocence de leur client, un comble !

— S'il n'y a plus d'avocats, je peux te garantir de doubler chaque jour le nombre de *fournées* !

Robespierre laisse échapper un geste d'agacement. Il n'aime pas quand on lui parle des exécutions. Des détails indignes de lui.

— Je proposerai aussi de simplifier le nombre de peines possibles.

Fouquier-Tinville s'inquiète. Il dispose de tout un arsenal de condamnations. Et il n'a pas du tout envie qu'on lui en supprime. Mais de ses lèvres sèches, l'Incorruptible laisse tomber :

— Une seule peine : la mort.

Cette fois, le *diable rouge* manque d'embrasser Maximilien.

— Magnifique ! Avec une cinquantaine d'exécutions par jour, je viderai les prisons de Paris en moins d'un mois. Quand comptes-tu présenter ce décret ?

Ils sont devant la tombe de Marat. Des fleurs, des cocardes, des cierges allumés, des mouchoirs trempés de sang, tout un bric-à-brac naïf s'étale devant la plaque funéraire. Fouquier-Tinville s'interroge. Si les attentats contre Robespierre avaient réussi, le corps de l'Incorruptible serait là, submergé sous les hommages de la dévotion populaire. On finirait par amener les enfants malades toucher la pierre tombale du nouveau martyr de la Révolution. Qui sait si les femmes enceintes ne viendraient pas frotter leur ventre sur la sépulture ? Cette idée le révulse, il se tourne vers la dernière demeure de Voltaire. Combien de temps encore pour vaincre la Superstition ?

Sans un regard pour tout ce fétichisme, Maximilien tire sa montre de son gousset et répond froidement :

— Dans une heure.

10

11 juin 1794
Paris
Quartier de Picpus

C'est toujours à la tombée du soir que la maison Coignard reçoit ses visiteurs. Dans la porte cochère, un guichet s'ouvre et des ombres furtives pénètrent dans l'ancien couvent des Augustines. Une fois dans la cour d'entrée, Eugène les conduit dans le vestibule où il contrôle les colis. C'est un homme entre deux âges que la Révolution a métamorphosé. Instinctif, entreprenant, il a eu l'idée de créer une maison de santé pour détenus. Les prisons de la République, remplies à ras bord, ont trouvé là le moyen de se défaire des malades et Coignard de quoi arrondir sa pelote. Un paradis, pour les prisonniers privilégiés, mais devenu un enfer pour Eugène qui vit dans la terreur de voir s'enfuir ses locataires. Car, s'il lui est permis de s'enrichir, il sait que, à la moindre évasion, sa tête tombera sous le couperet.

— Mais enfin, vous cherchez quoi ? s'exclame Constance.

Coignard tortille ses moustaches et plonge une main lourde dans le linge du marquis.

— Vous savez bien que je n'ai rien contre vous, madame Quesnet, mais il faut que je vérifie tout, des fois que votre vaurien de marquis voudrait jouer les saute en l'air.

Sensible hausse les épaules et remet droite la cocarde fichée dans son bonnet.

— Vaurien… comme vous y allez !

Le tenancier examine un pot de confiture. Des figues de La Coste.

— L'autre jour, je l'ai trouvé en train de musarder dans le parc. Monsieur prenait le frais dans la grotte de rocaille. À croire qu'il aime l'ombre, le ci-devant.

Constance baisse la tête. Ce n'est pas la première fois que Donatien se réfugie là. Il a toujours eu du goût pour les tunnels, les souterrains. Et ce n'est pas la première fois, non plus, que Sensible l'y rejoint en quête d'intimité. Du temps des religieuses, cette grotte artificielle servait d'oratoire, ce qui rajoute grandement au plaisir de Sade.

— Ah, c'est pas un client facile, votre ami, il a le verbe haut. Et pas que le verbe d'ailleurs…

Constance frissonne. Chaque soir, elle tremble que Donatien n'ait fait une bêtise.

— … Hier soir, il s'est pris le bec avec un officier… un artilleur… je ne me rappelle plus son nom… Eh bien, le marquis l'a traité comme un jean-foutre et avec des mots… Je ne sais pas où il va chercher tout ça.

Eugène sort un cahier et secoue la tête.

— Vous savez bien que le papier est interdit, madame Quesnet. Vous imaginez si le marquis se mettait à écrire des horreurs… (Le tenancier se frappe la tempe.) Ça y est, ça me revient… l'artilleur… Laclos, il s'appelle… un écrivain, à ce qu'il paraît…

Une cloche discrète sonne à la porte d'entrée.

— … Faut que j'y aille… une visite.

Tête baissée, Coignard examine son trousseau de clefs. D'une main agile, Sensible récupère le cahier et le roule au milieu des vêtements de rechange.

— Bon Dieu, je ne sais jamais laquelle c'est. Ah ça y est…

Il brandit triomphalement une clef huilée avant de se diriger vers la cour.

— Et surtout dites à votre marquis de se tenir tranquille.

Dans la pension, chaque résidant occupe une chambre individuelle. Un luxe pour Donatien qui, le jour de son interpellation, a été incarcéré aux Madelonnettes. Une prison pleine à ras bord où il a dormi pendant des semaines dans les latrines. Même à la Bastille, il n'a jamais connu pareil mépris de la dignité humaine. Il en est ressorti dégoûté à vie de la politique, avant d'être transféré d'abord à Saint-Lazare, puis à Picpus. On frappe à la porte. À cette heure, ce ne peut être que Constance. Sade se précipite pour ouvrir.

— Ah ma chère, que je suis heureux de vous voir.

Sensible a les joues rosies. Elle a monté les escaliers en courant, de peur que Coignard ne la rattrape. Elle sort le cahier de son ballot.

— Dissimulez-le vite.

Sade s'exécute. Des années de détention lui ont appris où se trouvent les bonnes cachettes.

— Je ne suis pas contente, mon ami, vous avez fait scandale, hier soir.

Donatien se retourne.

— Ah, Laclos[1] ? Le *fil de fer* ? Je l'appelle ainsi pour le faire enrager. Un moins-que-rien. Un écrivaillon sans intérêt.

— Il paraît que vous l'avez insulté gravement, insiste Constance en ôtant son bonnet.

— Que voulez-vous, c'est un constipé. Il a déféqué un livre, il y a une éternité, et il croit qu'il a écrit l'étron du siècle.

— Donatien, mais vous êtes impossible ! Votre langage est… odieux !

Sade éclate de rire.

— Je persiste et signe. Il suffit de comparer avec ma *Justine* ! Rien à voir avec cette pisse de cul serré.

Sensible hausse le ton. La peur de perdre Donatien lui donne le courage de le contredire :

— Vous voulez tout perdre ? Vous êtes en danger de mort et en plus vous provoquez vos compagnons d'infortune. Imaginez que vos éclats atteignent le Comité de salut public. D'ailleurs, les nouvelles sont mauvaises.

D'un coup rembruni, Donatien s'assoit.

— Hier, à la Convention, Robespierre et les siens ont fait voter une loi qui permet de nouvelles arrestations. Tous ceux qui sont simplement soupçonnés d'activités ou de projets contre-révolutionnaires doivent être appréhendés, jugés et condamnés.

— Personne ne s'est opposé à cette monstruosité ? s'exclame Sade.

1. Choderlos de Laclos, auteur des *Liaisons dangereuses*, détenu dans la maison Coignard en même temps que Sade.

Sensible fouille dans sa mémoire. Elle a pourtant lu le compte rendu avec attention, mais elle a eu si peur.

— Un ou deux députés ont donné de la voix, je ne sais lesquels, mais le discours de Robespierre les a réduits au silence. Et puis, il n'y aura plus d'avocat lors des jugements du Tribunal révolutionnaire.

Donatien blêmit. Comment va-t-il se justifier ? Lui qui avait préparé sa propre défense. Il ne manquait pas d'arguments. Son esclandre à la Bastille qui avait soulevé le peuple ? Ses discours enflammés à la section des Piques ?

— Si, se souvient Constance d'un coup, il y a eu un député, un certain Barère. On dit qu'il a tenté d'adoucir le texte de loi.

— *Adoucir* ? (Sade rugit.) On croit rêver !

— D'autant que le Tribunal ne prononcera plus qu'une seule sentence. Tu te doutes de laquelle.

Cette fois, Donatien ne réplique pas.

Il doit être jugé dans cinq semaines.

Désormais, ce sera l'acquittement ou la mort.

Pour apaiser le désespoir de son amant, Constance s'installe sur ses genoux. Depuis longtemps, Sade veut lui poser une question que ni l'un ni l'autre n'ont eu le courage d'aborder. Mais cette fois, il faut qu'il sache.

— Mon amie, comment payez-vous la pension de Coignard ? Je sais très bien que vous n'avez rien. Vous avez emprunté ?

Sensible dénoue sa coiffure. Elle saisit une mèche et la noue aux cheveux d'argent de son aimé.

— Je n'en ai pas eu besoin.

Sade tombe des nues. Leurs finances sont au plus bas. Plus un sol ne parvient de Provence.

— Mais comment faites-vous ?

— Vous avez encore des amis, Donatien. Chaque semaine, quelqu'un m'apporte la somme que je dois à Coignard.

— Qui ?

— Un sans-culotte.

Câline, Constance se love contre le marquis. Non sans provoquer quelques réactions physiologiques. Sade est toujours prompt à bander son arc.

— Il est venu la semaine où vous avez été transféré ici. Il m'a expliqué que l'*on* s'intéressait à vous, que je ne devais poser aucune question et rester discrète. Je n'ai pas insisté, mais…

D'une main experte, elle jauge la virilité du marquis.

— … la fois dernière, j'ai donné trois sous à un gamin du quartier pour qu'il suive cet inconnu. Ces enfants de la rue sont invisibles quand ils le veulent.

— Et alors ?

La curiosité de Sade est aussi tendue que son désir.

— L'homme est d'abord allé dans une taverne, puis il a traîné au Palais-Royal, avant de se rendre…

Constance accentue ses caresses.

— Ma mie, vous me faites languir.

— … à la section des Piques.

La révélation fait sursauter Sade. Depuis des semaines, il tente d'entrer en contact avec ses anciens amis. En vain. Les lettres clandestines, qu'il fait passer *via* Constance, demeurent sans réponse.

— Ma section… murmure Donatien dont la rigueur anatomique faiblit d'un coup.

Sensible se dit qu'une mise en bouche va être nécessaire. Mais avant elle doit terminer son histoire :

— Le gamin s'est renseigné. Le sans-culotte est allé rendre compte…

Elle dénoue la culotte de velours de Donatien.

— … à votre ami le Roussin.

11

12 juin 1794
Paris
Palais-Égalité[1]

Le long de la rue Saint-Honoré, face à l'ancienne *Civette*, des détenus s'escriment sur le pavé. Dans la lueur des torches, ils tentent de faire disparaître les traces de sang du dernier convoi de guillotinés. Désormais, ils travaillent la nuit, juste après le passage des charrettes de la mort. Armés de balais de genêt, de seaux d'eau noirâtre, ils recouvrent à la hâte les taches les plus visibles. Il faut dire que l'enthousiasme des Parisiens pour les *guillotinades* est bien tombé. On ne se presse plus en famille pour voir les têtes rouler dans le panier de son. Désormais, il n'y a plus un habitant de la capitale dont un parent, un ami ou une connaissance ne soit passé sous le rasoir national. D'ailleurs, le peuple grogne, une colère sourde monte de tous les quartiers, le sang répandu écœure tout Paris. Voilà pourquoi, désormais, les charrettes qui transportent les

1. Le Palais-Royal est rebaptisé Palais-Égalité depuis l'été 1792.

corps ne circulent plus de jour et changent d'itinéraire toutes les nuits.

— Avancez, ordonne un gardien coiffé du bonnet rouge, et dès que vous voyez une flaque de sang, vous effacez !

À ce moment, un homme enroulé dans une longue cape traverse la rue et se dirige vers les grilles de l'ancien Palais-Royal.

— Holà, citoyen, arrête-toi !

L'ombre s'immobilise. Aussitôt un groupe de patriotes l'encercle.

— Tes papiers, vite !

L'inconnu plonge sa main sous les plis de la cape et tend un passeport.

— Mon nom est Joseph Fouché.

Un des *bonnets rouges* balance une lanterne devant le visage du *bourreau de Lyon* et instinctivement recule. À leur tour, ses camarades élargissent le cercle. C'est une chose de hurler à la mort contre les ennemis de la République, c'en est une autre de se trouver face à un massacreur public. Fouché tend la main.

— Mon passeport.

Lentement, il fait le tour des visages et, dans chaque regard, il voit la même interrogation. On lui tend ses papiers du bout des doigts. Tous s'interrogent combien le *bourreau de Lyon* a fait de victimes. La rumeur dit des centaines, des milliers… Fouché s'enroule dans sa cape et demande :

— Combien de guillotinés, aujourd'hui ?

— Une trentaine, répond un patriote.

Fouché sourit, découvrant ses dents de carnassier :

— J'ai fait beaucoup mieux.

Malgré la Révolution, l'ancien Palais-Royal continue d'être le centre du libertinage parisien. Si les Jardins des Tuileries n'accueillent plus ni prostituées ni invertis – Robespierre ne tolère pas le plaisir sous ses fenêtres –, le Palais-Égalité, lui, regorge de filles faciles et de jouvenceaux complaisants. D'ailleurs, en ces temps meurtriers, jamais la quête de la débauche n'a été aussi vive. Patriotes exaltés, bourgeois tremblants, aristocrates pourchassés, tous cherchent à s'oublier dans un délire de libertinage qui ne connaît plus aucune limite. Sous les arcades, les libraires ne vendent plus que des ouvrages pornographiques, la *Justine* en tête qui s'arrache malgré un prix exorbitant. Dans les étages, des locataires avisés ont transformé leur appartement en lupanar. On fait la queue pour manier le fouet, galerie Montpensier, on se précipite pour assister à des scènes de tribadie, passage du Perron, on pratique la sodomie sur les deux sexes aux Deux-Pavillons. Partout, on fout et on contrefout, dans une atmosphère de fin du monde. Depuis longtemps, les sans-culottes ne pénètrent plus dans ce palais de la débauche, le Comité de salut public y envoie encore ses *mouches*, mais vite corrompues par l'abondance de sexe et d'or. C'est la raison pour laquelle Fouché a donné ses rendez-vous galerie de Valois. Il a choisi l'appartement juste au-dessus du coutelier Badin. Un clin d'œil ironique : c'est là que Charlotte Corday a acheté le couteau pour tuer Marat.

Dans le salon, se tient une poignée de députés de la Convention. Chacun jette un œil inquiet à la porte. Certains ont la main crispée sur un pistolet dissimulé sous leur redingote, d'autres agrippent nerveusement une fiole de poison. Plutôt le suicide que l'abattoir. Tous ont le malheur d'être considéré comme des modérés et sentent chaque jour la lame de la guillotine se rapprocher un peu plus de leur cou. Parmi eux, le franc-maçon Mallarmé[1], de passage discret à Paris. Il rentre de mission auprès des armées. Intègre, efficace, il a la confiance des généraux de la République, mais plus celle du Comité de salut public qui le soupçonne de tiédeur. Assis sur une bergère, Tallien serre une lettre dans sa poche. Arrêtée sur ordre de Robespierre, Thérésa est détenue à la prison de Saint-Lazare. Depuis la loi sur les suspects du 10 juin, elle est sûre d'être condamnée à mort. Sur le court billet qu'elle a pu faire passer, cette Espagnole au sang chaud n'a tracé qu'une seule phrase, accusatrice : *« Je meurs d'appartenir à un lâche. »* Tallien, ravagé par la honte, n'en dort plus. Un à un, Fouché observe ces hommes que l'angoisse dévaste. Bientôt, ils préféreront risquer leur tête que de continuer à être dévorés par la peur.

Trois coups retentissent à la porte.

La porte s'ouvre.

C'est Barère.

Un mouvement de terreur saisit les députés. Cet homme, à la voix du Sud et au charme ravageur, est membre du Comité de salut public et réputé proche de l'Incorruptible. Tous se tournent vers Fouché, le regard accusateur. S'ils étaient tombés dans un traquenard ? Rapidement, Barère s'approche de Mallarmé et

1. Membre en 1790 de la loge *Saint Jean de Jérusalem*, Mallarmé était un des rares députés à fréquenter les réunions clandestines des loges à Paris.

lui serre la main fraternellement[1]. Ce dernier répond en posant la main droite sous son cou. Fouché[2] prononce la phrase rituelle :

— Désormais nous sommes sous le maillet[3].

Les visages s'apaisent. En ces temps de mort violente, la fraternité initiatique est une des dernières valeurs sûres.

— Messieurs, commence Fouché, je vous ai réunis pour une seule et excellente raison…

Tous remarquent qu'il n'a pas employé le mot *citoyens* pour s'adresser à ses collègues. Un signe. L'ancien religieux reprend la parole :

— … pour renverser Robespierre.

Fouché écarte les rideaux et glisse un œil sur le terre-plein du Palais. Entre les tilleuls, des couples se forment dont le sexe reste à déterminer. Certains se sont même installés dans les bassins où les jets d'eau ne coulent plus depuis longtemps. L'ancien religieux scrute les jeux d'ombre. Ce qu'il cherche, c'est une silhouette solitaire, une *mouche* en observation. Mais il a beau fouiller l'obscurité, il n'aperçoit rien. De toute façon, il est sûr de ne pas avoir été suivi. Les espions de Robespierre, il le sait, sont légion, mais totalement désorganisés et sans aucune hiérarchie. Chaque section, chaque service entretient sa cohorte de *mouches* qui n'obéissent qu'à leur chef le plus proche et à ses directives. On ne chasse plus que des

1. Barère était membre en 1787 de la loge *L'Encyclopédie.*
2. Initié avant 1789, à la loge *Sophie Madeleine.*
3. Formule maçonnique qui indique que tous les frères présents sont tenus au secret le plus absolu.

individus isolés : déserteur, accapareur, royaliste… Résultat, si un complot se nouait contre lui, l'Incorruptible serait le dernier prévenu. Fouché revient s'asseoir.

— Tout est calme.

Il se tourne vers Barère :

— Tu sais si Fouquier-Tinville a retrouvé ce Girouard, l'imprimeur ?

— Arrêté, jugé, condamné, exécuté en janvier dernier.

Fouché hoche la tête. Voilà qui va le servir. Il pivote vers Mallarmé :

— Que dit la troupe ?

Mallarmé relève sa mèche avant de répondre. Son tic amuse toute la Convention. Sauf Robespierre qui y voit la nostalgie de l'aristocratique perruque alors que, lui-même, continue à la porter. Mais l'Incorruptible, enfermé dans sa propre logique, n'en est plus à une contradiction près.

— Les armées sont en position de force sur presque tous les fronts. Pour la plupart des militaires, la Patrie n'est plus en danger.

— Et les officiers ?

— Pour eux, il faut en finir avec les lois d'exception et restaurer les libertés publiques.

Fouché fixe le conventionnel.

— Et si le Comité de salut public était renversé, des régiments bougeraient ?

Mallarmé secoue la tête.

— Aucun.

Barère prend la parole :

— Quelle est ton analyse de la situation, Fouché ?

— Maximilien a perdu le contact avec la réalité.

Il veut régénérer la France dans un bain de sang. Il voit des traîtres partout. Aucun de nous n'est plus en sécurité.

Pendant longtemps, Barère a soutenu Robespierre. Impétueux, brillant, il a souvent permis à l'Incorruptible de faire passer des lois à l'Assemblée. Mais depuis la terrible loi sur les suspects, le doute l'assaille sans cesse. Et si Maximilien voulait en finir avec la Convention ? S'il avait décidé d'abattre la représentation nationale ? S'il allait se proclamer dictateur ?

— Plus nous attendons, plus nous prenons le risque de voir la République finir avec nos têtes, commente Mallarmé.

Fouché jette un coup d'œil circulaire. Les visages sont d'une pâleur de cire comme si déjà la guillotine avait fait son œuvre.

— L'heure est venue d'agir.

— Oui, mais comment ? s'exclame Tallien.

— Robespierre prépare un discours pour réclamer une épuration de la Convention. Quand il montera à la tribune, il faut l'empêcher de parler. Je le connais, il ne le supportera pas. Aussitôt, il s'emportera, hurlera au complot et surtout il menacera.

De sa voix de ténor, Barère approuve :

— Les députés auront peur. Ils se rallieront au premier qui aura le courage de s'opposer à Maximilien.

Le *bourreau de Lyon* parle en détachant ses mots :

— Il faudra aussitôt le proclamer hors-la-loi et l'arrêter. Et s'il se rebelle…

Fouché passe le tranchant de sa main sous le cou.

— Et les sections, elles risquent de prendre les armes ?

— Surtout celle des Piques.

Fouché a un sourire énigmatique.

— Celle-là, je m'en charge.

Un long moment de silence et Mallarmé ose la question que tous redoutent :

— Et qui le proclamera hors-la-loi ?

Barère et Fouché se tournent vers Tallien. L'assassinat annoncé de sa maîtresse le rend prêt à tout.

— Toi.

12

15 juin 1794
Paris
Maison Coignard

Passé minuit, les visites sont terminées. Constance est partie, laissant derrière elle un parfum de fleurs séchées. Donatien hume son odeur qui le rend mélancolique. Il a besoin d'air frais. Il se penche à la fenêtre et contemple le jardin. Derrière le mur d'enceinte, une lanterne se balance au vent. Sans doute des sans-culottes qui procèdent à des vérifications d'identité. Des fois qu'un aristocrate serait assez fou pour se promener en perruque poudrée et bas de soie au milieu de la nuit. Sade reste un instant à la fenêtre, l'ancien parc des religieuses embaume l'obscurité. Ce ne sont pas les senteurs provençales du château de La Coste, mais un parfum d'herbe folle qui vient des anciens bosquets. Cette nature, retournée à l'état sauvage, enivre Sade. Il ressent intensément cette force souterraine, montée des profondeurs de la terre, pour s'épanouir en parfum éphémère. Alors que les cadavres s'entassent, que le sol n'en peut plus du sang versé, la peur de la mort ne le taraude pas.

Ce printemps qui monte est le sien, même si c'est le dernier.

Donatien tire les volets et allume une bougie de suif. Dans le couloir, Coignard fait sa ronde. Il avance d'un pas alourdi par le vin. Parfois, il colle son oreille à une porte, surpris d'entendre des gémissements furtifs. Comment peut-on se livrer au plaisir alors même que la lame de la guillotine est prête à tomber ? Il oublie que, pour une femme, le seul moyen d'échapper à la mise à mort, c'est de se présenter enceinte devant le Tribunal révolutionnaire. Voilà pourquoi les prisons de la République sont devenues des *foutoirs publics*. Assis sur le rebord de sa paillasse, Sade sourit. Lui qui rêvait de voir les couvents de nonnes transformés en bordel, jamais il n'aurait imaginé des femmes de l'aristocratie courir l'amant de fortune pour se faire engrosser dans l'urgence. Décidément, son imagination, qu'il croyait souveraine, a été furieusement dépassée par l'horreur de la réalité.

Coignard s'éloigne. Donatien en profite pour sortir le cahier clandestin apporté par Sensible, et s'installer près de la cheminée. D'une main, il tâte l'intérieur du conduit, puis la porte à ses lèvres. Un goût âcre de cendre lui brûle la bouche. Exactement ce qu'il cherche. Aussitôt, il gratte la couche graisseuse et, en quelques instants, récupère une confiture noirâtre qui tache les doigts. De sa poche, il sort un flacon de résine récupérée sur un cerisier du parc pour y mélanger la cendre. Le liquide se noircit aussitôt. Il ne reste plus qu'à y rajouter de la limaille de fer pour stabiliser le mélange. La rouille récupérée d'un vieux clou fera l'affaire. C'est son imprimeur Girouard qui lui a appris le procédé.

Donatien secoue le flacon, puis y trempe un bâtonnet de buis finement aiguisé. Il s'approche du mur passé à la chaux. Il trace le S de son nom qui éclate comme un soleil noir.

Cette fois, ça y est, il a de l'encre !

Il va écrire à nouveau.

Donatien a abandonné son projet d'un roman sur Venise. Trop de souvenirs. L'ombre de sa belle-sœur plane sur la page. Et, à chaque mot, c'est un crève-cœur de penser qu'elle est morte si jeune. Au moins n'a-t-elle pas vu les horreurs de la Révolution. Si elle avait péri sous l'échafaud, il ne sait pas ce qu'il serait devenu. Parfois, Sade se sent terriblement seul. Tant de morts autour de lui, de disparus. Et sa famille dispersée dont il n'a plus aucune nouvelle. Il ne se souvient même plus du visage de sa fille. Elle doit avoir vingt-trois ans maintenant. Sait-elle seulement que son père existe encore ? La page reste blanche. Donatien est perdu dans ses souvenirs. Et la Provence ? La Coste a été pillé par les sans-culottes locaux, les toitures effondrées, les fenêtres ouvertes aux quatre vents, jusqu'aux planchers dépecés pour faire du bois de chauffage. Il n'y a que Saumane qui est encore intact. Le château de son enfance se dresse dans sa mémoire : il revoit les jours heureux, la muraille escaladée en secret, les souterrains explorés à l'heure de la sieste de son oncle… Le Luberon est si loin, comme séparé par des siècles. Où sont ses amis d'antan ?

Le père Anselme de Saint-Hilaire ? L'abbaye a dû être vendue, peut-être même détruite. Parfois, il rêve de retour. Il se voit, sautant de cheval, sous une lumière tiède et courant dans ce qui fut sa terre. Donatien sourit amèrement. Il serait bien incapable de chevaucher désormais. Des années de prison et d'angoisse l'ont complètement métamorphosé. Il n'y a que son regard, vif et perçant, qui n'a pas changé. Sa décrépitude, pourtant, ne le touche pas. Les épreuves l'ont durci à jamais. Désormais, il est buriné comme un vieux fer. Peu lui importe son apparence, pourvu que sa volonté surmonte tout. Et puis, malgré sa ruine, son emprisonnement et la mort qui le serre de près, il a encore de quoi être heureux. D'abord, Sensible dont la tendresse, sans faille, est un véritable trésor. Lui qui a toujours été follement aimé, pour la première fois il sent la beauté d'une passion simple. Et, à son tour, son cœur bat à l'unisson.

Et puis, il y a la *Justine*, ce livre tant de fois repris, remanié. Partout, on se l'arrache. Les éditions se multiplient, jusqu'à l'étranger. Girouard doit être aux anges. Dire qu'il avait commencé ce texte à la Bastille ! Quel soufflet, pour tous ceux qui le croyaient incapable d'écrire et quel scandale pour les apôtres du Bien, les Robespierre de la Vertu : à chaque page le Vice triomphe, le Mal est souverain !

Donatien trempe sa plume de buis dans son encrier de fortune.

Et ils n'ont encore rien vu !

D'un coup, Sade est de nouveau jeune et fort. Il a perdu les *120 journées de Sodome* ? Eh bien, il va les réécrire. Une fresque insensée. Tous les vices de l'homme en un seul livre, détaillés, justifiés, glorifiés jusqu'à damner Dieu. Et cette fois, l'héroïne sera une femme. Il a déjà le titre *La Nouvelle Histoire de Justine et de Juliette, sa sœur...*

Un bruit effroyable le coupe dans son élan.

Il se précipite à la fenêtre.

Le mur d'enceinte vient de s'écrouler.

Les sans-culottes envahissent le parc.

Dans la maison Coignard, c'est la panique. En chemise de nuit, les moustaches tremblantes, Eugène assiste, impuissant, à la réquisition de ses jardins. Les locataires, eux, se terrent dans leur chambre. Seul Sade est descendu. À la lueur des torches, des maçons achèvent d'abattre les murs. Deux charrettes bâchées attendent dans la rue, gardées par des hommes en armes. Donatien s'est dissimulé dans l'ombre d'un arbre tandis que Coignard guide les sans-culottes vers la grotte de rocaille. Le jardin bruisse d'ordres et de cris. Une voix monte que Sade croit reconnaître :

— Par arrêté municipal du 26 Prairial[1], il a été décrété, suite à l'installation de la guillotine place du Trône renversé[2], l'ouverture de fosses communes dans l'ancien couvent des Augustines, rue de Picpus. L'arrêté est exécutoire immédiatement.

Aussitôt, un sans-culotte déroule une corde et trace un large quadrilatère entre les bosquets, dont il marque les angles avec de la farine. Dans la nuit scintillante, on

1. 14 juin 1794.
2. Aujourd'hui, place de la Nation.

a l'impression qu'une pluie d'étoiles vient de s'abattre sur terre.

— Quarante pieds de long, vingt de large[1], annonce l'arpenteur, dépêchez-vous de creuser !

Une équipe de terrassiers fait son apparition. Armés de bêches et de pelles, ils commencent à ouvrir une fosse dans la terre noire. Dans la rue, on débâche les charrettes. Sade s'avance. Une odeur atroce lui soulève le cœur. La même voix, qui lui rappelle quelqu'un, lance des ordres :

— Récupérez d'abord les têtes.

Trois *bonnets rouges* les font rouler dans des sacs de toile.

— Portez-les dans la grotte.

Un autre groupe allonge les corps dans des couvertures poisseuses de sang.

— Les femmes d'un côté, les hommes de l'autre.

Au milieu du parc, l'arpenteur, lui, s'impatiente. Il s'est assis sur des sacs de chaux et menace les ouvriers :

— Il me faut au moins 10 pieds[2] de profondeur. De quoi superposer cinq couches de corps. Alors, mettez du cœur à l'ouvrage sinon…

Il montre les charrettes désormais vides qu'on lave à grande eau dans l'espoir de les débarrasser de leur parfum de mort.

— … les prochains, c'est vous !

Donatien s'approche. Le tri des corps est terminé. Des perruques gorgées de sang jonchent la rue. Un

1. 12 m de long sur 6 de large.
2. 3 m de profondeur.

sans-culotte les fait rouler dans un fossé d'un coup de botte. Comme le marquis, écœuré, recule, une voix l'interpelle :

— Comment se porte le président de la section des Piques ?

Effaré, Sade se retourne. Une torche à la main le Roussin lui sourit et montre la grotte de rocaille.

— Quelqu'un veut te parler, citoyen.

Fouché est accoudé contre la paroi. Devant lui, les patriotes s'activent. Les têtes d'hommes sont jetées dans une brouette, celles des femmes posées sur une planche. D'une main experte, un sans-culotte examine les tempes. D'un coup de rasoir, il tranche les lobes et jette les boucles d'oreilles dans un seau.

— La République est pauvre, remarque Fouché, elle a besoin d'or.

Même de profil, Donatien le reconnaît aussitôt. Le *bourreau de Lyon* !

Fouché ne se retourne pas. À ses pieds, on dépouille les cadavres de leurs vêtements. Demain, ils seront portés aux lavoirs de la Bièvre où les lavandières feront disparaître les taches de sang.

— Votre acte d'accusation est arrivé au Tribunal révolutionnaire, monsieur de Sade.

Il y a bien longtemps que Donatien n'a pas entendu la particule retentir en amont de son nom.

— Vous voilà dans les mains du *diable rouge.* Autant dire que le couperet vous attend.

— Je n'ai pas peur du procès. Mes sentiments patriotiques sont connus de tous et…

Fouché le coupe :

— Une raison de plus pour mourir, monsieur de

Sade. Aujourd'hui, ce sont les républicains auxquels on tranche la tête. Vous n'avez pas remarqué ?

Donatien reste muet. Devant lui, une main avide arrache les boutons de nacre d'un corset en dentelle.

— Sans compter, reprend le *bourreau de Lyon*, que vous êtes un athée fanatique et un auteur infâme. Croyez-vous que l'Incorruptible apprécie *Justine* ?

Sade se cabre. Par prudence, il a toujours refusé d'endosser publiquement la paternité de ce livre.

— Je proteste, je ne suis pas du tout l'auteur de ce…

— C'est aussi ce qu'a prétendu votre ami Girouard quand on l'a interrogé. Il est passé au *rasoir national* en janvier. Vous allez subir le même sort…

L'annonce de la mort de l'imprimeur frappe Donatien au cœur. Il titube au milieu des cadavres.

— … à moins que vous ne soyez plus coopératif.

— Vous voulez quoi ? s'énerve Sade, un exemplaire de *Justine* dédicacé et signé de ma main ?

À ces derniers mots, l'ancien religieux sourit étrangement. De sa main gantée, il fait signe au Roussin d'aller chercher sa voiture. Il n'a que trop tardé. Chaque soir, il dort dans un lit différent. À tout moment, les sbires du Comité peuvent l'arrêter, mais Sade est un pion qui compte dans la partie à mort qu'il joue contre Robespierre.

— Ne soyez pas arrogant, monsieur le marquis de Mazan, de Saumane et de La Coste. Condamné pour les affaires de la place des Victoires, d'Arcueil et de Marseille. Emprisonné à Vincennes, à la Bastille.

— Vous oubliez Saumur, Pierre-Encize, Miolans…

— … Charenton, les Madelonettes, Saint-Lazare… Vous voyez que je connais bien votre vie, Donatien, Aldonze, François.

Cette fois, Donatien est ébranlé.

— Que voulez-vous ?

Dans la grotte, les cadavres sont nus. Un à un, on les emporte pour les jeter dans la fosse. Une odeur âcre de chaux monte du parc.

— Le Roussin viendra vous voir bientôt, monsieur de Sade…

Le *bourreau de Lyon* se dirige vers la sortie.

— … Et ce jour-là, ce sera votre dernière chance.

13

27 juillet 1794
Paris
Palais de justice

Midi.

Malgré la chaleur, le Palais de justice bruisse comme un rucher. De toutes parts, des commis affairés, des clercs en retard, des huissiers, liste à la main, se précipitent dans les couloirs, dévalent les escaliers comme si le diable était à leurs trousses. C'est pourtant un jour normal mais, depuis les lois du 10 juin, Fouquier-Tinville a mis les bouchées doubles. Tous les matins, il convoque ses employés et distribue à chacun sa besogne et gare à celui qui lambine ! Le Tribunal révolutionnaire est une machine huilée de sang qui rase tout sur son passage. Les suspects arrivent par groupes de vingt à trente, un greffier lit à toute vitesse l'acte d'accusation, toujours le même : complicité avec l'ennemi, activités contre-révolutionnaires ; d'une voix indignée, le *diable rouge* réclame la guillotine, les jurés hurlent oui, et les condamnés sont jetés en charrette jusqu'à l'échafaud. À ce rythme-là, Fouquier-Tinville va tenir sa promesse de vider les prisons de Paris. Le seul endroit du Palais qui échappe à cette frénésie de mort, c'est la buvette. Alimentée par les saisies des caves d'aristocrates, on vient y déguster un verre de bourgogne ou de vouvray. La buvette ne désemplit jamais. Même Fouquier-Tinville ne dédaigne pas de s'y montrer. C'est le moyen de prendre la température du Palais, d'écouter les rumeurs et surtout d'en faire passer.

— Hier, Sanson a battu son record ! s'exclame un huissier qui rentre en sueur de la prison de Saint-Lazare.

— Mieux que la semaine dernière, s'écrie un clerc, les poches chargées de listes de suspects, c'est pas possible !

Dans le petit milieu du Tribunal révolutionnaire, Sanson, le bourreau de Paris, est un personnage de légende. Tel Hercule, il doit se surpasser chaque jour tant le nombre de ses clients est en pleine expansion.

— Je le tiens d'un de ses aides, affirme l'huissier, il sait de quoi il parle, c'est lui qui ramasse les têtes. Hier, il avait récupéré une montre à gousset sur un des ci-devant. Et devinez ce qu'il a fait ?

Tous les habitués de la buvette posent leur verre ou interrompent leurs conversations. Car, depuis un mois, on prend des paris sur l'efficacité de Sanson. Certains sortent un calepin où ils notent les performances du bourreau. S'il est en forme, si sa cadence monte, demain ils parieront sur lui.

— Ne nous fais pas languir, réclame le clerc, j'ai tout un groupe de provinciaux à faire passer au tribunal. Et tu sais que le *diable rouge* n'aime pas attendre.

— Eh bien, en moins de trente minutes, notre Sanson en a expédié combien, d'après vous ?

L'huissier sort son carnet où il prend les paris. En ce moment, il perd de l'argent. Près de 60 livres depuis le début de la semaine. Par les clous du Crucifié, Sanson a intérêt à battre de nouveaux records !

— Trente-deux, lance une voix.

— Trente-neuf, réplique une autre.

— Et moi je dis quarante-huit, beugle un greffier qui a trop biberonné de vin d'Anjou.

Un éclat de rire salue le chiffre. Sanson est un athlète, mais de là à raccourcir tant de condamnés…

— Eh bien, vous avez tous tort : hier, le bourreau de Paris a expédié cinquante-quatre clients et en moins d'une demi-heure, annonce l'huissier en ouvrant son carnet, donc je prends les paris pour aujourd'hui. Allez, qui dit mieux ?

— Moi, je dis vingt-trois… souffle une voix glaciale.

Tous se retournent. Fouquier-Tinville vient d'arriver. Il tend une liste à l'huissier.

— … à aller chercher tout de suite dans leurs différents lieux de détention. Ils doivent être guillotinés avant la fin de l'après-midi…

Le visage du *diable rouge* se fend d'un sourire en faucille.

— … si vous voulez gagner vos paris, bien sûr.

Maison Coignard
Une heure de l'après-midi

Sade ferme la fenêtre. L'odeur est irrespirable dehors. Malgré des tombereaux de chaux déversés sur les corps, la puanteur de la mort est partout. D'autant que les *patriotes* se sont avisés trop tard que le sol du parc était constitué d'argile imperméable. Les dernières couches de cadavres nagent donc dans des bassins de putréfaction. Donatien tente d'écrire, mais les mots ne viennent plus. Lui, dont l'imagination est capable de toutes les abominations, a l'inspiration coupée par ce parfum de mort. Une seule solution : quitter la chambre et descendre dans la salle commune où Coignard fait brûler de l'encens sans arrêt. C'est là que se réunissent les pensionnaires. Du moins ceux qui ont échappé au *diable rouge.* Car chaque jour, désormais, un huissier, accompagné de gardes, vient procéder à sa rafle habituelle. Deux ou trois résidants, jugés dans l'heure, guillotinés l'heure suivante et dont le corps sans tête réapparaît, à la tombée de la nuit, pour être jeté dans le magma immonde des fosses du parc.

Quand Donatien entre, certains tremblent sur leur chaise, d'autres triturent un crucifix en bredouillant une prière. Tous ont l'oreille aux aguets, gémissant au moindre bruit.

La cloche sonne.

Vacillant, Coignard se lève et disparaît dans le vestibule. Une femme sanglote près d'une fenêtre.

Quand il revient, Eugène ne prononce qu'un mot :

— Sade.

Dans la salle, les signes de croix se multiplient entrecoupés de *« Merci, mon Dieu, merci ! ».* Donatien se met en marche. Aucun visage, aucune main ne se lève. Quand il passe devant Coignard, il lui tend une enveloppe.

— Pour Constance.

Il pousse la porte du vestibule. La pièce est déserte. Sauf une table.

— Cinq minutes.

Un huissier fait son apparition. Rouge de sueur, il brandit une liste à son poing.

— Trois minutes.

Le Roussin pose une feuille pliée sur la table. Seule la marge blanche est visible.

— Fouché veut que vous signiez ce papier.

On frappe à la porte du vestibule. Donatien n'hésite plus. Il prend la plume et trace l'initiale de son nom.

— Je ne saurai jamais ce que je paraphe, n'est-ce pas ?

Le Roussin secoue la tête.

— Mieux vaut pour vous.

Il s'empare de la feuille signée et pose une bourse sur la table.

Bien en évidence.

Pour l'huissier.

— Vous venez de sauver votre vie…

D'un geste rapide, il fait signe à Sade de disparaître avant d'ajouter à voix basse :

— … et celle de la République.

Un encrier et une plume.

— Si mes calculs sont justes, vous allez être arrêté dans…

Donatien se retourne. Le Roussin vient de surgir. Il ne porte plus de bonnet rouge, encore moins de cocarde, mais des bottes à revers et une lourde canne à pommeau.

— … dans dix minutes.

Sade ne réagit pas. Il contemple, fasciné, l'encrier de porcelaine d'un blanc immaculé.

— L'huissier va d'abord sonner à cette porte. Votre ami Coignard, lui, va se précipiter. De quoi prendre, allez, deux minutes.

Donatien fait pivoter le couvercle de cuivre. Une odeur d'encre monte, âpre et entêtante.

— Ensuite, les gardes vont entrer, puis les condamnés pris dans les autres prisons, une vingtaine… disons que ça va durer… pas plus de cinq minutes… car l'huissier est pressé… Il fait très chaud… et vous êtes le dernier sur sa liste.

Le marquis hume ce parfum qui lui rappelle les souterrains de Saumane.

— Donc, il va entrer… et appeler votre nom… ça y est, les dix minutes sont écoulées.

Brusquement, on entend les sabots des chevaux piétiner devant le porche. La cloche sonne.

— Au nom du Tribunal révolutionnaire, ouvrez !

Comme dans un rêve qui vire au cauchemar, Sade voit Coignard traverser la cour.

— Là, il vous reste huit minutes, annonce le Roussin.

Les portes s'ouvrent. Des cavaliers entrent, suivis par un premier chariot où sont entravés des prisonniers.

14

27 juillet 1794
Paris
Convention
16 heures

Dans les allées de l'Assemblée, la tension ne cesse de monter. On se presse, on se bouscule, on se culbute pour assister au duel à mort qui se joue au pied de la tribune. Le peuple, qui piétine dans le sang versé depuis des mois, sait que le drame macabre touche à sa fin. Robespierre ou la Convention. Dans ce combat de gladiateurs, un seul pouvoir sortira vainqueur de l'arène. Assis dans l'ombre, Barère, les dents serrées, compte un à un les députés hostiles à Maximilien. Des hommes, brûlants de peur et de haine, qui peuvent s'embraser à tout moment. Certains sont déjà debout. Des poings s'agitent. Des cris retentissent. Au centre de la fournaise prête à exploser, Tallien se tient droit, le visage en feu. Barère reprend son décompte à la hâte. Depuis ce matin, une idée le hante. Celle d'un vote qui sauverait tout. Pour cela, il a besoin d'une majorité. Une seule. Et il propose une réforme des comités, des sections… De quoi museler les robespierristes. Et éviter que la violence ne déferle.

Mais il est peut-être déjà trop tard.

Hier, l'Incorruptible n'a pas pu terminer son discours fleuve à la Convention, hué par des voix qui ne se contrôlaient plus. Furieux, il a été le lire aux Jacobins, chez les sans-culottes où des députés venus apporter la contradiction ont été menacés et frappés. Ils ont dû quitter la salle, sous les cris de *« À la guillotine »* tandis que le discours de Robespierre était acclamé par ses partisans. Une manœuvre de Fouché, bien sûr, que d'envoyer ces députés à l'abattoir. Couverts d'opprobre et roués de coups, ils sont aussitôt devenus des opposants farouches à Robespierre et à sa clique.

Barère lève discrètement la tête. Ils sont tous là, les fidèles de Maximilien. Saint-Just, qui descend de la tribune, le regard méprisant. Il n'a pu parler que quelques minutes, abreuvé d'injures par ses collègues. À ses côtés, se dresse Philippe Lebas, son âme damnée, dont le nez retroussé frémit de colère. Assis sous la tribune, Couthon, le paralytique, frappe avec sa canne pour réclamer la parole. Augustin, le frère de Maximilien, lui, sert de garde du corps à son aîné.

Un, deux, trois, quatre, cinq… les doigts de la main qu'il faut trancher !

Dans l'hémicycle, le tumulte s'intensifie. Les insultes, les menaces fusent de tous côtés. La Convention est un chaudron chauffé à blanc. Brusquement, Robespierre se lève. Il avance comme un automate, il sait que, quand il va parler, l'assemblée se taira. Comme toujours.

— Je demande la parole !

D'un coup, le silence tombe comme un couperet. Les députés sont tétanisés. Tous.

Sauf un.

Tallien jaillit comme un diable. Dans sa poche il serre la lettre de Thérésa. Rien ne peut l'arrêter. Il bouscule Maximilien, renverse les huissiers et se précipite à la tribune. D'un doigt accusateur, il désigne le groupe des fidèles de l'Incorruptible :

— *J'ai vu hier la séance des Jacobins et j'ai frémi pour la Patrie !*

Les députés, chassés la veille par les sans-culottes, se lèvent et applaudissent à tout rompre. Ils acclament le courage. Enfin, un homme qui se dresse contre l'oppression ! Robespierre ouvre la bouche, parle, mais on ne l'entend pas.

— *J'ai vu se former l'armée du nouveau Cromwell*... crie Tallien.

D'un geste brusque, il ouvre sa redingote. Le reflet d'une lame brille dans sa main. Les hurlements redoublent.

— ... *et je me suis armé d'un poignard pour lui percer le cœur !*

Augustin se précipite pour protéger son aîné. Maximilien le repousse. Il tente de monter à la tribune.

— *À bas le tyran... le tyran... tyran...*

De tous côtés, le mot gronde, monte, rebondit sur les murs. La peur change de camp. Tallien brandit son poignard vers l'Incorruptible. Autour de Robespierre, ses amis font rempart de leur corps.

Barère se lève. En un instant il est à la tribune.

Ou il prononce la phrase décisive ou la Convention se noie dans le sang.

D'une voix grave, il lance :

— *Je demande le décret d'arrestation contre Robespierre.*

Les députés hurlent à la mort. L'heure est venue d'abattre la Bête féroce.

Le corps secoué de tremblements, Augustin s'avance :

— *Je demande à partager le sort de mon frère.*

— *Aux voix ! Aux voix ! Votons l'arrestation !*

Une levée de bras se dresse comme des gibets.

— *La République est perdue ! Les brigands triomphent !* s'écrie Robespierre.

— *Qu'on décrète aussi l'arrestation de Saint-Just,* hurle une voix.

— *Et de Couthon.*

— *Et de Lebas !*

Dans un coin, Tallien pleure entre ses mains. Il vient de sauver Thérésa.

Pour en finir, Barère appelle au vote.

— *Pour l'arrestation immédiate de Lebas, Couthon, Saint-Just, Augustin et Maximilien Robespierre ?*

Un tonnerre d'applaudissements lui répond.

— *Vive la République ! Vive la Liberté !*

Les gendarmes entrent dans la salle. Sans un mot, Barère leur désigne les accusés. Il y a un moment de flottement. On n'arrête pas comme ça l'Incorruptible.

— *Mort au tyran !* hurle l'assemblée. Des députés se précipitent, prêts à se faire justice eux-mêmes.

Cette fois, les gendarmes n'hésitent plus.

Ils saisissent Robespierre.

Pont Saint-Michel
28 juillet 1794
Une heure du matin

L'embarcation quitte le quai, longe le pont et s'amarre au bateau-lavoir dont les vantaux sont baissés. Depuis plusieurs semaines, le pont ne retentit plus du rire des lavandières. On les a envoyées sur la rivière Brière. Les riverains ne supportaient plus de voir ces malheureuses blanchir les défroques gorgées de sang des guillotinés. Depuis, le bateau-lavoir du pont Saint-Michel a mauvaise réputation. On dit qu'il est hanté. Personne ne s'en approche.

Deux hommes sortent pourtant de l'embarcation, rangent les rames sur le pont et frappent discrètement à une porte. Trois coups, puis cinq.

Un masque, armé d'une canne, surgit. Il porte un bicorne sur ses cheveux roux.

— Donnez-moi la première lettre.

Un murmure lui répond :

— La seconde.

L'échange se poursuit jusqu'à la septième lettre. Quand le mot est juste, le gardien du seuil fait entrer les visiteurs. Au centre du bateau trône un énorme poêle de faïence. Autour, des piles de bois, rongées par l'humidité, des seaux cabossés et verdis témoignent de l'abandon des lieux. Fouché est accoudé au rebord du poêle, il détaille les motifs des carreaux bleutés. Des prêtres devant leur église, des cavaliers à la chasse, des paysans qui fauchent un pré… tout l'Ancien Régime. Un monde à jamais balayé.

Un roulement, pareil à un coup de tonnerre, fait vibrer la voûte du pont.

— Un convoi de canons, précise Fouché. S'il va vers la rive droite, c'est pour attaquer la Convention, s'il se dirige rive gauche, c'est contre l'Hôtel de Ville. D'ailleurs…

Il fait signe au Roussin. Ce dernier s'éclipse aussitôt.

— Je vois que tu es bien renseigné, commente Barère d'un ton ironique.

Le *bourreau de Lyon* lève un des vantaux. Une odeur de vase monte du fleuve. Le bruit du convoi s'estompe doucement. Il se tourne vers ses visiteurs : Tallien, la redingote déchirée dans la mêlée de la Convention, Barère au visage de cire.

— Qu'est-ce que tu sais ? demande l'amant de Thérésa, anxieux.

Fouché va s'asseoir sur une des margelles des cuves.

— Que vous avez arrêté Robespierre et ses complices, que vous les avez fait conduire en prison… Qu'ils se sont tous échappés.

De rage, Tallien frappe le poêle d'un coup de botte. Des carreaux s'écrasent au sol dans un bruit de vaisselle brisée. Inquiet, il tend l'oreille.

Fouché le rassure.

— Le peuple croit que cet endroit est rempli de fantômes de guillotinés qui cherchent leur tête. Personne ne viendra.

Exaspéré, Tallien piétine les débris de carreaux :

— On aurait dû les massacrer sur place.

— Ce n'est pas faute de l'avoir suggéré, persifle le *bourreau de Lyon*.

Barère intervient :

— Il est vrai que les massacres, ça te connaît.

— Je privilégie les solutions définitives. Maintenant, dites-moi ce qui s'est passé.

Son accès de colère terminé, Tallien explique :

— Après leur arrestation, nous les avons séparés et envoyés dans des prisons différentes. Robespierre au Luxembourg, Couthon à…

Fouché a un geste d'agacement.

— Partout, les geôliers ont refusé de les incarcérer…

— … quand ils ne les ont pas délivrés !

Penauds, Tallien et Barère ont l'air de deux écoliers pris en faute.

— À l'heure actuelle, ils sont tous rassemblés à la mairie…

— … où ils mobilisent le peuple et les sans-culottes.

Fouché les regarde avec mépris. Les imbéciles ! Tenir le loup entre ses mains et le laisser filer pour rejoindre sa meute.

On frappe trois coups, puis deux. Le Roussin entre. Il a le visage en sueur d'avoir couru. Pour aller aux nouvelles, il a mis l'uniforme des sans-culottes. Un pantalon en lambeaux, une chemise délavée et le fameux bonnet rouge, mais sans les hosties profanées. L'anticléricalisme n'est plus à la mode.

— J'arrive de la place de Grève. Robespierre est bien à l'Hôtel de Ville.

— Comment est la place ?

— Remplie de curieux.

Le mot fait tinter l'oreille de Fouché. Il jette un regard interrogateur sur l'ancien menuisier.

— Des gens qui viennent aux nouvelles, des femmes qui bavassent, des soiffards qui beuglent…

— Des soldats, des canons ?

— On dit qu'ils sont partis.

Barère lève la tête. Malgré l'obscurité, à peine trouée par une lanterne borgne, ses yeux se mettent à briller.

— Pas de canons, tu dis ?

À son tour, Tallien s'approche.

— Et la Garde nationale ? Elle est entièrement tenue par Hanriot. Un fanatique de Robespierre.

— Lui aussi est à l'Hôtel de Ville, mais sans ses troupes.

— À croire que l'Incorruptible a du mal à mettre du monde dans son jeu, commente Fouché. Dans ce cas, il vous reste une carte maîtresse à jouer.

Les deux conventionnels se ruent à ses côtés.

— Laquelle ?

— Vous avez bien décrété Robespierre et les siens d'arrestation et voté leur emprisonnement ?

Impatient, Tallien hausse les épaules.

— Tu le sais bien !

— Et il est en prison ?

D'un coup, Barère frappe entre ses mains. Il a compris.

— Bon sang, il est hors la loi !

Fouché approuve.

— Comme tous ceux qui le soutiennent. Envoyez des huissiers place de Grève et à l'Hôtel de Ville. Qu'ils proclament que tous ceux qui soutiennent le hors-la-loi Robespierre sont passibles de la peine de mort.

Tallien se précipite vers la porte. Barère, lui, a encore un doute.

— Et les sections ? Si elles bougent ?

Fouché se tourne vers le Roussin. Ce dernier hoche discrètement la tête.

— Je m'en charge, annonce le *bourreau de Lyon.*

Hôtel de Ville
Trois heures du matin

Saint-Just est silencieux. Lui dont la voix brûlante envoûtait la Convention semble avoir chuté de son rêve. Le front noir, il contemple la place de Grève où la foule est de plus en plus clairsemée. Aux portes de la mairie, stationne une cohorte de hussards. Des têtes brûlées qui, hier, ont sabré le peuple parce qu'il tentait de délivrer des condamnés au pied de l'échafaud. Ils ont manqué d'être lapidés par une foule devenue enragée. Leur chef, Hanriot, ronfle sur une paillasse. Toute la nuit, il a vidé des verres d'eau-de-vie. Sur un coin de table, Couthon, infatigable, rédige des proclamations que personne ne lit. Il n'y a plus ni secrétaire ni garde.

— Mais où sont les sans-culottes ? s'écrie Lebas.

Augustin secoue la tête.

— Nous avons envoyé des messagers partout. Ils reviennent en disant que *« les patriotes discutent ».*

Lebas éclate.

— Par le sang de Marat, je veux des hommes en armes, pas des orateurs ! Je veux des fusils, pas des discours…

— Tais-toi, l'interrompt Saint-Just, des émissaires de la Convention viennent d'arriver.

Augustin se précipite pour ouvrir les fenêtres. Un roulement de tambour retentit. Une voix s'élève dans la nuit chaude.

— *« La Convention met hors la loi tous les fonctionnaires publics qui donneraient des ordres pour faire avancer la force armée contre la Convention nationale... »*

— Les traîtres !

— *« ... Elle met hors la loi les individus qui, frappés de décret d'arrestation ou d'accusation, s'y seraient soustraits... »*

Couthon pose sa plume.

— ... *« ainsi que les citoyens qui les soutiennent. »*

En un instant, la place de Grève se vide. Les *tricoteuses* sont les premières à s'évaporer dans l'obscurité. On entend une ruée de sabots sur le pavé. Les hussards désertent.

— Nous sommes foutus, crache Hanriot qui vient de se réveiller.

— Non !

C'est Robespierre qui vient de crier. Tous se rassemblent autour de lui. En un mot, l'Incorruptible a retrouvé tout son charisme. Il saisit la plume, la tend à Couthon.

— Écris !

— Mais à qui ?

— À ceux qui vont nous sauver.

Pour la première fois depuis des mois, ses proches voient Maximilien sourire.

— À la section des Piques !

Église des Capucines

Le Roussin pousse la lourde porte. Dans la nef, les principaux meneurs des Piques sont réunis. Ils siègent sans discontinuer depuis le début de la soirée. Les rumeurs, les bruits circulent et animent le débat. Les plus extrémistes veulent courir au secours de l'Incorruptible, la majorité reste indécise. Quand le Roussin entre, ils se lèvent d'un bond. On ne l'a plus vu depuis deux jours. Les questions fusent.

— Par le cul de l'Autrichienne, tu étais passé où ? Tu as des nouvelles ? Que fait Robespierre ? Les députés ?

L'ancien menuisier entrouvre sa chemise et demande à boire. Tous les regards convergent sur lui.

— Je viens de la Convention. Robespierre, Lebas, Couthon, Saint-Just et Hanriot ont été déclarés hors la loi.

Un silence brutal tombe sur la section. Tout en vidant son verre, le Roussin les observe. Pas un cri, pas une injure. Ces hommes sont épuisés. Cinq ans de révolution, de guerre, de massacres, de meurtres. C'est toute la société française qui est arrivée au bout d'elle-même. Comme un ressort distendu à l'extrême. Un sans-culotte pourtant saisit un fusil.

— Il faut défendre l'Incorruptible contre les traîtres de la Convention. En une heure, nous pouvons réunir des centaines d'hommes. Je demande qu'on fasse sonner le tocsin.

Son voisin pose son bonnet rouge, et réplique vertement :

— Ça suffit. Le sang a assez coulé.

La discussion menace de s'envenimer quand un des patriotes frappe sur la table. C'est un des plus anciens membres de la section. Il a été de tous les combats, de toutes les émeutes. Quand il prend la parole, c'est la voix de la Révolution qui parle :

— Pour agir ou pas, je veux un ordre !

Tout autour de lui, les têtes approuvent.

— Vous voulez un ordre ?

Le Roussin s'avance.

— Le voilà.

Un des patriotes se saisit du papier. Tous se lèvent.

Deux lignes.

— *« Ordre est donné à la section des Piques de ne pas intervenir cette nuit. »*

— Et c'est signé ?

Le Roussin ôte son bonnet rouge et prononce deux syllabes définitives.

— Sade.

Hôtel de Ville

Désormais, la place est déserte. Augustin se penche à la fenêtre. Il n'y a plus qu'un feu de camp qui s'éteint lentement. Saint-Just le rejoint et soupire entre ses dents. Il a envie de faire du cheval. Sa passion. Lebas s'est endormi. Dans le sommeil, son nez retroussé, qui fait le bonheur des caricaturistes, frémit comme le museau d'un animal traqué. Hanriot, lui, se tient debout. Botté, éperonné, il s'apprête à traverser Paris pour aller porter le message que Couthon relit :

— *« Courage, patriotes de la section des Piques, la liberté triomphe !... »*

Sur le bureau de Robespierre, une sacoche en cuir est posée. Une crosse de pistolet dépasse légèrement. L'Incorruptible triture une plume. Il est pressé d'en finir. Il veut en découdre avec ces traîtres qui l'ont humilié à la Convention. Il va les abattre, purifier la Nation, extirper les racines du Mal. Dès l'aube, il les fera arrêter. Juger et condamner. Tous. Couthon a fini sa lecture. Robespierre tend une main nerveuse. Vite, il veut signer.

Une cavalcade retentit sur les pavés. Augustin se penche. Des hommes en armes s'engouffrent dans l'Hôtel de Ville. Maximilien trempe sa plume. La section des Piques, il sait qu'il peut compter sur elle ! Des patriotes, des purs ! On entend des bruits de bottes se rapprocher. Délicatement, Robespierre trace l'initiale de son nom, puis l'arrondi de la première voyelle…

La porte explose.

— Au nom de la Convention, rendez-vous…

Des sabres jaillissent. En un instant, Maximilien ne voit plus son frère près de la fenêtre. Augustin vient de sauter. Partout des uniformes. Lebas sort un pistolet et se brûle la cervelle. Une main empoigne le fauteuil roulant de Couthon et le précipite dans l'escalier. Robespierre voit Saint-Just qu'on ligote. Hanriot se précipite sur le balcon. Un hurlement, puis le silence.

L'Incorruptible tend la main vers la sacoche de cuir.

Un gendarme arme son pistolet.

Maximilien effleure la crosse.

La détonation, sèche et précise, traverse la pièce.

La mâchoire de Robespierre vole en éclats.

Quartier de Picpus
Maison Coignard

Un bruit étrange réveille Sade. Il a dû rêver. Pourtant, le même bruit se reproduit. Comme une poignée de graviers jetée sur les volets. Il ouvre la fenêtre. L'été envahit la chambre. Des cailloux ricochent sur la façade. Il met la main en visière. Le soleil, qui monte au-dessus des arbres, l'empêche de voir. Derrière le mur d'enceinte, une silhouette apparaît. Elle saute, elle crie, mais Donatien n'entend rien. Il rentre à nouveau, ouvre un tiroir et revient avec une jumelle de théâtre. Il règle la distance, la netteté…

— Bon sang ! Constance.

Sensible vient d'apparaître dans l'objectif. Son visage ruisselle, ses cheveux roulent sur ses épaules. Donatien ne l'a pas vue depuis des jours. Les visites sont devenues trop risquées. Elle bat des mains.

— Elle est devenue folle, murmure Sade.

Brusquement, elle s'arrête et fixe la fenêtre d'où le marquis l'observe. Elle tend la main vers ses yeux, puis vers lui. Plusieurs fois.

— Elle veut que je la regarde, mais pourquoi ?

Elle désigne la robe de son index. Sade ne comprend rien.

— Une robe et alors ?

Sensible se penche dans le chemin, saisit une pierre qu'elle montre avec insistance.

— Une pierre, maintenant, s'étonne Donatien.

Le visage impatient, Sensible s'obstine, montre la robe, puis la pierre. La robe, la pierre. Robe, pierre.

— Robespierre ! s'exclame Sade.

Dans l'objectif, le visage de Constance devient grave. Elle lève le pouce. L'ongle vient se planter sous la gorge.

Tout le corps de Sade se met à trembler.

D'un geste lent, Sensible fait glisser son doigt de gauche à droite.

Cette fois, Donatien a compris : *Robespierre est mort.*

Et lui est vivant.

VI

QUI EST FOU ?

Ou je suis ce que je dois être, ou je ne le serai jamais.

Marquis de Sade

1

6 mars 1801
Paris
Rue Helvétius

Sade remonte sur ses épaules le châle que lui a donné Sensible. Le printemps tarde à venir, cette année. D'ailleurs, les passants sont rares, à part un carrosse stationné au coin de la rue et un mendiant accroupi sous un auvent, il n'y a personne. Tant mieux, Donatien n'est pas très rassuré, il serre contre lui un portefeuille de cuir. Il n'aime pas déambuler avec des pages de son nouveau manuscrit. Depuis que Bonaparte est au pouvoir, on assiste à un retour des bonnes mœurs. Au Palais-Royal, les prostituées ont été priées d'aller exercer leurs talents ailleurs. Un comble, songe le marquis, quand on sait que c'est là que le jeune général a perdu son pucelage. Cela dit, si les débauchés ont plus de mal à assouvir leurs passions coupables, ils se rattrapent sur la littérature. Une aubaine pour Sade dont les livres se vendent comme des petits pains. La *Justine* est partout. Un tel succès que Donatien a commis un autre livre dans la même veine : *La Philosophie dans le boudoir*. Lui aussi s'arrache. On se passionne pour les leçons de philosophie de Dolmancé, le héros du roman, qui prône le libertinage à chaque page. Le livre circule dans tout Paris. Adolescents enfiévrés, épouses volages, maris séducteurs, tous ne jurent plus que par ce bréviaire du plaisir. Sade ralentit le pas. Il se souvient de la première fois qu'il a eu l'idée de ce livre. C'était sous Robespierre. Il voulait écrire sur Venise. Un libertin, sur une gondole, allait à un rendez-vous amoureux avec une religieuse. La nuit d'amour devait se partager entre pratique de la débauche et théorie de la jouissance. Et voilà que c'était devenu *La Philosophie dans le boudoir*, un vrai succès d'édition.

Au bout de la rue, le mendiant se réveille de son sommeil et se met à chanter. Donatien se retourne. Ce n'est rien. Il peut se replonger dans ses pensées. Depuis ces années passées à la Bastille, le marquis a une marotte, celle des listes. Dans ces cahiers, des pages entières sont consacrées à des inventaires, de ses amours, de ses dettes, de ses repas… Une vraie manie qu'il pratique avec délectation.

Il tient surtout à un répertoire de ses œuvres en cours.

Et en ce moment, il est particulièrement inspiré.

Librairie Massé
Rue Helvétius

L'imprimeur Massé est inquiet. Ce matin, la livraison de papier n'a pas eu lieu. Et il en a un besoin pressant. Dès l'aube, il a fait prévenir ses apprentis de venir toutes affaires cessantes. Aujourd'hui, on imprime une nouvelle édition de *Justine.* Et il a besoin de monde, de beaucoup de monde. Il faut dire que Sade s'est surpassé. Quand Massé lui a proposé d'écrire une nouvelle version de son roman, tant les amateurs étaient nombreux, il ignorait que le marquis lui fournirait plus de mille pages d'une œuvre en fusion. Il s'est retrouvé avec dix volumes à imprimer, non seulement d'une *Nouvelle Justine,* mais aussi des aventures de *Juliette*, sa sœur. Et là, le marquis a franchi toutes les bornes de la décence au point de mettre la police sur les dents. Il faut dire que mettre en scène la rencontre de *Juliette*, la libertine impie, avec sa sainteté le pape, il fallait oser. De quoi faire hurler tous les dévots et irriter Bonaparte qui est en train de négocier un concordat historique avec Rome : la réconciliation des catholiques de France avec la Révolution assagie. Massé tend l'oreille. Aucun bruit de roues qui cahotent sur le pavé. Il fait venir clandestinement son papier de la vallée de Chevreuse, caché dans des charrettes à foin. Un moyen d'éviter la curiosité indiscrète de Fouché. Un risque pleinement justifié par le prix de vente du livre. Pas moins de cent francs[1], le salaire d'un ouvrier pendant des mois. L'imprimeur se passe la main sur le front. Il lui faut aussi contacter les plieurs, les brocheurs, les graveurs. Le petit monde grouillant de l'édition clandestine que le ministre de la Police truffe de *mouches*. Un jour ou l'autre, *ils* finiront par

1. En 1807, le prix d'une édition de *La Nouvelle Justine suivie de l'Histoire de Juliette, sa sœur* atteint la somme de 300 francs.

remonter jusqu'à lui. Voilà pourquoi, il faut imprimer et vite. Parfois, Massé pense à Girouard, l'ancien libraire, qui a fini sur l'échafaud. Certes, aujourd'hui, on ne coupe plus la tête des éditeurs, mais on les envoie pourrir au fond d'une geôle sans retour.

Rue Helvétius

Malgré le froid, Sade joue les badauds. Il s'arrête aux devantures des modistes, jette un œil à la boutique d'un chapelier. Avec ce que va lui verser Massé, il va pouvoir renouveler sa garde-robe. D'abord, une redingote neuve, puis une paire de souliers en cuir d'Italie. Ensuite, il lui faudra opter, soit pour une culotte de soie qui tombe au genou, soit pour un *pantalon*, ce drôle de couvre-jambes, popularisé par les sans-culottes et qu'ont adopté les soldats de Bonaparte. Il faut absolument qu'il fasse une liste. Un cahier spécifique où il notera tout, de la qualité du tissu au nombre de boutons, de la couleur à l'usure. De la précision en toute chose. C'est l'obsession du marquis. D'ailleurs, il fait pareil pour ses livres. Massé en sait quelque chose. Du grain du papier à la mise en page, du choix des caractères d'imprimerie aux détails des gravures, Sade contrôle tout. Et malheur au *grouillot* qui fait baver un peu d'encre, au brocheur qui laisse dépasser un fil, le scandale est immédiat et tonitruant.

Donatien serre sa serviette en cuir sous son manteau. À la demande de Massé, il a rajouté des pages à son manuscrit. Désormais, c'est le personnage de Juliette qui l'inspire. Elle est son double triomphant. Le modèle suprême du libertin qui asservit tout à son plaisir, même le destin. Tout ce que Donatien a rêvé d'être et qu'il n'a réalisé que la plume à la main. C'est à travers elle que ressuscitent les *120 journées de Sodome* et, le moins qu'on puisse dire, c'est que Juliette les dépasse haut la main en impudeur et en cynisme.

Sade sait qu'il n'ira pas plus loin. D'ailleurs, c'est sa dernière livraison à Massé. Après, c'est tout autre chose qui va l'occuper.

Son chef-d'œuvre.

Il se plonge mentalement dans la liste de ses livres, ouvre une nouvelle page et inscrit un titre qui le fait frissonner de plaisir :

Histoire de ma vie

Librairie Massé
Rue Helvétius

Donatien est dans la librairie. L'imprimeur l'a installé dans un de ces curieux fauteuils à la mode. Un dossier droit qui casse le dos, un rembourrage en crin de cheval, et au bout des accoudoirs deux sphinx d'ébène au regard éteint. On appelle ça *retour d'Égypte* en hommage à Bonaparte.

Décidément, la France de ce début de siècle aime les mirages. Donatien pose sa serviette. Sa bague armoriée, qu'il porte à nouveau, brille sur le cuir fauve. Curieux, l'imprimeur l'interroge :

— Une aigle à deux têtes ?

— Les armes de ma famille… depuis près de quatre siècles.

Massé lui tend une suite de planches gravées, destinées à illustrer la nouvelle édition de *Justine*.

Illustration de Justine

— Alors ?

Le marquis prend son temps. Il examine tous les détails. En particulier la mise en scène des sévices sexuels, toujours plus vifs, toujours plus excessifs.

Dans sa quête de l'extrême du plaisir, il a une passion pour les machines démoniaques. Les poulies, les cordes qui étirent les membres, les chevalets qui fendent les corps. Si un jour il revient à

Saumane, il en fera réaliser certaines et les postera dans les souterrains du château. Un vrai théâtre de la cruauté.

Une des gravures ne le satisfait pas. Donatien saisit un crayon et griffonne des modifications. L'imprimeur soupire. Il va falloir encore refaire le dessin.

— Vous avez pensé à mes pages ?

Sade désigne de la tête sa serviette posée sur la table. Massé se précipite. Un coup d'œil sur les pattes de mouche du marquis et son visage rayonne déjà.

— Excellent… c'est excellent.

Dans la rue, la vitre du carrosse vient de s'ouvrir. Une main gantée agite un mouchoir blanc. Le mendiant cesse de chanter et se dirige d'un pas rapide vers la librairie.

Massé est en pleine lecture. Il voit déjà les ventes s'envoler. Donatien, lui, prend un encrier, le secoue et fait couler une tache dans la marge blanche de la gravure annotée.

Surgis d'un immeuble voisin, des hommes en noir emboîtent le pas au mendiant qui arme un pistolet.

Donatien retire sa chevalière et frappe la tache d'encre comme un sceau.

La porte de la librairie claque.

Un aboiement :

— Donatien Aldonze François de Sade, vous êtes sous le coup d'un ordre d'arrestation…

Affolé, Massé tente de jeter au feu le manuscrit. Trop tard.

— … pour publication d'ouvrage licencieux.

Dans la marge de la gravure, un aigle, noir d'encre, brille comme un diadème.

Le 7 mars 1801, Paris

Monsieur le ministre de la Police,
à
Monsieur Armand de Sade

Monsieur,

Je vous confirme que votre père, Donatien Aldonze François de Sade, a bien été arrêté hier et conduit à la prison des Carmes. On a saisi sur lui des pages manuscrites du roman La Nouvelle Justine suivie de l'Histoire de Juliette, sa sœur, *ce qui prouve bien, malgré ses dénégations répétées, qu'il en est l'auteur.*

Depuis trop de temps, Paris est envahi par ce livre dont l'horreur et l'ignominie sont un scandale public. Le nouveau gouvernement ne peut tolérer pareille publication et diffusion qui offensent gravement la morale et menacent les bonnes mœurs.

En conséquence, décision a été prise d'appréhender

le sieur Sade et de le tenir reclus en un lieu de sûreté. Néanmoins, sensible à votre demande de mansuétude et ayant à cœur de préserver l'honneur de votre nom, j'ai pris la décision de faire transférer votre père dans la maison de santé de Charenton où il sera détenu jusqu'à nouvel ordre.

J'ai l'honneur, monsieur, de vous présenter mes respects.

Joseph Fouché
Ministre de la Police

2

28 mai 1810
Paris
Palais des Tuileries

Par la fenêtre, Fouché contemple le défilé militaire dans la cour d'honneur. La fanfare retentit, bientôt recouverte par le roulement de tambour de la Garde impériale. Le soleil tombe droit sur les bonnets à poil des grognards qui viennent se préparer à accueillir le souverain.

— Monsieur le ministre ?

Fouché ne se retourne pas. Il regarde la foule qui attend l'arrivée de l'Empereur. Les femmes agitent des mouchoirs de soie. Une mer de chapeaux, roses, bleus, rouges s'agitent comme un champ en fleurs.

— Monseigneur ?

Derrière lui, secrétaires, conseillers attendent. La plupart n'ont jamais connu la Révolution. Ils sont jeunes et impatients de mordre à pleines dents dans la gloire de l'Empire. Comment ne pas être enthousiaste quand la France domine l'Europe, quand les armées de la Nation triomphent sur tous les champs de bataille ?

Pour eux, Robespierre n'est qu'un croque-mitaine et Louis XVI un trou de mémoire. La France, devenue un Empire, est l'avenir du monde.

— Vive Napoléon !

Le cri unanime fait vibrer la vitre. Fouché se retourne et cligne de l'œil. Autour de la table, tous l'attendent. Un secrétaire a même une plume à la main, prêt à saisir au vol la pensée du ministre.

— Nous en étions où ? interroge Fouché en lissant la broderie dorée de son habit de cérémonie.

— Nous allions examiner les demandes de libération, Excellence.

Fouché croise les mains sur la poitrine. Depuis qu'il est aux affaires, il est devenu encore plus avare de ses mots. Il préfère qu'on interroge ses silences plutôt qu'on dissèque ses paroles. Une force quand on est ministre de la Police.

— Combien de cas ?

— Trente-trois, monseigneur.

Pour fêter son récent mariage, Napoléon a décidé d'une amnistie. Fouché est chargé d'établir une liste de détenus libérables. Une besogne qu'il peaufine, tant elle lui permet d'exercer son pouvoir. D'ailleurs, depuis que la nouvelle est publique, on se presse dans l'antichambre du ministère. Et l'ancien religieux peut jouer à Salomon.

— Vous avez les trois listes que je vous ai demandé d'établir ?

— Oui, monseigneur, d'un côté les anciens républicains…

Immobile, Fouché réfléchit. Il va en profiter pour faire sortir de prison quelques *amis* qui lui seront redevables. Des modérés. Une dizaine pas plus. Juste assez pour rappeler au peuple que derrière Napoléon existe toujours Bonaparte, que l'Empire n'est que la République devenue juste et parfaite.

— … il y a aussi des royalistes. Des anciens vendéens, des aristocrates émigrés…

— Libérez les plus âgés. Et commencez par les malades.

Il faut faire preuve d'humanité aux yeux du public. De toute façon, ces vieux royalistes, à la santé et à la fortune ruinées par des années de complots et de clandestinité, seront morts dans quelques mois. Qu'ils s'éteignent en paix dans leur château délabré et que le peuple ému vante la bonté de l'Empereur.

— Reste les cas d'exception, monseigneur.

D'un coup, Fouché est aux aguets. L'expression *cas d'exception* est un délicat euphémisme pour nommer les arrestations arbitraires. Les gens qu'on interpelle de nuit, qui n'ont droit à aucun procès et qui croupissent en prison sous un numéro anonyme. La *guillotine clandestine* comme l'appelle Fouché, devenu expert en la matière.

— Certaines familles réclament la libération de détenus depuis des années, indique un conseiller, et s'agitent beaucoup. Surtout les mères.

— Combien de demandes ?

— Nous en avons sélectionné six.

Fouché acquiesce.

— Libérez-les. Et chaque fois, indiquez qu'il s'agissait d'une erreur et que j'ai veillé personnellement à leur libération.

— Oui, monseigneur.

— Autre chose ?

Le ministre est pressé. Il doit assister à la cérémonie

de remise de légions d'honneur. L'Empereur récompense ses braves. Lui, Fouché en profitera pour discuter avec les généraux. Les militaires, surtout quand ils sont à l'honneur, ont la parole facile et la confidence involontaire.

— Oui, un cas particulier. Une lettre d'une enfant… enfin d'une femme qui écrit comme une enfant… c'est ce qui nous a intrigués…

Fouché se regarde dans la glace. Décidément cet habit cramoisi parsemé d'or lui va à ravir.

— … on a vérifié, continue le secrétaire, elle a plus de trente ans… elle semble un peu attardée… Elle réclame la libération de son père, détenu à Charenton.

Le ministre s'impatiente. Napoléon n'aime pas les retardataires

— Son nom ?

Le secrétaire saisit la lettre.

— Un certain Sade.

3

28 mai 1810
Paris
L'Observatoire

Dans son carrosse, encadré de deux laquais à livrée, Fouché triture entre ses mains la lettre de la fille de Sade. Le ministre n'aime pas le hasard : il croyait le marquis enterré à vie et voilà qu'il ressurgit d'une manière imprévue. Bien la peine de l'avoir fait tomber dans un traquenard chez son imprimeur en 1801 !

Fouché baisse la fenêtre. Il a besoin d'air frais. Il entend le pas rapide de chevaux qui caracolent sur le pavé de la rue Saint-Jacques. Un groupe de citoyens, à la terrasse d'un café, le salue par une acclamation :

— Vive Joseph Fouché ! Vive le bon ministre qui veille sur la sécurité de Bonaparte !

Fouché répond de la main. Il est vrai qu'il tient la France d'une main de fer. Napoléon peut dormir sur ses deux oreilles. Ce qu'il ne fait d'ailleurs pas, car il se méfie encore plus de son ministre que de ses adversaires. Comment avoir confiance en un homme à l'intelligence si retorse ct aux mains si rouges de sang ?

D'ailleurs, il songe parfois à s'en débarrasser et Fouché le sent. Il est comme un danseur sur la corde raide.

Voilà pourquoi il passe les grilles de l'Observatoire.

Pour ne pas voir ressurgir les fantômes du passé.

À Paris, personne ne s'étonne plus de la récente passion de Fouché pour les astres. Certes, dans les salons, quand on a entendu, pour la première fois, le redouté ministre de la Police, parler avec lyrisme des anneaux de Saturne, la surprise a été à son comble. On s'est même interrogé si, derrière les commentaires de Fouché sur les astres du ciel, il n'y avait pas une critique voilée des membres de la famille impériale. Depuis, on s'est convaincu qu'il s'agissait d'une lubie. Après tout, un homme aussi occupé que le ministre de la Police a bien besoin d'un délassement.

— Pas de question dans le voisinage ? interroge Fouché en sautant à terre.

Le Roussin, qui fait office de gardien vigilant des lieux, secoue la tête. Le ministre monte d'un pas lent le perron. Il n'est pas pressé. Il a besoin de réfléchir. Ce n'est pas arriver au cœur du pouvoir qui est le plus risqué, c'est de s'y maintenir. Surtout quand tout ne dépend que de la volonté d'un seul, l'Empereur. Un homme qui fait corps avec son destin, mais dont on ignore jusqu'à quand. Et Joseph Fouché n'est pas de ceux qui s'en remettent à la fatalité. Il calcule, il prévoit, il prend des assurances pour l'avenir.

Et sa meilleure garantie est juste derrière cette porte de bronze.

— Je vous ouvre, monseigneur.

Sous une ancienne coupole de cuivre, qui n'a plus pivoté depuis la Révolution, un télescope prend la poussière. Tout autour, des étagères sentent le bois frais. Des cartons numérotés s'entassent dans l'ombre. Le Roussin apporte un chandelier et contemple avec fierté son œuvre. C'est lui qui a fait les menuiseries. Et pour ranger les fichiers, il a fait réquisitionner des prisonniers de guerre. Des Prussiens, incapables de lire le contenu des dossiers. Une précaution que Fouché apprécie.

Le ministre fait le tour des rayonnages. Depuis qu'il dirige la police, la France entière bénéficie de son attention et il ambitionne d'avoir une fiche sur chaque citoyen. Il a même établi un modèle qu'il a transmis à tous les préfets avec pour consigne de surveiller tous les opposants potentiels. Anciens exaltés de la Révolution, nostalgiques de l'Ancien Régime, prêtres réfractaires, étrangers douteux, jusqu'à ses propres *frères* en maçonnerie. Nul ne doit pouvoir échapper à son œil inquisiteur. Autant pour la sécurité de la Nation que pour la sienne propre.

— Le classement avance ?

L'ancien menuisier hoche la tête.

— Encore quelques jours et tout sera disponible. J'en suis à la lettre R.

Fouché jette un œil impatient aux cartons encore scellés.

— Je voulais justement voir le dossier Sade.

— Ah le divin marquis, s'exclame le Roussin, si c'est lui, posez-moi toutes les questions que vous voulez, je connais son dossier par cœur ! Imaginez, je le suis depuis la Bastille !

— Mais pourquoi le *divin* ?

— Ce sont ses admirateurs qui lui ont donné ce nom. Les lecteurs de *Justine*, de *Juliette*, de *La Philosophie dans le boudoir*.

Devant l'air interloqué de Fouché, l'ex-sans-culotte ajoute d'un ton ironique :

— Eh oui, le marquis maintenant, c'est un auteur à succès.

4

28 mai 1810
Charenton

De loin, on dirait un couvent, endormi dans la torpeur printanière. De longs murs, de hautes grilles, des toitures grises. Pas de bruit, si ce n'est le tintement régulier de la cloche, on est presque surpris de ne pas entrevoir la bure fugitive d'un moine ou d'entendre la plainte d'un *Miserere* apportée par le vent. De près, on se croirait dans un jardin de campagne, des fleurs courent le long des façades, des pieds de vigne tombent en treille sur la porte d'entrée et des jardiniers en chemise immaculée ratissent les allées ou taillent des buis opulents. Pourtant, certains détails surprennent. Les fenêtres, dès le premier étage, ont des barreaux et les jardiniers ont tous à la ceinture une corde et un collier. Pour autant, on accueille les visiteurs avec bienveillance. Un carrosse vient d'entrer qui dépose une dame, en robe blanche et le front ceint d'un bandeau surmonté de plumes.

Un homme, en redingote stricte, favoris sur les joues, et canne à la main, s'avance et salue.

— Madame la comtesse, c'est un honneur et plaisir que de vous accueillir à Charenton.

— Mon Dieu, ne me dites pas que je suis la première ?

— Pas du tout. La plupart des invités sont déjà là.

— Vous me rassurez. J'étais tellement impatiente d'avoir une place. Vous savez, monsieur le directeur, que votre établissement est en train de devenir l'endroit le plus à la mode de Paris.

— Vous m'en voyez flatté. Il est vrai que le meilleur monde vient à nos représentations. Des actrices célèbres, des journalistes fameux, si je vous disais que nous attendons…

Il baisse la voix et murmure un nom à l'oreille.

— Mon Dieu ! Si haut ! Mais vous êtes un sorcier, monsieur de Coulmier ! Avoir réussi à transformer cet établissement en un lieu si *chic*.

Le directeur rougit de bonheur et s'incline.

— Suivez-moi, madame, nous avons installé le théâtre dans le parc. Il fait si beau. Et n'oubliez pas, après la représentation, nous organisons un dîner entre amis. La fine fleur de Paris y sera.

Comme la comtesse s'avance, sa robe se pique à un buisson de roses. Une branche se casse, dévoilant une plaque gravée en lettres noires :

Asile d'aliénés
de
Charenton

Dans le réfectoire, Sade frappe de sa canne le sol pavé. Devant lui, un Arlequin se gratte furieusement les parties génitales tandis qu'une soubrette contemple d'un œil vide une araignée qui remonte le long du mur passé à la chaux. Un des gardiens s'avance vers Donatien, ôte sa casquette et interroge :

— Vous êtes sûr que vous allez y arriver, monsieur le marquis, parce que, là, vos acteurs, ils ont l'air un peu…

Sade reste posé.

— Justement, je préfère que leur *manie* s'exprime pendant les répétitions que sur scène.

Le gardien tortille sa moustache d'un air dubitatif. C'est un ancien soldat qu'un coup de boulet a privé de sa main droite. Ce qui ne l'empêche pas d'être d'une agilité surprenante quand il faut s'emparer d'un dément en pleine crise.

— Vous savez, monsieur le marquis, des fêlés du citron, j'en ai vu plus que vous croyez. Pendant la campagne d'Égypte, avec Bonaparte, les soldats devenaient forcenés en une journée. Un coup de soleil sur la cafetière et ils parlaient aux pyramides. Eh bien, pas un n'est redevenu sain d'esprit. Tous fous à lier.

Donatien s'approche d'Arlequin et lui remet son texte entre les mains. Un sourire naïf éclaire son visage tremblant. Sade baisse la voix :

— Regardez ce jeune homme, ce n'est pas une insolation qui l'a rendu dément, mais un amour malheureux. Ses parents ont dû le faire enfermer. Sa passion tournait à l'obsession.

— Se mettre le carafon en morceaux pour une bonne femme, si c'est pas malheureux ! s'exclame le gardien. Je préfère encore avoir perdu ma main.

Une jeune fille survient. Elle apporte des costumes, des pots de fard et des perruques. D'un air ébahi, elle regarde Arlequin qui commence de murmurer son rôle. Ses nattes noires brillent sur sa poitrine dorée comme du miel. Donatien l'interroge :

— Je ne t'ai jamais vue, ici. Comment t'appelles-tu ?

— Madeleine Leclerc. Je suis venue pour aider ma mère.

Une fois les accessoires posés, elle s'incline devant Sade.

— Monsieur le directeur vous fait savoir que les invités sont presque tous arrivés et il souhaite que vous passiez le voir avant la représentation.

Le marquis contemple ses joues à fossettes avant de répondre :

— Dis-lui que j'arrive. Non, mieux que cela, je vais te suivre.

Donatien se retourne vers le gardien.

— Dès qu'ils sont prêts, conduisez-les dans les coulisses.

L'ancien soldat détache un collier de sa ceinture. Le marquis l'arrête.

— Pas la peine.

— Vous plaisantez ? Des incurables, je vous dis.

Sade contemple l'Arlequin dont les yeux se sont ranimés. Sa voix s'élève. Il déclame son texte. Sans une erreur.

— Vous croyez qu'on ne peut pas guérir les fous ? Qu'on ne peut pas apporter au moins un soulagement à leur état ? Eh bien, venez les voir jouer ! Une fois qu'ils seront devant le public, vous ne les reconnaîtrez pas. Ils seront humains. C'est la magie du théâtre.

Par la fenêtre de son bureau, monsieur de Coulmier contemple les tréteaux qui s'élèvent dans les jardins. Le parterre est comble. Des serviteurs circulent, distribuant des rafraîchissements. Les rubans de couleur accrochés aux ombrelles volettent paresseusement. Quelques épaulettes d'uniformes brillent sous le soleil. Tout est prêt pour la représentation.

Dire que quand il a pris ses fonctions la toiture menaçait de s'effondrer et que les fenêtres pendaient aux façades. Aujourd'hui, la *maison* de Charenton est un établissement couru où l'on vient assister au dernier spectacle en vogue : la rédemption des déments par le théâtre.

Décidément, ce Sade, malgré son caractère intraitable et sa passion malsaine de la littérature, est un homme précieux. Qui aurait cru, quand il est arrivé ici, précédé de sa réputation sulfureuse, qu'il ferait de tels miracles ? Rejeté par sa famille, persécuté par l'État – on chuchote que c'est Fouché lui-même qui a signé son ordre d'internement –, le marquis s'est transformé en génial metteur en scène de la folie.

On frappe à la porte. Le directeur se retourne. Un sourire s'épanouit sur son visage.

— Ah, monsieur de Sade ! Alors tout est prêt ?

Donatien s'approche de la fenêtre et montre le rideau rouge au fond de la scène.

— Les acteurs vont arriver. Je viens juste de leur faire répéter leur texte, une dernière fois.

Coulmier approuve de la tête.

— Marquis, je vous dois des félicitations. Transformer ces fous en de véritables comédiens, voilà qui tient de l'exploit.

— Qu'est-ce que la folie ? répond Sade. Regardez-moi, j'ai traversé tous les régimes, de Louis XV à Bonaparte, et tous m'ont jugé bon à être enfermé. Pourtant, je me crois bien plus sain d'esprit que beaucoup.

— Allons, mon ami, nous savons bien pourquoi vous êtes ici. Si vous ne vous obstiniez pas à écrire…

— Ah, croyez-moi, ce n'est pas ma façon de penser qui a fait mon malheur, mais celle des autres.

Monsieur de Coulmier observe son pensionnaire. Voilà presque dix ans qu'il est ici et l'adversité ne l'a pas brisé. Il porte toujours haut son front constellé de mèches blanches et ses yeux ont toujours leur éclat brûlant.

— En tout cas, monsieur le directeur, je vous remercie de m'avoir laissé tenter cette expérience. Faire jouer la comédie à des déments, quelle folie, n'est-ce pas ? Mais, voyez-vous, je préfère voir ces pauvres malheureux sur les planches qu'attachés à leur lit ou battus par les gardiens.

— N'exagérons rien, vous savez bien que je réprouve la violence et je n'autorise la force qu'en dernier recours. Je suis un humaniste. D'ailleurs, j'ai convaincu l'administration d'autoriser votre compagne, Constance Quesnet, à demeurer près de vous. Elle aura sa propre chambre, bien sûr, mais vous pourrez la voir à votre guise.

Coulmier touche l'équerre et le compas suspendu à son cou sous sa chemise. Il a toujours été un *frère* assidu. C'est peut-être pour ça qu'il s'est tant intéressé à Donatien. Après tout, le père du marquis avait été initié à Londres en compagnie de Montesquieu.

— Si seulement tous les directeurs de prison avaient été comme vous… soupire Donatien.

— Allons, c'est aujourd'hui jour de fête. Et je tiens à ce que vous soyez joyeux. Nous allons tous deux monter sur scène pour souhaiter la bienvenue à nos invités.

Sade sourit. Lui qui a tant rêvé de théâtre, pour la première fois de sa vie, il va triompher sur les planches.

5

28 mai 1810
Paris
L'Observatoire

— Il joue du théâtre !!!

La voix de Fouché, pourtant fluette, résonne sur les cuivres noircis du télescope.

Mais depuis quand ?

Le Roussin compte sur ses doigts. Voyons, le marquis est entré à Charenton en avril 1803 et il a commencé à chauffer les planches dès l'année suivante. Donc…

— Ça va faire six ans, monseigneur.

— Et dans un asile, ajoute le ministre, ce Sade est vraiment fou !

— Ce n'est pas ce que l'on dit à Paris, Votre Excellence.

Le visage de Fouché a repris son indolence naturelle. Les yeux mi-clos, la peau lâche, il semble endormi comme un crocodile paresseux. Depuis le temps que le Roussin travaille pour lui, il sait que le meilleur moyen de le faire parler, c'est de se taire. Les *mouches* ont horreur du silence.

— Vous savez que l'on doit réserver sa place très tôt pour assister aux représentations du marquis ? Que le meilleur monde se rend à Charenton ? Qu'on en parle dans tout Paris ?

Le ministre ne réagit toujours pas.

— D'ailleurs, si vous voulez la liste des invités…

Un œil s'ouvre. La couleur en est indécise.

— Donnez-moi un nom.

Les sourcils broussailleux du Roussin s'élèvent et touchent ses premières rides. On vieillit vite à travailler pour le *bourreau de Lyon*. Un surnom qui vaut d'ailleurs la prison à qui ose encore le prononcer.

— Madame de Saint-Aubin.

— L'actrice ?

Cette fois, le ministre a ouvert ses deux yeux dont la teinte est en train de tourner. Le *diamant de l'Opéra-Comique,* comme on l'appelle, est une de plus belles femmes de Paris, une des plus convoitées aussi. Un temps, Fouché l'avait mise sous surveillance : Bonaparte avait eu la faiblesse de s'y intéresser. Et la Saint-Aubin avait eu droit à une fiche détaillée.

— Elle-même, et accompagnée de mademoiselle Flore, l'étoile montante du théâtre. Toutes deux d'ailleurs restent souvent dîner chez le marquis dont la conversation, dit-on, est un enchantement. Il raconte ses fredaines de jeunesse, ses amours, sa détention à la Bastille… Un conteur-né. D'ailleurs, à ce propos…

Fouché le coupe. Pour l'instant, il a plus important à régler que la vie mondaine du marquis : la missive de sa fille, qui réclame sa libération.

— Que savez-vous sur sa famille ?

— Sa femme vit en Normandie dans le château d'Échauffour. À part prier, elle ne fait pas grand-chose.

— Et les deux fils qui ont émigré ?

Le ministre de la Police se souvient encore du certificat de traître à la Patrie délivré par le Comité de salut public à l'encontre des deux frères. Le Roussin continue :

— Ils sont tous deux rentrés en France. Le cadet, Armand, vient de se marier avec une cousine. Une Sade de province. C'est lui qui s'occupe des affaires de son père désormais. Autant dire que le marquis lui mène la vie dure. Toujours à lui réclamer de l'argent, sans compter les lettres de reproches ou de menaces. Même chez les fous, il a toujours la plume aussi féroce.

— Et l'aîné ?

— Ah celui-là ! Tantôt dessinateur, tantôt musicien, et le plus souvent rien. Un instable doublé d'un panier percé. Il a fini par trouver sa voie à plus de quarante ans. Il s'est engagé dans l'armée.

Le Roussin observe le regard du ministre. Une brève lueur. L'incorrigible Joseph Fouché est en train d'ouvrir une fiche.

— Vous pouvez déjà la clôturer, Excellence, Louis de Sade est mort en Italie, l'an dernier. Et même pas en héros. Il est tout bêtement tombé sur des bandits napolitains qui lui ont fait un mauvais sort. Je vous l'ai dit, une pauvre vie de bâton de chaise.

— Et la fille ?

C'est au Roussin d'ouvrir grand les yeux. Il ne savait pas le ministre si informé de la famille du marquis.

— L'idiote ?

Une idiote qui sait envoyer des lettres, songe Fouché, et qui vient de ressusciter son père oublié au fond d'un asile. Un retour en lumière que n'apprécie guère sa ténébreuse Excellence.

— Elle vit avec sa mère. Sans mari et sans espoir d'en avoir. On dit qu'enfant, son père lui manquait. Elle lui envoyait des dessins à la Bastille. Mais ce dernier l'a vue combien de fois dans sa vie ? À deux ou trois reprises ? Pas plus. À mon avis, sa cervelle d'oiseau ne se souvient même plus qu'elle a un géniteur.

Fouché triture la lettre à l'orthographe hésitante dans sa poche. Il pressent les orages même dans un ciel serein.

— À propos des représentations et des dîners de Charenton, nous avons interrogé mademoiselle de Flore, la jeune actrice. Elle cause volontiers et ne tarit pas d'anecdotes sur le marquis.

Le ministre écoute à moitié. La commission de libération doit se prononcer avant demain.

— Saviez-vous qu'il prétend avoir joué un rôle dans la chute de Robespierre ?

Le nom de l'Incorruptible tinte désagréablement à l'oreille de l'ancien député de la Convention. D'un coup, le Roussin a toute son attention.

— Qu'est-ce qu'il leur a raconté ?

— Pour l'instant rien. Il les a juste émoustillés en leur affirmant qu'il révélerait tout…

Les yeux du ministre virent au noir.

— … dans le livre qu'il va bientôt publier.

Fouché se lève d'un bond. Le Roussin se frappe le front comme s'il avait oublié quelque chose.

— Ah oui, je ne vous l'ai pas encore dit ? Le marquis est en train d'écrire ses *Mémoires*.

Le 30 mai 1810, Paris

Monsieur le ministre de la Police,
à
Monsieur Armand de Sade

Monsieur,

J'ai le regret de vous informer que la demande de libération de votre père, présentée par votre sœur, ne peut aboutir. En effet, durant son séjour à la maison d'aliénés de Charenton, monsieur de Sade a abusé de la bienveillance du directeur de l'établissement, pour se livrer à d'odieuses mascarades, devenues publiques. Informés de ce scandale, nous avons placé votre père en régime d'isolement. Ses visites sont filtrées, ses sorties interdites, ses contacts surveillés. Néanmoins, et malgré ces mesures de sécurité, monsieur de Sade continue d'écrire les abominations dont il a la malsaine habitude. Plusieurs perquisitions ont permis de saisir des écrits scandaleux qui ont été confisqués et seront détruits.

Pour autant, nous n'avons pu mettre la main sur le manuscrit de ses Mémoires *dont je n'ai pas besoin de vous dire tout le tort qu'elles pourraient causer à la réputation de votre famille. Je vous engage vivement à récupérer au plus vite ce texte auprès de votre père, par la contrainte s'il le faut, et à me le remettre en mains propres.*

De même, veuillez convaincre votre sœur de s'épargner une nouvelle demande de libération : le marquis de Sade restera détenu à Charenton jusqu'à la fin de ses jours.

J'ai l'honneur, Monsieur, de vous présenter mes respects.

Joseph Fouché,
Duc d'Otrante,
Sénateur,
Ministre de la Police

VII

L'AIGLE

Ma mémoire s'effacera de l'esprit des hommes.

Marquis de Sade

2 décembre 1814
Charenton

Un bruit de porte qui claque. Un piétinement de pieds nus sur le dallage, puis un long hurlement. Et cette respiration qui s'accélère tandis que les chambres, une à une, s'ouvrent. Des visages hagards, des yeux plissés, des cheveux en mèches et un seul nom qui court sur toutes les lèvres.

— Madeleine… Madeleine.

Qui, parmi les pensionnaires, ne connaît pas la fille de l'infirmière Leclerc ? Madeleine, qui court, qui crie. Ses tresses brunes qui rebondissent sur sa poitrine découverte. Il est trois heures du matin. Que fait l'adolescente, à supplier dans les couloirs de l'asile ? Un gardien surgit. Un collier au bout de sa main gauche. Prêt à bondir.

— C'est qui ? C'est qui ?

Les yeux brouillés de larmes, elle se tord les poignets.

— C'est le marquis !

— Il t'a agressée ? rugit l'invalide.

La question la stupéfie. Puis elle comprend. Son corsage défait. Sa jupe en désordre.

— Mais pas du tout !

— Alors quoi ?

Elle éclate en sanglots.

— Le marquis… le marquis…

— Qu'est-ce qu'il a encore fait, ce damné ?

— Il va mourir !

Donatien ouvre un œil blanc. Les visages tourbillonnent autour de lui. Des mots épars rebondissent sur les murs :

— Syncope… âge… cœur… usé…

Il sent une main fraîche sur son front. On glisse un coussin sous son dos. Une pointe dans la poitrine le suffoque. Il tend le bras. Ses papiers sur la table. Les mettre à l'abri. Mais ses doigts n'agrippent que les draps rêches.

— Prévenez son fils !

— Le prêtre, vite !

Personne ne songe à Constance qui passe quelques jours à Paris. Sade voudrait parler, protester, mais sa langue est lourde. Comme son corps. Il lui semble s'enfoncer dans un puits. Son regard se brouille. Une clochette résonne dans le lointain. Donatien sourit sans que plus rien n'apparaisse sur son visage. Ce tintement, il le connaît bien. Combien de fois l'a-t-il entendu dans son enfance ? Le prêtre qui accélère le pas pour apporter à temps l'extrême onction, les paroissiens qui mettent genou à terre et, tête baissée, font un signe de croix. Lui, Sade, ne s'est jamais agenouillé.

— Monsieur le marquis ?

Ses yeux sont ouverts, mais il est déjà si loin. On lui pose un crucifix sur les lèvres.

— *De profundis, clamavi ad te, Domine...*

Un crucifix, il n'en a pas touché un depuis la nuit avec Jeanne Testard. Si ce curaillon, qui murmure ses prières au néant, savait ce que lui, Sade, en a fait de son Dieu cloué sur bois d'ébène ! Il paraît que c'est *ça* qui a décidé de son arrestation. Vincennes, puis la Bastille. Dix, onze ans, il ne sait plus… les souvenirs s'emmêlent… des parfums… des visages… Un crissement et il entend les cigales, le jardin ombragé de pins à Saumane, face à l'entrée du château, la grille bleue, le banc où son oncle lui lisait les lettres de Voltaire.

— Confessez-vous, monsieur le marquis ! Pour l'amour de Dieu.

Étrangement, il ne voit plus, mais il entend tout. Il veut secouer la tête, mais sur son visage plus rien ne bouge. On lui verse de l'eau à travers ses lèvres sèches. Il serre la main gauche. Ses doigts ont maigri, mais sa chevalière est toujours là. Tant qu'il la sent, il est toujours vivant.

— Le Seigneur, dans son infinie miséricorde, est toujours prêt à pardonner aux grands pécheurs…

Sade n'attend rien, ni de Dieu ni des hommes. Lui qui a sans cesse dénoncé leur violence innée, leur goût effréné du pouvoir, leur hypocrisie révoltante. Non, il n'aime pas les hommes et ils le lui ont toujours bien rendu. À son enterrement, s'il y a de l'eau qui coule sur les joues, c'est qu'il pleuvra.

— … prêt à vous ouvrir la porte du Paradis.

Le Paradis, Donatien l'a connu deux fois. Avec deux femmes. Laure et Anne. Celui du Crucifié ne l'intéresse pas. Il se souvient du premier baiser, devant la grotte des vaudois, avec sa belle-sœur et de l'amour, dans les souterrains de Paris, avec Laure. Jamais il ne connaîtra plus haut bonheur.

— Il pleure, s'écrie une voix.

— C'est le repentir que Dieu lui inspire !

Une prière collective s'élève dans la chambre. Ils sont tous là, les corbeaux de malheur. Prêtre, gardiens… La Religion et l'État, ses deux plus fidèles ennemis.

Ils croient triompher, parce que, demain, ils le glisseront dans un trou et planteront une croix dessus…

— Retirons-nous. Laissons-le partir en paix.

… Les imbéciles. Ils oublient ses livres.

— Je suis revenue.

La voix de Madeleine.

— Tout le monde me croit dans ma chambre. Ma mère m'avait enfermée tout le jour, mais j'ai sauté dans le jardin. Personne ne m'a vue. Je suis passée par l'escalier de service.

Donatien ouvre, puis ferme les paupières. Deux fois. Il a entendu.

— Ils disent que vous allez mourir.

Elle a envie qu'il sourie. Envie de le voir ouvrir un œil malin. Envie de le voir tendre les bras, l'embrasser et lui avouer que c'est une de ses mauvaises plaisanteries. Une fausse joie qu'il fait à ses gardiens qui le détestent, à son fils qui trépigne en attendant l'héritage. Un pied de nez au destin. Mais une odeur trouble monte du lit. Un parfum qu'elle connaît bien, celui de la mort en embuscade.

— Et moi, je deviens quoi sans vous ?

Cette fois les paupières ne bougent pas.

Au mur est suspendue une glace bombée, encadrée de dorures endormies. Le marquis disait qu'elle venait d'Italie. De Venise. Il en parlait si bien. Les dalles fraîches des églises, le vent salé sur la lagune, le soleil doux comme du miel. Elle se répète ses phrases. Si seulement elle savait écrire, elle noterait tout ce qu'il lui a raconté, mais elle ne sait tracer que les lettres de son nom. C'est Donatien qui le lui a appris.

Elle lui prend le poignet. Le pouls est faible, irrégulier.

— Ne partez pas. Ne me laissez pas.

Dans le miroir, elle voit le reflet d'une adolescente aux yeux cernés de noir. Elle saisit la main du marquis et l'embrasse. Il a le poing serré sur sa bague, son blason, son aigle.

À nouveau, elle sanglote.

Demain, elle redeviendra Madeleine Leclerc. Elle aidera aux cuisines, lavera le linge des pensionnaires, videra les pots de chambre. Après-demain, on lui présentera son mari, choisi par sa mère. Elle aura de la chance s'il ne boit pas, s'il n'a pas le coup de ceinture facile. Et puis, elle sera grosse. Et puis, elle mettra bas. Si elle ne se vide pas de son sang en couches, elle sera vieille à trente ans, accablée d'enfants et rompue de misère.

Elle tombe à genoux.

Le visage de Sade est devenu cireux. La respiration s'est affaiblie jusqu'au râle.

Quelques images flottent encore dans son esprit. Une mère qui pleure sous une croix, la plume qui court sur le papier, Pélagie au sourire pâle et désespéré, l'éclat de la guillotine qui tombe.

Et puis, un enfant surgit. Il est au pied d'un mur.

Il glisse un pied nu entre deux pierres et commence à monter. Le vent souffle dans ses cheveux blonds. Dans la chambre d'été, son oncle dort. Il est seul. Il a juré d'atteindre le sommet. Ses paumes sont râpées, ses genoux saignent. Il a du mal à reprendre son souffle.

Sade se reconnaît. Le mur d'enceinte de Saumane. Le mistral. Pour la première fois, il a peur. Peur que l'enfant qu'il était ne tombe. Il tend les mains pour le retenir.

Ses doigts amaigris s'ouvrent.

La chevalière roule sur le parquet.

Surprise, Madeleine lève les yeux.

Sade ne respire plus.

L'aigle s'est envolé.

ÉPILOGUE

18 juin 1815
Paris
Palais-Royal

Un bruit de vitre brisée résonne dans la cour du palais, suivi de l'écho d'une galopade. Fouché relève la tête.

— Les esprits s'échauffent. Nous allons bientôt savoir le résultat de la bataille.

Une main sur une note de surveillance de Charenton, Armand roule des yeux effarés. Il a horreur des émeutes. Et si la *Révolution* revenait ? Le ministre s'approche :

— Ce sont les derniers rapports sur votre père. Juste avant sa mort. Nous avons dû remplacer le directeur. Le marquis l'avait subjugué.

— Monsieur de Coulmier ? Il passait son temps à me réclamer de l'argent. À croire que mon père menait un train d'enfer.

Brusquement, sous les fenêtres, éclate *La Marseillaise.*

— On dirait que l'Empereur vient de l'emporter. Vous êtes marié, monsieur de Sade ?

Armand hoche la tête. Il a épousé une cousine de province, sur le tard. Avec le nom que lui a légué son père, difficile de faire un mariage retentissant.

— Et fidèle ?

Le fils du marquis rougit. Dieu le préserve d'être un débauché ! Il frissonne en songeant au rapport de police, qu'il vient de découvrir, sur son grand-père. Se faire cueillir, dans les jardins des Tuileries… avec un homme en plus. Mais quelle famille, Grand Dieu !

— La fidélité est un mot que votre père ignorait. Vous savez qu'il dressait la liste circonstanciée de ses maîtresses ? Des actrices, des aristocrates, des *impures*. Quelques-unes ont d'ailleurs compté pour lui. Une certaine mademoiselle de Lauris…

— Je ne connais pas toutes les catins dont mon géniteur a cru bon de s'encombrer.

— Mademoiselle de Launay. Vous connaissez au moins celle-là. C'est votre tante.

Fouché n'est pas homme à épargner à quiconque un mauvais souvenir. Et puis, ce fils qui tremble au seul nom de son père, qui le renie à chaque mot… voilà qui l'irrite. Au cours des années, Joseph Fouché, lui, s'est pris d'une secrète fascination pour Donatien. D'un œil méprisant, il fixe Armand qui se tortille sur sa chaise. Quand on a la chance d'avoir un père qui s'est fait un destin, on devrait porter son nom comme un flambeau.

Une salve de cris monte de la cour.

— Vive le roi Louis ! Vive le roi Louis !

— On dirait que l'Empereur vient de perdre, commente Fouché.

Des gouttes de sueur perlent sur le front d'Armand. Il s'imagine déjà traverser Paris, jusqu'à son appartement de la rue du Colombier, au milieu des combats de rue et des assassinats politiques. Peut-être que le ministre va le faire raccompagner ? Fouché pourtant n'a pas l'air d'être préoccupé par la situation.

— Avez-vous vu les notes sur Madeleine Leclerc ?

— Malheureusement oui.

— Le dernier amour de votre père.

Armand se fige.

— Dix-sept ans…

— Mon Dieu, ce n'est pas possible, gémit le fils du marquis, une adolescente.

— … et amoureuse.

Le ministre se verse un verre – une senteur ambrée flotte au-dessus de la table –, avant de reprendre :

— Combien lui avons-nous trouvé de vies, déjà ? Cinq ? Rajoutez-en donc une sixième, celle d'avoir été aimé. Dans la vie d'un homme, fût-il le diable, ça n'a pas de prix.

Un domestique entre, le souffle court, la perruque défaite. D'une main pressée, il tend un billet.

— Monseigneur, le résultat de la bataille.

Le ministre décachette le courrier :

— Napoléon a perdu. Il vient d'être battu à – je lis mal – Water… loo.

Il se lève. Sous les arcades du palais, des clameurs montent. Un premier coup de feu éclate.

— Je crois qu'on va avoir besoin du ministre de la Police.

Bizarrement, Armand ne bouge pas. Son front s'est

barré d'une ride supplémentaire. Il compte sur ses doigts.

— Six vies… Mais la septième ?

Fouché montre le dossier noir constellé de cachets de cire éclatants.

— Elle commence maintenant.

ANNEXES

Que sont-ils devenus ?

Jean Baptiste Joseph François, comte de Sade : ruiné, aigri, devenu dévot, le père du marquis s'éteint près de Versailles le 24 janvier 1767. Il aura toujours eu un jugement sévère sur Donatien. Après avoir réussi à le marier, il se félicite *« d'être débarrassé de ce petit garçon-là, qui n'a pas une qualité qui soit bonne et qui a toutes les mauvaises »*.

Marie Éléonore de Maillé, comtesse de Sade : retirée dans un couvent, réputée avare, la mère du marquis n'assistera pas au mariage de son fils, ayant refusé de se séparer de ses bijoux en faveur de sa future belle-fille. Elle décède aux Carmélites de la rue d'Enfer, à Paris, le 14 janvier 1777.

Jacques François Paul Aldonze, abbé de Sade : après avoir écrit une vie de Pétrarque, l'abbé se retire dans son domaine de Vignerme à Saumane. Il meurt le 31 décembre 1777, non sans avoir légué Vignerme à sa maîtresse, ce qui fera enrager le marquis, toujours à court d'argent.

Charles-Joseph Natoire : directeur de l'Académie de France à Rome, le peintre aura une vieillesse difficile, émaillée de procès. Il s'éteint en Italie en août 1777. Son portrait provocateur de *Mademoiselle de Charolais*, la maîtresse du comte de Sade, est visible au château de Versailles.

Louis Joseph Gabriel de Lauris : il épouse Julie Adélaïde de Portier de Rubelles dont il aura cinq enfants.

Laure-Victoire Adeline de Lauris : le premier amour de Sade ne se mariera jamais. D'elle, ne reste qu'une lettre au musée Calvet d'Avignon.

Antoine de Sartine, lieutenant général de police : devenu secrétaire d'État à la Marine jusqu'en 1780, monsieur de Sartine émigre dès le début de la Révolution en Espagne où il meurt le 7 septembre 1801. Il donnera son nom à un modèle de perruque que portent encore les magistrats et les avocats britanniques.

Anne Prospère de Launay : la jeune belle-sœur du marquis, après un projet de mariage avorté avec le neveu de l'archevêque de Paris, mourra subitement de la petite vérole, le 13 mai 1781, à Paris. Elle n'avait pas 30 ans.

Renée-Pélagie, marquise de Sade : retirée dans son château familial d'Échauffour en Normandie, l'épouse de Donatien y meurt, sourde et impotente, le 7 juillet 1810. On peut encore voir sa tombe dans le cimetière du village.

Madeleine Laure de Sade : confite en dévotion, la fille du marquis disparaîtra en 1844. Elle est enterrée près de sa mère.

Donatien Claude Armand de Sade : marié en 1808, le fils cadet du marquis aura quatre enfants dont la descendance porte toujours le nom des Sade. Sa petite-fille, Laure, devenue comtesse de Chevigné, sera une amie de Proust qui s'en inspirera pour son personnage de la duchesse de Guermantes.

Constance Quesnet : survivant grâce à une modeste rente de 50 francs mensuels testamentaire versée par Armand, Sensible est décédée à Charenton, le 18 juillet 1832.

Madeleine Leclerc : on ne sait rien du destin du dernier amour de Sade.

Antoine Fouquier-Tinville : après avoir condamné à mort les amis de Robespierre, l'accusateur public du Tribunal révolutionnaire sera guillotiné à son tour le 7 mai 1795.

Joseph Fouché : démis de ses fonctions en janvier 1816 par Louis XVIII, l'ex-ministre de la Police finira ses jours à Trieste, au bord de l'Adriatique. Il mourra, solitaire, en décembre 1820, non sans avoir pris la précaution de brûler toutes ses archives.

Donatien Aldonze François, marquis de Sade : même mort, le marquis a continué de défrayer la chronique. Enterré dans le cimetière de l'asile de Charenton, il est exhumé quelques années plus tard. Son médecin, le docteur Ramon, récupère son crâne qu'il confie à un confrère allemand, friand d'étudier l'anatomie crânienne du marquis. On perd alors sa trace. Néanmoins en 1988, les descendants de Sade en retrouvent un moulage au musée de l'Homme à Paris où il est conservé sous la cote n° 529, collection Dumoutier.

LES LIEUX DU MARQUIS DE SADE

PARIS :

Il ne reste rien du vaste et somptueux *hôtel de Condé* où Donatien a vu le jour. Détruit à la fin du XVIIIe siècle, c'est aujourd'hui le *théâtre de l'Odéon* qui le remplace, ce qui n'aurait pas été pour déplaire à Sade, fasciné par les planches.

On peut néanmoins se rendre juste à côté, à *l'église Saint-Sulpice*, c'est là que Donatien sera baptisé en juin 1740. Quelques pas, et dans la rue Saint-Jacques, se dresse le *lycée Louis-le-Grand*, à l'époque collège royal. Sade y restera quatre ans, le temps de s'y passionner pour le théâtre et, selon les mauvaises langues, d'y découvrir les plaisirs du « vice italien » et de la flagellation, punition dûment pratiquée par les Jésuites.

Il faut désormais aller dans le *quartier de la Madeleine*, alors un faubourg de Paris, pour découvrir deux endroits qui ont compté dans la vie du marquis, l'actuelle *rue Cambon* où se dressait l'hôtel particulier de ses beaux-parents les Montreuil et *l'église de la Madeleine* où il s'est marié le 17 mai 1763.

Un petit retour dans le 6e arrondissement, pour les promeneurs, au n° 33 de la *rue Jacob*, à l'angle de la rue Saint-Benoît, à l'*hôtel de Danemark*, c'est là que Sade fut arrêté par l'inspecteur Marais le 13 février 1777, vers neuf heures du soir, pour être emprisonné à Vincennes.

S'il ne reste rien de la *Bastille* où Sade fut détenu plus de cinq ans, on peut se rendre au *château de Vincennes* où le marquis fut détenu, en compagnie de son cousin détesté Mirabeau. La cellule occupée par le marquis est ouverte à la visite. Sombre et glacée, c'est l'occasion de faire l'expérience, une fois la porte close, des conditions de détention de l'époque.

Durant la Révolution, Sade se partage entre deux lieux. Une petite maison, au 20 de la *rue des Mathurins*, sur la Chaussée-d'Antin, aujourd'hui détruite, qu'il habite avec Constance, et la section des Piques, place des Victoires, aujourd'hui *place Vendôme.*

S'il ne reste rien de la *maison Coignard*, située près de la *place de la Nation*, on peut néanmoins faire un saut, au n° 70 *rue de Vaugirard*, au *couvent des Carmes*, transformé alors en prison, où Sade passa une dizaine de jours en janvier 1794. C'est là que furent aussi emprisonnées Joséphine de Beauharnais, future épouse de Bonaparte, et son amie Thérésa Cabarrus, la maîtresse de Tallien.

Après la Terreur, Sade réussit, en vendant ce qu'il restait du château de La Coste, à acheter une maison à *Saint-Ouen*, au n° 3 de la *place de la Liberté*, aujourd'hui disparue. Il y coula des jours heureux avec Sensible, y écrivit beaucoup, jusqu'à son arrestation en mars 1801.

L'asile de *Charenton* qui a accueilli les dernières années de Sade n'existe plus.

NORMANDIE :

On peut s'étonner de voir cette région apparaître dans la géographie sadienne. Et pourtant, c'est à Échauffour, après ses incartades avec Jeanne Testard, que Sade est assigné à résidence : dans le château de ses beaux-parents, où il trompera l'ennui en faisant jouer à sa famille des pièces de théâtre. Le château n'a quasiment pas changé depuis l'époque des Montreuil. C'est dans le petit cimetière communal que reposent l'épouse et la fille de Sade.

PROVENCE :

C'est dans le Luberon qu'il faut se rendre si l'on veut comprendre le marquis de Sade.

À *Avignon* d'abord, où s'élève le splendide *hôtel de Villeneuve*, qui appartenait à la tante du marquis, et où Donatien a fait de fréquents séjours. Aujourd'hui, transformé en *musée Calvet*, on peut y consulter de nombreuses lettres de Sade qui y sont conservées.

Puis, en passant par l'*Isle-sur-Sorgue* où le poète

René Char découvrit, chez sa marraine, une correspondance inédite du marquis de Sade, se rendre à *Saumane*.

Dans ce château aux allures de forteresse, Donatien a sans doute passé les plus belles années de son enfance en compagnie de son oncle. On peut encore y voir la bibliothèque de l'abbé où Donatien a découvert la littérature, la chambre du futur marquis, décorée de paysages d'Italie et, en passant sous le blason des Sade, s'enfoncer dans les caves et les souterrains qui ont durablement influencé l'imaginaire sadien.

Les inconditionnels du marquis en profiteront pour se rendre à *Fontaine-de-Vaucluse*, lieu de résidence du poète Pétrarque qui, au XIVe siècle, brûla d'amour pour une aïeule de Sade, Laure, dont le fantôme hanta les nuits du marquis à la Bastille.

On peut ensuite pousser jusqu'à *Mazan* dont le château, transformé en hôtel, appartenait aux Sade. Le marquis y séjourna rarement, mais y débuta la construction d'un théâtre, juste avant que n'éclate son affaire de Marseille, en juin 1772.

Marseille, où à l'angle de la rue Longue-des-Capucins, au n° 15 bis de la *rue d'Aubagne*, existe toujours, au troisième étage, l'appartement où Sade se livra à une partie de débauche, qui tourna mal, avec plusieurs prostituées. Durant l'enquête, on retrouva, gravé sur le manteau de la cheminée par Sade, le nombre de coups de fouet infligés durant la soirée : 799 ! On ignore si cette inscription révélatrice existe toujours.

Mais c'est sans doute au château de *La Coste* que l'on ressent le mieux le souvenir de Sade. Nid d'aigle blanchi par le vent, la demeure du marquis a été récemment restaurée par Pierre Cardin qui a su en conserver l'esprit et le mystère.

En descendant du château, ne pas hésiter à s'aventurer à l'*abbaye de Saint-Hilaire*, où venaient en pénitence les moines d'Avignon, trop enclins au péché de chair. Un voisinage cher au marquis.

LA QUÊTE DES INÉDITS

Si la vie de Sade est aujourd'hui bien documentée et ne comporte plus que quelques rares périodes d'incertitude, il n'en est pas de même d'un domaine cher au marquis, celui de ses écrits. En effet, de ses premières détentions à sa mort, Sade n'a cessé de noircir du papier de ses pattes de mouche. Pièces de théâtre, essais, réflexions, journaux, c'est par centaines de pages que se compte la production littéraire du marquis, en plus des œuvres devenues mythiques comme les *120 journées de Sodome*, *La Philosophie dans le boudoir* ou les différentes *Justine.* Si, aujourd'hui, la quasi-totalité des écrits retrouvés de Sade a été publiée et étudiée, il reste encore trois textes majeurs à découvrir.

— À l'automne 1769, après son affaire d'Arcueil, qui a passionné l'opinion, Donatien décide d'un voyage en Hollande. Esprit curieux, il a laissé une suite de lettres de son périple qu'il envisageait sans doute de publier. On y retrouve des descriptions des maisons flamandes où « *les vitres, les rampes, les murs reluisent comme des glaces* », mais aussi des considérations esthétiques sur les femmes hollandaises qui, regrettet-il, *« pourraient être plus jolies, mais ce n'est pas leur faute ».* Comme il était toujours à court d'argent, on peut se demander comment Sade a réussi à financer son voyage. La réponse survient, bien des années plus tard, dans une lettre de 1782. Emprisonné à Vincennes, il annonce qu'il va bientôt écrire un nouveau livre, les *120 journées de Sodome*, reprendre ainsi, selon son expression, *les pinceaux de l'Arétin*[1] *« qui m'ont fait voyager deux mois en Hollande sans dépenser un sol... ».* Amsterdam et La Haye étant les capitales européennes de l'édition, à cette époque, on peut en conclure que Sade a payé son séjour d'un texte érotique, sans doute publié anonymement durant l'automne-hiver 1769 en Hollande. Un livre qui attend toujours d'être découvert.

— C'est sans doute vers 1797 que Sade décide d'écrire une nouvelle version des *120 journées de Sodome*, d'abord nommée *la Nature dévoilée* – tout un programme – puis *les Journées de Florbelle*. Détenu à Charenton, il travaille encore à la mise au net de son grand œuvre, du printemps 1806 à celui de 1807. Hélas pour Donatien, le manuscrit – pas moins de 10 volumes rédigés – est saisi lors d'une perquisition surprise dans sa chambre, le 5 juin 1807. Gardé sous scellés, il sera livré aux flammes dans la cour de la préfecture de police, en présence d'Armand, le fils du marquis. Rien ne subsiste donc de la dernière œuvre monumentale de Sade ? Pas si sûr. En effet, un autre écrivain, Restif de la Bretonne[2],

1. Poète italien du XVIe siècle, célèbre pour ses écrits érotiques.
2. Restif ou Retif de la Bretonne, écrivain, polygraphe, érotomane, fétichiste, dont l'autobiographie *Monsieur Nicolas* est un modèle du genre.

affirme dans deux de ses ouvrages avoir lu *la Nature dévoilée*... en manuscrit. Sade et Restif se méprisant ouvertement, il y a peu à parier que le marquis en ait offert un exemplaire dédicacé à son confrère. Il devait donc en circuler des copies manuscrites, sans doute dans le milieu des libraires-éditeurs, toujours alléchés par des pages portant la griffe de l'infernal marquis. Une piste à suivre pour retrouver le grand œuvre disparu de Sade.

— C'est en 2005 que l'érudit Maurice Lever retrouve, chez des descendants du marquis, un carton contenant copie de nombreuses lettres de Sade, de sa belle-sœur et... quelques pages de notes datant de Charenton. Dans l'une d'elles, Sade dresse le plan *« des mémoires de ma vie écrits pour moi et par moi »*. L'âge et la maladie n'ont sans doute pas permis au marquis d'aller plus loin que ce plan, au grand dam de ses biographes. Et pourtant, ce projet n'est pas nouveau, bien au contraire. Comme pour les *120 journées de Sodome*, Sade tente de réécrire un texte perdu. Ce que confirme une lettre[1], sans doute de 1806, à son avocat provençal où il réclame *« un manuscrit des mémoires de ma vie, très inexact et très informe, que j'ai vu dans les mains de votre fils cadet et qu'il ne voulut jamais me rendre »*.

Peut-être la vie secrète du marquis dort-elle, depuis deux siècles, dans un grenier du Luberon ?

1. Voir notre édition *Sade, lettres d'une vie*, lettre n° 54.

SAINES LECTURES

La vie tourmentée du marquis a toujours fasciné les auteurs de biographies.

On peut en retenir trois.

D'abord, celle de Gilbert Lely, publiée aux éditions du *Mercure de France*, dès 1952. Sans cesse rééditée depuis, elle est l'œuvre d'un passionné de Sade, excellent poète de surcroît, qui a su ranimer l'esprit du marquis. On lui doit la découverte de la première passion de Sade : la tant aimée mademoiselle de Lauris.

Aux éditions *Le Tripode*, ne pas manquer *Sade Vivant*, de Jean-Jacques Pauvert (2013). Le grand éditeur de Sade a mis toute sa ferveur et son talent pour restituer la vie du marquis dans son époque.

Enfin, la biographie universitaire de référence, *Sade*, de Maurice Lever (Fayard, 1991). Le travail essentiel pour tout savoir et comprendre du marquis. Une œuvre d'érudition fascinante jusqu'au moindre détail. On y apprend aussi bien ce que Donatien mangeait à la Bastille, le jeudi au dîner, que l'opinion de Napoléon sur le roman *Justine* : *« le livre le plus abominable qu'ait enfanté l'imagination la plus dépravée »*.

La correspondance du marquis est une des plus étonnantes du siècle des Lumières. C'est sans doute dans ses lettres – plus d'un millier recensées à ce jour – que Sade se livre le plus. Insolente, provocante, chaque missive du marquis est une mise en scène de son caractère impétueux, dans un style inimitable.

On peut ainsi découvrir, chez Flammarion, *50 lettres du marquis à sa femme*, issues de la collection de Pierre Leroy, publiées avec le fac-similé du manuscrit (2009). Cette édition fait date autant par sa beauté que par son impeccable précision.

Et pour suivre l'existence du marquis à travers sa correspondance, lire *Sade, lettres d'une vie*, publié par nos soins aux éditions 10/18.

REMERCIEMENTS

Le moment des remerciements est toujours une épreuve obligée et j'avoue m'être toujours beaucoup amusé à en lire certains. Surtout quand l'auteur tente de citer tout le monde avec, chaque fois, un compliment subtilement approprié. Certains remerciements sont parfois si travaillés qu'on en viendrait presque à regretter que l'auteur n'ait pas mis autant d'ardeur et de créativité à son ouvrage. À la vérité, écrire un livre est un long voyage fait de nouvelles rencontres et de disparitions en chemin. Si l'on est sincère, on voudrait être sûr de n'y oublier personne et l'on voudrait bien en oublier certaines.

Je prodigue donc tous mes regrets amicaux à toutes celles et ceux que j'ai honteusement tympanisés de mes réflexions, fatalement profondes, sur le divin marquis. J'ai encore le souvenir d'un visage aimé, mais croulant de sommeil, alors que je dissertais, au creux de la nuit, sur la jeunesse tumultueuse de ce cher Donatien.

J'ajoute mes remords – mais tout véritable écrivain vous dira qu'ils n'en sont pas – pour les jours rivés sur l'ordinateur, les crises épiques de mauvaise humeur sitôt dérangé, les envolées lyriques sans fin, les heures de doutes ou d'hésitations, volées à l'amitié et à l'amour, bref tout ce qui fait la vie d'un écrivain et celle de son entourage.

Reste qu'après ces belles paroles je n'ai toujours remercié personne.

Je suis tombé *épris* de Sade, l'année de mes vingt ans, lors d'une visite imprévue à La Coste. Le château n'était alors qu'un squelette blanchi sous le soleil mais, ce jour-là, j'ai reconnu en moi une voix, profonde et familière, qui ne m'a jamais quitté.

Aujourd'hui donc, je voudrais remercier, par-delà les siècles, Donatien Aldonze François de Sade, et espérer que ce roman lui rend hommage et justice.

ICONOGRAPHIE

Gravures des pages 43-50-82-96-110-129-149-174-204-280-297-392-400-424-444 :
Plan de Paris au XVIIIe *siècle*, dit *Plan de Turgot*, 1739.

Gravure page 512 :
extraite de l'édition hollandaise (1789)
de l'*Histoire de Juliette, ou les Prospérités du vice*

Composé par Nord Compo
à Villeneuve-d'Ascq (Nord)

Imprimé en Espagne par
Liberdúplex
à Sant Llorenc d'Hortons
en septembre 2015

POCKET – 12, avenue d'Italie – 75627 Paris cedex 13

Dépôt légal : octobre 2015
S25725/01